レディ・ヴィクトリア

リンダ・ハワード
加藤洋子 訳

A LADY OF THE WEST
by Linda Howard
Translation by Yoko Kato

A LADY OF THE WEST

by Linda Howard

Published by K.K. HarperCollins Japan, 2021

この本を二人の親友にささげる、
キャサリン・コールターとアイリス・ジョハンセンに。
形にはならないけれど大切なものをいっぱいもらった。
支え、励まし、笑い、思い出。

神に感謝、一九八五年二月、テキサス州ヒューストン

情熱があれば荒馬に乗れ

――ベンジャミン・フランクリン

忍耐強い人の怒りほど恐ろしい

――ジョン・ドライデン

レディ・ヴィクトリア

おもな登場人物

ヴィクトリア・エイヴァリー——貴族の娘
シーリア——ヴィクトリアの妹
エマ・ガン——ヴィクトリアのいとこ
フランク・マクレーン——大牧場の所有者
ジェイク・ローパー——マクレーンの牧場のガンマン
ウィル・ガーネット——マクレーンの牧場の牧童頭
カルミータ——マクレーン家の家政婦
ファアナ——カルミータの娘
ロラ——マクレーン家のコック
アンジェリーナ・ガルシア——娼婦
ベン——ジェイクの弟
ルイス——ベンの仲間

プロローグ

類なく美しい土地だ。だからこそ、最初にこの大陸に根をおろした人間は、選んでそこに住んだのだろう。百年前後の誤差はあるとして、それから二万五千年後、その一帯はニューメキシコと呼ばれるようになった。残念ながらこの地名は、土地のすばらしさをまったく伝えない。北には、冷たく澄みきった湖をそこここに抱いて、高山植物の森が原始のままの姿を残している。森はなだらかにうねって草原となり、さらには孤高の峰々を仰ぎ見る。澄んだ空気は目と頭を癒し、日没の空はつねに色彩に満ち満ちている。

最初にニューメキシコで暮らした人びとは、何千年も美しいこの土地で豊かな文化を育んでいた。そこにスペイン人がやってきた。豊饒な大地に埋もれる金を目当てに、甲冑に身を固めた戦士と、鋼の槍と、獰猛な馬を従えてやってくると、この土地は、はるかなる国の王のものである、と宣言した。命知らずの開拓者たちには、スペイン王から褒美として、土地の譲渡証書が与えられた。彼らが手なずけようとしている原野の所有権が、紙のうえで認められたのだ。

初期のスペイン人開拓者の一人、フランシスコ・ペラルタは、背が高く、もの静かな男で、燃えるような緑の目をしていた。土地に境界線をもうけて己(おの)がものであると宣言し、命がけで守った。それから日干し煉瓦造りの家を建て、スペインに迎えをやり、高貴な生まれの婚約者を呼び寄せた。

子供は一人しかできなかった。息子だった。しかし、これがたいした息子だった！　フアン・ペラルタは父の土地の境界線を広げ、金と銀を採掘し、馬と牛を飼い、裕福になった。父にならってスペインから迎えた花嫁は、インディアンの襲撃を受ければ夫と共に戦い、三人の子供を産んだ。息子が一人、娘が二人。家族ができると、フアン・ペラルタは新しい家を建てた。父の家よりずっと立派な家だった。調和のとれたその家は、アーチ形の玄関をもち、ひんやりとした白い壁に囲まれ、床には黒い陶製のタイルが敷かれていた。かぐわしい花々が、中庭に咲き乱れていた。

フアンの息子は祖父にちなんでフランシスコと名づけられ、さらなる富を大牧場(ランチョ)で築きあげた。しかしフランシスコの妻は体が弱く、初産(ういざん)の六か月後に亡くなり、娘が一人残された。嘆き悲しんだ夫はふたたび妻を娶(めと)ることなく、娘のエレナをかけがえのない宝物と慈しんだ。

一八三一年当時、アメリカ人はテキサスからさらに西へと放浪の足を伸ばしていた。ほとんどは、罠を仕掛けて毛皮を取る猟師だったが、なかには冒険家もいた。はじめはそれほど大勢ではなかったが、しだいにその数が増えていった。飽くことを知らぬ荒くれたちに、この土地の偉大なる美しさなど理解できるわけもない。ペラルタ一族は粗野なアメリカ人を軽蔑し、フランシスコはエレナに、男たちと口をきくなと命じた。

しかしアメリカ人の一人、ダンカン・サラットは、フランシスコの命令などまるで意に介さなかった。美しいエレナ・ペラルタをひとめ見たとたん、恋に落ちた。困ったことに、エレナも同じ思いだった。フランシスコは激怒し、恫喝し、娘とアメリカ人のどちらも力で抑えつけようとした。だが、甘やかされて育った娘は、父の脅しを本気には受けとめなかった。あのアメリカ人を、わたしのものにしてみせる。

そしてエレナはそのとおりにした。二人は結婚し、フランシスコもしぶしぶ認めた。しかし、フランシスコの目はふし穴ではなかった。ダンカン・サラットこそ、エレナが財産を守るうえで欠かせない存在だとすぐに見抜いた。緑の目をしたアメリカ人は、戦い方と富の守り方を知っていた。

フランシスコは、ついに孫の顔を見ることがなかった。翌一八三二年、フランシスコが亡くなると、ダンカン・サラットがペラルタ領の支配者になった。絶対的権力を握った支配者を、人は〝キング〟・サラットと呼んだ。夜が昼につづくのと同じくらい自然に、高所にあるその峡谷平野は〝サラット王国〟として知られるようになった。

王国に世継ぎが生まれた。ジェイコブ、二年後にベンジャミン。

兄弟は、曾祖父が建てた美しい日干し煉瓦造りの家で育った。ひんやり冷たい黒いタイルの上でゲームをしたり、中庭のバルコニーからぶら下がったり、取っ組みあって虎の子のようにけんかをしたりするうちに、いずれは自分のものとなる王国を隅々まで愛するようになった。

しかし、一八四五年、アメリカ人がメキシコと戦争をはじめた。当初サラット家がそれほど影響を受けずにすんだのは、王国がはるか北にあったからだ。が、戦争が終わると、メキシコはこの偉大なる美しい土地をアメリカに譲り渡し、アメリカ人はそこをニューメキシコと名づけ、あらたに準州（州としては認められなかったが独自の議会を持っていた地域）とした。ペンの一振りで、サラット家の土地はアメリカの領土となった。

合衆国は、前政府の法や土地譲渡証書を認めなかった。スペイン人が百年以上も住んできた土地が、法律のうえでだれのものでもなくなったのだ。要は早い者勝ち。所有権を申請さえすれば土地を失わずにすんだのに、スペイン人地主の大半がそのことを知らなかった。ダンカン・サラットも、世俗を離れた広大な王国に暮らしていたため、やはり知らなかった。知っていようがいまいが、たいしたちがいはない。サラット王国を奪おうとすれば、だれであれ命がけで戦わなければならないのだから。

銃声で目が覚めた。少年はベッドから転がり出ると、ズボンをつかんだ。ときは一八四六年。少年はまだ十三歳だが、男が牧場でやる仕事をすでに二年ちかくこなしてきた。なにが起こったにせよ、ベッドの下に隠れるような子どもじみた真似をするつもりはなかった。

走り回る足音がして、家の内からも中庭からも叫び声が聞こえた。父が大声でなにか命令している。少年はブーツを履き、ナイトシャツの裾をズボンに突っ込みながら廊下に走り出た。と、やはり自室から飛び出してきた弟と鉢合わせした。慌てるな、と声をかけようとすると、弟が尋ねた。「なにがあったの?」

「わからない」少年は廊下を走りだし、弟もすぐ後を追った。

階下で銃声がした。家の中だ。一瞬の静寂、さらに数度の銃声が、高い天井にこだまして響き渡った。兄弟はとっさに身を屈め、脇に寄った。

「ダンカン!」二人の母、エレナが寝室から飛び出してきた。恐怖心剥き出しの声で、階下にいる夫の名を呼んだ。息子たちに気づくと引き寄せ、命じた。「ここにいなさい」

十三歳で、少年はもう母より背が高かった。「加勢にいく」と母に言って、階段へ向かった。

「だめ!」エレナが腕をつかんだ。「ここにいなさい! 命令よ。弟のそばにいてやりなさい。かあさんが見てくる。なにが起こったのかわかったら、戻ってきて話してあげるから。いいわね! 絶対にここを離れてはだめ」

「ぼくは一人でもだいじょうぶだよ」下の息子があごを突き出す。気性の激しさでは兄にひけをとらない。エレナは一瞬その子を見つめ、そっと顔を撫でた。

「ここにいてね」ささやいて、階下に急いだ。

兄弟はこれまで、母の言いつけに逆らったことはなかった。状況がわからない不安と、役に立てない苛立ちを胸にじっと立っていた。銃声とライフルの鋭い発射音が、大きな家を震わせた。階下から喚声や怒声が聞こえ、走る足音と、ガラスが砕け散る音がした。騒音を引き裂いて、ひときわ高い悲鳴があがった。悲鳴は絶叫となり、とぎれとぎれのむせび泣きへと変わった。母の声だった。

年嵩の少年は階段へと飛び出したが、ふと用心が頭をもたげ足を止めた。床に身を伏せると、手摺りのあいだから顔をのぞかせ、下の様子をうかがった。

男が玄関広間に大の字に倒れており、腰から上だけが見えた。顔の半分がなくなっていたが、父だとわかった。まさかという思いに、体の芯が凍りつき、血が氷水となって全身を流れる。母が父の亡骸にすがりつき、悲痛な泣き声をあげていた。すると一人の男が手を伸ばし、母の腕をつかんで引きずりあげた。そのとき、ランプの明りが男の顔に落ちた。少年ははっと身をすくめた。フランク・マクレーン、使用人の一人だった。

「ガキもやれ」マクレーンの声は大きくはなかったが、少年の耳に届いた。「生かしておくな」

エレナが金切り声をあげてマクレーンに飛びかかり、顔に爪を立てた。マクレーンはののしり、拳をかためてエレナの顔を殴りつけ、床に倒した。「ガキをやれ」もう一度言うと、エレナのほうに屈み込んだ。

少年はすばやく這い戻ると、弟の腕をとった。「逃げろ！」声を殺して言った。

この屋敷は生まれ育った家だ。隅から隅まで知り尽くしている。子ども部屋はまっ先に探されるだろうから、二人は裏手の客用寝室へ向かった。角部屋で、小さなバルコニーが中庭に張り出している。

「おれが先だ」年嵩の少年はささやくと、手摺りの縁をまたぎ越し、両手でバルコニーの黒い手摺りをつかんでぶら下がり、手を離した。たった六フィートのジャンプは、追いかけっこで何度も経験ずみだった。ふわりと猫のように着地すると、外壁に沿った植え込みの暗がりに身を潜めた。トンと小さな音がして、弟がかたわらに来た。

「なにがあったの？」弟がささやいた。

「とうさんが死んだ。マクレーンのしわざだ。かあさんも捕まった」

まだ銃声がまばらに聞こえ、ダンカン・サラットとペラルタ家に忠誠をつくす人たちが戦っているのがわかった。兄弟は外壁の暗がりに沿って進んだ。二人のライフルは書斎にある。毎日ていねいに手入れした後、そこに置いていた。取りに行かなければ。年嵩の少年の体内を、血は氷水となったまま流れつづけていた。黒い床に大の字になった父の姿が目の前にちらつく。顔の半分を失った姿が。

　母の悲鳴が、冷たい夜気をきしませて響いた。

　二人は身を伏せて台所のドアから入った。母の悲鳴がいっそう大きく聞こえ、耳に突き刺さった。母はまだ玄関広間にいた。そちらからしわがれた罵声も聞こえた。

　年嵩の少年にはわかった。体がいっそう冷える。十三歳なら、なにが起こっているか見当はつく。少年は立ち上がり、そっと豹（ひょう）のようにしなやかに歩き出した。テーブルの上にぎらりと輝く鋼を見つけ、手が自然に伸びた。長刃の包丁を握っていた。

　悲鳴はうめきとなり、どんどん弱まっていった。玄関広間で少年が目にしたのは、母の脚のあいだに膝を突いて、一物を引き出すマクレーンの姿だった。ズボンは尻のしたまで下がっている。ぬめぬめと濡れたペニスがしぼんでゆく。ピストルはまだ手に握っていた。マクレーンはにやりと笑うと、銃口をエレナの頭に押しあて、引き金を引いた。

　獣じみたうなり声が喉を塞いだが、少年の頭のなかは氷のように澄み切っていた。包丁を投げた。狙いは外さない。遊びのなかでさんざん練習を積んでいたから。マクレーンは、暗がりの小さな動きに気づいて身をかわした。すんでのところで刃は心臓を外れ、肩に突き刺さった。大声で助けを求め、立ち上がろうとした刹那、少年に体当たりされて仰向けに倒れた。強い衝撃に悲鳴があがり、冷たい床が剥き出しの尻をこすった。少年は包丁を引き抜き、無防備な陰部めがけて、血染めの刃を振りおろした。マクレーンが悲鳴をあげ、逃れようと体をひねったため、刃は狙いを外れ、太腿に浅い傷をつけただけだった。野獣さながらにうなりながら、少年は包丁を再度握り締め、低い位置で横に払った。刃が銀と緋色に光った瞬間、マクレーンは焼けつくような激痛を覚え、陰囊が切り裂かれたのを知った。

マクレーンは絶叫し、苦痛と恐怖にわれを忘れた。身をよじって蹴ろうとしたが、おろしたズボンが脚にからんでうまくゆかない。怖いもの知らずでとおしてきたのに、恐怖で全身の血が凍った。悲鳴を抑えられない。襲いかかる包丁から逃れようと必死になる。ゆらめく灯りにかいま見た少年の顔には、狂気の表情が浮かんでいた。

「おまえのうす汚いペニスを切り取って、食わせてやる」少年の残忍なささやきは、マクレーン自身のヒステリックな悲鳴を圧して耳に届いた。

一発の銃声が二人の耳をつんざき、少年が横ざまに吹き飛ばされた。包丁は床に落ちたが、少年は倒れなかった。よろめきながらも台所に戻ると、もう一人の少年が、弟が、駆け寄って手を貸した。

「やつらを殺せ！」マクレーンは金切り声をあげ、血みどろの睾丸を両手でつかんだ。

「クソガキを殺せ！」ズボンを膝にからみつかせたままのたうちまわる。サラットの小僧への憎しみがふくれ上がって喉を詰まらせる。すすり泣いていた。あの包丁でどれほどの痛手をこうむったかと思うと、恐ろしくて手を放すこともできない。指のあいだからしたたる血を見て、出血多量で死ぬかもしれないと思った。べそをかき、震えながら、血まみれの片手を放すと大きくうめいた。ペニスは残っていたが、陰嚢の左半分はズタズタだ。左の睾丸はもう使い物にならないのか。

畜生め、あの野郎に去勢されるところだった！　こうなったらサラット一族を根絶やしにしてくれる。あの小僧の皮を剥いで、鷹に食わせてやる。だが、どんな復讐を思い描いたところで、あの息詰まる恐怖と苦痛は、生涯忘れられないだろう。飛んでくる包丁を、切りつけてくる包丁をかわそうと、ズボンを下げたままぶざまにのたうちまわった屈辱は、忘れようにも忘れられない。

少年たちが横たわる小さなほら穴は、二人が五年前にサラット王国の北端で見つけたものだった。年嵩の少年は、全身を駆けめぐる苦痛に震えながら、歯を食いしばってうめき声をこらえていた。弟は隣で、静かに、おそろしいくらい静かに、横たわっていた。思わず泣き声を洩らしながら、力を振り絞って腕をあげ、手を弟の胸に置いて、呼吸で上下していることをたしかめた。

「死ぬな」少年は冷たい暗闇にささやきかけたが、弟に意識がないのはわかっていた。「死ぬな。まだ死ぬんじゃない。二人でマクレーンを殺すんだ」

弟は銃弾を、左胸の高い位置に受けていた。よく逃げおおせたものだが、手負いの獣のように、夜陰にまぎれてともかく這い進んだ。兄も二カ所に傷を負った。ひとつは右腿、もうひとつは脇腹を貫通している。シャツもズボンも血でぐっしょり濡れ、体から力が抜けてゆくのがわかった。苦痛と出血で、頭がふらふらしていた。

うすれゆく意識のなか、ここで死ぬかもしれないと思った。

「だめだ」手を伸ばして弟の静かな体にもう一度触れた。「なんとしてでもマクレーンを仕留めてやる。なんとしてでも。神の名にかけて」

1

フランク・マクレーン少佐は日向に出て、近づいてくる四輪馬車を待ち受けた。期待に目を細める。

ようやく彼女がやってきた。

われながらよくやったとひとり悦にいる。けっして誉められた人生を送ってきたわけではないのに、いま、あのウェイヴァリー家の娘を娶ろうとしている。おまけにその母はクライトン家の出身——マーガレット・クライトン——で、娘もクライトンの顔立ちを受け継いでいた。抜けるような白い肌、落ち着いた気品、貴族的な骨格。

ヴィクトリア・ウェイヴァリー。戦争の前なら一族は少佐に唾を吐きかけたことだろう。そんな男と彼女が結婚するのは、彼には金があり、一族には空っぽのお腹と非の打ちどころのない血統しかないからだった。戦争と、戦争によってもたらされた飢えは、社会全体を平等にした。ウェイヴァリー家とクライトン家は、もっとましな暮らしを手に入れるため、一も二もなく娘を差し出した。

少佐は待ちきれなかった。血と死と図太い根性でこの土地をサラット家から奪いとり、自分のものにした。いまや所有する土地の広さは、南部のどの大農園主にも負けず、侮りがたい存在として準州内にその名を轟かせ、だれよりも多くの牛を放牧し、だれよりも多くの男たちを雇っていたが、まだなにかが足りなかった。人生でなによりも欲しかったものを、彼はまだ手に入れていなかった。それは、食卓をともにするレディ、わが姓を名乗る本物の貴族。以前なら、望んでも得られるはずがなかった。だが、戦争が終わると、少佐はオーガスタ（アメリカ南東部ジョージア州の町）に戻った。貧乏白人と蔑まれて育った町だ。そこで理想の女を探すうち、ヴィクトリアと出会った。彼女のことを考えるだけで、心臓の鼓動が速まる。待ちに待った四か月がすぎ、ついにその女がやってきた。結婚式は今夜だ。

少佐の後ろにいた男たちの一人が、もっとよく見ようとして体を動かした。「一緒にいるのはだれです？」

「ヴィクトリアの妹と、いとこのエマ・ガンだ」マクレーンが答えた。ヴィクトリアが二人の身内を連れてきても、気にはならなかった。むしろ同じ屋根の下に住むのは好都合と思えた。男たちが南部のあちこちから訪れて、二人に言い寄ろうとするだろう。白人女はまだ珍しく、本物のレディならその価値は金に等しかった。有利な縁組みが期待できる二人の娘のことを考えて、少佐は愉快な気持ちになった。サラット家がただの自作農に見えるほどの大帝国を、きっと築きあげてみせる。サラット家の生き残りを殺し、土地を奪ってから二十年がすぎても、その名が憎かった。ダンカン・サラットからは、まるでごみくずを見るような目を向けられたし、くそ忌々(いまいま)しいエレナからは、吸い込む空気が汚されたと言わんばかりの扱いを受けた。しかし、この手で二人の息の根を止めてつけを払わせ、こうしてサラットの屋敷に住んでいる。ちがう、ちくしょう、これはおれの屋敷で、ここはおれの土地だ。サラット家は根絶やしにした。それに間違いはない。

背後に並ぶ六人の男たちも、ゆっくりとやってくる馬車を、少佐に負けないくらい熱心に見つめていた。もちろん白人の娼婦(しょうふ)ならサンタフェにもいたが、あんな遠くまで馬で行く気があればのことで、牧場やこのあたりにいる女はみなメキシコ人だった。サンタフェにいる娼婦以外の白人女は、兵士の妻か、偏屈な牧場主の女房だけだった。いま到着した女たちは上物らしいが、少佐の奥方にだけは手を出せない。彼がどんな男か、みんないやになるほど知っている。もし女房の妹とやりたいと思えば、ためらうことなくやるだろう。だから男たちは熱心に馬車を見守り、女たちの姿かたちを想像したが、それでどうなるものでもなかった。

ウィル・ガーネットは足元に唾を吐いた。「少佐はこの女にいれこみすぎだ」とつぶやいた。「たかが女一人に大騒ぎして」

その声を耳にした男たちも思いは同じだったが、なにも言わなかった。この牧場で少佐の激怒に怯(ひる)まないのは二人だけ、ガーネットはその一人だった。四十の坂を越し、こめかみに白いものが混じるこの男は、最初から少佐と行動を共にしてきた。牧童頭としてやりたいようにやれるのも、少佐に信頼されているからだ。男たちはみな彼を煙たがっていたが、ただ一人例外がいた。その男はいま一団から少し離れたところにゆったりと立ち、帽子の縁から冷たい目をのぞかせていた。ジェイク・ローパーが牧場に来てまだ数か月だが、彼もやはり、少佐の激怒を恐れなかった。

男たちは牛や乗用馬の世話をするために雇われていたが、なかには、牛よりピストルを扱う腕前を買われて雇われた者もいた。マクレーンのような財産の築き方をしたら、敵の襲来に備える必要がある。それに加えて、牧場がこれほど広ければ、牛泥棒やコマンチ族の奇襲にもあいやすい。そこでマクレーンはガンマンの私兵団を置き、ジェイク・ローパーはいちばんの早撃ちだった。ほかのガンマンでさえ、なんとなく彼を避けた。ガーネットは性根が腐りきっているが、ローパーは氷のように冷たい。ガーネットは陰険な手段で人を陥れるが、ローパーは、虫を踏みつぶすように、あっさりと人の命を奪う。

ローパーは、やってきた女たちなど気にも留めなかった。少佐はなるほど浮かれ騒いでいるが、それもどうでもよかった。軽蔑を冷たい目の奥にしっかり隠して、ボスを横目でちらりと見た。このお上品でおつにすました南部のレディは、なにも特別な存在ではない。マクレーンに嫁ぐのでなければ。きっとひどい目にあうだろう。だが、その覚悟はできているのだろうから、お手並み拝見といこうじゃないか。

馬車が屋敷の前まで来てとまると、マクレーンが進み出た。降りるのに手を貸そうと両腕を差し伸べた。「ヴィクトリア！」

ヴィクトリアは腰をあげると、マクレーンに身を委ねて降ろしてもらうかわりに、手袋をはめた手を彼の腕にかけて降りてきた。「少佐」と穏やかな声で言うと、ボンネットのベールをあげた。

まるで血の通わぬ磁器の人形みたいだ、とローパーは思った。ヴィクトリアの顔は見事に整っていて、表情がまったくなかった。これぞレディ。頭のてっぺんからレースの下着――男の目に触れることはだんじてないだろうが――まで、全身これレディだ。髪の色は、少し見えている部分から察すると明るい茶色で、声は低かった。ありがたい。かん高い声でしゃべる女ほど苛つくものはない。

次に姿を見せた女も、やはりそっと手をマクレーンの腕にかけて降り立ったが、一人目よりやや平凡で、濃い茶色の髪に茶色の目をしていた。だが笑顔はやさしかった。じっくり品定めした結果、これがいとこにちがいないとローパーは思った。

三人目は助けを待たずに飛び降り、うれしそうに小さく喉を鳴らした。ぐいとボンネットを後ろに払い、ひもで背中にぶらさげ、風に泳がせた。「わあ、きれい」ため息まじりに言うと、あたりの景色に目を瞠（みは）った。

ローパーの隣にいるガーネットが、身をこわばらせて小声で悪態をついた。女というよりは少女にちかいが、驚くほど美しい。髪は輝くブロンドで、大きな紺青色の目をしている。こういう娘は、牧童どもにとって厄介の種だな、とローパーは思った。ほっておくには美しすぎる。

「ガーネット！　ローパー！」

無表情に、二人は前へ出た。少佐がしまりのない笑顔を二人に向けた。「いいかい、ヴィクトリア、この二人がわたしの右腕だ。ウィル・ガーネットは牧童頭、ジェイク・ローパーは、ここを安全に守ってくれている。さあ、おまえたち、ごあいさつしろ。わたしのいいなずけ、ミス・ヴィクトリア・ウェイヴァリーだ」

目になんの感情も浮かべず、ヴィクトリアは優雅なしぐさで、手袋をはめたほっそりした手を牧童頭にさし出した。「ガーネットさん」低くつぶやく。

「奥さま」ガーネットに手を握られ、上から下までじろじろ眺められると、ヴィクトリアは不安に身をすくめた。視線が合ってなおさら不安になったのは、生気のない無表情な目に蛇を連想したからだった。

そうと悟られない程度にさっと手を引いた。すぐにでもスカートで拭いたいくらいだった。そうするかわりに、もう一人の男に顔を向けた。「ローパーさん」

男を見あげて凍りついた。帽子を目深にかぶっていたが、冷たく光る目がこちらを見つめているのがわかった。男はわざとゆっくり視線を下げると乳房のところで止め、ヴィクトリアには永遠と思えるほどのあいだじっと眺めてから、視線をあげると目を合わせ、蔑みの色を浮かべた。

ローパーは差し出された手を無視して、軽く帽子の縁をあげた。ヴィクトリアは手をおろして彼に背を向けたが、不快さは募るばかりだった。ガーネットの態度を無礼とすれば、この男は無気味だ。表情は穏やかでも、あからさまな軽蔑のこもった視線にはぞっとさせられる。いままでだれからも、北軍の兵士からさえ、そんな目で見られたことはなかった。

自制心を総動員して冷静さをとりつくろい、振り返った。この男と結婚するために、大陸の四分の三を越えてはるばるやってきたのだ。「もしよろしければ、少佐、すぐにお湯を使わせていただきたいのですが。埃（ほこり）がひどくて」

「いいとも、いいとも。カルミータ！　ミス・ヴィクトリアとお嬢さん方を部屋に案内しろ」使用人に命じるときは声が厳しくなったのに気づいて、ヴィクトリアはちらりと少佐を見た。相手が使用人でも無礼な態度をとってはならないと、ヴィクトリアはしつけられていた。しかし、少佐の命令に応えて出てきた、小柄でころころ太った中年の女性は、気にもとめないふうで、根っから人のよさそうな表情を浮かべていた。

「どうぞ、こちらです」カルミータが言って、にっこりほほえんだ。

振り向くと、いとこのエマはすぐちかくにいたが、妹のシーリアは囲い柵のほうへ行きかけていた。名前を呼ぶと、シーリアは喜びに顔を輝かせ、ぴょんぴょんと駆け戻ってきた。男たちが妹に意味ありげな視線を向けているのを、ヴィクトリアは見逃さなかった。男はだれでもシーリアの姿に見とれるが、これはちがっていた。いま男たちは少女を、猫が鼠（ねずみ）を見るような目で見ていた。

シーリアを先に屋敷へと促しながら、妹を連れてきたのは正しかったのだろうかと絶望的な気持ちになった。すくなくともオーガスタにいれば、こういう危険な男たちの心配はせずにすんだはずだ。

横に並んだエマの美しい茶色の目を見て、同じように不安を感じているのがわかった。

「あの人たち……」エマがささやいた。

「ええ」ヴィクトリアが答えた。

壮大な屋敷はスペイン様式で建てられており、壁は漆喰（しっくい）を塗った日干し煉瓦だ。一歩入るとひんやりと涼しく、中を見まわしてヴィクトリアの気持ちは晴れた。壁は清潔で白く、広びろとした部屋には、色鮮やかなラグが活気を添えている。二階に上がるとカルミータは、廊下の右の最初のドアをとおりすぎ、二番目のドアを開けてヴィクトリアを促した。

「あなたのお部屋です、セニョリータ」

ヴィクトリアは部屋を見てうれしくなった。黒い木の床に、カーテンのかかった四柱式ベッドが左の壁側に置かれている。右手には巨大な衣装箪笥（だんす）。洗面台にはすっきりした水さしと洗面器が置かれ、鏡のついた化粧台で身じまいができる。窓際の長椅子にはクリーム色の毛布がたたんであった。「すてきだわ」ヴィクトリアが言うと、カルミータがうれしそうにほほえんだ。

シーリアは部屋の中をくるくる駆けまわり、スカートをはためかせた。「おねえさまだけのお部屋!」はしゃいで言った。もの心ついた頃からヴィクトリアと同じ部屋で暮らしてきたので、こんなことは信じられないほどの贅沢に思えた。「ねえ、エマとわたしにも自分の部屋があるのね、そうでしょう?」

ヴィクトリアが目顔で問いかけると、カルミータがうなずいた。「ええ、そうよ」と妹に答えて、顔にかかった金色の髪を払ってやる。ああ、この子をオーガスタの両親の元に残してくるなんて無理。戦争で一人息子をなくして以来、両親は陰気に塞ぎ込む一方だった。シーリアには笑い声と日の光が必要なのだ。そうすればまわりにも、笑い声と輝きをふんだんにふりまいてくれる。それでも、あまりにもろく、頼りない。温室で咲く花のように、大切に育てていかなければ。

「つぎはわたしの部屋を見てはだめ?　おねがい、いいでしょう?」

シーリアのはしゃぎぶりが伝染し、ヴィクトリアもみんなと一緒に笑いながら、ぞろぞろと廊下を歩いた。「屋敷にはいくつ部屋があるの、カルミータ?」

「十五あります、セニョリータ。下に八つ、上に七つです」

「あなたは家政婦なのね?」

「シ。ほかにはロラというコックがおります。それから娘のファナは、わたしの手伝いをします」

ヴィクトリアはここに着いたとき見かけた黒髪の娘を思い出した。「厩にいたのがファナかしら？」

カルミータの表情がひきしまった。「いいえ、セニョリータ。あれはアンジェリーナ・ガルシアです。ファナは厩へは行きません」

「アンジェリーナはなにをしているの？」

カルミータはただ肩をすくめただけだった。アンジェリーナのことは、あとでまた尋ねてみよう、とヴィクトリアは思った。

エマとシーリアにそれぞれあてがわれた部屋は、まったく同じ、質素な四角い部屋だったが、素朴な美しさがあった。シーリアは両方のダブルベッドで飛び跳ね、自分たちの幸福にうっとりしていた。エマでさえ瞳にかすかな希望をのぞかせ、ようやくすべてが良い方向へ向かいはじめたと感じているようだ。そんなふうに楽天的になれたらどんなにいいだろう。だが、ヴィクトリアの心臓は、ただ鈍く重い鼓動で不安を打ち鳴らした。フランク・マクレーンと結婚しなければならない。それを思うと絶望しか感じなかった。少佐は表向きは親切だったが、一緒にいてくつろげる相手だとはとうてい思えなかった。

少佐と結婚すると考えただけで、震えが走った。太鼓腹に猪首の少佐は、まるで牡牛だ。

上背がないからよけいに野蛮な印象を受ける。彼と部屋をともにするのかと思うと、息が詰まりそうだった。

エマとシーリアを一緒に連れてきたのは、少なくとも食べものと着るものには困らないだろうと考えてのことだった。戦争が始まって一族は落ちぶれ、文字どおり飢えに瀕して(ひん)いたから、少佐はただひとつの希望に見えた。しかし、さっきの二人——ガーネットとローパー——に加えて、ほかの男たちのシーリアに向ける下卑た目つきを思い出すと、いとこと妹をオーガスタから連れてきた自分の判断に疑いをもたざるをえない。

ローパーが冷ややかな目に浮かべた蔑みの色。思い出すと体が震えた。あの男にはちかづかないようにしよう。いま思えば、差し出した手を握られなくてよかった。触れられなくてよかった。でも、なぜあんな目で、ごみくずを見るような目で見つめたのだろう。二十一年生きてきて、あんな見つめ方をされたことはなかった。ヴィクトリアはウェイヴァリー家の人間、母はクライトン家の人間で、その家系はともに何世紀も昔のイギリス貴族にまで遡ることができる。戦争が始まるまで、一族は社会のピラミッドの頂点にいたのだ。戦争が始まるまでは……。

戦争が始まるまでは、いまとは違うことがたくさんあった。思い返し、ヴィクトリアは居住まいを正した。生まれついた特権階級の生活を失い、贅沢も、安楽も、富という後ろ楯(だて)も失った。すべてある暮らしからなにもない暮らしへと落ちたが、なんとか切り抜けた。

空腹のときも、擦り切れたドレスで寒さに震えたときも、たった一足しかない靴の底に穴があいたときも、毅然と前を向いて生きてきた。ドレスと靴でその人が決まるのではないのだから、失ったことを一度も嘆いたりしなかった。

　戦争のせいで一族はばらばらになった。いとこはこっちへ、おじはあっちへ。エマの婚約者は最初の冬に戦死し、以来彼女の瞳にはいつも悲しみが翳(かげ)を落としている。ヴィクトリアの母方のおばであるエマの母が一八六三年に亡くなり、エマはウェイヴァリー家に引きとられた。みなから慕われていた兄のロバートが、ウィルダネスの戦いで命を落とした。そのときに両親も死んでしまった。体は生きているが、心は死んだも同然だ。

　ロバートには不思議な力があり、兄こそ家族の中心だと感じていたが、妬ましいと思ったことはただの一度もなかった。兄を心から慕っていた。ヴィクトリアもシーリアも兄と同じように愛されていた。少なくとも彼女はそう思っていた。しかしロバートが亡くなると、両親は悲嘆に暮れて亡骸となり、娘たちにはなにも与えてくれなくなった。

　失ったものを嘆き、世の中を恨むだけの両親を思えば、十六歳のシーリアを家に一人残してはこられなかった。シーリアには風変わりなところがあって、ときに人の不興を買う。ヴィクトリアはこれまでずっと、そんな妹を庇(かば)って生きてきたし、これからもそれは変わらない。

　カルミータの声にヴィクトリアは追想から引き戻され、みんなにつづいてエマの部屋を出た。「少佐が、結婚式は今夜だとおっしゃいました。ドレスはお持ちですね？　しわをのばしておきます」

　今夜！　悪寒が走った。「今夜ですって？　たしかなの？」

　家政婦がとまどったように言った。「もちろんです。少佐は神父(パードレ)を迎えに人をやりました。ご自身でおっしゃったんですよ、けさがた」

　ヴィクトリアはそれ以上なにも言わなかった。カルミータを連れて自室に戻ると、トランクが運びこまれていた。エマに手伝ってもらってトランクをひっかきまわし、ついにドレス（支払いは少佐の金ですませた）を見つけた。これを着て嫁ぐのだ。カルミータがスチームをあてようと、ドレスを持って出ていった。

　無言のうちにヴィクトリアは服を衣装箪笥にしまいはじめた。エマがそばにきて、てきぱきとたたんだり吊るしたりしてくれた。

　沈黙を破ってエマが言った。「ねえ、無理しなくていいのよ。いやなら家に帰ればいいんですもの」

　ヴィクトリアは衣装箪笥にもたれかかった。「帰れるわけないわ。少佐が帰りのお金を出してくれると思う？　だめよ。取り引きを交わしたんだもの、約束は守るわ」

　エマは薄地のナイトガウンをたたむ手をとめた。それもやはり少佐の金で買ったものだった。三人の衣類はすべて新品で、下着にいたるまで少佐からの贈り物だった。エマの目が不安に曇った。「ここに来たのはまちがいだったのかしら？」

「そうではないといいけれど。そう祈るわ。でも下にいた男の人たちの……シーリアを見るあの目つき――」

「ええ。わたしも気づいたわ」

ヴィクトリアは窓に歩み寄った。景色は信じられないほど美しかったが、目に馴染まないものばかりだった。思い描いていたのは、穏やかな平和な牧場だったのに、なにやら暴力の気配が感じられる。「なんだか不安なの」と、つぶやいた。「あの人たち、とても怖いわ。おかしいでしょう？　でも武器を持っているなんて想像もしていなかったから」

「このあたりはまだ危険だもの。男の人が武器を持っているのはあたりまえでしょ」

「ええ、そうよね。ただ、オーガスタとはあまりにちがっているものだから。北軍の兵士が武器をもっているのは、あたりまえのことだけれど」

「あの人たち、早撃ちのガンマンには見えなかったわね。噂に聞いていたのとはちがうわ」

「シーリアがテキサスで買った、安っぽい三文小説にも出てきたわね」

二人は見つめ合い、どぎつい表現にシーリアが目を瞠っていたのを思い出してにっこりほほえんだ。分別のあるエマの言葉に慰められはしたが、それでも不安を完全に追い払えずにいた。かすかに頬を染めながら荷解きに戻り、すばやくエマを盗み見た。エマは二歳年上で、婚約もしていた。きっと自分より詳しく知っているにちがいない。

「少佐もここでおやすみになるのかしら？」

エマが部屋を見まわした。「そうは思えないわ。もし部屋を一緒にされるおつもりなら、少佐が使ってらっしゃる部屋にとおされたはずよ」

安堵のあまり、ヴィクトリアは膝がなえるのを感じた。「そうね、考えてもみなかったわ」

「きっとあのドアが少佐の部屋につながっているのよ」エマが指さした。

ヴィクトリアはドアに近づき、ノブをひねった。開けてみるともうひとつ、見るからにだれかが使っている寝室があった。急いでドアを元どおり閉じた。「ここはお手洗いだと思っていたわ」

寝所を共にするのでないとわかり、ほっとした。しかしまだほかにも心配なことがあった。普段着にどうしてもと言って持ってきた、シンプルなスカートとシャツブラウスをせっせと吊るした。「今夜、なにが起こるか知っている？」低い声で尋ねた。「後で——二人きりになってから」

エマが手を止め、唇を噛んだ。「はっきりとは。マーガレットおばさまは、発つ前に教えてくださらなかったの？」

「いいえ、ただ務めを果たしなさいと言われただけ。でも、〝務め〟がなにかわからないの。だから、果たすもなにも。わたしったら、ほんとに間が抜けている！　訊いておけばよかった。あなたは婚約していたでしょう。ヘレンおばさまはなんて？」

「たぶん母は結婚式の直前まで待つつもりだったのね。だってなにも話してくれなかったもの。学校で教わったのは」

「ええ、知ってるわ。きっとわたしが習ったのも同じことでしょうけど、それがほんとうだとは思えなくて。ひとつたしかなのは、結婚したら同じベッドで眠るということだけよ」そして赤ん坊ができる。それを思うとヴィクトリアは震えをおさえきれなかった。少佐の子など欲しくない。少佐がこの部屋に入ってくるのさえ、耐えられそうになかった。

　エマはまた唇を噛み、婚約者だったジョンを思い出した。婚約した後、ジョンはしばしばくちづけをしてくれた。それが結婚前のふたりにあるまじき行為だとわかってはいたけれど、あまりの素晴らしさにうっとりして、拒むどころではなかった。ジョンは強く抱きしめて乳房に触れた。はじめてくちづけの最中に舌を使われたときは、ひどいショックを受けた。激しく抱きしめられると、ジョンのズボンのなかが固くなっているのがわかり、本能的にそれが夫婦のあいだに起こることと関係あるのだと悟った。その先にあるのが、学校時代、友だちと興奮してささやき交わした、おそろしくて謎めいた未知の世界なのだとわかった。

　ジョン。あれからずいぶん経ち、彼の死をひどく嘆くことはなくなったけれど、恋慕の情は消えなかった。彼を愛していただけでなく、肉体的な感覚が呼び覚まされつつあったので、あとに残されたさみしさはいっそう強まった。それでもマクレーン少佐と結婚するよりは一人でいるほうがいい。

ヴィクトリアはエマに残されたたった一人の肉親だった。おじやおばとはそれほど親しくなかったし、シーリアは明るい愛すべき子であっても、ともに育った思い出はない。ヴィクトリアとは一緒に成長し、また大人の責任感も分かちあえた。拳を握っていとこを見つめ、家族を守るためにマクレーン少佐と結婚しようと決めた心を思いやった。はかなげな印象とは裏腹に、ヴィクトリアには鋼の意志と強い決断力があった。エマはだれよりもよく知っていた。家族みんなにどうにか食べものを行きわたらせ、過去二年間の最悪な時期を、南部のだれも食糧を満足に手に入れられなかった時期を生き延びることができたのは、ヴィクトリアのおかげだった。物々交換をして家計を切りつめたのも、何時間も骨を折って小さな菜園を裏庭にこしらえたのもヴィクトリアだった。そのいとこがいま知りたがっていることがあるなら、それがどんなに恥ずかしくても話してやらなくては。

エマは咳払いをした。「ジョンは――わたしの胸を触ったわ」

ヴィクトリアは口もきけず、不安でいっぱいの目を見開いた。少佐が自分のその部分を触ると思っただけで、竦（すく）みあがった。

「それから固くなったわ。彼の――彼の性器が」エマはうつむいて握った拳を見つめると、もう顔をあげられなくなった。「きっと女性の脚のあいだでそれをどうにかするんだと思うの。それで赤ちゃんができるの」

ヴィクトリアは息もできなかった。神さま、少佐の性器が陰部にこすりつけられるのを、我慢しなくてはならないのでしょうか？　それには、少佐にナイトガウンをめくられ、彼自身も裸になって……吐き気で喉の奥が熱くなり、必死で唾を呑み込んだ。少佐の肉厚で強い手が荒々しく胸に触れ、ガウンをめくる場面を想像すると、めまいがしてきて拳を握った。

エマは自分の両手を見つめたまま言った。「もちろんジョンは、わたしを辱（はずかし）めるようなことはしなかったわ。でも、してくれていたらよかったと思う。くちづけされるのも触れられるのも、ちっともいやではなかった。ほかのこともすっかりしてくれたらよかったのに。そうしたらジョンの赤ちゃんが授かっていたもの」

二人はとても厳しく育てられたので、そんなことを考えるだけでもふしだらなはずなのに、ヴィクトリアはショックを受けなかった。エマとジョンは愛しあっていたから、たとえ結婚していなくても、二人がそうするのは少しもいやらしいこととは思えなかった。それよりも、自分と少佐が婚姻の契（ちぎ）りを結んだあとで、そういうことをするほうがよほどいやらしい。それがわかってようやくエマの孤独が理解でき、いとこの肩に手を置いた。

「もう怖くないわ、教えてもらったから。ありがとう」ヴィクトリアはきっぱりと言った。

エマが少しほほえんだ。「わたしだって知ってるわけではないのよ。あてずっぽう。ほんとうに、訊いておけばよかったわ」

「訊いたからって、それが役に立つものかどうか。想像してみて。母にあなたより多くのことが話せると思う?」

エマがためらいながら言った。「教えてくれる?」そして頬を赤らめた。「その、はっきりわかったら」

良家の娘はそういう話をしないものだが、ヴィクトリアはうなずいた。大胆というより必死だった。これからエマと二人で支えあい、力をあわせてシーリアを守っていかなくてはならないのに、当のシーリアは、人を疑うことをしないし、危険があることも警戒することも知らない。

ヴィクトリアは部屋の中を見まわした。素朴な色合いが心地良く、広さも風通しもこれまで住みなれた家以上で、屋敷のどの部屋もその点は同じだった。今宵、妻となる。ヴィクトリア・ウェイヴァリーではなくなり、フランク・マクレーン夫人になるのだ。いつの日か母になるのだろう。これがおそらく人生で割りあてられた役であり、完全に演じるのが彼女の務め。

まずは完璧なレディになるように育てられ、これから完璧な妻になる。美しい添え物として夫の甲斐性（かいしょう）を世間に知らしめ、有能な女主人として家を守る。ヴィクトリアにとって女とは、やさしく優雅で魅力にあふれ、関心を向けるのは女の領分にだけ。妻はつねに夫に従うもの。育てられたとおりのレディとして、いつも愛想よく礼儀正しくふるまうよう努力しよう。ほかにできることはなさそうだった。約束は取り消せないのだから、できるだけのことをやるしかない。多くの女が愛していない男と結婚して、満たされた人生を送っているではないか。同じことができないわけがない。

でも、来るべき夜を思うと、どうしても体は震えた。

ウィル・ガーネットは、かわいいブロンド娘を頭から追い払えずにいた。輝く顔は完璧に美しく、きっと乳房はやわらかく丸いにちがいない。アンジェリーナのたれた胸とは大ちがいだ。まったくアンジェリーナときたら、金さえもらえばどこの馬の骨とでもやるから、おもしろみもへったくれもあったもんじゃない。それに比べて、あのかわいいブロンド娘……まちがいなく処女だ、顔にそう書いてある。なんとしても最初にいただきたい。あのきれいなかわいい顔が、はじめてのときにどうなるかぜひとも見たいものだ。あれは間違いなく淫乱の相だ。慣れてくれば男なしではいられなくなる。あの冷たい棒みたいな姉とはちがう。気の毒に、ボスがベッドで相手をするのは火かき棒だ。

ガーネットは、牧童小屋のテーブルに向かうローパーを横目で見た。あの野郎のことはどうも好きになれない。それはお互いさまらしいが、二人とも結婚式に出ることになっていた。式の妨げになるような面倒が起きないようにと、ボスが命じたのだ。ガーネットは咳払いし、ガンマンに声をかけた。「ボスの女はたいしたことねえな、だろ？　けど見たか、あの妹がいれば十分おつりがくるぜ」

　ローパーは大振りの44口径を掃除し、油をさしているところで、目をあげなかった。いつもの怒りが、ガーネットの中で燃え上がった。もしローパーがあれほどの早撃ちでなかったら、とうの昔に打ち負かしていただろう。だが、だれ一人としてローパーをやろうとしなかった、少佐でさえ。背後からの一発で仕留められるなら、事は簡単だ。問題は、背後から撃って、すたこら逃げるわけにはいかないってことだ。確実に仕留めたことを、たしかめなきゃならない。たいがいの男は、ローパーがそう簡単にやられるわけがないと思っていた。まだ牧場に来て数か月、ローパーは謎に包まれていた。わかっているのは、馬の扱いに恐ろしく長けていて、銃さばきは獲物に襲いかかるヘビのように素早く、冷酷さと容赦のなさはガラガラヘビ並みだということだけ。なによりその目、冷たく透きとおった感情のない目が彼を物語っていた。

　ローパーはけっして油断しなかった。いまこうして44口径を掃除していても、一度にひとつしか弾を抜かなかった。武器はそれだけではない。刃渡り十四インチの猟刀が左脇の鞘（さや）におさまっているし、もう一挺（ちょう）、投げるのにもってこいの薄刃のナイフが右のブーツに潜んでいる。ガーネットが知っているのはそこまでだったが、少なく見積もってもう一挺、体のどこかに隠しているにちがいない。

だが、男たちがローパーの恐ろしさを肝に銘じたのは、二か月前にチャーリー・ゲストを殺したやり口だった。ゲストは口から先に生まれたような男で、機嫌のいい日でも人を悪しざまに言う厭味のかたまりだったから、ローパーが彼を殺しても、ガーネットはいっこうに気にしなかった。ことの次第はこうだ。ゲストはローパーを嫌っていて、その日も彼に食ってかかった。ところがガンマンが、いまガーネットを無視したように、まったく相手にしなかったものだから、ゲストは怒りおかしくなった。そして過ちを犯した。銃で決着をつけようとしたのだ。だが、果たせなかった。ゲストが銃を抜く前に、ローパーが襲いかかっていた。その素早さときたら、ガーネットはいまだになにが起きたかよくわからなかった。

ローパーはゲストを小屋の床になぐり倒すと、膝をその背中に突いた。左腕をゲストの首に回し、右手で頭を押した。その場にいた男たちは、ゲストの首が、鶏の首のようにぽきんと折れる音を聞いた。ローパーは涼しい顔で死んだ男を床の上に残し、何事もなかったように作業に戻った。

小屋に張りつめた沈黙を破ったのは、牧童の一人のつぶやきだった。「どうして撃たなかった?」

ローパーは顔をあげなかった。「弾がもったいない」

ローパーのような男を手下にして、少佐はご満悦だ。箔がつくと思っているのだろう。少佐が日に日にガンマンに頼っていくのを、ガーネットは苦々しく思いながら、どうすることもできなかった。ゲストの末路を見て以来、牧場のだれ一人として、ローパーに刃向かおうとはしなくなった。

沈黙に耐えきれず、ガーネットはかみつくように言った。「あのブロンド娘はもらった」

ローパーがちらりと視線をよこした。「好きにしろよ」

その無関心な態度がなぜか癇に障るのだ。心を乱されることがいっさいない。こいつは人間ではない。アンジェリーナのところへも行かない。そっち方面に問題があるのではないかとガーネットが疑いはじめた頃だった。みんなでサンタフェに繰り出し、そこにいた丸三日のあいだ、ローパーは女と雲隠れした。相手の女は、うっとりとした目で彼を見送った。

小声でガーネットは言った。「いいか、早撃ちさんよ、後でほえ面かくなよ」

ローパーが顔をあげてほほえんだが、目の表情は変わらなかった。「かかせてみろよ、できるものなら」

2

ヴィクトリアのドレスは純白で、長そでのハイネックだった。スカートは新しいほっそりしたデザインで、オーガスタでは北部のレディがこぞってはいていた。シーリアは、ああ、とか、わあ、とか言うとき以外は、新しい青のドレス姿でまわりを跳ねまわっていた。

エマはヴィクトリアの腰まである長い髪にブラシをかけ、じょうずに結って頭の上に留めると、こめかみに幾筋かたらしてやわらかい印象をつくった。エマの穏やかな表情がうれしかった。ヴィクトリアはしっかりした手つきで、小粒真珠の小さな枝飾りを髪にあしらった。「どうかしら？」

「とってもすてき！」シーリアはうっとりした声をあげた。大好きなヴィクトリアが新しいドレスを着て、それは美しい姿でいるのを、幸せそうに見ていた。シーリアはこの結婚が姉にもたらす意味をわかっていなかった。だからヴィクトリアも、妹が思いこんでいるとおり幸せなことなのだというふうを装っていた。

「ほんとうにすてきよ」エマはそれより静かな声で言った。彼女も青いドレスで、その色合いが、白い肌にそれは美しく映えていた。ふさふさした濃い茶色の髪をひとつにまとめ、うしろでねじって結いあげていた。ふと鏡の中で目があうと、ヴィクトリアがそっと安心させるようにほほえみ返した。

カルミータがノックしてドアから顔をのぞかせ、三人の若いレディの姿に満面の笑みを浮かべた。「少佐がお待ちです、セニョリータ。とってもきれいですよ！」

ヴィクトリアは立ち上がった。「ありがとう」どうにかカルミータに笑顔を返した。部屋を出る直前、もう一度室内を見まわした。ウェイヴァリーとしてこのドアをくぐるのは、これが最後なのだ。ベッドに置かれた白いシルク地のレースのナイトガウンから、慌てて目をそらす。

男たちが集まっている部屋は、どうやら客間らしい。マクレーン、司祭のセバスチャン神父、そして午後に会った二人の男、ガーネットとローパーが並んでいた。ヴィクトリアは足早に少佐の隣へ向かい、二人の使用人には一瞥もくれず、礼儀正しく会釈した。ところがローパーが、ややさえぎる格好で立っていて、どこうともしない。ヴィクトリアはスカートが彼の脚に触れないよう、回り込まなければならなかった。彼の目には蔑みの色が浮かんでいるにちがいない。

少佐がにこやかに笑いながらヴィクトリアの手をとり、肘にからませた。「これは美しい」少佐が心をこめて言った。「出した金も惜しくない」ヴィクトリアは眉をひそめそうになるのを堪えた。

　司祭に向かってマクレーンが言った。「はじめてくれ」

　結婚式は短かった。あっという間に終わったので、ヴィクトリアは肩透かしをくらった気分だった。ほんの二分かそこらで夫婦ができあがるなんて。マクレーンが彼女を自分のほうに向けると、湿った唇を押し当ててきた。ヴィクトリアは唇をぎゅっと閉じたまま、震えないよう気を強くもつと頭が空っぽになった。急いで離れて顔をそむけると、ローパーと目があった。そこではじめて彼が帽子をかぶっていないのに気づき、はっきりその顔を見た。目は澄んで冷たく、軽蔑の色もあらわだったので、思わず後じさりしそうになった。どうしてそんなに憎むの？

　そう考えると、ヴィクトリアはあごをあげ、クライトンやウェイヴァリーの人間ならだれでもやってきたような尊大な態度をとった。この男はただの殺し屋、雇われガンマンじゃないの。ヴィクトリアは睨み返した。

　ローパーは口角をあげておもしろくもなさそうにほほえみ、ヴィクトリアの勇気を称えるように軽く会釈をよこした。それでも彼が目をそらすまで、気は抜けなかった。

　少佐が手をヴィクトリアの腕に滑らせ、たまたま指が尻に触れた。ぎょっとしたが、新しく夫になった男になんとか笑顔を向けた。緊張しすぎているだけ、と自分に言い聞かせた。それにこの人をよく知りもしないで。気持ちにゆとりがもてるようになれば、すべてがうまくいくはずだ。

「寝室は気に入ったかな、お嬢さん？　なかなかいいだろう？」少佐の口調にはいやらしい響きがあったが、ヴィクトリアの意見を聞きたがっているのはたしからしい。

「ええ、とても」と答え、嘘をつかなくていいのを喜んだ。「気持ちよくすごせそうですわ。長椅子はとくに気に入りました」

少佐がまたお尻をぎゅっと抱いた。ヴィクトリアは少佐を見ていたので、黒い目にぎらぎらした光が浮かんでいるのに気づいた。たまたまなどではない。こんな人前での愛撫(あいぶ)はショックだったし、少佐の目つきは少し恐ろしかった。

「じきにな」と少佐が言って、ウィンクした。「ますます寝室が好きになる」

返事ができなかった。来るべき夜を思うだけで、十分体が麻痺(まひ)しそうだった。くよくよ考えてはいけない。頭から締め出し、どうにかその夕方を切り抜けた。

奇妙に静かな集まりで、少佐だけがしゃべりつづけ、みんなは短く相槌(あいづち)を打つだけだった。ありがたいことに、エマがシーリアをかたわらから離さないでいてくれた。ヴィクトリアはほほえみをタイミングよく浮かべようとし、上品な会話でロラが準備してくれたディナーに花を添えようとしたが、緊張のあまり、優雅な女主人の体裁を保つのがやっとだった。

マクレーンはなにかというとヴィクトリアに触れた。ガーネットはシーリアを眺めまわしていた。そしてローパーは、ぞっとするような目でヴィクトリアを見ていたが、その表情からはなにも読みとれなかった。

　マクレーンとの結婚を、どうして承諾してしまったのだろう。こんなにみじめな結婚披露宴ははじめてだ。そう思うと、不意におかしくなった。その席でいちばんみじめなのはヴィクトリア本人なのだから。しかしそんな気分もたちまち消えた。マクレーンにわがもの顔で腕を撫でられ、気分が悪くなった。まるでこれみよがしに、二人の男に見せつけているみたい。

　あまりの辛さに顔をそむけると、ローパーと目が合った。冷たい目が彼女の視線を捉え、ちらりとマクレーンを見てから戻ってきた。なるほどという彼の目つきに、屈辱を覚えた。これからマクレーンと過ごす夜を恐れていることを悟られたなんて、耐えがたかった。

　ヴィクトリアの顔は蒼白になり、赤くなり、また白くなった。テーブルから逃げだしたくてたまらず、ぎゅっと両手を組んだ。他人の空想の中でナイトガウンをめくられようとは思ってもみなかったが、まちがいなくローパーはそうしている。貞節を踏みにじろうとしている。

　気づかないふりをするしかなかった。目を閉じて、人からも見えていないと思いこむようなものだが、なにもしないよりましだった。

　ローパーはくるくる変わるヴィクトリアの顔色を見て、理由を悟った。かすかな同情さえ感じた。冷たい、感情のない人形ではなかったわけだ。怯えているのだ――彼女の知るよしもないが、それももっともだった。マクレーンは、女にたいし手荒で性急だと評判だ。女の趣味はお世辞にもよいとは言えないが、こんどばかりはレディを手に入れた。運の悪いレディだ。

マクレーンが彼女の処女を奪うというのが気に入らなかった。そう思う自分に腹が立ったが、事実は事実だ。マクレーンにはヴィクトリアのはかない美しさなどわかるはずもなく、たっぷりと時間をかけて彼女を歓ばせたりもしないだろう。あんなろくでなしに、彼女はもったいなさすぎる。だいいち度胸がある。あんなふうに睨み返されたことは、相手が男でもめったになかった。彼女は挑むような目で見つめ返してきた。たいていの人間が、ちらりと見てすぐに目を逸らす。だが、この色白でほっそりした女は、岩のようにしっかりと立ち、怯むことなく視線で応酬してきた。まるで自分は女王で、彼は臣下のなかでも一番の下っ端と言わんばかりだ。そう思ったら急に怒りがこみあげ、そんな自分に驚いた。ローパーはめったなことでは感情をもたないようにしてきたし、とりわけマクレーンの妻にはなにも感じたくなかった。

だが、たしかに感じていた。怒り。敬意。欲望。ああ、そうだ、欲望。そんなものを感じてはいけない。そんな場合ではない。ヴィクトリアのことは、いずれなんとかするにしても、くだらない思いや感情で頭を曇らせてはならない。気を許してはいけない、いまはまだ。

ローパーはおもむろに妹を眺めた。申しぶんなく美しく、紺青色の目はやさしく幸せそうに輝いていたが、どこかつかみどころがなかった。無邪気なのだろう。馬鹿ではないが、無邪気なのだ。この娘はきれいな子どもにすぎない。

気を散らそうとしたがむだだった。目をマクレーンの妻に戻すと、憎しみがふたたび燃え上がった。むろん用心して表情には出さなかった。マクレーン、この男が父を殺した。マクレーン、この男が母を犯して頭に弾を撃ち込んだ。マクレーン、この男が奪った土地は、母方の一族が百年以上も守ってきたものだった。マクレーン、この男が二人の少年を追いつめ、殺させるために、若い殺し屋のガーネットを送りこんだ。あやうくやられるところだった。マクレーン、この男が住んでいる、涼しくゆったりとした屋敷でローパーが生まれた頃、この峡谷平野一帯はサラット王国と呼ばれていた。

ジェイコブ・ローパー・サラットは帰ってきた。マクレーンを殺し、峡谷平野を取り戻すために。今日まではそれだけが望みだった。

いまそこにマクレーンの妻が加わった。

坐（すわ）って枕にもたれかかったヴィクトリアは、長袖にハイネックの白いナイトガウンをまとっていた。寒かった。骨の髄まで凍えるほど寒かったが、震えることもできなかった。

体が重たくて、そんなかすかな動きもかなわなかった。心臓はゆっくりと重苦しいリズムで脈打ち、いまにも喉が詰まりそうだった。

髪をおろしたほうがいいとエマに言われたが、ヴィクトリアはいつもどおり三つ編みにすると言い張った。おろすとひどくもつれてしまって後で困るから、と。ほんとうは、あまり魅力的な姿で少佐に会いたくなかったのだ。小さな抵抗かもしれないが、きっと助けになるだろう、気持ちの上では。現実は別として。

ベッドカーテンは開け放たれ、四柱に結びつけてあった。部屋を照らすのは、鏡台のうえの優美な銀の枝付き燭台（しょくだい）に据えられた三本の蝋燭（ろうそく）だけだ。なぜ蝋燭なのだろう。石油ランプを使えばもっと明るくなるのに。階下にはランプがあった。ランプを置いてくれるよう、カルミータに明日頼んでおこう。

けれど今夜は、暗いにこしたことはない。蝋燭だって、消したほうがいいかもしれない。そう考えてカバーをはねのけようとしたとき、隣の部屋につながるドアが開き、少佐が入ってきた。

ヴィクトリアは凍りついた。少佐は黒いローブを着ていて、裾から毛深い裸の脚がのぞいていた。ひょろ長いふくらはぎのせいで、太い猪首と分厚い肩がいっそうぶざまに見えた。

だが、それよりも恐ろしいのは少佐の顔だった。好色さを剥き出しにした期待の表情に、ヴィクトリアは死にたくなった。ああ神さま、いったいなにをされるのでしょうか？

少佐はベッドのそばまで来てローブを脱ぐと、膝丈の白いナイトシャツ姿になった。

「さてお嬢さん、用意はいいかな？」またしても少佐があのいやらしい声音で尋ねた。

小さな声でなんとか、はい、と答えたが、嘘だった。用意などできているはずもない。

「じゃあ横になりなさい。それとも坐ったままでやりたいのか？」少佐が笑った。

動けそうもなかったが、どうにか体をずらして、マットレスにまっすぐ横たわった。少佐がベッドに入ってきて隣に寝そべり、片肘をついた。ヴィクトリアの体がますますこわばった。少佐の目が茶色いのに気づいた。がっしりしたあごがひげで黒ずんで見える。ふと、鼻をつく甘い匂いが漂ってきた。これだけちかくにいるので、オーデコロンと汗のまじったにおいに圧倒されたが、むせないよう必死で堪えた。絶望的な気持ちで自分に言い聞かせる。少佐は十分清潔だけれど、恰幅がいいからどうしても汗をかいてしまうのだ、と。

少佐がかがんで唇を押しつけてきた。上唇にじっとりと汗をかいているのがわかった。不快感に、頭をもっと深く枕に沈めて逃げようとした。

おかしなことに、このくちづけで少佐は興奮したようだ。呼吸が速くなり、牛を思わせる鈍重な手が、ナイトガウンに伸びてきた。ヴィクトリアは拳を握りしめ、裸身が彼の目に曝されることに備えた。いまはまだシーツに覆われている。

そう思ったのもつかのま、ナイトガウンを腰まであげると、少佐は薄いシーツを蹴り飛ばし、起き上がって膝をついた。ヴィクトリアは目を閉じた。屈辱のあまり考えることもできなかった。少佐にそこを見られている。こんなことはだれにもされたことがなかった。少佐に裸の脚を見られるだけでも十分ショックなのに、実際には三角の毛を見られているかと思うと、身の毛がよだった。

聞こえるのは少佐の荒い息づかいだけだった。少佐の手が脚に触れただけで、ヴィクトリアは飛び上がった。「気持ちいいだろう?」少佐は喘いでいた。「待ってろ、もっといい気持ちにしてやる」

〝もっと〟だなんて耐えられるわけがない。これ以上悪くなりようがなかった。少佐に脚を押し広げられ、吐き気で胃がでんぐり返りそうになった。神さま、本当に太腿のあいだを見られている。こんなこと、悪夢のなかでだって経験したことがなかった。

少佐が体の位置をずらし、広げた脚のあいだに膝をついた。あそこに触れ、指で撫であげたかと思うと、いきなり太い指を突っ込んできた。体を刺し貫くような痛みに、目を見開いて身を固くした。あの部分は乾いているから、荒れた指がまるでやすりみたいに感じ、痛みと少佐の行為についに耐えきれなくなったヴィクトリアは、踵でベッドを押さえつけて体を硬直させ、おぞましく侵入してくるものを拒んだ。

少佐がもう片方の手で自分のナイトシャツをめくりあげると、醜い脈の浮いたものをしごきはじめた。ヴィクトリアは恐怖のあまり少佐を見つめた。なにが行なわれようとしているか、不意に悟った。もうこれ以上硬直させることなどできないと思っていたが、筋肉はなおひきしまり、体は板のように固くなった。少佐が悪態をついている。醜い小さなソーセージは手のなかでぐにゃりとしていた。

　いきなり少佐が体を倒し、それをこすりつけてきたので、ヴィクトリアは息を詰まらせた。

　彼女が体をこわばらせていることなど、少佐は気にとめていなかった。予想していたからだ。ヴィクトリアはレディで、アンジェリーナのような娼婦ではない。反応しない自分の肉体にこそ気をとられ、激怒に駆られた。なんてことだ、手こずったことなど一度もないのに！　傷は負っても、これまで組み敷いた女ならだれとでもセックスできた。それなのにいま、問題の器官は眠ったままで、どんなにがんばってしごいても目を覚ましてくれない。おかしくなったようにそれをヴィクトリアに押しつけ、その感触で固くなれと願った。一秒ごとに混乱と怒りだけが高まるなか、なにごとも起こらないまま時間はすぎた。

　そのとき、自分の下で凍ったように横たわっているヴィクトリアを見て、脳裏にあのサラットの女狐（めぎつね）、エレナの姿が浮かび上がった。二十年間彼を苛（さいな）みつづけた悪魔が、つねに飛び出すチャンスをうかがっていたその悪魔が、いま邪悪にほほえんでいた。またしても、意識の奥底から忌まわしい記憶が甦（よみがえ）った。エレナからペニスを抜いたとき、ぎらりと光るナイフが不意に飛んできた。ズボンを膝にからませたまま床を転げまわり、飛びかかるナイフから逃れようとしたときの恐怖とどうしようもない無力感。激痛と、鋼が体に食い込む恐怖がまたしても甦った。

少佐はがばっと体を起した。ののしりながら、萎えたまま。怒りと屈辱、それよりも襲いくる恐怖に我を忘れ、ベッドを離れ大股で自室に戻ると、力任せにドアを閉じた。

ヴィクトリアはしばらくそのままの姿で横たわっていた。ナイトガウンはたくしあげられたまま、体はこわばったままだった。荒くしゃくりあげるような自分の呼吸だけが聞こえた。ようやく動けるようになると、拳を口に押しあてて、喉元にこみあげるヒステリックな声をおさえた。

耐えられない。もしこれが結婚生活に伴うものなら、ただもう耐えきれなかった。慎みを奪いとられたうえに、痛み……女たちは、どうしてこんなことに耐えられるのだろう？　無理に差し込まれて体が穢(けが)れたような気がしたけれど、恐ろしいことに最後までいってはいなかった。なぜなのかはわからなかった。わかっているのは、少佐がどうにかしてあの――もの――を、指を入れたように突っ込もうとしていたことだけだ。この体が貫かれようとは、夢にも思わなかった。そんなことが可能だなんて。男の体があんなに女の体と違うとは、思ってもいなかった。

ゆっくりとぎこちない動きで、ベッドからそっと下りた。洗ってきれいにしたかったたし、蝋燭も吹き消さなければならなかった。できないとわかっていても、暗闇に隠れてなにごともなかったふりをしたかった。震える手で、やわらかいフランネルを冷たい水に浸し、そっともう一度ナイトガウンをたくしあげた。濡らした布を脚のあいだに押しあてて痛みを和らげ、外した布に血のしみがついているのを見てぎょっとした。

　ヴィクトリアはうつむいて長いあいだ立ちつくし、震えていた。もしこれが定められた人生ならば、どうにか強くなって耐え抜かねばならない。エマとシーリアのために、持ちこたえなければならない。両親のためにも。これは一種の取り引き、女が何世紀も前から交わしてきた契約なのだから、気を強くもてば最後までやりとげられるはずだ。

　自分がそういう女の一人にすぎないとわかっても、なんの慰めも感じなかったのは、死ぬほど孤独だったからだ。「いやよ、もうたくさん、うちへ帰るわ」そう言って逃げ出すわけにはいかない。エマのもとへ走ってゆき、子どものように、怖いと泣き叫ぶこともできない。守ってくれる家も、慣れた部屋も通りも、親しい人さえいない。この広大で、品よくこざっぱりした大牧場の母屋（アシエンダ）は、オーガスタの生家とはなにもかもが異なっていたが、そこで残りの人生をすごすのだ。いつかここをわが家と思える日がきますように。でも、わかっていた。少佐に慣れ親しむようになることは、けっしてない。一縷（いちる）の望みも抱けなかった。

　ようやく蝋燭を吹き消すと、手探りでベッドに戻り、長いこと横になったまま、震えながら勇気を奮い立たせようとした。探し出せたのはいくらかの自制心だった。それでも役には立つだろう。

朝早く目が覚めた。眠りは浅く、とぎれがちだった。持ってきた質素なスカートとシャツブラウスに着替え、編みあげた髪をピンで留めると、そっと部屋から出た。少佐を起こしたくなかった。カルミータが台所にいるといいけれど。いますぐに知りたいことがあって、夜どおし気になってしかたがなかった。きっとカルミータなら答えを知っているだろう。そんなことを声に出して尋ねるのはむずかしいだろうが、むずかしいからといってできないわけではないことを、彼女はもう知っていた。

カルミータとロラとファアナはみんな台所にいて、楽しそうにぺちゃくちゃやっていた。早口のスペイン語で交わされていた仲間内のおしゃべりが、ヴィクトリアの姿に気づくとぴたりと止まった。

「セニョーラ」カルミータが言って、にっこり笑った。みんなが笑いかけた。三人が期待しているのは、頬を赤らめた新妻だと遅まきながら気づいた。ヴィクトリアは赤くなったが、幸せのせいではなかった。

ヴィクトリアは言った。「ねえ、カルミータ、少しお話できるかしら?」堪えたつもりだが絶望は隠しきれなかったのだろう、カルミータは笑顔をなくすと急いでかたわらに来た。

二人が中庭に出ると、たくさんの黄色いバラが美しく咲いていた。ヴィクトリアはバラを見ているふりをして、ビロードのような花びらを撫でた。低い声で言った。「もしわたしの質問がぶしつけだったら、答えなくてもいいのよ。ただ、その――ほかに聞ける人がいないの。あなたしか」

カルミータが戸惑った顔をした。「承知しました、セニョーラ」

ヴィクトリアはまた赤くなった。「カルミータ……男の人が――つまり、男の人がどんなことを――赤ちゃんはどうやってできるの？」真っ赤になって言い終えると、全身の力が抜けていた。

カルミータがぽかんと口を開けた。ヴィクトリアは急いで顔をそむけたが、カルミータは笑いながら、母のように、緊張する娘を抱き寄せた。「だれも教えてくれなかったんですね？　かわいそうなセニョーラ！　さあさあ、お坐りなさい、男と赤ん坊のことを話してさしあげます」

話してくれた、とても簡潔に。ヴィクトリアは心の中で、ほっと安堵のため息をついた。思ったとおりだった。男が女の体に入り、そこに種を蒔くと、ときに赤ん坊ができることもある。でも、いつもとはかぎりませんからね、とカルミータが真心のこもった口調で言った。少佐はそれをしなかったのだから、彼の赤ん坊はできていない。とりあえず、いまはまだ。昨夜はなにがいけなかったのかわからないが、少佐はまたきっとベッドにやってくる。二人は生涯をともにするのだし、少佐は床入りによって結婚を完成させるつもりでいる。だがともかく、今日のところは無事だった。

別の疑問がわいて、ヴィクトリアはおずおずと尋ねた。「赤ちゃんができたらどうやってわかるの?」

お腹が大きくなるまで待たなくてもいいのは知っていた。知り合いの何人かは、予定を口にしてからずいぶん経って、見た目にもわかるようになったもの。

カルミータがヴィクトリアの腕を軽く叩いた。「月のものが来なくなりますよ、セニョーラ」

ああ、そうなのか。生理の周期はとても規則正しかったので、何日から始まるのか前もって知ることができた。どうやら最悪の事態が起こっても、これなら確実にわかる。

「それからたくさん泣いて、たくさん眠って。それに、気分が悪くなって、食べたものがちゃんとお腹におさまってないんですよ」カルミータが陽気につづけた。「食べたい気分になっても、おかしなものがほしくなるんでね。きっとロラもお手あげだわ。だれかがサンタフェまで行って買ってこなけりゃなりません。そういうものなんです。あたしがファナを身ごもったときは、オレンジがそりゃ食べたくてね。それも毎日。セニョーラ、そもそもあたしゃオレンジなんて好きじゃないんですよ。でも、毎日食べました、日に五個も六個もね。ファナが生まれたら、もうオレンジはほしくもなんともない」

　カルミータが台所に戻った後も、ヴィクトリアは中庭に坐って、早朝の涼しさと明るい太陽を楽しみながら、ぼろぼろに疲れた心を癒した。前の晩はほんとうに恐ろしかったけれど、生き延びることができた。そして新しい一日はすがすがしく晴れわたっている。もし今夜も恐怖が繰り返されるとしても、そう、きっと生き延びることができるだろう。

　ヴィクトリアはカルミータの話を思い起こし、育ちのいい若い娘が、どうしてそんな基本的な事実も知らぬまま放ったらかしにされるのか不思議に思った。あれほど不快なものでも、なにが起こるのか知っていたほうがはるかにましだった。無知だからいたずらに怯えるばかりで、事態はますます悪くなる。母は娘がどんなことに直面するのか知っていたのに、無知なままで放り出した。それは許しがたいことだ。

　エマに話してあげよう。少佐が失敗したことは黙っておくけれど、婚姻の床で夫が妻になにをするのか事実を教えてあげよう。どうやって赤ん坊ができるのか、どうやって女が妊娠を知るかも話してあげよう。ときが流れて、もしシーリアが結婚を考えるようになったら、きっと妹にも話してやろう。

　ガーネットがシーリアを見る目つきを思い出して、ヴィクトリアは下唇を噛んだ。彼の望みがわかったいまでは、これまで以上にシーリアを遠ざけようと決心した。

　ローパー。彼もやはり、少佐がヴィクトリアになにをするか知っていた。

　ああ、そうなのだ。男はみんなすべてを知っているのに、女だけが知らされずにいる。

身持ちの悪い女や娼婦を相手に、男たちはやはり同じことをしている。そうとわかると、別の目で過去を振り返ることができる。ダンスパーティーも社交クラブもピクニックも、これまで参加したものはどれも儀式の一部で、いずれ婚姻の床へ、裸の体へつながっていくものだったのだ。そして相手役だった若い男たちは、みんななにが起こるか知っていたのだ。そのうちの何人が想像していたのだろう。ナイトガウンを腰までたくしあげた彼女の姿を？

過去を振り返るととても腹が立った。せっせとうぶな箱入り娘に育てるこの仕組みは、狼の群れに子羊を放り込むようなものだ。侮辱には対処もできたが、慎みを奪い取られ、苦痛を味わわされることには、心の準備もなにもできていなかった。なにが起きるか予測がつけば、むやみに怯えることもなかっただろう。でもいまは、少佐との結婚生活がどんなものかわかってしまい、心がすっかり重くなった。

ローパーは中庭に通じる門のところで立ち止まった。若い女が両手を膝に重ね、静かに坐っている。明るい朝の太陽が髪のうえで踊り、金色にきらめいていた。彼女の髪は暗いブロンドだったのだ。茶色だと思っていたが。

彼女はそこに坐って宙を見つめ、身じろぎもしなかった。すばらしい夜を過ごしたはずはないが、色白の顔からはなにもうかがえなかった。こめかみのほつれ毛が微風で揺れる以外は、まるで彫像にでもなってしまったように微動だにしない。

　忙しい日々の営みのなかで、母もわずかな暇を見つけてはあんなふうに中庭に出て坐っていた。母は愛情と活気に溢れた人で、息子たちや夫を相手によく笑った。いまそこに坐っている若い女は、冷静で抑制されており、表情は大理石のように硬かった。

　マクレーンと結婚したことで、彼女をいくらか軽蔑していたし、マクレーンの手がついた女を求めている自分が嫌でたまらなかった。だが彼女の姿を見ると、胸が苦しくなり、血液が股間に集まった。彼女の静けさは苦痛と恐怖を隠す仮面、それがわかって彼女に感服した。彼女が冷静に自制しているからこそ惹かれるのだ。熱い情熱で、そいつを粉々に砕いてやりたかった。裸身を震わせて熱烈に彼を求めてほしかった。彼の背中に爪を立て、腰を弓なりにして彼のものを迎え入れてほしかった。彼女をさらって遥か遠くへ連れていきたい。彼女にこの場所は、マクレーンやガーネットのような、そして彼のような男たちに囲まれたこの場所はふさわしくない。男たちの人生は血と暴力で汚れている。それはまちがいなく彼女に影響を及ぼす。どうすれば防いでやれるのだろう。

　あまりにも長いあいだ見つめていたらしい。人の気配に彼女が振り向き、中庭越しに二人の視線が出会った。急くこともなく、あくまでも優雅に立ち上がると、彼女は屋敷に戻っていった。彼女にはねつけられ、ローパーは拳を握り締めたが、ぐっと自分を抑えた。いま感情的になってはすべてが水泡に帰す。時機を待つのだ。

その晩も少佐はやってきた。彼女はなんの抵抗も示さず、両腕を脇に添わせて横たわっていた。マクレーンも、彼女にそれ以上のことは期待していなかった。

死ぬほど恐れていたのは、失敗をくり返すこと、また我を忘れてあの過去の恐怖に流されることだった。ヴィクトリアの脚のあいだでかがみこみ、反応の鈍い性器に懸命に命を吹きこもうとした。恐怖と屈辱が高まれば高まるほど必死になったが、なにも起こらなかった。そのあいだずっと、ヴィクトリアはただ彫像のように横たわっていた。それが彼にエレナを思い出させた。まるであの女が生き返り、彼を苦しめ罰しに来たような気分にさせた。

口汚くののしると少佐はベッドから転がりでて、震えながら自分の部屋に戻った。冷たい汗が、顔や胴体を伝い落ちた。くそっ、あのあまめ、おれを不能にしやがって！　きっとエレナと亭主の霊が乗り移ったにちがいない。

最悪の悪夢が現実になった。なんてこった。これまでずっと、彼女を求めて生きてきた。ヴィクトリアを、ということではなく、自分がひとかどの人物であることを世間に知らしめるための、お飾りとしてのレディを。ヴィクトリアは完璧だった。非の打ちどころのない血統、礼儀作法、そして育ち。彼女に比べれば、エレナもサラットの阿呆もただの貧乏白人に見える。ついに彼女を手に入れた。それなのに抱けない。

少佐は声を立てずに笑った。いささか狂気じみた笑いだった。レディは手に入った。いかにも。だが、手も足も出せない。

ヴィクトリアの真っ白な肌、完璧な肉体を思い出すと、また汗が吹き出した。彼女に触れながら、一物は萎えたまま使い物にならなかった。

この二十年間、哀れな泣き声をあげ、両手で守るように陰部を押さえながら目を覚ましたことが、いったい何度あっただろう。緋色のしみがついたナイフと、憎しみに歪んだ少年の顔に埋め尽くされた悪夢を、いったい何度見ただろう。夢の中では逃げ切れず、ナイフでとどめを刺される。現実も十分ひどかった。何週間もがに股でよたよたと歩いた。左の陰嚢はひきつり萎れた。地獄の思いで暮らしていたが、ようやく傷が癒え、女とやれるかどうかたしかめられるまでになった。だが、そのことでどれほど不安に苛まれたか、けっしてだれにも悟らせなかった。まだやれるとわかると、自分はタマがひとつしかないが、二つある男よりずっと〝男〟だと、自慢げに吹聴するようになった。だが自慢しても、悪夢は去らなかった。

しかし、それももう事実ではない。いちばん恐れていたことが現実になった。勃起すらできないのだ。

ヴィクトリアは、あまりにも上品で汚れを知らず、触れるのもためらわれる存在だ。フランク・マクレーンは暗い部屋に坐って考えた。肉体が犯した屈辱的な失敗に、なんとか説明をつけようと必死になった。ちくしょうめ。ナイフの傷が癒えてからいままでに、女とうまくやれなかったことはただの一度もなかった。それがこのざまだ。

つまりは、彼女のせいってことか。おれではない。おかしいのはヴィクトリアだ。たぶんレディというのはセックスには向かないのだ。レディを手に入れたのは、家を取り仕切らせ、高価なドレスを着せてサンタフェを連れまわすためだ。彼女の教養と家柄があれば、彼はこの地方でいくらでものし上がれる。だから結婚したのだ。ガキができようができまいが、どうでもよかった。このおれの半分ほども肚が据わっていないような洟垂れ小僧に、財産をそっくり遺す気などさらさらない。この土地はおれのもの、銃と頭脳と度胸で勝ちとったものだ。この地方の王として君臨し、だれも異議を唱えるものはいない。そしていま女王をむかえた。ほしかったものを手に入れた。膝はしっかりと閉じていればいい。あいう女は人形扱いされるようにできているのだ。大切に守り、美しい服と宝石をつけてやって飾っておけばいい。

ようするにそういうこと。いままでわかっていなかっただけだ。王族の一員を預かったと思って世話してやればいいのだ。手の届かぬもの、手つかずのまま置くべきもの。寝たくなったら、気兼ねのない女のところへ行けばいい。のたくって大声をあげる娼婦のところへ。

たとえばアンジェリーナ・ガルシア。ただの娼婦だが、どんなやり方でも、男にしてもらえば大喜びする。彼女と寝たときのことを思い出しているうちに、なんとまあ、ムスコが目を覚ましはじめた。そうだ、これこそいままでどおりの展開だ。おれにはなにも問題はない、悪いのは妻だ。

少佐はナイトシャツを乱暴に脱ぐと、大急ぎで服を着た。女が必要だ、ほんものの女が。アンジェリーナの部屋は小さな建物の中にあった。使用人が住んでいた建物だが、それもいまは昔、サラット家の馬鹿どもが腐るほど使用人を抱え、ズボンのボタンまでかけさせていた頃の話だ。建物の大部分は、いまは倉庫に使われていた。カルミータとロラとフアナが住んでいるのは、台所からすぐの二つの部屋だった。アンジェリーナは部屋を片付けることに、それほど熱心ではなかった。いつも服や食べ物が散らかっており、セックスの臭いがした。淫乱な女だった。日に何人もの男とやりたがり、向こうから来なければ自分から出向いた。派手な美人で、豊満な体に長い黒髪、ぎらぎらした黒い目をしていた。真っ暗な庭を足早に横切りながら、マクレーンはこれから彼女にすることを考えて、完全に勃起した。

待ちきれなかった。彼女の部屋のドアの下から明かりがもれていた。ドアを開けると、アンジェリーナはさっと顔をめぐらし、侵入者を見た。裸で横たわり、つぎはぎだらけの黄色いシーツをかけていたが、一人ではなかった。裸でへべれけの牧童が、隣に寝転んでいた。

アンジェリーナはびっくりして少佐を見た。なにしろ、結婚したのは前の晩だ。それからゆっくり、口角をあげて得意げにほほえんだ。

「出ていけ」マクレーンが牧童に言った。

男はよろよろ立ち上がり、不器用に体をズボンとブーツに押しこんだ。彼も少佐の来訪に驚いていた。朝になるまでに、噂は牧場じゅうに広まっているだろう。

アンジェリーナはしどけなく枕に寄りかかり、シーツを落ちるにまかせて豊かな乳房をあらわにした。「それで」と、喉を鳴らしながら言う。「お育ちのいいレディは満足させてくれなかった？」そんなに時間はかからないだろう、と経験でわかった。少佐はすぐにイッてしまうのだが、彼女はおだてあげることを忘れない。だれより大きなものの持ち主で、最高の種馬だと思わせてやった。アンジェリーナは抜け目ない女だったので、ここならもうけ口にありつけるとわかっていた。それを逃さないいちばんの道は、ボスにおべっかを使うこと。

マクレーンがぶつぶつ言いながら、ズボンのボタンを外した。「立たせてもくれん」彼のつぶやきを耳にし、焦っているのを見て、彼女には事態がはっきり呑み込めた。笑いたかったが、それでは失うものが多すぎる。後からみんなにしゃべって笑い飛ばすこともできない。笑いを押し殺し、そのかわり両腕を差し出した。

「不感症ってわけね」また喉を鳴らす。

マクレーンは勃起したペニスを解き放ってかがみこんだ。「四つん這いになれ」あえぎながら言った。考えただけで絶頂に近づいていた。「やりたいようにやるからな」

3

たいくつで終わりのない細々した家事には、鎮静効果がある。ヴィクトリアは、ぼんやりとそんなことを考えていた。結婚して一週間、家事を切り盛りすることに没頭してきた。忙しくしていれば、余分なことを考えずにすむから。もっとも、だんだんに落ち着きを取り戻した最大の理由は、少佐があれ以来、寝室を訪れなくなったことだ。けれど繕いものは、それ自体に催眠効果があった。ヴィクトリアはあくびをこらえた。

エマがくすくす笑った。「ほら始まったわ。二匹の年寄り猫みたいに、お日さまの下でお昼寝」小さく二目縫い、それから自分もあくびを噛み殺した。

「だってとても気持ちがいいんですもの」ヴィクトリアは言った。日が経つにつれて、新しいわが家をとりまく気候と景色がますます好きになっていた。六月だった。太陽は、昼になると暑すぎるほどだが、空気は乾いていた。蒸し暑い南東部から来たので、これはありがたかった。晩は涼しくさわやかで、毛布にくるまってぬくぬくするのにもってこいだった。

「とくにこの中庭はね。ああ、この縁かがり、もうどうでもよくなってきたわ」エマはスカートを籠に戻し、自分で決めたことに大満足の表情を浮かべた。またあくびが出た。「でも、お昼寝するかしないかは、どうでもよくない問題だわ」

「シエスタは伝染するみたい」

「そうみたいね。でも、ここに来てはじめて体験するわけでもないでしょ。夜のダンスパーティーに出かける前に、よくお昼寝をしたもの。憶えている？」

「昔のことね」ヴィクトリアはこの五年間を思い返した。

「ええ」二人は過ぎ去った日々のことを、それ以上口にしなかった。話したくなかった。戦争による変化はあまりにも激しく、人生がすっかり変わってしまった。そして、あまりにも多くの人が死んだ。

　エマが立ち上がったので、ヴィクトリアもそうしたが、ふと眉をひそめた。最後に妹の姿を見かけてから一時間ちかく経つ。「シーリアを探しに行ったほうがよさそうだわ。あの子、行き先を言わなかったの」

「それにシーリアがどこにいても、ガーネットさんがちかくにいるわね」エマが顔をしかめた。

　ヴィクトリアには不思議だった。ガーネットはあれだけの時間、シーリアをつけまわしていながら、よくも自分の仕事ができるものだ。いまのところは不穏な動きを見せていないが、始終うろつかれてはヴィクトリアも不安だった。もしまたガーネットを妹のそばで見つけたら、少佐に言いつけるつもりだが、あるいは少佐は気づいているのではないかという不安もあった。

「一緒に行きましょうか?」エマが尋ねた。

魅力的な申し出だった。支えが欲しいと思うことはしばしばあって、エマなら臆せず一緒に立ち向かってくれると信じていた。けれど、エマにその気構えがあっても、根が繊細なたちだから、人と衝突すれば混乱して吐き気を催しかねない。だからヴィクトリアはほほえみ、頭を振った。「いいえ。きっと厩にいるわ、いつものようにね。繕いものを手伝うよう、言ってくるわ」

「わかってくれたらねえ」エマが言った。

「わかるようならシーリアじゃないわ」

屋敷を通り抜けずに、裏門を使って中庭を出た。牧場の建物は、屋敷のまわりに半円を描くように広がっていた。鍛冶屋の仕事場が右手に、肉の貯蔵庫はずっと裏手に、倉庫が二棟と牧童が寝泊りする小屋が二軒、くだんの厩に巨大な納屋、そしていろいろな家畜の囲いが左手にあった。納屋までは百ヤードちかくある。着いた頃には、ボンネットをかぶってくればよかったと後悔した。太陽は、予想を裏切るように暑く、剥き出しの頭に照りつけた。

それに比べて納屋はひんやりと暗く、馬や油を塗った革や干し草の土臭い匂いが漂っていた。戸口を入ったところで立ち止まり、目がほの暗さに慣れるのを待った。ものが見えるようになると、シーリアがいちばん奥にいるのがわかった。角の広い馬房の扉の途中までよじのぼり、身を乗り出して片手を差し伸べていた。

そこにいるのはあの馬だ。ルビオ、少佐ご自慢の種馬。彼はこの馬のことを得々と自慢し、蹴ったとか噛んだとかいう逸話をさもうれしげに語っていたが、まるでそれが誉めるに値することだと思っているようだった。種馬は、世話をしていたメキシコ人を一年前に殺していた。いまシーリアが、大きな動物にあんなにちかづいているのを見て、ヴィクトリアは心臓がとまりそうになった。一歩踏みだしたが、馬を驚かせたくないから声はかけなかった。

男が一人、反対側の開いた戸口から入ってきた。明るい太陽を背に受けているから、輪郭しか見えない。それでもガーネットだとわかり、ヴィクトリアは足を速めた。

ガーネットが近寄ると、ルビオは警戒していないた。馬房の奥へ引っこみ、足踏みして鼻を鳴らした。

シーリアは彼に振り向いて言った。「おどかしちゃだめじゃない！　あとちょっとでわたしの手から砂糖を食べるところだったのに」

ヴィクトリアがほんの二十フィートまでちかづいていたのに、ガーネットはそ知らぬ顔でシーリアの脚に手を当て、尻へと滑らせた。「下りるのを手伝ってやるよ」

シーリアが笑った。まるで銀鈴を鳴らすような声。「一人で下りられるわ」

ヴィクトリアは怒りでわれを忘れかけたが、どうにか声を抑えて言った。「もちろんそうね。戻りましょう、繕いものを手伝ってほしいの」

いつもどおり聞き分けよく、シーリアはスカートをつかむと干し草を敷いた床に飛び下りた。「繕いもののこと、忘れてたわ」弁解するように言う。「ルビオとお話ししてたの」

シーリアは馬房を振り返った。「美しいでしょ、この子、ね?」

馬は美しく、獰猛(どうもう)だった。筋肉がよく発達した立派な馬体の鹿毛(かげ)だ。その目がなければ、ヴィクトリアもシーリアと同じくらい虜(とりこ)になっていたかもしれない。その目には生命力だけでなく悪意もみなぎり、ヴィクトリアをぞっとさせる。この馬は人殺しだが、シーリアは美しさしか見ていなかった。

「ええ、美しいわね」ヴィクトリアは同意した。「さあ、先に走っていきなさい。手を洗っておいてね。繕い物はそれからよ、いいわね?」

「いいわ」シーリアはなにやらハミングしながら、幸せそうに納屋を出ていった。

ヴィクトリアはガーネットに向き直った。ふてぶてしいその表情に気圧(けお)されまいと気を引き締め、冷たい声で言った。「ガーネットさん、一度しか言いません。妹に近寄らないで。二度と手を触れないでちょうだい」

ガーネットが鼻で笑って、一歩踏みだした。「さもないと？」

「マクレーンさんに、あなたが仕事をないがしろにして、シーリアを困らせていると言いつけます」

ガーネットが笑った。獣じみた声だった。両目は黒い穴だ。「さてさて、そいつはどうかな。ボスはあんたに言うだろうぜ。いらぬお節介は焼くなってね、ミズ・マクレーン。この牧場を動かしてるのはおれだと、少佐もわかってるんですよ。おれなしじゃやっていけないってね」

「いけるとも」感情のない声が、ガーネットの背後の開いた両開き戸から聞こえてきた。「おまえなしでも十分やっていけるさ、ガーネット。いや、そいつはなかなかいい考えじゃないか」

ガーネットは振り向き、憎悪に顔を歪めた。これまでだって憎々しく思ってはいたが、いまは怒り狂っていた。「おまえが鼻を突っ込むことじゃないぜ、ローパー」

「鼻を突っ込むかどうかはおれが決める」ローパーは戸口から動かなかった。陽が後ろから射しているので顔を見ることはできなかったが、ヴィクトリアにはその必要もなかった。その声が、抑揚のないいつもの冷たい声が、本気だと言っていた。「あの娘にちかづくな」

「おまえがものにしようってのか？」

「ちがう。おれはいらない。だがおまえも、ものにできないってことだ」

ガーネットの右手が動いた。が、ローパーのほうが速かった。ガーネットが銃の床尾にも触れないうちに、大振りのリボルバーがローパーの手に握られていた。ヴィクトリアはローパーの手が動いたのさえ気づかなかった。ガーネットが凍りついた。涼しい納屋にいても、顔に汗が噴き出していた。

「みんなに伝えろ」ローパーは感情のない声で言った。「だれもあの娘に手を出すな」

つかのま、ガーネットは立ちつくし、その場を去ろうとしなかった。ヴィクトリアには、ガーネットが観念したのがわかった。選択肢はない、生き延びたければ従うしかない、と。ガーネットはくるりと背を向け、大股で歩み去った。ヴィクトリアはほっと息をつき、そこではじめて息を止めていたことに気づいた。勇気を出して顔をあげ、ローパーが納屋の中まで入ってくるのを見ていたが、本音を言えばガーネットと同様、逃げ出したい気分だった。

「お礼を言います」

ローパーが言った。「敵をつくったな」

皮肉をこめて、ヴィクトリアは答えた。「おたがいさまでしょ」

おもしろがっているのか、ヴィクトリアが口角を心持ちあげるのを、ローパーは見て取った。「おれとガーネットならいまに始まったことじゃない。そのうちどちらかが相手を殺すまでだ」

「ではこれも、あの人を怒らせるためにやったのね？」無性に腹が立った。立ち去ろうかと思ったが、そうしなかった。ローパーが間近に来て、脚がスカートに触れても、一歩も引かなかった。

「だったらどうなんだ？　あいつがあんたの、おつむが弱い妹にちかづかなくなれば、それでいいじゃないか」

ヴィクトリアは拳を握った。「なんですって！」彼女は声を荒げた。「シーリアはちゃんと読み書きもできます。だれにも負けないくらい賢い子よ。ただちょっと……ちがうだけ」怒りが頬を燃やした。「おつむが弱いだなんて言わないでちょうだい」

「ちがうって、どう？」

どう？　どうちがうのだろう。大人にちかいのにいまだ純粋で、子どものように浮かれ騒ぐのを、〝おつむが弱い〟という言葉を使わずに、どう言い表わせばいいのだろう？　シーリアはまるで森の妖精のような、超自然の世界、魔法の世界に住むもの。なににたいしても敏感すぎるから、人生の暗部を締め出さなければ生きていけず、太陽の光のなかだけで生きているような子だ。ヴィクトリアは言葉を探した。「あの子には……醜さが見えないの。悪も。みんな自分と同じに正直で親切だと思っているの」

ローパーが馬鹿にしたように鼻を鳴らして、鞍を手摺りからおろした。「そいつは幼稚よりたちが悪い。ただの馬鹿だ。ここじゃ命とりになる」ローパーはずっと背が高く、ヴィクトリアは一歩たりとも下がろうとしなかったので、どうしても首をそらして見あげる格好になった。目が合うと、不安になって背筋が震えた。不安だけれど不思議と心が躍った。目深な帽子の縁からのぞくローパーのきらりと光る目は、澄んだ濃いヘーゼルグリーン。すぐそばにいるから、眼球の虹彩に浮かぶ黒い点まで見え、すぐそばにいるから、肌ににじむ汗の匂いも、体が発する熱さえも感じることができた。スカートが汚れたブーツをこすっているけれど、かまわなかった。見つめるうちに体は麻痺し、身動きできないまま、奇妙な恐ろしいような興奮に胃が締めつけられ、心臓が高鳴った。いままで、シェービングソープとオーデコロンだけが男の匂いだと思っていた。そんな文化的な香りは、好ましいけれど、ただそれだけだった。でもいま、ローパーの汗ばんだ肌が放つ熱く原始的な匂いに、体の力が抜け、だれかに支えてもらわなければ立っていられそうになかった。

彼をこんなにちかづけてはいけなかった。わかっていても、離れられなかった。

「家に帰るんだ」彼が言った。唇をほとんど動かさず。「ここにいるべきじゃない」

〝ここ〟というのが厩なのか、この土地のことなのかわからなかったが、後者をさしているような気がした。ヴィクトリアは胸を張って言った。「もう一度お礼を言っておくわ、ローパーさん」精一杯威厳を保ってその場を離れた。彼は気づいただろうか？　彼を間近にして、筋の通らない恥ずべき反応をしたことに。腹を立て、恐れてもいたけれど、彼のもつなにかが、体のなかの原始的な部分に触れた。そんなものがあることさえ知らなかったのに。でもそれは、抑えつけなければいけない部分だ。

手をかざして明るい太陽の下に戻ると、まぶしい色に気をとられて立ち止まった。左手の壁にもたれていたのは肉感的な若い女で、豊かな黒髪が背中に流れ落ちていた。大きな黒い目にぽってりした赤い唇、白いシャツの肩を出し、これみよがしに豊満な胸の谷間を見せている。スカートの下にペチコートをはいていないのがわかった。若い女はぶしつけな視線を返し、その黒い目で、ヴィクトリアのきれいに結った髪と、糊のきいたハイネックの長袖シャツブラウスと、きちんとした青いスカートを眺めまわした。

屋敷に着いたときに見かけ、カルミータの娘とまちがえた女だ。カルミータはなんと呼んでいただろうか？　ヴィクトリアは人の名前を覚えるのが得意だったので、記憶から取り出すのに時間はかからなかった。アンジェリーナ・ガルシア。それは美しい名前の女は、散りかかるバラの艶やかさを振りまいていた。

彼女が屋敷の中で働いているのを見たことがないから、使用人のだれかの妻なのだろう。二人はどこに住んでいるのだろうか。アンジェリーナの態度は友好的とは言えなかったが、親しくなろうと決め、にこやかに歩み寄った。

「こんにちは」ヴィクトリアは言った。「ヴィクトリア・ウェイ――マクレーンです」はたして婚家の姓に慣れる日がくるのだろうか。

女はヴィクトリアを眺め、しばらくむっつり黙っていたが、さっと黒髪を掻きあげて言った。「アンジェリーナ」

「着いた日にあなたを見かけていたの。もっと早くに声をかけなかったこと、謝ります。それで、どの人があなたのご主人？」

アンジェリーナの笑い声は、心の底から満足しているように聞こえた。「どの人もなにも。なんで結婚してなきゃならないの？」

結婚していない？　そんなこと……だれかと一緒に住んでいるのに、教会で結婚の承認を受けていないということ？　ヴィクトリアは勘違いに頬が熱くなるのを感じた。かわいそうに、なんて不安定で恥ずべき存在だろう。でも、アンジェリーナは恥じているようには見えなかった。むしろ好んで受け入れているみたい。目がいきいきしているもの。

その瞬間、この場を去って屋敷に戻り、この人たちとは縁を切るべきだと悟った。あまりにもちがう人たち。レディなら、評判の悪い女と話をしようなんて夢にも思わないものだし、アンジェリーナは明らかにそういう女だった。そうでなければ夫でない男と暮らしたりしない。同じようにレディなら、夫の使用人の一人と厩で面と向き合うなどもってのほか。たったいまヴィクトリアがしたように。たぶん自分で思っていたほどレディではないのだろう。というのも、アンジェリーナのそばを離れなかったからだ。

そのかわり、ヴィクトリアは言った。「男がいるの？」品のいい問いかけではなかったが、それよりほかに言い方を知らなかった。

アンジェリーナがまた笑った。悦に入った笑いが耳障りだった。「たくさんいるよ。みんなあたしの男。みんなあたしんとこへ来る——あんたの旦那もね」もう一度笑うと、黒い目が意地悪そうに光った。「あんたと結婚した次の晩に舞い戻ってきやがった！　おもしろいじゃないか、だろ？　みんなそう言ってる」

ヴィクトリアは真っ青になり、ようやく背を向けて歩きだしたが、もう遅かった。あの女に負けた。屈辱で前が見えなくなっていたから、ぶつかるまでそこに人がいるのもわからなかった。がっしりした手に肩をつかまれたおかげで倒れずにすんだ。でも、そのまま抱き寄せられ、乳房が逞しい腹に触れた。

ローパーだった。馬を牽いている。ひどくショックを受けていたので、ヴィクトリアは気づかなかった。ローパーがわざと行く手に立ち塞がったことには。後じさりして、顔を伏せたまま言った。「ごめんなさい」

アンジェリーナは壁にもたれたまま、得意げに勝利の笑みを浮かべていた。ローパーはそれを見て、なにがあったのか見当がついた。ヴィクトリアの青白い顔が、ショックを物語っていた。

ローパーは、やみくもに慰めてやりたいと思った。「アンジェリーナなんか気にすることはない。どうしようもないあばずれだ」両腕をヴィクトリアの体に回し、そのやわらかさをもう一度体で感じたかった。それに、なんともいえず清潔で甘い香りがした。炎が下腹でくすぶり、股間をふくらませる。

ヴィクトリアはいっそう青ざめたものの、威厳を保って顔をあげ、彼から離れた。「ありがとう、ローパーさん」しっかりした声で言った。「わたしのことならご心配なく」

ローパーは立ち去る彼女をもう一度見送ってから、アンジェリーナにちかづいていった。アンジェリーナは背筋を伸ばし、赤い唇に誘うような笑みを浮かべた。ローパーには効果がなかった。彼が牧場にやってきた日から、なんとかベッドに引き入れようと誘いかけてきたのに、いっこうに関心を示さない。その美貌にまいらない男がいるなんて、アンジェリーナには信じられないことだったが、ローパーの抵抗は、これまで彼女のほうから仕掛けたどの男より長つづきしていた。だからと言って、欲しがっていないわけではない。ほかの男が彼女の体を楽しむのを、うらやましく感じているのはまちがいなかった。へそ曲がりなだけ。いいじゃない。いっそうそそられる。そのうち向こうからやってくるはず。へそを曲げれば曲げるだけ、降参してきたとき、よけいにかわいく感じられるもの。

アンジェリーナは乳房を前に突きだしたが、彼は見向きもしなかった。冷たい目がアンジェリーナの顔を凝視する。「彼女になにを言った?」

「ああ、あの愛玩用の女（ファンシー・レディー）のこと?」アンジェリーナは肩をすくめて口をとがらせた。「なんにも。女は嫌いよ。あたしが好きなのは男」もう一度笑顔を送った。

表情も声音も変えずに、ローパーが繰り返した。「彼女になにを言った?」

ローパーのその口調が、これまでに大勢の男を震えあがらせた。アンジェリーナは寒気がして、弾かれたように背筋を伸ばした。「少佐があの女と結婚した次の晩に、あたしんとこへ来たって言ったんだよ」ぶすっとして答えると、つづけて言った。「嘘じゃない！あんただって知ってるくせに」

もちろん知っていた。牧場にいるだれもが知っており、冗談のネタにして陰で笑っていた。少佐はつんと澄ましたレディにあやうく凍死させられそうになったので、アンジェリーナに融かしてもらわなければならなかったんだとさ。マクレーンが妻のベッドで喜びを得られなかったと知り、ローパーは喜んだ。彼女が無我夢中でしがみついたりしなかったのも、うれしかった。夫の関心が、ヴィクトリアからまったく離れたわけではない。それはたしかだろう。少佐が義務感からヴィクトリアと寝ることもたまにはあるだろうが、奴の変態趣味のお相手をするのは、もっぱらアンジェリーナだ。そう考えるとほっとした。

だが、ヴィクトリアはどんな気分だったろう。結婚翌日に夫が自分を置き去りにして、娼婦のベッドにもぐりこんだだけでなく、牧場の全員がそれを知っていたとわかったのだ。誇り高い女だから、たとえマクレーンを好きになれなくても、やはりその行動には傷つけられたにちがいない。どんな女だって、卑猥な冗談や嘲笑の的になるのはごめんだろう。ましてそれが、ヴィクトリアのような女なら……。

アンジェリーナに言った。「マクレーンは女房をそりゃ自慢にしてるぞ」

アンジェリーナは地面に唾を吐いた。「もし女房が大事なら、あたしんとこには来るはずないだろ」もう少しでアンジェリーナは、マクレーンが妻とできなかったと言いそうになったが、用心が舌を黙らせた。男ならだれだって、寝間での失敗を人に知られたくない。もししゃべったら、マクレーンのことだ、彼女を殺しかねない。

「彼女は少佐の女房だぞ。ルビオが少佐の種馬なのと同じだ。もしおまえがボスの種馬を逃がしたら、どうなると思う？　女房がおまえのせいで逃げたら、どうなると思うんだ？」

アンジェリーナは大きな黒い目をしばたたき、調子にのった自分の浅はかさに気づいた。頭はよくなかったが、自分の損得に関わることなら目先が利いた。少佐が何か月も前から、ほんものの南部のレディを妻に迎えるとうれしげに自慢していたのを思い出した。少佐がときにどれだけ狂暴になるか考えて、ぞっとした。セックスをもっと楽しもうとしてか、少佐は彼女に仕置きすることがあった。痛めつけて喜んでいるのだ。仕置きの口実を与えるようなことを、してはならない。

唇を震わせて、ローパーに近寄った。「少佐に言いつけるつもり？」

ローパーは知らん顔で彼女の不安を受け流した。というのも、ちかくにいるのをいいことに、乳房を腕にこすりつけてきたからだ。「かもな」勝手に心配してろ。またなにかこすりつけられる前に、馬にまたがった。

ローパーは自分にあきれながら馬を進めた。非情な男なのだ。目の前で父が殺害され、母がレイプされて殺されたとき、ほんの十三歳だった。ローパーが最初に人を殺したのは十四歳、なけなしの食糧を盗まれそうになったときだ。二十年のあいだ、兄弟は復讐のために働き、時機を待ち、金を貯めて計画を練った。邪魔するものは、なにひとつ許さなかった。フランク・マクレーンを埋め、遺産を取り戻すより大事なことは、なにひとつありえなかった。ローパーは他人のことに口出しせず、他人にも口出しさせようとしなかった。人に干渉するなどまったく柄ではないのに、ものの数分で二度も、しかも同じ女のためにやってしまった。ガーネットがヴィクトリアの妹の下着に手を突っこんだからって、それがなんだというのだ？ ヴィクトリアがガーネットに食ってかからなければ、口など出さなかっただろう。だが彼女はそうした。ガーネットが彼女を口汚くののしるのを、見て見ぬふりはできなかった。ローパーは牧場で唯一人、ガーネットが一目置く男だったが、これからは背後の警戒を怠ってはならない。

すべて一人の女のために。女は十五の歳から抱いてきたが、行きずりの相手にすぎず、性欲を一時的に解消する以上のものではなかった。女は好きだが、恋に落ちたことはなかった。好きなのはそのやわらかさ、甘いムスクの香りがする肌、男より軽く小さい体、彼の逞しい首にからみついてくる腕、腰をしっかりしめつけてくる両脚、喜ばせるとあげるかすかな悲鳴。彼はいつも相手の女を喜ばせようとした。セックスがその場限りだろうとそれは変わらなかった。自分の強く確かな性を感じられるから、快楽を二人で分かち合えたときにこそよけいに楽しめた。

だがそういう女たちの中で、特にだれかを、ヴィクトリアを求めるように求めたことはなかった。しかも求めているのは体だけではなかった。もちろん、体を求める気持ちはいまでも十分強く、これからも強まるばかりだろう。笑顔が見たかった。守りたかった。なにが彼女を特別な存在にしているのかわからなかったが、特別だった。そして、手の届かぬ人だった。彼女はレディで、敵の妻。彼の手は血に汚れており、もっと汚れることになる。彼女の夫の血で。

それでもかまわなかった。ヴィクトリアは夫の不貞を突きつけられても、昂然とあごをあげていた。断固として妹を守った。正面から彼の顔を見据えたが、そういう人間はめったにいない。一人ぼっちで守ってくれる者もなく、不幸な結婚の罠にはまったが、勇気がある。

ちくしょう、どうしてオーガスタに戻らないんだ？　生まれた土地じゃないか。たぶん視界から消えてくれれば、思い悩むこともなくなり、計画も脅かされずにすむはずだ。

ヴィクトリアはまっすぐ自分の部屋に向かうと、長椅子に坐り、ゆっくり深呼吸をくり返して心を落ちつけた。これほどの怒りと屈辱を感じたことは一度もなかった。やがて悟った。腹が立ったのは屈辱を感じたからであって、夫の不実を知ったからではなかったことを。少佐がほかの女のところへ行こうがどうでもよかったし、実際、感謝したいくらいだった。それで彼を遠ざけておけるなら。

けれど、少佐の裏切りが周知のことと聞いて、激しく動揺した。彼があの——あの娼婦のところへ行ったのは、結婚して二十四時間経つか経たないかのうちで、しかも牧場の全員がそれを知っていたのだ。アンジェリーナの言葉だけなら信じなかっただろうが、ローパーのいつもどおり無表情な目から、それが真実だとわかった。

家政婦たちも、もちろん知っていた。牧場はそれ自体小さな世界で、独立しているがゆえに、だれもがほかのみんなの行動を把握していた。カルミータがこの一週間、気遣いを示してくれたのはそういう訳だったのだ。

彼女はヴィクトリア・マデリン・マリー・ウェイヴァリー。母はクライトンの人間だ。血筋も伝統も、金の後ろ楯がなければほとんど意味がないと学んだが、誇りは貴族的な面立ちと同様、生まれつき備わったものだ。夫は彼女を世間の笑い者にした。こんな傷つけられ方は、女ならだれしも許せるものではない。でも、彼女には償いを求める手段もなく、屈辱を胸にしまったまま生きていかなければならない。愛されも求められもしないのでは、夫の人生になんの力も及ぼせない。不能をばらすと脅すこともできるが、公然と侮辱するのは性に合わなかった。だからただ坐ったまま、できることはなにもないという現実に身をゆだねるしかない。いままでどおりなにも知らないふりをして、みんなにも知らん顔をさせるだけ。少なくとも面と向かっては。

　それでも腹が立つのは、アンジェリーナが牧場にいることだった。愛人（ファンシー・レディ）を囲う男のことは、少女時代に噂で聞いたし、いまでは理解もできるが、そういう場合でも、愛人と妻は別々に暮らし、顔を合わせることはまったくないはずだ。やはり、ここは知らぬふりをしなければならない。アンジェリーナを追い払おうとすれば、夫の不貞に気づいて嫉妬のあまりそうしたと思われるのがおちだ。夫とあの娼婦に嫉妬していると思われるなんて我慢できない。だから、このままそっとしておくしかない。

　軽くドアをノックする音にわれに返ると、シーリアが顔をのぞかせた。「繕いものをするんじゃなかったの？」咎（とが）めるのではなく、ただとまどっている。

　ヴィクトリアは無理やり気持ちを落ちつかせると、長椅子をぽんと叩いた。「ちょっとここに坐ってちょうだい」むずかしいとは思うが、なんとかシーリアにわからせなければ。ガーネットに近寄ってはならないこと、触ろうとする男をそばに寄らせてはならないことを。いまいるのがどんな場所かを考えれば、姉としてそうするのが義務だとわかっていた。これ以上先延ばしにはできない。

　シーリアは喜んで姉の隣に坐った。尋ねたいことがあったのだ。ヴィクトリアを信頼しきっていた。もちろんエマのことも大好きだし頼りにしていたけれど、擦りむいた膝を洗って包帯を巻いてくれたのも、どんな質問にも辛抱強く答えてくれたのも、悪夢にうなされたとき慰めてくれたのも、惜しむことなく愛情を返してくれたのも、みんな姉だった。ブロンドの房を指に巻きつけながら、勇気を出して尋ねた。「少佐はルビオに乗るのを許してくださると思う？　どうしても乗りたいの！」

ヴィクトリアははっとして、不安になった。シーリアは思いにまかせて行動するところがある。「残念だけど、お許しにならないと思うわ。ルビオは種馬だし、種馬は娯楽の乗馬には使わないのよ。言うことをきかないし、危なすぎるわ」

「ローパーさんは乗るのよ。見たもの」畏怖と羨望が入り混じった声でシーリアは言った。

その名前に、ヴィクトリアの奥でなにかがずきんと疼いた。「きっとルビオに運動させるためね。それにローパーさんは男の人だもの、わかるでしょう。あなたよりずっと大きくて強いのよ」

シーリアはちょっと考えて、たしかにそのとおりだと納得した。でも、ルビオに乗りたくてたまらないから、話をそこで終わりにはできなかった。「わたし、乗るの上手よね？」

「わたしたちが最後に馬に乗ったのは、ずいぶん前よ」戦争によるもうひとつの変化だった。馬はみんな軍隊にもっていかれた。「悲しいけれど、練習していないから体がなまっているでしょうし、それに馬をなくしたとき、あなたはようやくポニーを卒業したところだったわね」

シーリアがひどくがっかりしているのを見て、ヴィクトリアは抱き寄せると輝く髪を撫でた。「どうかしら、わたしが少佐に乗馬用の馬をお願いしてみるわ。運動するのはいいことですものね。エマとわたしは何時間も馬に乗ったものよ」声にわずかだが昔を懐かしむ思いがでてしまった。シーリアはがっかりしたのも忘れ、どうにかヴィクトリアを慰めようと張り切った。

その気持ちは、陽気な笑顔と弾ける興奮になった。「ほんとう？　とってもうれしいわ！」

「じゃあ、今夜少佐におねがいするわ」ヴィクトリアは言いあぐねていた。ガーネットの話をどう切り出したらいいのか。深く息を吸いこんだ。「あのね、とても大事な話があるの」

シーリアはうなずいた。真面目な表情になった。

「ガーネットさんは――」言いよどみ、少し顔をしかめた。「ガーネットさんは悪い人なの。あなたをひどく傷つけたがってるわ。気をつけなさい。触らせてはだめ。一人でいるときに、そばに来させてはだめよ」

「傷つける？　どうやって？」シーリアはまだ警戒するより、ただ興味を引かれているように見えた。

ヴィクトリアはシーリアが忠告を鵜呑みにせず、もっと詳しく聞きたがるだろうと恐れていた。言葉を探すのは、想像していたよりむずかしかった。「世の中には――いろいろあるの――男の人が女の人を傷つけることがいろいろあるのよ」

シーリアがうなずいた。「ぶったりするのね」彼女は言った。

「ええ、そうね。ガーネットさんはぶつかもしれないわ。あなたをもっと傷つけるような、ほかのことをするために」

「ほかのこと？」

逃げ道はなさそうだった。もう一度深く息を吸いこんだ。「スカートを持ちあげて、その、触るの――あなたの脚のあいだを」

シーリアはそっくり返った。幼い顔は憤慨していた。「べらぼうめ！」シーリアは言った。牧童の一人がそう言うのを聞いたことがあり、気に入っていたのだ。その手のおかしな言葉は、口にしてはいけないような気がして、心の中だけで言ったのだが、この一言は驚きのあまり外に飛びだしてしまった。

ヴィクトリアは吹き出しそうになった。叱るべきだとわかっていても、シーリアの激しい反応にすっかり安心していた。「そうね」彼女は言った。「そのとおりよ」

シーリアはまだぷりぷりしていた。「ガーネットさんがまた話しかけてきたら、叩いてやるわ」と宣言した。

「できるだけ二人きりにならないようにして。それからほかの男の人にも気をつけるのよ。

あまり信用しないで」おかしなことに、少佐の使用人には、根っからの牧童という男たち以外に、どこか――もっと卑しい感じの、どういうわけか牧場の仕事に関係なさそうな男もいたのだ。

「ローパーさんも?」

ヴィクトリアはまたあの妙な軽い疼きと、その後からもっとおかしな気持ちが広がるのを感じた。「いいえ」ゆっくり言った。「ローパーさんと一緒ならとても安全だと思うわ。ガーネットさんに、あなたにつきまとわないよう言ってくれたんですもの」

シーリアは心を決めたようにうなずいた。「ローパーさんは好き」

ヴィクトリアはもう一度妹を抱き締め、シーリアが少なくとも危険の一部はわかってくれたことでやっと安心した。妙な話だが、ローパーは傷つけたりしない、むしろ守ってくれるだろうとシーリアに話してひどく安心したのに比べ、自分は彼と一緒にいると安心できなかった。心臓がまた激しく打ちはじめた。熱い匂い、ぶつかったとき感じた逞しい体、肩をつかまれたときの両手の感触。体の力が抜けて、でも不思議と熱いものを感じた。自分も自分の忠告を聞いて、できるだけ彼を避けなければ。

4

　その夜の少佐はご機嫌だった。ヴィクトリアはアンジェリーナと話したことを、言葉にも態度にもうっかり出すような真似はしなかった。そのかわり、少佐がディナーのあいだじゅう、一人でしゃべりまくるのに耳を傾け、ふさわしい場所でうなずき、ほほえんだ。

　辛抱強く待ち、ついにそのときが訪れると、ここぞとばかり口を開いた。「また乗馬を始められたらどんなにうれしいか。エマとシーリアもそう言っています。わたしたちに良い馬を選んでいただけないかしら？　きれいな馬をお持ちだし、きっと賢い選択をなさるはずですもの。けれどももちろん、牧場のお仕事に必要なら無理は言いません」顔には思惑をひとつも出さずに小さくほほえんだ。にこやかなのは表面だけで、その実よそよそしい笑顔だった。少佐はちがいがわかるほど敏感ではないから、馬に関する知識をほめられてうれしそうに笑った。

「もちろんだとも、ヴィクトリア」少佐はヴィクトリアの手を軽く叩いた。「もっと早く考えてやってもよかったたな」ローパーに言って、レディ向きの馬を三頭選ばせようと思った。牧場でいちばん馬に詳しいのがローパーだった。

　また馬に乗れるとわかって、エマは彼女らしくほんのり顔を上気させただけだったが、シーリアは椅子に坐ったまま飛び跳ねそうな勢いだった。「練習してとても上手になったら、ルビオに乗せてもらえるかしら?」シーリアは尋ねた。

　少佐は馬鹿な思いつきに笑った。「ルビオを扱えるほど強くはなれんだろう」と言って、逆に馬の強さを自慢した。「おとなしい小馬で我慢して、ルビオは男にまかせておけ」

　そう言われてたちまち小さな顔から明るさは消えたが、文句は言わなかった。シーリアはめったに人と言い争わなかった。皿に目を落とすと、食事に集中しているふりをした。

　今度ばかりはヴィクトリアも少佐がひどく厳しいのを喜んだ。シーリアが突然あの種馬に乗ろうと思い立つのではないかと心配していたからだ。ふたたびスプーンを取りあげると少佐に馬のお礼を言って、あたりさわりのない話題でエマに話しかけた。エマも同じように社交のたしなみをしつけられていたので、即座に会話をつないだ。

　マクレーンは自分を囲む、家柄も行儀も良い三人の女たちを眺め、得意満面だった。


　ヴィクトリアがシーリアの部屋のドアをノックしても、応えはなかった。妹がディナーの後も元気がなかったことを思い出して不安になり、ぐっすり眠っていてくれるよう祈りつつ、ドアを開けて中をのぞきこんだ。空っぽのベッドを見て心は沈んだ。急いでドアを閉め、シーリアがいとこを訪ねていることを願ってエマの部屋に向かった。ノックしたが、出てきたのはナイトガウンをまとったエマだけだった。

「いいえ、見かけていないわ。ベッドにいると思っていたの」エマはヴィクトリアの心配そうな問いかけに答えて言った。「着替えてくるわ」

シーリアには子どものころから、動揺すると、隠れ場所を見つけて潜り込む癖があった。隠れ場所が自分の寝室だったことはなく、かならずもっと狭くて窮屈な場所だった。閉じこもることで安心感を得られるのかもしれない。以前には、ヴィクトリアも心配しなかったが、ここは住み慣れたわが家ではない。

エマは一分もしないうちに戻ってきた。あっさりしたスカートにシャツブラウスを着て、ショールを肩に羽織り、髪は無造作にピンで留めてあった。「二人でうちを訪問してくれたときのこと、憶えている？　鶏小屋に隠れてたわね」

当時シーリアはもう三歳になっていて、落ちこんだのは叱られたせいだった。ほかにもいろいろな場所に隠れていたものだ。大竜巻のとき避難する地下室、クロゼット、ベッドの下、四輪馬車の下、干し草の中（これもエマを訪問中のこと）、それに一度、小さかった頃だが、洗い桶の下に隠れていたこともあった。一時間か二時間もすればお日さまみたいに陽気になって出てくるものだから、なにか用事がないかぎり探すのをやめてしまった。

二人はすばやく屋敷じゅうを探したが、どこにも見つからなかった。ヴィクトリアは少佐の部屋ものぞき込んでみた。少佐はディナーの後で出かけたので、いないことはわかっていたから。シーリアの姿もなかった。カルミータとロラは台所のテーブルのまわりに坐っていた。最後にセニョリータを見たのはディナーのときだ、とロラが言った。

「きっと話をしているんでしょう、あれは……ええと――」ロラは言いあぐね、顔をしかめながら英語でなんと言うか思い出そうとした。

「ワゴンにいろいろ積んで、売り歩いてる人ですよ」カルミータが言った。

「鋳掛け屋のこと?」ヴィクトリアは尋ねた。

二人がほほえんだ。「シ」カルミータがほっとしたように言った。「鋳掛け屋です」

「鋳掛け屋がここにいるなんて知らなかったわ」

「暗くなるちょっと前に着いたんです、セニョーラ。娘と一緒に。今夜はここに泊まります」

ヴィクトリアとエマは顔を見合わせた。鋳掛け屋なら、シーリアには目新しいから、興味を惹かれたのかもしれない。猫が好物のイヌハッカに惹かれるように。「鋳掛け屋のワゴンはどこにあるの?」エマが尋ねた。

「牧童小屋の横です、セニョリータ」

牧童小屋とは、男たちが寝泊りしている小屋だ。ヴィクトリアは急いでドアから飛びだした。男たちのだれかがシーリアを襲うとは思えなかったが、あのガーネットなら、なんでもやりそうな気がした。ふとローパーに助けを求めようかと思い、その思いつきに、刺されでもしたように怯んだ。

　エマもおくれをとらないように隣を急ぎ、牧童小屋に近づくと二人は歩調をゆるめた。小屋の横には、鋳掛け屋のワゴンが巨大な影を落としていた。小さな窓から小屋をのぞくと、男たちが二つのテーブルのまわりに腰かけたり、狭い簡易ベッドに寝そべったりしている。いつもと別段変わりなさそうだ。ヴィクトリアがなおほっとしたことに、ガーネットがテーブルのひとつでトランプに興じていた。鋳掛け屋のワゴンのまわりにも、だれもいなかった。

「手分けしましょう」ヴィクトリアは言った。声は落としたまま、男たちに聞こえないように。「厩と納屋を見てくるわ」

「中庭を見てなかったわね。わたしはそっちを探してみます。途中で鍛冶屋の小屋ものぞいてみるわ」きびきびとエマが中庭のほうへ行ってしまうと、ヴィクトリアはくるりと背を向けて歩きだした。

　一人になってみると、暗闇が重たくのしかかってくるように思えた。心臓の鼓動が速まるのを感じながら、細長い厩にそっと近寄り、中に入った。馬房にいる馬はたいていまどろんでいたが、何頭かが厩栓棒（ませんぼう）のうえから顔を出し、ヴィクトリアを見るといなないた。そばをとおるとき、ビロードのような鼻面を軽く叩いて安心させた。中はとても暗かったので馬も大きな影にしか見えなかったが、馬房はどれも埋まっていて、この細長い建物のなかには、シーリアが潜り込めそうな場所はなかった。そう、納屋のほうが可能性がありそうだ。納屋にはルビオもいる。けんかっ早い性格のために、ほかの馬から離してあるのだ。

納屋の戸を、細めに開いて滑り込むと、こちらは石油ランプがひとつ灯され、いちばん奥の柱に下げてあった。ルビオの馬房のすぐそばだ。でも、種馬はおとなしかった。ルビオが動いて干し草がかさかさいうのが聞こえた。

ほかにもなにか聞こえた。言葉までは聞きとれないが、響きはやさしく、まちがいなく女の声だった。

もしシーリアがルビオの馬房にいたら……。

なんとしても馬を驚かせてはいけない。スカートをつまみあげて裾が藁をこすらないようにすると、忍び足で小さな光の輪のほうへ歩み寄った。

うめき声が聞こえ、またかさかさいう音がした。それから男の声、太い声は間違いなく男だ。また女の声、今度は痛がっているように聞こえた。

寒気が全身を駆けめぐる。シーリア？

近寄るとがさがさいう音はもっと大きくなった。まだ暗い影の中にいるうちに、音がルビオの馬房からではなく、その反対側、小さな空っぽの馬房から聞こえてくるのだと気づいた。ランプの灯りは厩栓棒のすき間からさしこんでいるだけだった。じりじりとちかづくにつれ、心臓が喉元までせり上がってきた。シーリアだったらどうしよう。それでも駆け出さずに、馬房の中が見えるところまできた。駆け出さなくてほんとうによかった。

一目で、藁の中にいる女がシーリアではないとわかった。ふさふさした黒髪が見えた。アンジェリーナでもなかった。知らない女だった。ほっとしたが、すぐにこの目がなにを見ているか悟ってぎょっとした。セックスの経験といえばあれだけだったから、危うく悲鳴をあげそうになった。レイプされているにちがいない。拳を口に押しあてて悲鳴を抑えたのは、とっさに理解したからだった。同時に二つのことが目に飛び込んできた。女はレイプされてなどいなかった。男にしがみつき、スペイン語でむずかるように、嘆願するようになにやらささやいて、男を煽りたてていた。そして男は、ジェイク・ローパーだった。

胸を強く殴られたような気がした。空気はたちまち肺から出ていき、その場に立って、動くことも息をすることもできずにいた。これまでに経験したこともない、途方もなく筋ちがいな痛みがこみあげ、背を向けてそっと立ち去ろうとした。こんなもの見たくない、耐えられない――

でも、脚がまだ動こうとしなかった。筋肉が凍りつき、絶望的な思いで見つめるしかなく、なにからなにまで見たくないものを見てしまった。

女は裸で、スカートだけが腰のまわりにたくしあげられていた。ランプの落とす影が二人の下半身を隠していても、ヴィクトリアにはそこまでわかった。ローパーはシャツを脱いでいた。筋肉の盛り上がった体に汗が光り、女の上で動くのに合わせて筋肉が収縮した。女は広い肩にしがみつき、のけぞって目を閉じていた。ヴィクトリアはローパーの顔を見つめた。女の顔よりよく見えた。ぴんと張りつめ集中した顔からは、燃えるような官能が感じられた。

女は低く叫ぶとしばし激しくもだえ、ローパーを腕で締めあげた。ローパーは強く抱いて、腰の動きをますます速めた。すぐに深い喜びのうめきが喉からもれた。

涙が光ってヴィクトリアの視界は曇り、すすり泣きをこらえようと唇を噛んだ。すると小さな痛みにいくらか感覚が戻って、後ろに一歩下がった。

危険を嗅ぎとった動物のようにローパーが顔をあげ、まっすぐこちらを見つめた。

ほんの一秒が永遠かと思われた。顔から汗がしたたり、たったいまむかえたオーガズムの名残りで肌はきゅっとひきしまり、目は激しく、手にはもう、藁に置いてあった重いピストルが握られていた。ヴィクトリアは拳を口に押しあて、見開いた目に光る涙を浮かべて立っていた。影の中にいても、彼に見られたとわかっていた。あの奇妙な痛みに貫かれ、あと一分でもそこに立っていられないと感じた。手足は固まっていたが、必死で影の奥に後ずさりし、一度に一歩ずつ、二人が見えなくなるまで下がった。ようやく背を向けると納屋から駆けだし、もう音を立てても気にもせず、ただ逃げることだけを思った。

怒りに駆られ、なぜか震えながら、ローパーは体を起こすとズボンを手早く引きあげた。女はまだ藁の上に横たわり、はち切れそうな乳房に汗を光らせていた。その乳房に、つい先ほどまで欲情したのに、いまはただ彼女から離れたかった。あまりにも身勝手ではあるが。まいった、名前さえ思い出せない。ワゴンが着いたそのときから、彼女は気がある素振りをはっきり示した。ローパーも誘いに応じた。ただの軽い戯れにすぎず、どちらにとっても肉体的な満足以上の意味はなかった。

だが、ヴィクトリアに見られてしまった。ローパーは苦々しい思いで想像した。きっと少佐とのセックスは堅苦しく控えめに、暗い中でナイトガウンも必要なだけしかあげないですませたにちがいない。おそらく夢にも思わなかっただろう。全裸にちかい体が、干し草の中でのたうち、汗をかき、絶頂に近づいて燃える姿など。

いったいなにを見られたかを考えると、恥ずかしくなった。そんな慣れない感情を押しやろうとしたが、居座りをきめこむ。ちくしょう、こんなことは起こらないでほしかった。ヴィクトリアにあんなに驚いた目をしないでほしかった。後を追って、これはなんでもないのだと言い訳したかった。わかってもらえるかどうか、それよりも、気にしているだろうか。だが彼女は、どうしてだか訳がわからないけれど、とにかく傷つけられたと言いたげな目でこちらを見つめていた。慰める手立てもなかった。

女は――なんという名だ？　フローレンスとかなんとか――恍惚（こうこつ）とした表情を浮かべた

まま、気だるそうに起き上がった。フローレンスではない……フロリダ？　フロリーナ、それだ。フロリーナがのびをした。濃い茶色の乳首とたわわな乳房をもっとよく見せようと両腕をあげ、子猫を思わせる官能的な目をこちらに向けたが、それがかえって興ざめだった。もっといちゃつこうという無言の誘いを無視して、シャツの裾をズボンに押しこんだ。

「おやじさんが寂しがる前にワゴンに戻ったほうがいい」彼は感情のない声で言った。

彼女は口をとがらせたが、身だしなみを整えはじめた。「もう酔って寝てるよ」

「目を覚ますかもしれない」

「覚ましたとしても気にしやしない」

彼女と〝父親〟が親子だなんて怪しいものだと思ったが、どっちにしろ興味はなかった。みんな精一杯がんばって生きているのだ。彼女が服を着たので手を貸して立ち上がらせ、くちづけをすると、尻を軽く叩いて送り出した。姿が見えなくなったとたん、陰気に顔をしかめた。

どうにでもなれ！

ヴィクトリアは屋敷に駆け戻った。息を喘がせ、いまにも泣きそうだった。途中でエマの出迎えをうけた。

「見つけたわよ」エマが言った。おもしろがっている。「隠れんぼなんかしてなかったの。中庭で星を数えてたんですって」

ヴィクトリアはどうにか自制心を取り戻すと、まばたきして涙を振り払った。なぜ泣いたりするの？　もちろん、あんなものを見てびっくりしたからだ。悲しいことなどなにもない。気持ちをシーリアに切り替えようとしてまたぎょっとした。妹のことを忘れていた。うっかりするなんて、あまりに自分らしからぬこと。その失態に、いま見てきたものと同じくらいショックを受けた。

深呼吸をして気持ちを落ちつけた。取り乱しているのはシーリアのせいだと、エマが受け取ってくれたのでほっとした。「ときどき」どうにかこうにか普通の声が出せた。「あの子をゆさぶってやりたくなるわ」

エマがくすくす笑って腕をヴィクトリアの腕にからませた。「そんなことしたら、ご機嫌を取り戻すのに一か月はかかるもの。意味ないわ」と陽気に言った。「シーリアはシーリアよ」

ヴィクトリアにもわかっていた。シーリアが変わることはない。やれやれ。自室に戻り、ひとりになれてほっとすると、ヴィクトリアは鏡の中の色白で卵形の顔をじっと眺め、どうして内面の変化が表に現れないのか不思議に思った。見た目は十六歳のときとほとんど変わらないのに、いまではもう戦争も飢えも、絶望も、絶たれた夢も、それに男の性の醜さも知っていた。少佐の手に触れられた恐ろしい記憶が甦り、また吐き気がしてきた。そこにもう一つの場面が割りこんで、吐き気は苦痛のうめきに変わった。

ジェイク・ローパー。波打つ筋肉がほのかな灯りに照らされ、厳しい顔は喜びで張りつめていた。あの女は彼の肩にしがみつき、恍惚としてのけぞっていた。二人のセックスは激しく荒々しかったけれど、ローパーの女の扱いにはやさしさがあった。

ヴィクトリアは両手に顔を埋めた。神さま、わたしはなんて愚かなのでしょう！ ローパーは雇われの殺し屋にすぎない。ほんの短い会話を交わし、偶然ぶつかってちょっと体が触れただけで、嫉妬するなんて――嫉妬！ いいえ、彼に嫉妬しているのではないわ。自分にきっぱりと言い聞かす。だれが彼に嫉妬なんてするもんですか！ ウェイヴァリー家とクライトン家の血をひくわたしは、鋳掛け屋の娘に嫉妬している。人生に歓びを見出していることに。まだ十分な言いわけではなかったけれど、もうひとつよりは楽に我慢できそうだ。

隣の部屋で少佐が動きまわる物音が聞こえて、ヴィクトリアは凍りついた。あいだのドアが開いたらどうしよう。何秒かたってもドアは閉じたままだったので、ゆっくりと緊張が解けて、ベッドに入る準備をはじめた。

ひんやりしたシーツのあいだで体を伸ばしても、眠れなかった。頭の中からローパーの姿を追いだすことができなかった。目を閉じるたびに、逞しい体がリズミカルに激しく動く様子が浮かんできた。つまりあれこそ、男と女のあいだで行なわれることだったのだ。あれを、少佐はしようとしたのだ。基本的なことを話して聞かされただけでは、頭のなかに思い描くことはできなかったけれど、いまはできる。

心臓の鼓動はのろく重かった。体はずしりと沈んで、熱をはらんでいた。隣の部屋にいるのがローパーだったらどんな気持ちになるだろう。あいだのドアを開けるのがローパーだったら。このベッドに横たわって彼を待つだろう。そして体はいまと同じように、重く、焦がれるだろう。またしても彼とあの女の姿が浮かんできたが、人が入れ替わり、しがみついているのはヴィクトリアだった。

自分の想像に肝をつぶし、寝返りを打った。レディは夫のことを、そんなふうに想像してはいけない。ほかの男に置きかえるなんて言語道断。でも、体は疼き、腿をぎゅっと締めつけて、みだらな感情から逃れようとした。また涙がこみあげた。呪われろ、ジェイク・ローパー。

ジェイク・ローパーはわが身を呪った。ベッドに寝転んで、まわりの男たちのいびきを聞きながら、天井を睨んでいた。すでに二つ、深刻なまちがいを犯してしまった。どうにかしなければならない。ひとつ目、ヴィクトリア・ウェイヴァリーがマクレーンと結婚するのを断じて許すべきではなかった。途中で彼女をさらい、少佐との対決が終わるまでかくまうこともできただろう。だが、いまさら悔やんでも意味がない。それとも、ヴィクトリアがやってくる前にマクレーンを殺して、山積みの問題を解決することもできたはずだ。だが、時機を待ち、ベンと二人で立てた計画に従うほうを選んだ。ヴィクトリアを巻き込まずにすませるには、もう遅すぎる。

二つ目、みすみす彼女の魅力の虜になってしまった。

あちらはそんなつもりもないだろう。浮気な女ではない。身持ちのかたさは尼僧にも負けない。もしくちづけしようとすれば、きっと頬を張られるだろう。そう思うと笑みがこぼれたが、ほろ苦い笑みだった。遠からず試してみるだろうとわかっていたからだ。あんなところを見られたのだから、彼女が野良猫のように爪を立てなければ幸運と言えるだろう。

時機がめぐってきしだい、ベンに電報を打って、残りの男たちを集めて牧場に向かうよううつたえるつもりだった。だが、電報を打ちにサンタフェに出かけられるようになるまで、まだ数週間はかかりそうだ。ベンがここへ来るには、さらに一か月から六週間待たなければならない。つまり、二か月。二十年にわたる計画が終結するまで、あと二か月。この広大な峡谷平野、かつてサラット王国として名を馳せ、いまは単に王国平野として知られるこの土地が、ふたたびサラットの財産になり、正当な所有者のものとなる——

——もしヴィクトリアを説得して結婚できたなら。必要とあらば、力ずくでも。

ちくしょう、あの結婚は止めるべきだった。だが、ことの重大さに気づくのが遅すぎた。マクレーンが死ねば、王国を手に入れるのは、遺されたヴィクトリアだ。取り戻すには彼女と結婚するしかない。女の財産は夫のものになるからだ。つまり、ジェイクは彼女と結婚するしかない。

たった一人の娘のせいで、彼女がそこにいるというだけで、二十年をかけた計画が水泡に帰す可能性もあるのだ。驚くほかない。もっとも、この年月のあいだ、計画がまったく変わらなかったというわけではない。子どもの頃は、復讐を思い描くと、きまってマクレーンや手下の男たち、牧場に住む全員を、無差別に殺そうとしていた。だが大人になると、計画は変わった。牧場には、なんの罪もない人たちも暮らしている。マクレーンの裏切りになんの役割も果たさなかった人々、皆殺しの後で働きはじめ、なにがあったかまったく知らない人々が暮らしている。復讐に冷酷な炎を燃やしていても、サラット兄弟は人殺しではない。マクレーンとその手下を殺すのはもっと別のこと、人の命を奪うというより狂犬を殺すのにちかかった。しかし年月はすぎ、新しく雇われた者もいるはずだ。使用人、女たち、もしかしたら子どももいるかもしれない。マクレーンが仕かけたような襲撃は、もはや二人にとって実行不可能なことだった。

二十年。兄弟は二十年のあいだ、あちこちを流れ歩いた。傍目からはそう見えるだろうが、目的はもっていた。どこでも仕事が見つかれば引き受け、現金を、骨を折って稼いだ金を、貯めはじめた。鉱山を掘り、銃の腕前で雇われ、ふつうの牧童の仕事もやった。ジェイクは馬を調教し、ベンは賭け事をした。各自が才能を生かしたというわけだ。二人で考えた計画を実行するには、金が必要になると承知していた。

そして二十年がすぎた。彼は三十三歳、悲しみと怒りに燃える十三歳の少年ではない。怒りはまだ燃えていたが、抑えることはできる。目には目を……だがほしいのはマクレーンの目ではない。あの男の血で、父と母の血を購(あがな)わせるのだ。あのろくでなしはサラットの屋敷に住み、ダンカン・サラットの寝室で眠り、エレナをレイプして殺したタイル敷きの床の上を日々歩いている。毎晩マクレーンが屋敷に戻るのを、歯噛みしながら眺めていた。唯一鉄の自制心が、たったいまベッドを出て屋敷に向かうのを押しとどめていた。実に簡単なことだろう。階段を登り、寝室に入り、銃口をマクレーンの頭にあてる。ちょっと指を引けば、ことは終わる。だが、同時に彼自身にも終わりが来る。そんなことは望んでいなかった。彼とベンは峡谷平野の所有者に返り咲くつもりなのだから、合法的にやらなければならない。おまけに、ヴィクトリアがマクレーンと同じベッドにいるのを見るのは気が進まなかった。考えただけで腹が立ち、気分が悪くなった。

二人が落ちついた計画はこうだ。ジェイクが牧場で仕事をもらい、一家を襲った元々のグループのうち何人が残っているかを調べ、それがだれかを見きわめる。そのあいだに、ベンは信頼できるまともな男たち、新しい仕事をすぐにでも引き受けてくれる男たちを雇い集める。牧場に着いて状況を見たジェイクは、雇われている男たちの少なくとも三分の二は入れ替える必要があると知った。雇われガンマンたちは立ち去るだろう。ジェイクには使い道のない連中だ。だいいちマクレーンに忠誠心を抱いている者などいないから、邪魔もしないはずだ。本職の牧童のうちの半数は、それぞれの理由で行ってしまうだろう。サラット家の下で働きたくない者もいれば、牧場に世間の目が向けられるのを恐れる、脛に傷をもつ者もいるだろう。人のことをとやかく言える立場ではない。彼自身も後ろ暗いことをしてきたのだから。

そんなわけで、ベンは足りなくなった人手を埋める男たちを集め、ジェイクは奇襲に加わった男たちを特定した。チャーリー・ゲストもその一人でジェイクは彼を殺すのを楽しんだ。しかも、ほかの男たちが彼に一目置かざるをえないようなやり方で仕留めた。残るは五人。マクレーン、ガーネット、ジェイク・クインジー、ウェンデル・ウォレス、そしてエメット・プレッジャー。ウェンデルはじき七十でほとんど目も見えなくなっていたから、恐れるに足りない。ガーネットは背後から狙い撃つ卑怯者だ。クインジーは肝の据わった男だが、マクレーンのためにもガーネットのためにも、命をかけたりはしないはずだ。わが身第一という男だ。それに比べてプレッジャーは、狂犬のように薄汚く、おまけに冷血漢で、殺すという行為自体を楽しんでいる。

マクレーンがサラット夫妻を虐殺して牧場を奪った頃、唯一法をつかさどっていたのは米国陸軍だったが、ナヴァホ族とメキシコ軍を相手にするだけで手一杯だった。しかもその法というのは、軍隊の力が及ぶ範囲内の法、つまり軍法だった。カーニー将軍は、広大な土地の所有権をめぐる小規模な争いが、新しい準州のあちこちで起ころうと、いっさい関知しなかった。マクレーンは残忍なのと同じくらい智恵も働いたから、まずサラット一家を殺し、それから合法的に登録の手続きをした。

サラット兄弟の番になっても、ことは変わらず単純だろうと思われた。マクレーンを殺して土地を奪い返す。相続人はいない。土地は政府に返還され、登録されるのを待っているはずだった。だから今度は、サラット兄弟が登録の手続きをして一件落着。

合法的ですらあった。公正な戦いで人を殺すことを禁じる法はない。ジェイクは冷たい笑みを浮かべて考えた。自分の手下を配して背中を狙う弾を見張らせ、一対一で撃ちあいをするのだ。戦争が終わるまで、早撃ち競争など存在すらしなかったが、大量の退役兵が西部に流れてくると、その技術はたちまちのうちに広がった。なんとまあ、マクレーンのホルスターにはまだフラップがついている。ジェイクのフラップは切り落としてあり、何時間も練習して速さと正確さの両方を磨いた。マクレーンにチャンスはないだろう。ただ一人、速さの点で劣らないのはクインジーだが、あせって撃つ癖があるから、最初の一発を外すことが多かった。プレッジャーは正確だが、遅い。ガーネットは速さも正確さもなかなかだが、ジェイクは自分のほうが速いことを知っていた。全員を難なくしとめるのも夢ではない。たとえしくじっても、ベンが後を引き受けてくれるだろう。

ところがいまでは、マクレーンが死ねば牧場はヴィクトリアのものになる。

もしマクレーンの選んだ妻が醜かったり怒りっぽかったり、頭が空っぽで泣き言ばかり言う女だったらどうだったろう。罪のない女を殺すことはできないし、そんな女と結婚することもできそうにない。ところがヴィクトリアは、サラット王国の女主人にぴったりなのだ。認めたくないが、マクレーンの選択は正しかった。彼女はレディだ。彼女には勇気がある。それに、彼女はお追従笑いをしない。

結婚するのもそう悪くない。これまで考えてもみなかったが、ひとたび彼とベンが王国を取り戻したら、身を固める潮時だ。ヴィクトリアなら望みどおりの妻になるだろう。状況さえ整えば。


ヴィクトリアははっとして飛び起き、シーツをあごまで引きあげた。全身が凍りついていた。開かれたドアのところに少佐が立っている。背後から射す光に輪郭を浮かび上がらせて。ああ神さま、あれにはもう二度と耐えられない……。

「考えてみた」少佐が告げた。ろれつがまわらぬその話しぶりから、酔っているのだとわかってぞっとした。アルコールのいやな臭いが漂ってきた。「おまえたちのほしがってる馬のことをな。牧場の馬はレディには向かん、ルビオ以外はどれも使役馬だ。サンタフェに行ってしゃれた乗用馬を買ってやる、レディにふさわしいきれいな鞍も買おうじゃないか。決めたぞ、みんなでサンタフェに行く。そこらのろくでなしどもに、うちの女連中をたっぷり拝ませてやる」

笑いながら、千鳥足で部屋に入ってきた。「地団太踏んで羨ましがるぞ、きっとな」思い描いた情景に、ご満悦の体だ。「そうとも、ここにレディが三人もいるとわかったら、この地方一帯の男どもが嗅ぎまわりに来るぞ。いや、食いっぱぐれなんかじゃない、いいか、ちゃんとした男どもがだ。そいつらがほかの二人の娘をくれと言うんだ。特に人気を集めそうなのが、あのかわいいおめえの——おまえの妹だ」自分で言い直し、もう一度笑った。「朝のうちに出発だ。猟犬みたいに舌を垂らした連中を、早く見たくてたまらんよ」

さらに一歩近寄られた瞬間、ヴィクトリアは自分がなんでもやりかねないと思った。また触れられるくらいなら、悲鳴をあげて屋敷から逃げ出すかもしれない。

「朝に出発なら早起きしなくてはなりませんわ」恐怖のせいで声は鋭かった。「できるだけ眠っておかなくては。また明日お目にかかります、少佐。朝早くに」

少佐は立ち止まり、前に後ろに揺れた。ヴィクトリアは息を詰めて待った。やがて彼が言った。「眠っておく、か。それはいい考えだ。おまえたちレディはよく休まんとな。牧場での暮らしにもまだ慣れとらんだろうし、旅はきついぞ」

「おやすみなさい」そう言って仰向けになると、シーツを体の下にたくしこんだ。それから唇を噛み、呼びかけた。「少佐？」少佐は背を向けるところだった。「その——馬のことですが、ありがとうございます。とてもお心が広いのですね」

「妻にこれぐらい当然のことだ」自分に満足しきっている。

少佐が部屋を去り、ドアが閉じると、ヴィクトリアはようやくほっとした。もう一度ベッドで試そうとしたのだろうか。でも、あそこまで近寄られるのだけでも、我慢の限界を越えそうだった。もしほんとうに試そうとしていたら、ローパーがあの女にしていたことを——

記憶がぱっと甦って彼女を苦しめた。あんな男！　なぜ彼のしたことが気になるのだろう？「気にしていないわ」暗闇にささやいたが、嘘だとわかっていた。ああ、神さま、気になってたまらないのです。告白したことに震え上がった。彼女は人妻であり、夫をのぞく男は、ジェイク・ローパーだろうとほかの男たちだろうと、みんな禁じられた存在なのだ。女には二種類しかない。良い女と悪い女と。もし女が、夫以外のだれかと関わり、それが社交以外のつきあいだったなら、それは善悪の境界を越えることを意味する。彼女にとってみれば、ジェイク・ローパーをそういうふうに思い描くだけでも、十分罪深かった。

でも、社会の掟（おきて）を守った結果もたらされたのは、軽蔑すべき夫だった。罪だろうとなかろうと、心に潜む弱さを締め出すことはできない。ローパーの肢体と細めた輝く緑の目を、意識の前面に押し出そうとする弱さを。

彼が憎かった。彼に欲情させられたと思うと、憎かった。肉欲は醜く恥ずべきものだが、その力がわかりはじめていた。心は熱く焦がれ、体は重く疼く。夜も眠れず、良心が苛まれる。ほかにどうしようもなかったから、絶望を受け入れて恨みに変えた。口説きもしないで、彼女を苦境に陥れたあの男への恨みに。こんな気持ちをもし彼が知ったら、いつもの調子で嘲笑するにきまっている！


ヴィクトリアの部屋から戻ると、マクレーンは寝室に立ちつくし、ふらふらしながら考えた。酔っぱらっていた。それで、今度は固くなるかもしれないから、ひとつ試してみようなどと考えたのだ。身震いして、以前の二夜のことを思い出した。神に誓って、もう二度と危険はおかすまい。

だが女がほしかった。眠りに落ちて、あのいまいましい悪夢にまた怯えないですむ、なにかがほしかった。最近ますます頻繁に見るようになっていたので、満足に眠ることもできず、憔悴（しょうすい）していた。

アンジェリーナ。また一人牧童を部屋から蹴り出す場面を想像して、くっくっと笑った。知ったことか、なにを気にすることがある？　アンジェリーナのうえに乗っかってる男を蹴落として、かわりに自分が乗るというのはいい思いつきだった。だれがボスか見せてやれ。

　少佐はそっと寝室を出て、大げさなほど慎重に音を立てないようドアを閉めた。屋敷は暗く、脚もかなりふらついていたので、階段の手摺りにつかまって、転げ落ちないようにした。いちばん下の段までおりたとき、さっと白いものが目の端をよぎり、肝を冷やした。頭の皮がちくちくして、髪の毛が逆立った。サラットが戻ってきた！　きらめくナイフ――亡霊かもしれない――

　すると白いものがまた動いて、それがナイトガウンを着た女だとわかったが、女は食堂の入り口を通り抜けて台所に向かった。恐れはたちまち怒りに変わった。だれであろうと、こんなふうに驚かす奴は許しておけない。アンジェリーナのことも忘れ、食堂に向かった。「だれだ？」怒気を帯びて一喝する。こんなふうに夜中に歩きまわっておれを脅かしたらどうなるか、思い知らせてくれる。メキシコ女の一人だろう。きっとカルミータだ。なんにでも鼻を突っ込むお節介女め。

　女はもう台所にいた。ちょうど入り口まで戻ってきたところで、食堂に入った少佐と顔を合わせた。「セニョール？」おずおずした声で尋ねた。

　こうして同じ部屋で顔を突き合わせて、ようやくだれなのかわかった。ファナ、娘のほうだ。長い黒髪を背中にたらし、長そでにハイネックの、地味な白いナイトガウンを着た姿を眺めまわして、少佐は目を細めた。

怒鳴りつけるつもりだったが、急に気が変わった。「なにをしている?」猫撫で声で尋ねて、ちかづいた。「こんな暗い中を歩きまわったりして」

ファナが一歩下がった。「申しわけありません、セニョール」出し抜けに言った。黒い目が、ほのかな明かりの中で大きく見えた。「部屋に戻るところでした」

「なにをしていた?」少佐はゆずらなかった。「どうせ牧童と逢い引きだろう?」

ファナは激しく首を振った。「ちがいます、セニョール。わたし――わたし、本を書斎に戻すところでした。ときどき読ませていただいてました。謝ります、セニョール、二度とお許しなしでは持ち出しません」

「本のことなどどうでもいい」彼は言ったが、声はかすれていた。ファナの髪に手をさしこむと、ふさふさした黒髪の房を手首に巻きつけた。「いい子にするなら、読みたいだけ読んでいいんだぞ」

ファナは下がろうとした。「セニョール?」震える声で尋ねた。

「わかってるだろう」いきなり引き寄せると唇を押しつけた。恐ろしさに、ファナは拳を振りあげてぶとうとしたが、無駄な抵抗だった。少佐には牡牛並みの強さがあった。

声も立てずに笑うと、手で口を押さえつけて無理やり床に倒した。「叫んでみろ。おまえとでしゃばりのおふくろを牧場から叩き出してくれる」うなり声をあげてズボンのボタンを外すと、ナイトガウンを引きあげた。ファナがまたぶとうとしたので、拳を握って頭を殴りつけた。彼女は痛みに泣き声をあげた。

膝で脚を押し開き、深く突いた。一度びくんと跳ねて、ファナはおとなしくなった。乾いていたが、それもある意味では好きだった。よけいにきつく感じる。ずっと前からこうしたかったのだ。メキシコ人の使用人は、いずれにせよ自分のものだと思っていた。いま喜びが二倍になったのは、まだ力と精力で女をものにできるとわかってひどく安心したからだった。たとえ妻をものにできなくても。

ことを終えるとマクレーンは体を離し、ファナをブーツでつついた。「おい、一言でも話してみろ、後悔するぞ」これだけ脅せば娘は言うなりだと思うと満足して二階に戻り、ベッドに倒れこんだ。アンジェリーナはいつでも抱ける。

ファナは体を丸めてすすり泣いていた。下半身の痛みがあまりにもひどくて動くこともできず、頭はずきずきしていた。一時間がすぎてようやく起き上がれるようになると、まるで年寄りのように腰を曲げ、脚を引きずって歩いた。夜だと血は黒く見えた。

5

ジェイク・ローパーは電報局を出ると、見知った者はいないかと左右を見た。準州の首都だけに、サンタフェは人でごったがえし、だれも埃まみれの牧童などには振り向きもしない。通りを行きかうのは、ボンネットをかぶった女や北軍の青い制服を着た男、テーラードスーツを着た羽振りの良さそうな商人、強面（こわもて）の牧場主に小売店の店主、酒場のバーテンダー、政治屋、駆けまわって遊ぶ子ども、それに埃だらけの牧童。ジェイクは人込みに紛れこんだ。

帽子を額までおろしてまぶしい陽光をさえぎると、通りを歩きだした。正午を回ると、マクレーンはヴィクトリアに、馬の群れを見に行こうと言った。少佐から馬選びを手伝うよう頼まれたジェイクは、理由を見つけてヴィクトリアにちかづこうとしたが、視線をうまくかわされるのに気づいた。彼女がまっすぐこちらの顔を見なくなったのは、フロリーナと一緒にいるのを見られた晩からだった。最初から睨み返してくる、たいていの男より豪胆だった女が、こちらの存在を認めようともしない。なんとかしなくては。

二十頭ほどの馬が隣りあった囲いで群れていた。シーリアは柵に腰かけ、ボンネットをひもで背中にぶら下げたまま、夢中になって気に入った馬を指さしていた。ジェイクの見たところ、お気に入りを群れの半分ちかくにまで絞ったようだ。ヴィクトリアとエマは柵から少し離れて立ち、馬を見ては、ときおり横にいる太った男になにか尋ねていた。明らかにその男が群れの持ち主だった。マクレーンはガーネットを横に従え、柵にもたれていた。ほかに数人、マクレーンの手下がちかくにいた。

エマが指さした。「あれがいいわ」心を決めた声だったので、マクレーンはその馬を群れから離すよう指示した。

ジェイクは馬をじっくり眺めた。がっしりした、強そうな、葦毛（あしげ）の去勢馬で、穏やかな目をしており、群れから離されてもそわそわしなかった。レディが乗るのにふさわしい。結論が出たと気づいて少佐がこちらを向いたので、ジェイクはうなずいて賛成を示した。

シーリアが歓声をあげると、ヴィクトリアが朗らかな顔で、愛しげに妹を見た。「これにするわ！」シーリアは叫んで、たてがみと尾がクリーム色の華やかな栗毛を指差した。

太った男が、口の中で噛みタバコを反対側の頬に移した。「そいつはあんまり言うことを聞かないよ、お嬢さん」と、どら声で言った。

ジェイクはシーリアの隣に歩み寄ると、両腕を柵に乗せて馬を眺めた。「探してるのは」静かな声で言った。「脚がしっかりと丈夫で、目の前をうさぎが横切るたびに、飛びのいたりしない馬だ」少女は馬を愛しているが、経験豊富とは言いがたい。惹かれるのは変わった色の馬で、気性の荒さはどうでもいいようだが、なにより重要なのは落ちついた性格だ。

　ジェイクが指したのは黒鹿毛で、四肢のうちの一肢だけが膝のところまで白かった。

「ほら、あいつを見てごらん」と彼は言った。「強そうな肩と肢をしてるだろう、それに胸も厚い。つまり、肺が丈夫ってことだ。あいつなら朝から晩まできみを乗せても、疲れ知らずさ」おまけにおとなしさはエマの選んだ馬に負けないくらいだ。

　シーリアはちょっと首を傾げて、その馬をじっくり眺めた。「彼、あんまりきれいじゃないわ」と言った。

「彼女、だよ」ジェイクは訂正して、太った男を見た。「一肢だけ白い黒鹿毛の牝馬を連れてきて、こちらのレディに引き合わせてやってくれ」

　牝馬は無口頭絡（馬体の手入れなどの際に使う銜のない勒）をつけられ、うれしそうに歩いてくると、シーリアの靴とスカートをふんふん嗅いでから、鼻面を彼女の手に押しつけた。シーリアは日の光を溶かしたような笑い声をあげ、馬の首を撫でた。

「いまは埃だらけだが、よくブラシをかけてやれば、毛づやも良くなるさ」ジェイクは言った。

　馬が鼻から息を吐いて、そのとおりと言いたげな音を立てた。それがシーリアの心を捉えた。満面の笑みをジェイクに向けた。「この子にするわ」新しい友達の首をやさしく叩きながら、シーリアは言った。

ジェイクが振り返ると、ヴィクトリアと目があった。見るのもいやだと言わんばかりに目をそらされなかったのは、そのときがはじめてだった。押しの一手で、ジェイクは歩み寄ると帽子に軽く手を触れた。「ミセス・マクレーン、ミス・エマ」

ヴィクトリアは少し青ざめたが、彼の視線に耐えた。「ありがとう」低い声で言って、シーリアのほうにあごをしゃくった。

「礼はいりませんよ、奥さま。あなたの馬を選ぶのを手伝いましょうか、それとももう決まりました？」

もう決めていたが、目のやり場に困ってまた馬の群れに視線を戻した。すぐちかくにいる彼の体温を肩で感じた。

「ローパーに選ばせよう」マクレーンが言った。「それなら安心だ」

「ほしい馬はもう決めました。背の高い牝馬で、額に流星がある栃栗毛です」ローパーをちかくに感じて息が苦しくなり、柵のほうへ寄った。

あろうことか彼も前へ出てきて、牝馬を探すふりをした。左肩で押されたかと思うと、さっと左手を腰に回された。「おっと、あぶないですよ、奥さま」つまずいたヴィクトリアに手を貸しただけ、と言いたいのだ。

ジェイクは時間をかけて手を離した。少佐とヴィクトリアのあいだに立って、少佐から彼女が見えないように体で隠していた。ヴィクトリアはぶるっと震えて横に離れた。彼の手が触れた部分が燃えていた。

太った男がまた噛みタバコを移して、問題の牝馬に目を向けた。「どうですかねえ、奥さん。まだ鞍に慣れさせてる途中なんですよ。おまけにちょっとばかり強情だしねえ」

ジェイクはその馬をじっと見て、おもしろそうに目を細めた。まちがいない、べらぼうにいい馬だ。牝(めす)にしては大きく、たいていの種馬にも引けをとらないし、目に輝きがある。骨格はがっしりしていても、輪郭で肢の速さがうかがえた。

ジェイクはあごをさすった。「年齢は?」

「三歳で。まだ掛け合わせちゃいません」

「ちょっと荒っぽすぎやせんか」マクレーンが告げた。「女房が荒馬に首を賭けるなんぞ願い下げだ」

ヴィクトリアが、ぎゅっと口をつぐんでそっぽを向いた。彼女にはマクレーンに口答えするつもりがないことを、ジェイクは感じ取った。同時に、その牝馬をひどくほしがっているのもわかった。またあごをさすると、目顔で合図をしてマクレーンを少し離れた場所に連れだした。

「あれは申しぶんない馬ですよ。見てください。背は高いしがっしりしてる。元気はつらつじゃないですか。ルビオと掛け合わせたら、きっといい子馬がとれますよ」

マクレーンは考えて、もう一度牝馬を見た。目がぎらりと光った。「それもそうだな、ローパー。あいつを買おう、だがヴィクトリアには別の馬を選んでやれ」

「これじゃだめですか？　すっかり惚れこんでるのに。ほかの馬なんて目に入らない様子じゃありませんか。こいつをあてがったら、さぞ感謝されるでしょうに」

「聞いただろう、まだ調教できてないんだぞ」

「それなら心配ご無用。二、三週間で馴らしてみせます。どっちにしろ、三頭ともサイドサドル（両脚を左側に垂らし横坐りで乗る女性用の鞍）に慣れるよう調教しなおさないといけないし」

マクレーンは口をすぼめて、馬が首を振るのを眺めた。ローパーの言うことは正しい。申しぶんない牝馬だ。喜びのあまり揉み手しそうになりながら、生まれてくる上等な子馬のことを考えた。あの馬は買おう。だがヴィクトリアをあれに乗せるとなると話は別だ。

「しかしな」彼は言った。「ヴィクトリアはレディだ。驢馬（ろば）にまたがるメキシコ娘とはわけがちがうんだぞ。こんな馬を扱えるとは思えんな」

ジェイクの目がきらりと光ったが、首をひねってマクレーンの視線から逃げた。「おれが、ミセス・マクレーンに手を貸しますよ。準州一の女性騎手にしてみせます。東部の女が着るようなしゃれた乗馬服のひとつも買えば、奥さまとあの馬は評判になりますよ」

マクレーンをその気にさせるには、羨望の的になるというアイデアを吹き込むことだ。

少佐は腹の底から笑った。「そいつはさぞ見物（みもの）だろう、ちがうか？　よし、ローパー、馬には行儀を、妻には乗馬を教えてやってくれ」

大きな声だったので、ヴィクトリアにも聞こえ、色を失った。信じられない、ローパーはなにを言ったのだろう？　もう乗り方なら知っている！　教えてもらう必要などありはしない。けれどなにも言わなかった。いちばん大事なのは少佐があの牝馬を買うことだったから。戦争が始まるまで、いつも乗っていた馬をずっとかわいがっていたが、このすばらしい馬には、人を惹きつけてやまぬなにかがあった。激しさと傲慢さではどんな種馬にも負けず、しかも見かけ倒しではなく、強さと速さに自信があるという顔をしていた。ハートがあるのだ。ヴィクトリアは、馬とともに解き放たれて、それを分かち合いたかった。牧場に戻ったら、乗馬のレッスンなど必要ないことをはっきりさせよう。

ヴィクトリアはくたくたに疲れていた。きつい長旅の疲れがまだ残っていたのも当然で、サンタフェに着いたのはつい昨日だった。そのうえ、今夜、知事の屋敷で開かれるパーティーに招かれていた。少し休みたかったし、ローパーから離れたかった。「そろそろまいりませんか、少佐。ホテルに戻って、パーティーの支度にかからないとなりません」

少佐は時計を見て顔をしかめた。「しまった。午後に人と会わなくてはならんのだ。ローパー、レディたちに付き添ってホテルへ戻れ。ガーネット、おまえは一緒に来い」

ヴィクトリアは反対しようと息を吸いこんだが、仕方なく受け入れて吐き出した。ローパーを避けようとどう頑張っても、意地の悪い運命のせいでうまくいかない。いまできるのは、上品にふるまって、だれにも気づかせないことだ。彼がいるとどんなに心を乱されるかを。

ローパーの目が濃い緑に輝き、右手でヴィクトリアの、左手でエマの肘を支えた。ヴィクトリアが不快がるのを知っていて、楽しんでいるように見えた。シーリアは跳ねまわって後ろを、横を、前を行き、その明るさでヴィクトリアの沈黙を隠してくれた。エマが普段と変わらない世間話をするので不思議になった。乱れた気持ちに気づいているのは、ローパーだけなの？　そんなにうまく隠せているのだろうか、エマにもわからないほど。

ホテルは三階建てで、少佐が予約したのは最上階だったから、ほかの客の出入りに悩まされずにすむ。エマとシーリアはヴィクトリアの手前の一室を二人で使い、奥には少佐の部屋があった。部屋をつなぐドアのないことに、どれほどほっとしたことか。ホテルの部屋で、結婚してはじめてぐっすり眠れた。

エマとシーリアが先に部屋に入ると、ヴィクトリアはふりほどくようにローパーの手から逃れた。「付き添っていただいてありがとう、ローパーさん」丁寧に別れの言葉を述べると、ドアの鍵をバッグから取りだした。

「どういたしまして、ミセス・マクレーン」彼は厳かな口調で答えた。それから鍵を取ってドアを開けると、ヴィクトリアの背中に手をあてて、無理やり中へ促した。

ヴィクトリアがくるっと振り向くと、彼はドアを閉め、内側から鍵をかけていた。心がよろめくのを感じながら、向きあった。「出ていってちょうだい、いますぐに。そうすればこのことは口外しませんから」

彼は帽子を脱ぐと、指で黒い髪を梳いた。「なんのことかな、ミセス・マクレーン?」低い声で尋ねた。

「なんのことって――これです。無理やり部屋に入ってきたこと」

「あんたに触ったたか? 侮辱した? キスした?」

胸の鼓動はますます速くなった。掌がじっとり汗ばんできたので、両手を後ろにまわした。「いいえ」ささやいた。はっと思いついて、あごをあげた。「これは仕返しなのね? わたしが――わたしがこのあいだの晩、納屋で邪魔したから。謝るわ、ローパーさん。ほんとうにそんなつもりはなかったの」

彼の口角が上がって、少し笑顔になった。「たっぷり見たんだろう? で、さぞ気に入ったんだな。最後までしっかり見てたんだから」

ヴィクトリアが痛々しく頬を染めると、ローパーは低く笑った。どう言い訳すればいいの。体が凍りついて動けなかっただなんて、言えるはずがなかった。苦痛に刺し貫かれたなんて、激しく嫉妬したなんて。

「取り引きしよう」彼は言って、ヴィクトリアをじっと見つめた。「おれとフロリーナが一緒にいたのをあんたが見たことは、牧場のだれにも言わない。もしあんたが、おれにキスしてくれたらな。おれに唇を奪われることを、心底恐れているのはわかっちゃいるが」

ヴィクトリアの部屋にいることがいかに危険なことかはわかっていたが、ほんの数分でも彼女を一人占めできるチャンスを、みすみす逃したりできなかった。そろそろ慣れさせていかねば。二人のあいだになにかがあるという事実に、そして愛の行為に。

ヴィクトリアは真っ青になって、一瞬気を失いかけた。「あなた――あなた、わたしにキスしろと?」

「ええ、奥さま、そのとおり。レディにキスしてもらったことがなくてね。教えてくださいよ、どんな味がするのか。どれくらいやわらかいのか」動揺させて楽しんでいるような、意地悪な言い方だった。「ゆっくり時間をかけた、唇と唇を合わせたやつをお願いしますよ」

「結婚してるのよ!」

彼は肩をすくめた。「だから?」

だから、なんだろう? 怒ったように彼を見た。貞節の誓いを、男はみんなそんなふうに軽く考えているのだろうか? たしかに夫は、あっけないほど簡単に誓いを破った。ローパーにキスをしても、行為の上では不貞にはなるまい。でも心の問題は別。少佐が唇を押しつけてきたときのいやな感じを思い出したが、同じようにローパーとキスする場面を想像しても、まったくいやな感じはしなかった。むしろ深く、本能的な興奮を感じて、恐ろしくなった。そんなこと、けっして考えてはならないし、実行に移すなどもってのほかだ。

「できないわ」

彼がまた笑ったので、ヴィクトリアは身を震わせた。「いや、できるさ」彼はつぶやくと、ゆっくりとちかづいてきた。「あんたが見たと知ったら男どもがなんて言うかな。きっと大騒ぎになる。あんたを見るたびに笑うだろう」

ヴィクトリアは一歩下がった。「ローパーさん――」

「ジェイク」

「自分がなにを言ってるか、わかってないのよ。わたしは――」

「わかってるさ」また前に出てさっと手を伸ばすと、ヴィクトリアがそれ以上逃げないよう腕をつかんだ。「キスしてくれと頼んでる。女が男にするように。それだけのことだ。キスするだけ」

ローパーの手は、信じられないくらい熱かった。全身がこんなに熱いなら、どんな感じがするのかしら、もし彼が――慌てて妄想を振り払い、そんな自分にぎょっとした。顔をあげて、彼を見つめた。

「それだけね?」ささやいた。「キスだけ」

「それだけだ」

「脅しだわ」

「そうさ」

罪深いことだとわかっていたが、罪は甘美なものと太古の昔からきまっている。彼を味わいたい誘惑の強さに体が震えたけれど、踏み出すことはできなかった。自分は人から尊敬される、夫のあるレディなのだ。つながりを持っていいのはただ一人、夫だけ――その夫は、どんな安っぽい娼婦でも、その気になっている女ならつながろうとする男だ。

体は麻痺し、催眠術にかけられたような気がした。彼の目が見おろしている。すぐちかくにいるので、金色の細い筋が黒い虹彩のまわりに広がり、青みがかった深い緑に溶けこんでいるのまで見えた。顔に息がかかって、観念した。罪であろうがなかろうが、彼にキスを許すだろう。

ジェイクは左手をヴィクトリアの腰に回すと、ぐっと引き寄せた。ヴィクトリアはとっさに彼の腕をつかんで、かすかな警告と抗議を示そうとしたが、口ではなにも言わなかった。盛り上がった筋肉を掌に感じて、はからずもうっとりして体の力が抜けていった。

少しずつ引き寄せられて、とうとう体が触れ合った。ヴィクトリアは思わず息を吸い込んだ。ただ触れ合っているだけなのに、とても親密な感じがして心が乱れた。彼はとても熱くてがっしりしていて、逞しい体で彼女を支えている。ぴったりと抱き寄せられて、シャツのボタンが乳房に埋まり、ガンベルトの留め金がお腹に食いこみ、強い腿がスカートとペチコートの布地越しに太腿をこするのを感じた。

心臓に痛いほど肋骨を叩かれながら、待った。彼が顔を寄せた。熱くひきしまった唇が、一瞬触れると、離れた。これで終わり？　あまりにもあっけなく、ほっとして気を失いかけた。それでもあるまじき行為には変わりなかったが。

ジェイクが顔をしかめた。「こんなのじゃない」

「どんなのですって？」

ヴィクトリアはじっと見つめた。「ほかにどんなキスがあると言うの？」

「こんなキスがしたいんじゃない」

彼は一瞬驚いたが、すぐに目を細めた。さもありなん。ヴィクトリアのような女にとって、それは我慢するもの。たがいにわかち合うものだとは思ってもいないのだ。マクレーンはまちがっても、楽しむことを教えるような男ではない。がぜんおもしろくなってきた。西部の生活の中でも、この方面でヴィクトリアを教育するのは、彼に課せられた義務だ。

ジェイクは右手を彼女のあごにあてがった。「今度は、口を開けて」命令だ。

ヴィクトリアがぎょっとした。「口を開け——」

すかさずチャンスをとらえて、離れた唇をおおった。ヴィクトリアは混乱した悲鳴を喉から洩らして逃げようとしたが、腰にまわされた腕にしっかり抱き締められていた。

怯えた目を見開いて、彼を見あげた。なにか激しいものを感じた。もっとほしがっていて、必ず手に入れると決めているように見えた。キスだけだと言ったのに。それで終わると思うなんて、浅はかだったの？　腕を突っ張って、逃げようと無駄な努力をした。

右手にぎゅっと力がこもり、強い指があごを押し下げた。心ならずも食いしばった歯が離れたとたん、彼の舌が口の中に入ってきた。ショックと驚きで凍りついた。動けなくなったその刹那、気がついた。彼の唇が動いていることに。舌が熱くまさぐっている。奇妙な熱が体じゅうに広がって、力が抜け、彼の腕につかまらなければまっすぐ立っていられそうもなかった。熱と無力感がじわじわと全身に染みこんで、制御しようという意志と、制御できるはずだという自信を溶かしていった。腕に抱かれ、唇を押しつけられ、いまわかるのは、五感のすべてがどんどん高まっているということだけ。歓びは淫らで、だからいっそう魅惑する。ヴィクトリアはそっと目を閉じた。

ただ一度のキスのつもりだったのに、起こったのは別のことだった。彼の唇は何度も何度も戻ってくるし、いまは両腕で、激しく抱きすくめられていた。仮にこれまで制御できていたとしても、いまはお手あげだった。

ジェイクの思うがままだった。ヴィクトリアには抗う力はなかった。ところが不意にドアを叩く音がして、彼はさっと手を放して後じさった。

ヴィクトリアはよろめき、パニックに襲われた。彼が部屋にいるのをだれかに見つかったのだ。真っ青になった。もし少佐だったら——終わりまで考えられなかったのは、あまりにも恐ろしかったからだ。

ジェイクはドアに身をすべらせた。右手はピストルに触れていた。

「待って！」ヴィクトリアは苦痛をこらえるようにささやいた。

彼がちらりと振り向いた。「隣だ」鋭い声で言った。「どこかの酔っ払いがあんたの妹の部屋に押し入ろうとしてる」ドアを開けると、廊下に踏み出した。

ヴィクトリアが戸口まで来たとき、ジェイクが言った。「ドアを叩き破るつもりか、プレッジャー？」

ヴィクトリアはその男を知っていたが、話したことはなかった。サンタフェまでの道中、男はむっつり黙りこんでいて、ほかの男たちも話しかけようとしなかった。狂犬のように凶暴な目をしていたので、ヴィクトリアは無意識のうちに彼を避けていた。犯した過ちに気づいたときは、もう手遅れだった。ジェイクと一緒にいるのを、この男に見られてしまった。

男はうなり声をあげてジェイクに食ってかかろうとしたが、ふとヴィクトリアに目を留めると、口を歪めて無気味に笑った。「こりゃ驚いた」あざけるように言った。「ボスの女房と〝せっせせっせ〟でもしてたのか？　ボスに教えたら、そりゃおもしろがるだろうな、ええ？」

ジェイクは目を細めて思案した。願ったり叶ったりだ。プレッジャーと二人きりで向かいあっている。このろくでなしをいま殺そうが後でやろうが、変わりない。ベンに電報を打ったから、じきにやってくる。待つ理由などひとつもなかった。ヴィクトリアの部屋から出てくるのを見られたからには、黙って見送るわけにはいかない。

かすかに笑いながら、ジェイクは男に近寄った。「酒場で女を買って、痒(かゆ)いところを掻いてもらったらいいじゃないか」穏やかに言った。「レディに手を出すな」

プレッジャーがやじった。「へえ、おまえを見習えってのか、ローパー？　おれは前から洗練された女ってのがほしかったのよ。お前はボスの女房のとこへ戻っていちゃついてりゃいい。おれはかわいい妹の味見をする。で、おたがいなんも言いっこなし。どうだ、相棒？」男はせせら笑ってジェイクの足元に唾を吐いた。

ジェイクはほほえんでいた。ヴィクトリアは横から見ていたので、こころもち口角が上がるのしかわからなかったが、それでもぞっとした。戸口に立ち、恐怖に魅せられたように見つめていた。

ジェイクの歩調はさりげなく自然だった。あまりにも自然だったので、プレッジャーが反応したときには遅すぎた。「それ以上近寄るな」と言うなり手を銃床に伸ばした。最後の一語が口からこぼれるやいなや、ジェイクは彼の股間を蹴りあげたが、一度の蹴りしか入れなかったから、プレッジャーは倒れなかった。そのかわり、かたわらによろめき、股ぐらを押さえて喘いだ。

プレッジャーはようやく体を起こした。蒼白な顔のなかで目が血走っている。「このやろう」銃に手を伸ばした。

銃をホルスターから抜いたとき、ジェイクが撃った一発が胸に命中し、プレッジャーは壁に叩きつけられた。反射的にプレッジャーの指がびくんと動いて引き金を引き、狭い廊下にまた銃声が轟いた。弾は床を突き抜け、二階の壁に食いこんだ。

プレッジャーが、生気を失いかけた目に憎しみをたたえて、横ざまに床に倒れた。

ジェイクはプレッジャーから目を離さなかったが、もう撃鉄は起こしてあった。もしぴくりとでも動けば、二発目は眉間だ。生きて一言でもだれかに洩らすことなど、ぜったいにあり得ない。

だが、プレッジャーは最期の息を洩らし、膀胱がゆるんだあかしに、汚れがズボンに広がった。ジェイクは撃鉄を戻した。

エマとシーリアは恐ろしさのあまりドアを開けることもできずにいたが、銃声の後、深い静寂が訪れると、エマはいてもたってもいられずドアをぱっと開けた。不思議そうな目でジェイクを、それからプレッジャーを見て、「ああ大変」と言った。

シーリアが怯えた顔を横からのぞかせた。美しい目を驚きで丸くして、プレッジャーの亡骸を見た。

ジェイクが振り返ると、ヴィクトリアはまだ戸口で凍りついていた。目があった。厳しい、緑の目と、動揺のあまり、ほとんど灰色になった目と。その一瞬、ヴィクトリアは、さっきのプレッジャーよりもいまのジェイクを怖れた。

なにか言っている暇はなかった。階段を駆け上がってくるブーツの足音がして、男たちが狭い廊下に詰めかけた。ジェイクは空の薬莢を出して装塡しなおすと、ピストルをホルスターに戻した。まわりを囲む男たちが矢継ぎ早に質問したり意見を述べたりするのを、超然と聞き流していた。

一人がプレッジャーのブーツを自分のブーツで突ついた。「薄汚い野郎だな。だれだこいつ?」そう言ってから三人のレディが立っているのに気づいて、つぶやいた。「こりゃ失礼、お嬢さんがた」

三人とも、その言葉に気づかないようだった。ヴィクトリアはまだ青ざめた顔でジェイクを見つめていた。ジェイクは手をのばしてエマの腕をとると、屈んでそっと耳打ちした。「ミセス・マクレーンを部屋にお連れして。なにもかも見てしまって、ちょっとショックを受けてるようです」

エマはヴィクトリアに視線を滑らせ、それからジェイクに向き直るとうなずいた。「手を貸してちょうだい」とシーリアに言った。ヴィクトリアは付き添われて部屋に連れ戻され、ドアがぴたりと閉じると、醜い情景は廊下に消えた。

ヴィクトリアは坐って両手を膝に乗せ、考え込んだ。体が麻痺していた。男がたったいま目の前で殺された。戦争でいろいろ見てきたはずなのに、これほど残忍なものははじめてだった。ジェイクは、そう……いとも平然としていた。命を奪うなど、なんでもないことだと言いたげに。彼の顔に浮かんだ微笑を思い出して、身震いがした。

シーリアは床にへたりこんで、頭をヴィクトリアの膝に乗せていた。ショックで口もきけない様子だった。

無意識のうちにヴィクトリアは明るいブロンドの髪を撫で、シーリアが幼い頃からそうしてきたように慰めてやった。エマはベッドに腰かけ、やはりじっと黙っていた。

「話が聞こえた?」ヴィクトリアが尋ねた。

「少しだけ」それで十分、とエマは思った。ジェイク・ローパーがこの部屋にヴィクトリアといたこと、口をふさぐためにプレッジャーを殺さねばならなかったこと、それを知るには十分だった。ヴィクトリアが結婚の誓いにそむいたとは、つゆとも疑わなかった。ひとつには時間がなかったし、もうひとつには、ヴィクトリアが生まれついて高潔な女だったからだ。

けれどジェイクとヴィクトリアはたしかに二人きりでこの部屋にいたし、少佐が底意地が悪く、乱暴で、度量の狭い男だと正確に見抜いていたので、ヴィクトリアが少佐の尺度で裁かれると思うと不安になった――別の言い方をすれば、なんの尺度もなく裁かれるということだ。ヴィクトリアのために、エマはジェイクがどんな話をでっちあげようと、口裏を合わせる決心をした。

十五分ほどして少佐とガーネットが戻ってきた。酒場にいたのを、息を切らした少年が呼びに来て告げたのだ。ホテルでもめごとがあって、少佐の奥さんがまきこまれた、と。少年が知っていたのは、それだけだった。二人は酒場の高級娼婦を引き連れて二階へしけこむ途中だったので、少佐は邪魔が入って機嫌を損ねていた。

「これで仲間を二人も殺したわけだな、ローパー」ガーネットは言って、目の前にいる背の高い屈強な男に疑いの目を向けた。

ジェイクが肩をすくめた。「向こうが先に銃に手を伸ばした。向かってくる奴に、本気か冗談か聞いてる暇はない」

「奴が先に抜いたと言うんだな」ガーネットの目は憎しみに燃えた。

マクレーンは、二人の雇われガンマンを、慎重な目で見比べた。これまで生きてこられたのは、聡明とは言えなくても、ずる賢かったからであり、ガーネットの疑わしそうな様子が気になった。けんかなら男が集まれば当然起こるだろうが、ローパーは、一緒に働く仲間を殺している。ここは慎重を期さねばなるまい。

「ガーネットが疑いをもつのももっともだ」マクレーンはジェイク・ローパーをじっと見つめた。「目撃者はいないのか?」

「ミセス・マクレーンが全部見てました」ジェイクは退屈そうに言った。「訊いてみてください」

「そうしよう」マクレーンはのしのし歩いていって、ヴィクトリアの部屋のドアを叩いた。「ヴィクトリア!」

エマがぱっとドアを開けると、三人の男たちが入ってきた。シーリアは床から身を起こし、ヴィクトリアも立ち上がった。まだ青ざめていて、ジェイクのほうを見ようとはしなかった。

「ローパーは、プレッジャーが先に銃を抜いたと言っている。そうなのか?」マクレーンが大声をあげた。

ヴィクトリアはスカートのひだに隠して冷たい手を握り締めた。「プレッジャーさんが先に武器に手を伸ばしました。たしかです」

「おれが知りたいのは、ローパーとプレッジャーがここでなにをしていたか、だ」ガーネットが言った。

疑いが少佐の顔を曇らせた。心を決めて、ヴィクトリアは顔をあげた。「ローパーさんはわたくしたちをホテルまで送ってくださったんです。少佐のご指示で」

「部屋まで見送ってロビーに下りたら、プレッジャーがこっそり入ってきた。後ろ暗そうな様子でね」ジェイクは刻み煙草入れをポケットから取りだすと、のんびり煙草を手で巻きはじめた。「後をつけたら、あいつがミス・エマとミス・シーリアの部屋に押し入ろうとしてた。訳は言うまでもないでしょう。下に連れ戻そうとしたら、ごねて銃をつかんだ」

「そのとおりなのか？」マクレーンが尋ねて、さっとヴィクトリアに目を向けた。

「はい」これは自分の嘘だ。ヴィクトリアはジェイクを見ようとしなかった。

マクレーンはエマに問い質した。「まちがいないか？　プレッジャーがおまえたちの部屋に押し入ろうとしたのか？」

少なくとも、エマは嘘をつかなくてすんだ。「ドアを叩いて叫んでいました……汚らわしいことを。怖くて開けられませんでした」

ジェイクはドアの柱にもたれかかって、眠そうに細めた目でみんなを見わたした。「おれは女性がたを守るために、やるべきことをやったまでです。それがお望みでしょう、少佐？」

「むろんだ」マクレーンは言い放った。

「じゃあ、なにが問題なんです？」

「なにが問題か、おれが教えてやる」ガーネットが言って、詰め寄った。「問題はだな、いちばんの古株を二人も、おまえが殺したってことだ。プレッジャーとチャーリー・ゲストはずっと牧場で働いてきたんだ」

ジェイクはほほえんだ。プレッジャーを殺す直前にヴィクトリアが見たのと同じ表情だった。「いつでも三人にしてやるぜ」あたりのやわらかな声で言った。

「殺しはもうたくさんだ！」マクレーンが怒鳴った。「おまえもおまえだ、ガーネット。プレッジャーを失ったことは痛手だが、あいつのせいでおれの右腕の二人が殺しあうとは、冗談じゃないぞ」

「はい、ボス」ガーネットは一歩しりぞいたが、顔から憎しみは消えなかった。

ジェイクはガーネットがあっさり引き下がっても驚きはしなかった。正面切った戦いはガーネットの流儀ではない。

マクレーンは最高の笑顔を浮かべた。「今夜のパーティーに出れば、女性がたも、いやなことなどすっかり忘れるだろう」と彼は言った。「知事も早く会いたがっておられる。準州内でいちばんの美人を、おれが三人も手に入れたと評判だからな。サンタフェじゅうの男が、おまえたちと踊りたがるぞ」

ヴィクトリアは必死でその言い訳に飛びついた。「あらいけない、パーティーのことを忘れていましたわ！　急ぎませんと。殿方は、ご遠慮ください――」そう言うと、小さく撃つ真似をしてみせた。「ああ少佐、わたくしたちの部屋にお湯を持ってくるよう、ホテルにお願いしてくださるかしら？」

「いいとも、ヴィクトリア」少佐はヴィクトリアの頬を軽く叩いた。「極上のドレスを着ろ――田舎者どもをぽかんと見とれさせてやれ」

ふたたび女だけになると、ヴィクトリアはみるみる元気を失った。「パーティーだなんて、考えるのもいやだわ」抑えた声で言った。「ああ、もううんざり」それでも無理やり背筋を伸ばすと、何度か深呼吸して心を落ちつけた。「出かけるからには、せいいっぱい楽しみましょう。シーリア、あなた、だいじょうぶなの？」

「ええ」シーリアはいつになく沈んでいたが、紺青色の目に動揺の色はなかった。「ジェイクはわたしたちを守るために殺したのよ。仕方がないわ」

ヴィクトリアは気分が悪くなった。そう、殺したのは守るためだ。でもジェイクは、エマとシーリアのためにやったのかしら、それともヴィクトリアとの軽率な一幕を隠すため？

ジェイクの無慈悲さが恐ろしかったが、彼に惹かれる気持ちはどうしようもなかった。いくら避けようとしても、運命が二人の人生の糸をからませ、二人に卑しい秘密を共有させた。そのことで抗うべくもなく親密さは深まり、いまは嘘までも共有している。

その腕に抱かれて、はしたなくも強烈なキスを許した。思い出すのもはばかられる。ほかの男の妻なのに！　ヴィクトリアのしたことは十分裏切りだったけれど、あのときは恍惚としていた。彼の匂いと味に酔い、逞しい筋肉を体で感じ、腕の力に胸を躍らせた。
ジェイクを夢に描きさえした。そのほうが、ずっと罪の重い裏切りにちがいなかった。

6

失礼しますとことわって、ヴィクトリアは部屋を出た。女性用の手洗いで、ひと休みしたかった。おしゃべりやうわべだけの笑顔から逃れたかった。それに、思いがけず間近に青い制服を目にすることは苦痛だった。愚かなことだ。戦争が終わって一年以上が経ち、そのあいだに青い制服など何度もオーガスタの通りで見かけて、まちがいなく慣れたはずだ。しかしこれまで一度も、北軍の兵士に社交の場で会う必要はなかった。憎む気持ちはないし、ほとんどの南部人同様、辛くもなかったが、北軍将校に手をとられてお辞儀されると怖くなったのは、彼らがまだ敵のように思えたからだった。すでにぼろぼろの神経を、兵士たちになだめられるはずもない。

ヴィクトリアは不屈の自制心でなんとか切り抜けた。プレッジャーの胸にあいた穴や、死の醜さや、だらんと大の字になった姿のことは、努めて考えないようにした。プレッジャーが言った下品な言葉や、ジェイクの冷酷なほほえみも、思い出さないよう努力した。なによりも、ジェイクの腕の中ですごした、あの熱く終わりのない瞬間を、頭から締め出した。起こるべきではなかったし、二度と起こってはならない。これを限りに、忘れなくては。

廊下はがらんとしており、ランプが二つ、来客のために灯されていた。だが、その明かりも、豪華だけれど色の濃い壁紙や敷物に吸い込まれてしまうようで、あたりは薄暗かった。牧場の母屋（アシエンダ）のさっぱりした白い壁と、清潔できちんと整った造りが恋しかった。もし結婚生活を、屋敷の半分でも好きになれたら、ほんとうに幸せだったろうに。

手洗いは家の裏手にあった。開いているドアの前を通りかかったとき、黒い大きな影が戸口をふさいだ。驚いたが、別の客だと思ったから怯えはしなかった。と、闇から腕がにゅっと伸びてきてつかまれ、部屋に引きずり込まれた。そのときようやく危険を感じた。悲鳴をあげようと息を思いきり吸い込んだが、その男に手で口を押さえられた。

「なあ、叫ぶなよ」男が低い声で言った。

すぐにだれの声かわかって愕然（がくぜん）とした。頭を振って男の手から逃れようとした。「なにをしているの？　屋敷の中にいるなんて！　どうやって入ったの？」

「ここにいるのは、少佐はどこへ出かけるにも護衛を連れていくからだ。外を歩いて、見張りをしてた。このドアが開いていることは、窓から見てわかった。レディの行列が廊下を行ったり来たりするのを見れば、行き先は利口でなくても見当がつく」

「裏口から忍び込んだのね？」

「窓から潜り込んだ」

「それで最初に通った女を捕まえたの？」ヴィクトリアはひどく怒っていたので、いまからでも叫びたい気分だった。まだ放してもらえない。腰にしっかり手を回されていた。きつく抱き寄せられ、不安になった。

「いや、あんたを待ってた」ヴィクトリアを放すと、開いたドアに歩み寄り、かちりとも音を立てず、そっと閉めた。「話がしたい」

廊下からの光が遮られると、部屋の中は真っ暗闇に思えた。ヴィクトリアは窓のほうへ移って、二人のあいだに距離を置き、もっとよく見ようとした。あごをあげて言った。

「なにか話さなくてはならないことがあるかしら？」

「プレッジャーのことだ」

その名前にヴィクトリアは少したじろいだ。「あなたがあの人を殺した。ほかにまだ言うことがあるの？」

「たっぷり。ご立派な良心にかられて、懺悔(ざんげ)しようなんて気になってもらっちゃ困る。プレッジャーはごみだった。殺しもレイプもした。しかも楽しんで」

「あなたが楽しんであの人を殺したように？」

一瞬の沈黙の後、低くかすれた声で笑いだすと、ヴィクトリアに近寄り、窓からもれる光の中に入ってきた。「ああ、楽しかったさ。善行を施してると思ったね」

ヴィクトリアは手を握りしめた。「あなたが殺したのは、わたしの部屋にいたことを少佐に告げ口させないためでしょう。部屋に入るべきじゃなかったのよ。わたしのせいで、人が死んだ。それなのに、嘘をついてしまった」

「あんたにできることはなかった」

「人の命は、それがあんな人の命だとしても、それほど価値のないものなの？　もし彼がしゃべったとして、どうなったというの？　あなたが首になって、わたしは少佐の怒りを買ったでしょうけど、それがあの人の権利――」

「目を覚ませ」ジェイクが鋭く、だが抑えた声で言った。「仕事がどうのって問題じゃない！　マクレーンがガーネットにおれを処分しろと言ったら、ただ牧場から放り出せってことじゃないんだ。それに、たとえおれを殺さずに、ただ首にしたとして、あんたはどうなる？　あんたの妹はどうなる？」

「シーリア？」ヴィクトリアは顔をあげ、淡い光の中でジェイクの表情を見ようとした。

「おれがいなくなったら、だれが妹をガーネットから守るんだ？」

考えてもみなかった。めまいがした。崖から足を踏み外しそうになって、ようやくそこに崖があることに気づいたような気分だった。いいも悪いもなかった。それに、彼には彼なりの思惑があるのだろうが、シーリアにとって彼は唯一の盾だった――その点で言えば、ヴィクトリアにとっても。ジェイクが殺したのは、彼女たちを守るためだった。でもなぜ？　関心をもたれているなどと勘違いはしなかった。もたれる理由があるだろうか？　彼はヴィクトリアを知りもしない。たしかにキスはされたが、男にとってとくに意味はないのだと、わかりはじめていた。

その冷たい緑の目になにが見えようと、やさしさでないことだけはたしかだ。ヴィクトリアたちを守るのには、彼自身の理由があるにちがいない。利用されている気がするけれど、どんなふうに利用されているかまではわからない。なんの力も影響力もない彼女を、どうして利用しようとするのだろう。

ヴィクトリアは息を吸い込んだ。「なにも言いません」抑えた声で言った。

「安心したよ。あんたのいとこは？　話を聞いてたのか？」

「そう思うけれど、エマはぜったいなにも言わないわ」

「シーリアは？」

「あの子もよ」

「信用できる？」

かっと頭に血がのぼったが、無理に抑えつけた。シーリアを知らないからわからないのだろうが、変わったところはあっても、信用できないのとはほど遠い子だ。血の気が多くなっているのは、きっと今夜は感情が表に出やすくなっているせいだ。そう考えて言い返さず、ただこう答えた。「ええ」

「ちゃんとわからせておくんだ」

「ローパーさん、あの子はもうわかってます」食いしばった歯の隙間から声を出した。自制心がゆらぎはじめていた。

「ジェイク」

ヴィクトリアは一歩下がった。「いいえ。午後のことは間違いでした。二度としません。これからはもう――」

「へえ、二度としない？」彼は笑い出しそうになったが、そうするかわりにヴィクトリアの肩をつかんで引き寄せた。腕の中に包み、膝から胸までぴったりと触れ合うよう抱き寄せた。「おれが喜んであんたに惚れたと思うか？　惚れるつもりなんかなかったし、こういうのは気に食わないが、そうなっちまったもんは仕方ない。だからおれを無視するようなまねは断じて許せない」

むだと知りつつその胸を押し、はっと顔をそむけた。唇が下りてきたからだ。彼があごをつかんで、もう一度屈み込もうとしたとき、かすかにドアを引っかくような音がして、エマの低い声が聞こえた。「ヴィクトリア？」

ジェイクが離れた瞬間、エマがドアを開けて滑り込んでくると、さっと閉じた。

ヴィクトリアは居ずまいを正したが、エマの考えていることを敏感に感じとった。

エマは慎重に暗い部屋の中を進み、二人の前まで来た。「あなたの帰りが遅いから、探しに来たわ」いつもの穏やかな声で言った。「ドアの前を通ったら、二人の声が聞こえたの。一緒に戻りましょう、そうすればだれも疑わないわ」ジェイクに言った。「もっと早くにお礼を言うべきでした、ローパーさん。あなたがしてくださったことに、心から感謝しています」

ヴィクトリアの目を涙がつんと刺した。親愛なるエマ。彼女の愛も忠誠心も、ヴィクトリアを支える気持ちも揺らぐことがない。

「礼なんかいりません」ジェイクが言った。

「そうでしょうね、だって、あのときあなたは、あのドアの向こう側にいらしたのではなかったから」エマは手をヴィクトリアの腕に乗せた。「わたしたちはパーティーに戻りますから、十分時間をおいて、あなたも出てくださいね」

おかしそうに、彼は言った。「入ったときと同じやり方で出ていきます。窓から」

「気をつけて、ローパーさん。それからもう一度お礼を言います、あなたは必要ないと思うかもしれないけれど」

二人は部屋を後にし、廊下に出ると、ヴィクトリアが低く笑った。声が震えていた。

「戻る前にお手洗いに寄っていいかしら」

「いいわよ」

エマがようやく口を開いたのは、パーティーに戻ったときだった。こうささやいた。

「気をつけて」

ヴィクトリアはぞっとした。「あんなこと、二度とないといいけれど」と言った。ジェイク・ローパーとの、道徳的に芳しくない関係に巻きこまれる気などないことを、エマがわかってくれるよう願った。彼が恐ろしかった。それなのに、彼に惹かれていた。肉体に惹かれる淫らな気持ちがあった。ジェイクはブーツの汚れを拭うように、いとも無頓着に女を抱き、人を殺す。

不意に襲った寒気に気づかないふりをして、明るいほほえみを顔に貼りつけると、エマと二人パーティーに戻った。

ローパーの野郎、なにか企んでいやがる。

ガーネットにはそれがなんなのかわからなかったが、プレッジャーのことを考えると不安が募った。ホテルのベッドに横たわり、白いベッドスプレッドが汚れるのもかまわずブーツを履いたままの脚を組み、暗い中で煙草を吸いながら思いをめぐらした。プレッジャーは薄汚いろくでなしだったが、馬鹿ではなかった。ローパーを相手にピストルを抜くなんぞは、正真正銘の馬鹿のやることだ。ところが、プレッジャーはそれをやり、棺桶に横たわる結果となった。ローパーの説明は、プレッジャーがピストルを抜いたところまで、きっちり筋がとおっていた。

牧場では気ままに暮らしてきたが、ここらあたりが潮時かもしれない。なにやら不穏な空気が漂っているのを、感じることはできた。少佐が統率力を失いつつあるのだろう。ここらでもっと強い〝手〟にお出まし願うべきだ。

ガーネットは笑った。冷たいかすかな笑みだった。そう、きっとそういうことだ。少佐はローパーの銃の腕に惚れ込んでいるから、ローパーをお払い箱にしろと言っても聞き入れるはずがない。それなら少佐をお払い箱にすればいい。そうなればローパーも首だ。一件落着。ガーネットはローパーから解放される。あん畜生より速く銃を抜く努力もせずに。ひとたびローパーがいなくなれば、とうもろこし色の髪の小娘は、ガーネットだけのものになる。気取りまくった姉も、なにひとつ手出しできまい。

ちくしょう、だめだ、うまくいきっこない。ローパーは少佐の女房と親しすぎる。少佐を殺せば、牧場に残って嘆きの未亡人とかわいい妹を慰めるのは、ローパーだ。

結論は非常に単純だった。考えることもない。少佐を妻もろとも殺せばいい。ばれないようやり方を工夫しなければならないが、方法はあるはずだ。牧場が王国ほどの広さであれば、チャンスは山ほどある。あの女が乗馬にとりつかれてくれたおかげで、ことがやりやすくなった。彼女が一人きりになる時間はたっぷり出てくる。だれの目も耳も届かない場所で。ガーネットは、ライフルにかけてはかなりの名人だった。なんの苦もなく彼女の頭に弾を撃ちこむ自信があった。おつぎは少佐、それがすめば、すべては自分のものになる。

ガーネットは暗闇に寝そべっていた。自分の計画に酔うあまり、じっさいに味わっている気になってきた。黄色い髪の娘を組み敷きたいと急くあまり、一物が疼いてきたので、自分でしごく羽目になった。計画のなかでも最高なのは、ローパーに関してなにもしなくていいことだった――ただ首にすればいい!

ガーネットがその他大勢と変わらないのは、自分を基準に他人を測るところで、そのおかげでここまで生きてこられた。無意識のうちに最悪の展開を予想するので、度外れて慎重だった。信頼とは縁がなかった。少佐のもとで身の安全を信じられるのは、少佐の弱みを握っているからであり、少佐が頼ってくるよう仕向けてきたからで、それが唯一賢い方法だった。ガーネットの弱点は、もっと大きな目標をもつ人間がいることに、気づいていないことだった。仕事を失うのがガーネットなら、鞍袋に荷物を詰めて立ち去るだろうから、ローパーも同じようにすると思ったのだ。ローパーが少佐の妻の死に怒り狂って牧場に残るかもしれないとは想像もしなかった。ガーネット自身、女のために命を張るなどありえないし、女が死んでいるならなおさらだ。さらにガーネットには知るよしもなかったが、ローパーには牧場に残る道を選ぶ理由がもうひとつあった。もっとやむにやまれぬ理由が。

そうやってベッドで計画を練っていた。掌中につかみかけた権力に飢えるあまり、眠れなくなった。ゆっくり股間をまさぐりながら、牧場とシーリア・ウェイヴァリーのことを考え、ついにその二つが頭の中でいっしょくたになった。単純に部屋を出て娼婦を見つけることもできたが、奇妙に熱く抑えがたい欲望が彼をベッドから離さなかった。けばけばしく安っぽい香りの娼婦に、それを突っこむのはいやだった。突っこみたいのはシーリアだけで、ほかのものでは満足できそうになかった。

牧場へ戻る旅の厳しさは、サンタフェまでの旅と変わらなかった。ほとんどの時間を揺れの激しい四輪馬車の中ですごし、石に乗りあげ穴に落ち込み、前を走る牧童らが蹴あげる土埃にむせた。ようやく息がつけたのは、その日も遅くなってから、馬車を止めて野営したときだった。昼の熱気もおさまり、埃も落ちつき、脚を伸ばせた。簡単な食事が用意されるあいだ、ジェイクは新しい三頭の馬の調教をした。ヴィクトリアの視線は気がつくとそちらへさまよった。馬を見ているだけだと自分に言い訳したが、馬を教え、なだめ、誉めるジェイクの深い声が、静かな空気に乗ってビロードのような肌触りを伝えてくる。そんなつもりはないのに、彼女も馬と一緒にその声の魔法にかけられていた。

シーリアの黒鹿毛の牝馬が、サイドサドルをつけるのにふさわしい動きをまっ先に理解したので、少女は喜び、ますます馬を気に入った。シーリアはジプシーという、当の馬よりずっと派手な名前をつけ、たいそうかわいがった。ジェイクの見たところ、牧場へ戻る頃にはこの馬に乗れそうな雰囲気だったが、シーリアにはなにも言わなかった。すぐに一人で乗りたいと言いだすのは目に見えていたからだ。みんなで出かけられるようになるまで、知らせないほうがいい。

エマの選んだ葦毛(あしげ)の去勢馬もほとんど手こずらせなかったが、ヴィクトリアの牝馬は、話がちがった。あの太った男は嘘つきだった。牝馬は半分も鞍に慣れていなかった。それどころか、鞍を嫌がった。ジェイクが鞍をつけるたびに、噛みつこうとした。腹帯を締めようとすると、腹をいっぱいにふくらませた(この悪さは、やるたびにジェイクに膝で蹴りあげられたので、数度でやめた)。そのうえ、彼女の蹴りは正確だった。だから、ジェイクは乗ろうとしなかった。真剣勝負になるだろうから、振り落とされても馬が逃げられないよう、囲いがなければとても始められない。鞍さえ置かなければ、子馬のように人懐っこく遊び好きなのに、鞍にはとにかく我慢ならないようだった。ジェイクもこの馬にはとにかく我慢ならなかったが、そもそも調教を買ってでたのはおれなのだから仕方ない、と自分を納得させた。ヴィクトリアのために馴らしてみせる。たとえ馬に殺されても。その可能性がないわけではない。

そのヴィクトリアだが、まるでジェイクは薄い空気でできていて、向こうが透けて見えると言わんばかりの態度だった。ジェイクは気にしないことにした。牧場に戻れば、たっぷり時間はある。いくらヴィクトリアが否定しようとも、ジェイクに触れられることを歓んでいる。目深な帽子の下から見つめて、ときが来るのを待つのだ。

牧場に着いたのは、翌日の午前も遅くなった頃だった。少佐は大股で屋敷に入ると、大声でカルミータを呼び、女たちが馬車から降りるのに手を貸そうともしなかった。ジェイクはひらりと馬から降りて馬車に近寄ると、ちょうど降りようとしていたエマに手を貸した。当然ながら、シーリアはとうに飛び降りて、駆けていった。エマはジェイクにほほえんで、小さくありがとうと言った。ヴィクトリアに手を差し出そうと振り向いたとき、彼女がそらす前に一瞬二人の目があった。だがそれだけで、ヴィクトリアが触れられるのをためらっているのがわかった。にやっと笑うと、よろけないよう手を貸すのではなく、腰に両手をまわして抱きあげた。ふわりと地面におろすと、「奥さま」と礼儀正しく言って、帽子に触れた。

「ありがとう、ローパーさん」声が少し緊張していた。

「明日の午前中、牝馬を調教したいので、奥さま、あなたも来てください」

ヴィクトリアはほんの二歩進んだだけで立ち止まり、振り返った。「どうして？」

「もしおれが全部やったら、あいつはおれを主人だと思いますよ。それはお望みじゃないでしょう？」

ヴィクトリアはじっと見つめた。いい馬に乗れればそれで十分じゃない、と分別がささやく。馬がわたしよりジェイクを好いたからって、どうだと言うの？　すると怒りが沸き上がり、敵の狙いどおり反応していると気づいて、ますます腹が立った。あれは自分の馬だし、ただ乗るだけではいやだった。馬なりの友情を示してほしかった。もしあの馬が自分よりジェイクになついたら、くやしくてたまらないだろう。度量が狭いと言われようが、いやなものはいやだった。

そっぽを向いて言った。「時間は？」声は穏やかなまま、どうでもいい話のように。

「十時。それなら朝寝坊できるでしょう。ゆっくり休んでください」

疲れているのをわかっている。それを知って、彼女の中のなにかがやわらいだ。やわらいではいけないなにかが。さりげない気遣いにほだされまいとしたが、だめだった。理由はどうあれ、ジェイクは守ろうとしてくれている。それが自分にとって大事なことだと、認めないわけにはいかない。彼の腕に抱かれ、肩に頭をもたせたい。ほんのつかのまでも。

頬を染めながら屋敷に入った。熱い陽射しのせいにできてよかった。エマが玄関広間でボンネットと手袋を外していた。裏手から少佐のくぐもったどなり声が聞こえてきたが、どうやら気に入らないことがあったらしい。シーリアが足音も高らかに階段を駆け下り、二人の前を走り抜けようとしたので、エマが立ちふさがった。

「まあ、そんなに急いでどこへ行くの？」ヴィクトリアが尋ねてボンネットを脱いだ。

「厩よ。ジェイクがジプシーの手入れの仕方を教えてくれるって」

エマがおかしそうに唇を曲げた。「そのドレスを脱いで、もっとふさわしいのを着たほうがいいんじゃない？」

シーリアは肩をすくめた。「どれも同じよ」

「ドレスには古いのと新しいのがあるのよ。馬の手入れをするなら、古いほうがいいでしょう」

シーリアはドレスを見おろし、言った。「そうね」それからまた階段を駆け上がった。

ヴィクトリアは笑った。「あの子には、一生違いがわからないでしょうね」

「あの子が逃したものはたくさんあると思わない？」エマが感慨をこめて言った。「パーティーにダンスに恋愛ごっこ。男の子たちがみんなシーリアに群がるのが、目に浮かぶようだわ、ねえ？」

笑顔を消し、ヴィクトリアはボンネットと手袋をテーブルに置いた。「これからあの子はどうなっていくのかしら。なんでも信じる子だから。だれか素敵な人に出会って、愛するようになってほしいわ。やさしくて、シーリアを大事にしてくれる人に」低い声で言い添えた。「心配だわ、ここにはそんな人はいないもの」

エマが言った。「あなたにもわたしにもね」ジョンを愛していたから悲嘆に暮れたけれども、亡くなってずいぶん経つし、エマはまだ若かった。やはり愛する人を見つけ、結婚して、家族をもちたかった。正直なところ、強い期待を抱いてこの地に来た。ヴィクトリアの結婚によって、飢えと貧困に終止符が打たれ、それから先どうなるか、彼女なりに夢をもっていた……この荒々しい土地と闘ってきた雄々しく、勇敢でハンサムな牧童が、彼女の心を勝ち取る、淡くロマンチックな夢を。現実は、孤立無援で牧場に暮らしている。この土地の美しさの下には、醜さや憎しみが隠されているように思えた。数少ない例外をのぞくと、男たちは不親切で汚らわしかった。

ヴィクトリアが置かれている状況は、それよりいいとは言えなかった。むしろ、なお悪かった。エマは少佐と結婚したのが自分だったら、と想像してぞっとした。少佐がやって来たら、ベッドの中で受け入れねばならないのだ。オーガスタにいたら考えられもしなかっただろうが、いまなら少しも軽蔑しない――ヴィクトリアがなんらかの慰めをジェイク・ローパーから得ているとしても。彼は本物の男であり、少佐のようないやらしいナメクジではない。エマの趣味からすれば男っぽすぎるけれど、ヴィクトリアはエマより強いし、きっとその強さに釣りあうのはローパーのような男なのだろう。

マクレーンがのしのしと裏から戻ってきた。二人の女が道をあけると無言で通りすぎ、暗い険悪な表情で階段を上っていった。二人とも、なにごとか尋ねる気はさらさらなかった。

マクレーンは寝室のドアをばたんと閉めると、椅子を蹴飛ばした。アンジェリーナがどこにいるかまっ先に尋ねたところ、ロラがいやにすました顔で言った。牧童の一人と朝から出かけて、まだ戻っていないと。少佐は怒りおかしくなった。ほしいときにアンジェリーナがいないだけでなく、牧童はやるべき仕事をしていない。役立たずの娼婦め！　つかまえたらお仕置きしてやらねば。

いまは手をこまねいているしかないから、ますます腹が立った。そうだ、あの娘、ファナを……だめだ、ちくしょう、味見はすましたし、自分の指よりいいとは言えない程度だった。同じくらいよかったとも言えない。ただ寝転がって鼻をすすっていただけだからだ。妻をベッドに連れていくなど微塵も考えなかった。そんな恐ろしいことは、もう二度と考えないことにしていた。ただでさえサラット家の亡霊につきまとわれて、心の休まるときがないのだ。悪夢と神経過敏がこのところさらにひどくなった気がする。亡霊どもが彼の命を狙いにきているのかもしれない。お堅いレディの女房に、エレナの面影を見るなんて真っ平だ。ヴィクトリアが隣の寝室に入る音にうろたえ、少佐は入ったときと変わらぬ速さで部屋を出た。

怒りで顔を真っ赤にしたまま廊下に出ると、身代わりを探した。陽気にハミングする声に最初はいっそう腹が立ったが、ふとそれがシーリアの部屋から聞こえるのに気づいた。ドアがほんの少し開いていた。なんだそこに美人がいるじゃないか、アンジェリーナにも負けない美人が。それにこっちは、すまし返った堅苦しい姉より近づきやすい。一度経験すれば、男を好きになるかもしれない。考えれば考えるほどいいことに思えてきた。だいいちシーリアもウェイヴァリーじゃないか。姉のようなレディではないだけだ。ヴィクトリアが旅行着を脱いで着替えるのに五分はかかるだろう。危険と誘惑を天秤にかけつつ、つま先立って廊下を進み、ドアの隙間から中をのぞいた。

シーリアはペチコートとシュミーズ姿でまだハミングしながら、古いドレスを衣装簞笥から選び出し、頭からするりとかぶった。前をボタンでとめればいいのでそれに決めたのだ。ボタンをかけようとシーリアがうつむいた。

その金色で滑らかなむきだしの肩と腕に、マクレーンははっとした。それに形のいい大きな乳房。真ん中の濃い部分が薄い木綿のシュミーズ越しにはっきり見えた。陽光が窓から降り注いで、シーリアの髪をきらきらと輝かせている。少佐は柄にもなく夢心地になって、天使のようだと思った。なんてきれいな娘だ！　それに少々跳ねっ返りでヴィクトリアとは似ても似つかない。もちろん言うまでもなく、エレナとも。股間の疼きは、見つめるうちにどんどん強くなり、この娘をものにしたらどんな感じだろうと思い描いた。ヴィクトリアに知られてはまずいが、目的を果たす方法はわかっていた。

こそこそ廊下を見まわすと、目をシーリアに戻した。もう着替え終わるところだったので、近寄ったときと同じ注意深さで、そっとドアから離れた。期待に胸が躍る。

一階に下りると書斎に向かい、栓を開けたバーボンのボトルを机の抽斗から取りだした。抽斗にはグラスもあったが、かまわずラッパ飲みした。酒は喉を焼く。心地よいあたたかさは、下腹の熱に似合いだった。なんとも楽しいことになってきたぞ！　もう一口飲んで、自分の賢さに乾杯した。肝心なのは、ぜったいヴィクトリアに知られないようにすることだ。あれほど気位の高い女だから、夫が妹に手を出したと知れば、荷造りして出ていきかねない。サンタフェであれだけ高貴な妻を見せびらかし、自慢したあとだけに面目丸つぶれだ。もちろん嘘をつくのは容易だろうが、これほど多くの人間が牧場にいれば、だれかがべらべらしゃべって事実が洩れることもありうる。

とはいえ、シーリアを思いどおりベッドに連れこむ自信はあった。彼女がだれにもしゃべらないだろうという自信も。あの娘は単純でおつむが弱い。だから、ちょっと脅かせばいい……さて、なんと言って脅かせばいいだろう。名案を思いつき、にたりと笑う。そうだ、その手がある！　もし一言でもしゃべったら、ヴィクトリアを痛めつけると脅すのだ。ヴィクトリアを殺すと言う手もあるが、それでは刺激が強すぎる。あの娘はパニックを起こしかねない。この計画のすごいところは、それが嘘でも、シーリアは単純だから、なんでも真に受けるという点だ。

計画を実行に移すチャンスもたっぷりある。女どもに馬を買ったのは、まさに天才のひらめきだった。このあたりの地理に詳しくないのだから、女だけでは遠乗りできない。だからローパーに命じて、牧場を案内させたり、二、三時間は戻ってこれないような場所に連れ出させせればいい。シーリアにはまだそんな長い騎乗は無理だろうから、ここに残ることになる。そのときを見計らって彼女をいただく。

もしうまくいかなければ、別の計画を練ればいい。ルビオに乗せてやると約束しておびき寄せるのもいいかもしれない。そう言って屋敷から誘い出すのだ。考えるほど、期待で体が熱くなった。シーリアはアンジェリーナのような娼婦ではない。きつく締まった初ものだ……。

椅子のうえで身悶えし、またバーボンを煽った。ローパーをけしかけて、とっとと馬の調教を終わらせよう。

つぎの一口でボトルは空になった。悪態をつき、空き壜を机の向こうに押しやると紙も一緒についていき、銀色にきらりと光るものが目に留まった。

少佐は凍りつき、腸がねじれた。ようやく動けるようになったときは、手が震えていた。紙を完全にどけると、いま垣間見たものが正体を現した。

ナイフ。危険なほど鋭利に研がれている。

少佐のではない。こんなところに置いた覚えはない。

左右に目を走らせた。恐くて動くこともできず、振り返ることもできなかった。人の気配がしないか、耳を澄ました。理性が吹き飛んだ。

サラット！

ガキどもは死んでなかった。それとも、亡霊になって戻ってきたのか。これからは注意して見張らねば。

　ナイフは取らなかった。取れなかった。股間を守るように腿をぴたりとくっつけた。

　もしかすると、ナイフの意味が少佐にはわからないかもしれない。ファナはじっと、閉じたドアを見つめた。目は憎しみで燃えていた。問題は少佐がわかることではない。彼女はわかっているし、本気だった。ふたたび触れようとするなら、殺してやる。レイプされた夜から、憎しみは募るばかりだった。忘れられなかった。一生忘れるものか。


「なぜあんたの姉さんはマクレーンと結婚したんだ？」

　そんな質問をするつもりはなかった。ジェイクは口を滑らせた自分を叱った。しかしずっと引っかかっていたし、理由を知りたかった。シーリアはジプシーの背中越しに彼を見ながら、馬の肩から脇腹へとブラシをかける手は休めなかった。紺青色の目に、ひどくおとなびた表情が浮かんだ。「そうすればもうお腹が空かないから」一瞬の沈黙の後、言った。

　そんな答が返ってくるとは予想もしていなかった。ジェイクは目を細めて少女を見た。

「お腹が空く？」

「食べものもお金もぜんぜんなかったの。少佐が言ったの、もしヴィクトリアと結婚させてくれたらママとパパにたくさんお金をあげますって。だからお嫁に来たの」

単純な説明に打ちのめされた。ヴィクトリアは売られたのだ。結婚したのは自分を救うためではなく、家族を救うためだった。

もうなにも尋ねることができなかった。シーリアは黙ってブラシをかけていたが、数分もするとまたこちらを見て尋ねた。「いつからジプシーに乗せてもらえる?」

「来週あたりかな」

「そんなにかかるの?」

「乗り手がサイドサドルに坐って出す指示にどう反応すればいいかを、こいつにちゃんとわからせておきたいんだ」

「どうしてサイドサドルでないといけないの? あなたのと同じ鞍ではだめなの?」

「レディはまたがったりしないものだから」個人的には、サイドサドルなど馬鹿げているし危険だと思っていたが、もしそんなことを言ったら、それでもサイドサドルを使わなければならない理由を説明しなければならない。その手の問答をシーリアとするのは、遠慮したかった。

シーリアをよく知らないのだから仕方ないが、彼女は納得するまで話題を打ち切りにはしないたちだった。

「どうしてレディはまたがらないの?」

ジェイクは帽子をさらに深くかぶって目元を隠した。「スカートがめくれて脚が見えるからだ」

「じゃあどうして女は男みたいにズボンをはかないの？」

「やっぱり脚が見えちまうからさ」

ジプシーの背中から、彼女の顔がぴょこんと飛び出した。「男の脚だって見えてるじゃないの」と怒ったように言った。「女の脚は男の脚とどうちがうの？」

なんとあっさりコーナーに追いつめられたことか。たくさん答え方はあっただろうが、こじつけではない素直な答に落ち着いた。「女の脚のほうがきれいだな」

シーリアがうつむいた。明らかに自分の脚のことを考えている。青いスカートの下に隠れてはいたが。「でもきれいなら、どうして隠すの？」すっかり戸惑っている。「男がスカートをはいて汚い脚を隠せばいいのよ。それで女がズボンをはくの」

唇がまた引きつったが、どうにか笑いをこらえた。「男はいろいろきつい仕事をするからな」と指摘した。「スカートだと邪魔になって仕事にならない。想像してごらん。少佐がドレスを着て、牛に焼き印を押すのを。ペチコートに火がついちまう」

シーリアがくすくす笑った。またなにか思いついたのか、目を細めてこちらを見ている。まるできかんぼうの子猫のようだ。「女はスカートで料理をするわよ」

「男は不器用でね。女はスカートでも平気だが、男はでっかい足があの布のかたまりにからまって転んじまう」

「わたしもときどき転ぶの。だからズボンをはいたほうがいいと思うんだけど」

降参だ。そこで、唯一男にできることをした。「どうしてヴィクトリアに訊かないんだ?」

シーリアは残念そうにため息をついた。「だめなの、質問させてもくれないのよ」

ふたたびジプシーのブラシがけをはじめたシーリアを見て、ジェイクは少し笑顔になった。とてもいい娘だ。ヴィクトリアが必死になって守ろうとする気持ちがよくわかる。マクレーンのところへ嫁いだ気持ちも理解できた。なにしろ、相手がどんなろくでなしか知りもせず、家族のために最善を尽くしたのだ。ジェイクから見れば、姉妹の父は弱くて臆病な、最低の男としか思えなかった。そうでなければ娘を二倍も年上の男に売ったりしない。だがそれでも、娘はレディに変わりなかった。

ヴィクトリアと結婚したら、エマとシーリアの面倒はジェイクがみることになるから、この先まだまだこういう会話をシーリアと交わすことになる。喜ぶべきか、悲しむべきか。まあ、手に負えなくなったら、いつでもヴィクトリアのところに送りこむとしよう。それとも、ベンに尋ねてみるようけしかけてもいい。弟がまごつく姿を、ずいぶん久しく見ていない。こいつは楽しみだ。

7

　ヴィクトリアは牝馬の首を軽くたたき、ささやきかけた。馬は気に入ったのか、ヴィクトリアに頭を擦りつけ、もっとやってとせがんだ。

「名前はどうする?」ジェイクは尋ねて頭絡(とうらく)をつけ、軽めの銜(はみ)を咬ませた。馬は頭絡も銜も嫌がらず、素直に金属の棒をくわえた。だが鞍を乗せようとしたとたん、暴れはじめた。これで背中にまたがったらどうなることかと、気が重くなった。

「どうしようかと思っているの」飼っていた動物にはいつも名前をつけていたから、いろいろ考えてみたのだが、この牝馬にふさわしい名前となると、なかなか思いつかなかった。

「怒りっぽいとか、意地が悪いとか、つむじまがりとか、そういう意味の名前をつけろよ」ジェイクがつぶやいた。

　ヴィクトリアはこらえきれず、ぱっと笑顔になった。「ぜんぜんちがうわ!」

「いまにきみの脚をがぶりとやるぞ」ヴィクトリアの明るい顔を見おろすと、一物が固くなるのを感じた。むかつく奴だが、この牝馬、思いがけない幸運だった。ヴィクトリアと長い時間一緒に過ごせる。その一分一秒を使って、こちらの存在を認めさせてやる。レディだろうがなかろうが、服のしたはただの女。それに、触れられることを歓んでいる。

「どいたほうがいい。でないと、がぶりとやられる」ヴィクトリアが離れてから、牝馬の背中に鞍を置いた。馬はくるっと振り向いたが、ジェイクがすばやく逃げたので、歯は空を噛んだ。

ヴィクトリアの笑い声に、ジェイクの胸がキュッとなった。

「きみにはおもしろいかもしれないが、おれがこいつの悪癖をひとつ残らず直すまで、乗せてやらないからな」腹帯を締めようと近づくと馬は脇に逃げ、ジェイクは毒々しくののしったが、言葉遣いの悪さをヴィクトリアに謝りもしなかった。大事な馬に乗れるようになる日までに、もっとたくさん汚い言葉を聞くことになるのだから。

「どうしてサイドサドルを乗せないの?」ヴィクトリアが尋ねた。

「乗るのはおれだぞ。死んでもそんなものは使いたくないね」

ヴィクトリアはまた笑った。馬が逃げまわるのを見ているのは、おもしろかった。馬に表情があったら、笑い顔を浮かべるにちがいない。なぜって、この馬は自分のしていることを楽しんでいるもの。ジェイクは粘り強く作業をつづけ、腹帯を充分にきつく締めた。上品な集まりでは聞かれないような類の名前で馬に呼びかけたが、手荒に扱うことはなかった。作業を終えてジェイクが首を叩くと、馬はお返しに頭を胸に擦り寄せた。

「このひねくれカイユース（インディアンが使う小ぶりで丈夫な馬）」ジェイクは手綱を取ると、ヴィクトリアに言った。

「柵に登っててくれ。乗ってみるけど、こいつの気に入るとは思えないからな」

ヴィクトリアは言われたとおりにした。ちかくにいた男たちが集まってきて、柵に腕を載せて寄りかかり、声援や罵声や助言をぶつけた。

「十秒ともたねえぞ、ローパー」

「鞍につかまってろよ――」

「一発やっちまえ――」

「見本を見せてやれ、ここにいるトンチキどもにな――あ、失礼、奥さま」

「泥は好きだよな、ローパー。すぐ口いっぱい頬張ることになるぞ」

「ごもっとも」ジェイクは答えて、あてこすりににやりと笑った。「はじめてのことじゃない」帽子を引っ張りおろし、左のブーツをあぶみにかけ、ひらりと鞍にまたがった。

ほんの一秒、馬はぴくりとも動かず立っていた。だれかが背中にまたがってるなんて信じられないと言いたげな反応だった。それから、大暴れした。棹立ちしたかと思うと、体をよじり、頭を下げて着地する。振り落とそうと背中を丸めて跳ね、ジグザグに走り、ジェイクを柵にぶつけて落とそうとした。男たちは喚声をあげ、土埃に包まれた。

馬はまた体をよじり、勢いよく尻っ跳ねした。ジェイクは馬の頭を飛び越し、もんどり打ってドサリと落ちた。男たちはげらげら笑い、ああしろこうしろと叫んだ。ヴィクトリアも笑っていた。ジェイクは泥を吐きだしながらも、その笑い声が歓びのさざなみとなって体に打ち寄せるのを感じた。起き上がって胡座をかいた。鞍から重みが消えるやいなや、馬はおとなしくなり、ゆっくり近づいてきて鼻面でジェイクを押した。

「出来損ないの駄馬め」やさしく言いながら、ジェイクは立ち上がった。「まず行儀作法を習わなくっちゃな、レディを乗せるんだから。今度は振り落とすなよ。疲れ果てて飛び跳ねられなくなるまでしごくぞ。それから、行儀作法を仕込む」

ふたたび手綱を握ると、馬に気づかれないうちに鞍に戻った。

ジェイクを振り落とした最初の勝負で少し疲れてはいたが、馬も負けを認める気はないようだった。目を輝かせ、暴れまわり、ジグザグに走りまわった。どんなことをしても、背中の男は飛んでいかない。柵に向かって突進すると、ぶつかる直前で急旋回した。ヴィクトリアに怪我があってはならないと、男の一人がさっと手を伸ばし、彼女を柵から抱きおろした。

「失礼、奥さま」男は馬とジェイクから目を逸らさずに言った。

「わたしこそ、ぼんやりしていて。ありがとう」

「どういたしまして、奥さま」

馬はさらに数度、突進と急旋回でジェイクを振り落とそうとした後、囲いの中をぐるぐる走りだした。速度は落ちない。「柵の外へ出す！」ジェイクが叫び、手綱を引いて馬をまっすぐ柵に向かわせた。馬は後躯を収縮させて力を貯め込むと、軽々と柵を飛び越した。帽子は飛ばされたが、ジェイクは鞍に残っていた。馬の首に触れるぐらい上体を屈めた。この癇癪がおさまれば、調教を始められる。まずは好きなように走らせるのがいちばん。いまの時点で、ほかにできることはなかった。

「もっと高い柵にしなきゃだめだな」男たちの一人が意見を述べた。

ジェイクと馬が遠ざかってゆくのを、ヴィクトリアは見送った。「いつ戻ってくるかしら？」つい声に出して言った。

「馬が疲れたらでしょう」

ヴィクトリアは返事した男に顔を向けた。馬が突進してきたとき柵からおろしてくれた男だ。ばつの悪いことに男の名前を知らなかったが、さっきのことでもう一度礼を言うべきだと思い、手を差し出した。「おかげで助かりました、失礼ですが――？」

「クインジーです」男が言った。ヴィクトリアの手を見ると、自分の手をズボンで拭ってから握った。「ジェイク・クインジーです、奥さま」

「ありがとうございました、クインジーさん。すばやく動いてくださって。油断していて、一人では逃げられませんでした」

クインジーは帽子を下げて目元を隠した。「どういたしまして、奥さま」

ほとんどの男たちと同様、ジェイク・クインジーもホルスターを腿に結びつけていた。日焼けした顔は使いこんだ革の風合いで、無数のしわが目のまわりを囲み、もみあげは白髪混じりだが、すらりと筋肉質な体は青年のように見えた。目は不思議な灰色がかった茶色で、帽子のつばの下から無表情にこちらを見つめていた。

こういう男には、どう振舞えばいいの？ 彼がどんな人生を歩んできたのか、どんな種類の男なのか、ヴィクトリアにはまったくわからなかった。それでも男はそこに立っているし、骨身に沁みるほど礼儀作法を叩き込まれていたから、話をしなければという思いに駆られた。

「正直に言うと、ローパーさんにやきもちを焼いてますの」ほほえんで言った。「あの牝馬には最初に乗りたかったんです」

「曲がった根性を叩き直すのは、人に任せたほうがいい」クインジーが答えた。「放りだされたら怪我しますよ」

「あら、わたしだって放りだされたことはありますわ！」ヴィクトリアは笑って、何度か馬から落ちてあざをこしらえたのを思い出した。「だれでも馬に乗る人は、鞍とお別れした経験があるんじゃないかしら」

「そうですね、奥さま。そう思いますよ」

クインジーは家畜の世話を終えていなかったが、その場に立って、ミセス・マクレーンのおしゃべりの相手をした。彼女みたいな女とはめったに話せるものではない。うっとりした。日曜学校の先生みたいにきちんとしていて、そばに寄ると甘い香りが漂っている。肌は白くなめらか、柵からおろしたときつかんだ腰はやわらかだった。まるで別の生き物みたいだ。彼女の前にいると、自分が馬鹿でかくて乱暴で、ぶざまな熊になった気がした。ガーネットはヴィクトリアを鼻持ちならない気取り屋と評したが、クインジーは穏やかで威厳のある女だと思った。ミセス・マクレーンに関しては、ガーネットの忠告を聞き入れないことにした。

牝馬は風のごとく走った。全身の筋肉が大きく躍動し、蹄が大地を蹴る。ジェイクはリズムに乗ると、脚で馬体を挟んで手綱をゆるめたり、握ったりして銜を受けさせようとしたが、いっこうに反応してくれない。ついにあきらめて、好きなだけ走らせることにした。

たいしたスタミナだった。大きな男を乗せているのに、まったく重さを感じていないように走る。たいていの馬ならくたくたになるほど走っても、長い肢の運びは軽々としていた。腹立ちまぎれに走っているのではない。走ることがうれしくてたまらないのだ、それが伝わってきて、ジェイクは舌を巻いた。たまげた、なんて馬だ！　ルビオにぴったりの相手だ。種馬としてのルビオに負けず劣らず、こいつは牝馬として図抜けている。生まれた子馬は、ほかのあらゆる馬を、砂塵のかなたに置き去りにするだろう。

もっとも、そうと認めるのは業腹ではあるが、少佐の言うとおりかもしれない。ヴィクトリアの手に余るのではなかろうか。こいつの強さときたら種馬並みだ。もちろん、純粋にパワーだけを考えれば、ルビオにはかなわないが。

徐々にスピードが落ちてきた。襲歩(しゅうほ)から駈歩(かけあし)に、そして常歩(なみあし)に。ジェイクは馬の首を軽く叩き、感嘆の気持ちを素直に表して誉めてやった。馬は息切れもしていなかった。疲れていても歩様(ほよう)はしっかりしていた。心意気を見せつけるように首を振った。

「よーし、いい子だ。まいったよ、たいした走りだ! そろそろ屋敷に戻らないか?」馬が止まったので少し休ませたが、鞍からおりなかった。あのひねくれぶりでは、彼を置き去りにしかねない。呼吸が落ちついたので、脚を押しつけて手綱を引いた。馬は鼻を鳴らして首を振り、知らん顔をした。

軽く悪態をつきながら、踵で小突くと噛みついてきた。長い一日になりそうだ。

二時間後、ようやく牧場に戻った。その頃には、いくつかの扶助に応えるようになっていたが、ほかは知らんぷりだ。怒りたいのを我慢して、手綱はゆるく握っていた。どれだけ手こずらされようが、素晴らしい馬だった。囲いに近づけると後肢で跳ね回るだけの元気を残していた。ジェイクが背中に乗っていられるのは、自分が許したからだと言わんばかりに。

　ヴィクトリアの姿はどこにも見あたらなかったが、ジェイクが戻りしだい知らせるよう言い残しておいたにちがいない。鞍をはずし終わらないうちにやって来た。乗馬用の服は脱いで、紺青色のスカートとハイネックのシャツブラウスに着替えていた。襟と袖口には控え目なレース飾りがついている。彼女は冬の雪のようにひんやりして見えるのに、自分は暑くて埃だらけ、帽子もかぶらず長時間太陽にあたったせいで、頭痛もしていた。

「どうでした?」ヴィクトリアが尋ねて、馬の鼻を撫でた。

「引き分けだ」ぼそっと言った。「こっちで勝って、あっちで負けて」

　ジェイクは馬と同じくらい汗まみれで、顔には埃が筋を引いている。ヴィクトリアがこれまで避けてきた荒っぽい男そのものだが、屋敷には戻らなかった。そうすべきだとはわかっていたけれど、彼が馬の手入れをするのを眺めていた。まくりあげた袖口から剥き出しの、日焼けした逞しい手や腕に見とれた。

「名前を思いついたの」ほかに言うことを思いつかなかったので、そう言った。

「おれにもいくつか候補がある」ジェイクがうなるように言った。

「ソフィーよ」

　ジェイクはまたうなったが、その音だけでは賛成か反対か判断しかねた。「じゃあ、ソフィーで決まりだ」

「ありきたりの名前はつけたくなかったの。プリンセスとかダッチスとか、それに神話に出てくる名前もね。ただのソフィー」少し緊張していたのは、そうやって選んだ名前をジェイクに気に入ってほしかったからだ。

「いいと思うよ」馬を馬房に入れると、ジェイクは水の入ったバケツを取ってきて、飼葉(かいば)をやった。艶やかな尻をぴしゃりと叩くと、馬はちょっと動いてジェイクを押した。

ヴィクトリアの笑い声に顔をあげ、唇を歪めてあいまいに笑った。「おれが放りだされたときも笑ってただろう」

ヴィクトリアは申し訳なさそうな顔もせず、輝く目で彼を見た。「おかしかったんですもの。この子、とっても誇らしげで」

ジェイクは馬房の戸を閉め、その上に腕を載せてもたれかかった。汗の匂いも体の熱も感じることができるほど、二人は間近にいた。ヴィクトリアが自分を守るために離れようとする間もあらばこそ、ジェイクが手をのばして指の背で頬骨を撫でた。「笑えばいいさ」低い声だった。「きみが笑うとうれしい」ジェイクにはわかっていた。彼女は好きなだけ笑うこともできないのだ。抱き寄せて守ってやりたかった。もっと笑うことのできる世界を、与えてやりたかった。

ヴィクトリアは触れられて戸惑った。目をそらし、話題を変えるためのきっかけを探した。ソフィーがいちばん身近な逃げ道だった。「よく走る?」

「よく走る」静かにくり返す声には、畏敬の念がこめられていた。「ものすごく速いし強いから、きみは乗らないほうがいいかもしれない」

　ヴィクトリアがキッとなった。「わたしは乗るのも上手だし、あれはわたしの馬よ」

「わがままだし頑固な馬なんだ。力があるから、馬なりに走られたら抑えきれない」

「何度も言うけど、この子はわたしの馬です。ぜったいに乗るわ」

「考えてみれば、きみとこいつはほんとによく似てるな」熱い眼差しをヴィクトリアに向けた。「お高くてひねくれてて、男が乗ろうとしたら大騒ぎ。だが一度慣れたら気に入って、多少は落ちつくだろう」

　ヴィクトリアは真っ青になり、じっと冷静に見つめる緑の目から、一歩身を引いた。彼の言葉も視線も、その意味するところを取り違えようがなかった。「やめて」ささやきだった。「聞きたくないわ」スカートをつまんで去ろうとしたが、腕をつかまれ、引き寄せられた。

「逃げたって、事実は変えようがない」

「ローパーさん、離してちょうだい」

「ジェイク」彼が言った。「ローパーさんなんてやめてくれ。おれがキスしたことも、きみがキスしてくれたことも、なにもなかったみたいじゃないか。どうかな、離したくないような気がする。もう一度キスしたいのかもしれない」

「シーッ！」絶望的な気持ちであたりを見まわした。人に見られたり聞かれたりしたらどうしよう。いったいどうしてこんなことするの？　いつなんどき、人が入ってこないともかぎらない。プレッジャーを殺したのは、ヴィクトリアの部屋から出てくるのを見たと口外させないためだったのに、いままた同じ秘密がばれるような危険を敢えて冒そうとしている。

「だれもいないさ」不気味にも見える笑みを浮かべ、手を離した。「そんなに怖がるなよ。体面を守るために、『レイプされる』なんて叫ばなくていい。馬房の中に押し倒してスカートをめくるような真似はしないから。それもたしかに楽しそうだけどね、マクレーンの奥さま」

「ジェイク、おねがい」お高いと思われているようだが、必要とあらば下手にもでる。

「わたしはそういう女ではありません。そういう印象を与えたのなら、謝ります――」

「おれの印象を言おうか。きみは自分の体が与えてくれる歓びを知らない――」

「歓びですって！」厭わしさを押し殺して言った。

ジェイクはご機嫌だった。マクレーンとの婚姻の義務を、ヴィクトリアが楽しんでいないとわかったからだった。彼女があのろくでなしとベッドを共にしているだけで十分不快なのに、楽しまれた日には、耐えられるものではない。

「そう、歓び」ジェイクの声は低くかすれていた。「まちがっても、おれを受け入れるときの感じは、マクレーンのときと同じだろうなんて思わないでくれ」

頬が真っ赤になったのは、ジェイクを思って、淫らな夢や空想をふくらませたことを思い出したからだ。心を読まれたような気がして、屈辱を感じた。

ヴィクトリアは後ずさりした。「まちがってるわ」と、ささやいた。「わたしたち、けっして――」

「そうだな、行けよ。さっきも言ったが、それで事実が変わるわけじゃない。明日の朝また会おう。十時に」

ヴィクトリアは頬を火照らせたまま、屋敷に駆け戻った。馬の調教はほかの人にやらせてくれ、と少佐に言おう。でも、ジェイクをはずしてもらうのに、どんな言い訳をすればいいの？　とにかく首にさせるようなことはできない。彼以外に、シーリアを守ってくれる人はいないのだから。

彼女にできることはなにもなかった。運命という蜘蛛の巣にひっかかり、引き裂いて自由になろうとすれば、シーリアを危険に曝すことになる。

そういうわけで、翌朝十時にヴィクトリアはそこにいた。心のうちを顔に出すまいと努めた。ジェイクはもうソフィーにまたがり、辛抱強く囲いの中をぐるぐる歩かせ、行儀のいい馬なら心得ていなければならない扶助を覚え込ませた。ヴィクトリアが近寄っていくと、射るような視線を投げかけてきたが、あとは無視して牝馬に集中していた。

陽射しは熱く、流れ落ちる汗で背筋が痒くなった。うなじもチクチクと痒いから、手でこすった。その朝カルミータから借りた、ヒラヒラとはためくほどつばの広い帽子をかぶっていても、効果はなかった。牝馬の調教はすべてジェイクがやるのなら、なぜここに来なくてはならないの？

「けさは手こずったりしませんでした？」ヴィクトリアから声をかけた。

「少しね。柵を越えて走りたがった。昨日みたいに。だが鞍を置いても噛みつこうとしなかった。進歩はあったわけだ」

「いつになったら乗れるようになるのかしら？」

「状況しだい」

「なんの？」

「こいつがどういう動き方をするか、どれぐらい呑み込みが早いか」

「ローパーさん、ここはとても暑いわ。ここでただ太陽に焼かれて埃まみれになる以外にも、やることがいろいろあるんです」

　手綱を引いてソフィーの歩調をゆるめ、ジェイクがじっと見つめた。「わかった。鞍を変えよう。きみにもできる範囲で調教をまかせる。ただし、放りだされてもわめくなよ」

　心が躍った。ついにこの美しい馬に乗れる。ジェイクにほほえみかけた。「放りだされても〝わめく〟なんてしません」

「じゃあ、お手並み拝見といくか」

ジェイクはソフィーを厩に連れていくと、鞍を外して自分の馬に乗せた。馬具部屋にあごをしゃくった。「きみの鞍はあの中だ。始めろよ」

もし装鞍(そうあん)の仕方を知らないと思っているなら、すぐにまちがいだとわからせてやろう。少佐がサンタフェで買ってくれた新しいサイドサドルと鞍下ゼッケンを見つけ、手に取ると、落ちつかなげに足踏みをしているソフィーのところへ戻った。

「歯に気をつけろ」ジェイクが忠告した。

首筋を軽く叩き、話しかけてから、ゼッケンを馬の背に置いた。馬は首をめぐらせ、ヴィクトリアの一挙手一投足を眺めていた。鞍を持ちあげると、馬は動いたが、手の届かないところへ離れるようなことはなかった。おとなしく、鞍が背中に載せられるのを受け入れると、もう見飽きたというように首を戻した。そのあいだに、ヴィクトリアは腹帯を締めた。

ジェイクは自分の去勢馬の装鞍を終え、ヴィクトリアがサイドサドルに乗る手伝いをしにきた。手をお椀の形にしてくれたら足を載せるつもりで、彼女が待っていると、腰に彼の手が回って軽々と持ちあげられた。驚いて肩をつかみ、バランスをとろうとしたら、指が分厚い筋肉にめり込んだ。彼はヴィクトリアを鞍にトンとおろし、その体を支えたまま、ソフィーが暴れ出さないか目を光らせた。

ヴィクトリアは落ち着こうと深呼吸してから、右膝を前橋に掛け、左のブーツで鐙(あぶみ)を探った。ソフィーはさっと見まわし、前より背中が軽くなったことと、奇妙な鞍に興味津々の様子だったが、どうやら受け入れたようだ。

ジェイクがひらりと鞍にまたがった。「口がとても敏感だから、手綱は軽く握ること。踵で突つくだけでいい。蹴っちゃいけない。怒らせちまうからな」

言われたとおりにした。ソフィーに必要なのは、ほんのわずかに手綱を引いて方向を示してやることだけだった。厩から熱い太陽の下に出て中庭まで歩かせたところで、少佐の呼ぶ声がして二人は馬を止めた。

「見事な馬だ」少佐が感激して近づいてきた。「うん、掛け合わせたら、最高の子馬を産むだろう」

ヴィクトリアは体をこわばらせた。掛け合わせるなんて初耳だった。そう、いずれは子を産ませたかったが、ソフィーはまだ若いのだからずいぶん先の話だ。それよりも、乗って楽しみたかった。「ソフィーはまだ掛け合わせたくありません」きっぱり言った。

少佐はこちらを見もしなかった。ソフィーをしげしげと眺めまわし、笑いかけていた。少佐が首をぴしゃりと叩くと、牝馬は異議を唱えるように飛びのいた。ジェイクがさっと手を伸ばして御する手助けをしてくれ、ヴィクトリアはやさしく声をかけて馬を落ち着けた。

少佐は腰に手をあてた。「おまえの言ったとおりだ、ローパー。きっと準州内のあらゆる馬をしのぐ子がとれるだろう」まるでヴィクトリアの言葉など耳に入らなかったような口ぶりだ。ヴィクトリアは口をつぐんだ。妻は人前で夫と言い争ってはならない。文句は後で言えばいい。

「力も強いし足も速いですよ」ジェイクはどっちつかずの返答をした。

まだマクレーンはそこに立っていた。細めた目をぎらつかせて。「それで——今日はどこまで行くんだ?」

「川のほうへ。それからぐるっとまわって、少し北に向かうつもりです」

マクレーンはうなずいた。「どれぐらいで戻ってくる?」

ジェイクは無表情だった。マクレーンと話すときはいつもそうだ。それしか憎しみを隠す手立てがないからだ。「二時間かそこらでしょう」

「ゆっくり楽しんでこい。牧場には見るものがたくさんあるぞ」少佐はようやく後ろにさがったが、その前にソフィーの首を叩くのを忘れなかった。馬はいなないて嫌がり、わずかに後肢で立った。今度もジェイクが手を差し伸べ、鞍から落ちないよう体を支えてくれた。だが、ヴィクトリアは鞍にどっしり坐ったままで、うまくソフィーを落ち着かせた。馬が静まったときには、もう少佐は大股で屋敷に戻るところで、二人の行き先をちらとも見なかった。

ろくでなしめ。ジェイクは冷酷な顔で、立ち去る少佐を見送った。

二人は馬を常歩で進め、中庭を横切るとゆっくりの駈歩に移行した。ジェイクはヴィクトリアとソフィーを見て、前者は実にいい女性騎手であり、後者はだんだん行儀を覚えてきたようだと思った。安心して、自分も乗馬を楽しむことにした。美しい夏の日で、隣にはいずれ自分のものにするつもりの女がいる。どちらも男の心を酔わせるものだ。

川は屋敷から一マイルほどのところにあった。広くて浅い水の帯は、きらきらと輝き、さらさらと流れていた。「なぜもっと川のちかくに家を建てなかったのかしら?」とヴィクトリアが尋ねた。水はちかくで汲めるにこしたことはない。屋敷の裏手に小川が流れているが、乾期には干上がってしまう。

「ほら、かなり浅いだろう? 毎年春になると、土に吸収されない水が溢れて洪水を起こす」ジェイクは北のほう、左を指さした。「そっちの川岸に、ハコヤナギの木立ちがあるだろう? あそこでも腰の深さまでになるんだ。だからあそこで、おれたちは水浴びするのさ、夏はね」

男たちが水浴びを川で? なにも知らないことが恥ずかしくなった。彼らにもちゃんと浴槽があると思っていたのだ。ちょっと考えればわかることだが、牧場で働く男たち全員のために水を運んで温めようと思ったら、一生かかっても終わらないだろう。

「男の人はどれくらいいるの?」

「百ちょっとかな」

「そんなに？　想像もしなかったわ」

「いつでも屋敷のまわりにいるのは、ほんの半分だ。ほかの連中は境界線ぎわに建てられた小屋や、牧場のどこかにいる。牧場は五十万エーカー以上あるからな」

大きさを聞いて驚いた。いままでだれも教えてくれなかったし、内気すぎて尋ねることもできなかった。尋ねれば、欲が深いと思われる気がしたのだ。ジェイクを信用していたから、その言葉どおりに受け取り、想像もつかない広さに仰天した。それだけ広大な土地に囲まれていると思うと怖くなったが、同時に少し興奮した。来た方向を振り返っても、屋敷はうっそうと生えた木々と大地の起伏に隠されていた。ジェイクがいなければ、一人きりだ。思い出せる限り、こんなに一人きりだと感じたことはなかった。ここにあるのは太陽と大地、川、風、すばらしい馬に乗った自分。最高の気分だった。一人で乗れるようになるのが待ち遠しくて、そう言った。

ジェイクは鼻で笑った。「おいおい、常識を働かせてくれよ！　一人でここまで来るなんて、ぜったいだめだ」

なんでも好きなようにやるわよ、と言い返しそうになったけれど、常識が働いた。たしかに、ジェイクはこの野生的で美しい土地のことをずっとよく知っている。だからおとなしくこう言った。「なぜ？」

「屋敷が建てられたのはずっと昔のことだが、だからってこのあたりは開けた土地じゃない。もしここで放りだされて馬に逃げられたら、半マイル歩いてお隣さんを探すなんて気楽なことは言ってられないんだ。だいいちお隣さんなんていやしない。いるのは熊にピューマに蛇だけさ。それだけじゃない。ときどき家畜を奪いに来るやつもいる。いまはナヴァホ族が居留地に移されたから、昔ほどひどくないけどな。こっちが見てる間に家畜を盗んでいくんだ。流れ者もうろついてるし、うちの連中にもいるだろう、お上品でも高尚でもないやつらが。気づいてないなら言っておく。こんなところに一人きりでいるのをつかまったら、どうなるかわかったもんじゃない」

「エマとシーリアの馬は、いつ調教が終わるの？　そのときは三人で来られるわ」

「シーリアの馬はもう大丈夫だが、まだ言ってない。言ったら、一目散に一人で飛びだしかねないからな」二人は納得の表情をかわし、ジェイクは悲しそうにほほえんだ。「まいったよ、男みたいにまたがって乗りたいと言うんだ」

ヴィクトリアは怯えた顔をした。「あの子になんて言ったの？」

「スカートが邪魔になると言った。それから、どっちにしろきみに許可をもらえとね」ジェイクの目はおもしろがるように輝いていた。

「ご迷惑かけます」ヴィクトリアは辛辣に言ったが、笑いを堪えきれなかった。「エマの馬はどう？」

「ミス・エマの去勢馬も問題ない。このレディだけさ、気をもまされるのは」

「あら、申しぶんなくいい子よ」

「そう。だから気になる」

ヴィクトリアがのけぞって笑った。白い喉が見え、帽子が脱げて、首にかけたひもで背中にぶら下がった。まだくすくす笑いながら、後ろに手をまわして帽子をかぶりなおした。見つめずにはいられなかった。ヴィクトリアはとてもほがらかで幸せそうだ。それこそあるべき姿だった。あの不思議な、胸が締めつけられるような感覚が戻ってきて、激しく脈打ちはじめた。

ジェイクが馬を止めて地面に下りた。ヴィクトリアは笑うのをやめ、驚いて見つめていた。彼が近づいてきて、鞍から抱きおろそうとする。彼の肩をつかんだ腕に力を入れ、体をそらしてちかづくまいとしたけれど、体に沿って滑らされ足が地面に着いた。乗馬用のスカートがガンベルトの留め金に引っかかり、白いペチコートがあらわになった。顔をさっと赤らめて、急いで身を引こうとしたが、ジェイクは腰にまわした手を離さず、抱き寄せて顔をちかづけてきた。

手荒ではなかった。唇はあたたかく、差し込まれた舌はゆっくり、甘美に動いた。ヴィクトリアは震えた。でも、前に経験したキスをもう一度知りたいという誘惑は、あまりにも強かった。腕をジェイクの首にまわすと、おずおずと不安そうに舌で応え、受け入れた。ジェイクが震え、もっと強く抱き締めてきた。驚きでいっぱいになった。この男、危険なこの男に、自分がいま感じているのと同じ熱く抑制のきかない歓びを与えているなんて。

背中を撫であげられて、ヴィクトリアは猫のように体を反らせた。本能的に体を差し出していた。ジェイクがここぞとばかり乳房をつかむ。ヴィクトリアは飛び上がり、ぱっと目を見開いた。だれにもそこを触らせたことはなかった。体を引き離そうとしたものの、あっさり抑えられて、愛撫はつづいた。

「やめて！」ささやきだった。重ねた布地もむなしく、彼の手に触れられて乳房は燃え、乳首はふしだらに固くなった。このままにさせてはいけない、楽しむなんてもってのほか。わかっていてもだめだった。高まる熱い歓びに、ヴィクトリアは喉の奥で小さくうめいた。

ジェイクは帽子を脱ぐと、かたわらに投げ捨てた。太陽が、細めた目の緑色を輝かせた。

「どうしてやめてほしい？」尋ねる声は低くぶっきらぼうだった。呼吸は速く、体は張りつめていた。

「正しいことではないもの」自分の耳にも頼りない理由だったが、はじめて長いスカートをはき、少女時代と決別した日以来教え込まれてきた理由だった。それが体の衝動にたいしては、こんなにも脆(もろ)いものだなんて。

ジェイクは表情も変えずに、じっとヴィクトリアを見つめた。「これ以上正しいことなんてないんだよ、ヴィクトリア」自分の言葉にこめられた真実に、がつんとやられた。女はたくさん抱いてきたが、この腕の中で、ヴィクトリアほどぴったりくる女はいなかった。

こんなふうに、安らぐ気分にさせてくれた女はいなかった。こんなふうに、安らぎと興奮を同時に感じられることが、驚きだった。

「やめましょう」首にからめた腕をほどいて、彼を押しのけるべきだとわかっていた。でも、明るい太陽の下に立ち、彼の腕に抱かれ、体の熱を感じ、肌の匂いを吸いこんでいると、体のおおもとの部分が満たされるようで、どうしても離れられなかった。

「あと一分」彼がまたぶっきらぼうに言い、顔を寄せてくると、彼女の心臓が躍りあがった。体を満たすぬくもりの波に抗う力は押し流され、ヴィクトリアはあおむいた。あらわな喉にジェイクが歯をあてながらくちづけし、それから唇に戻ってきた。反対の乳房に触れられると、火照りがぶり返した。下腹の奥が重く疼く。無意識のうちにもだえ、腰を押しつけていた。ジェイクは荒々しい声をあげ、ヴィクトリアの尻を腕で囲んで抱き寄せた。固く隆起したものが、やわらかな恥丘をこする。

相手が少佐だと、汚らわしいだけだった。ジェイクだと、ただしがみついて、この熱にうかされるような歓びを見境なく求めてしまう。太陽であたたまった彼の髪に指を差し入れ、もっとキスしてほしくて頭を引き寄せた。うっとりする味だった。コーヒーと煙草の混じった味。彼の息が彼女を満たす。たがいの息を融け合わせることは、舌で舌を探られるのと同じぐらい親密なものだった。

ソフィーがいらいらと動いて二人にぶつかってきた。ジェイクが顔をあげた。「姤くなよ」かすれ声で言った。

　ヴィクトリアは肩で息をしていた。後ろに下がって頬を手でおおった。あと一分つづいていたら、彼のために、土の上に横たわっていただろう。それはまちがいなかったが、つねに描いてきた理想の自分とはあまりにかけ離れていて、愕然とした。わが身の弱さを認めなくては。ジェイク・ローパーの体がほしかった。もう否定できない。鋳掛け屋の娘と愛しあっているのを見て、殺したいほど嫉妬した。彼のことを考えただけで、胸の鼓動が速くなった。彼の姿を目の当たりにすると、意識しすぎて苦しいほどだった。

　ああ、神さま。彼を愛しています。

　愛情というのは、時間をかけて付き合い、人柄をよく知ったうえで、友情をもとに育んでいくものだと思っていた。いまはわかる。肉欲がもとになることもありうるし、好もしく思うことすら必要がないということが。ずっと信じてきた基準は、肉欲の前に砕け散った。

　乱れた髪に、腫れた唇、激しい表情のまま、ジェイクは興奮をなんとか鎮めようとしていた。ゆっくり屈んで帽子を拾った。ひとつひとつの動きを慎重にしないと、抑えがきかなくなるのかもしれない。帽子をきちんとかぶって言った。「謝らないぜ」

「ええ」ささやき声で答えた。

「これが最後でもない」手を伸ばし、ヴィクトリアの青ざめた頬に指を滑らせた。「きみをおれのものにする。だが土の上でじゃない。太陽にこのきれいな肌を焼かせたりしない。ヴィクトリア、ベッドにもぐって、ドアに鍵をかけるんだ。だれにも邪魔されないように」

触れてしまえば自分のものというジェイクの尊大な思い上がりを否定しろと、母にしつけられた長い日々が叫んでいたが、できなかった。自分に嘘はつけないし、この荒々しい未開の土地では通用しない道徳律を楯にすることもできなかった。彼がほしい。そうでないふりなどできない。たとえそれが許されないことでも。

心の中でうめき、どうにかささやいた。「できないわ。結婚しているもの」

「結婚してる！」ジェイクが引きつった声で言った。「きみの亭主は、女を買うし人も殺すとんでもない奴だぞ。あいつがどうやってこの土地を手に入れたか知ってるか？　金を払ったと思うか？　所有してた家族を殺したのさ、サラット家を。頭に弾をぶちこむ前に、エレナ・サラットを犯したんだ。そんな男に貞節を誓うのか？　結婚した翌日に娼婦のベッドへ転がりこむような男に？」

彼の言葉に打ちのめされた。吐き気で胃袋がよじれ、膝からくずおれ、体を二つ折りにしてもどした。

険しい形相のまま水筒を取りだすと、ジェイクは首に巻いたネッカチーフをはずし、水で濡らした。水筒の蓋を閉めると、ヴィクトリアの横にひざまずき、そっと顔を拭いてやった。ヴィクトリアはネッカチーフを受けとって頬にあて、そんな男に触れられたと知ってこみあげるむかつきを抑えようとした。「その家族――サラット家のことは、どうやって知ったの？」しばらくして、くぐもった声で尋ねた。

「噂は広まるからな」水筒をさし出した。「飲むといい」

最初に口の中をゆすいで地面に吐きだしてから、飲んだ。男の前で吐いたりうがいをしたりするなんて、恥ずべきことだろうに、いまの彼の言葉の前では、ささいなことのように思えた。顔をあげて、暗い目で見つめた。「ここにはいられないわ」きっぱり言った。

「エマとシーリアを連れて、出ていくわ。あの人と同じ家にはいられない」

ジェイクは彼女が出ていくという考えを呪った。「だめだ」

ヴィクトリアは彼の腕をつかんだ。「でも、耐えられない」

「ここにいるんだ。ヴィクトリア、おれがいる。きみを守る」

「あなたになにができるの？　あの人と家の中にいるのはあなたじゃないわ。一緒に食事もしなくていいし、顔も見なくていい、声も聞かなくていい――」

「待たせはしない」こんなに詳しく話すはずではなかったが、夫の事実を知ったヴィクトリアの反応は、予想以上に激しかった。

虚ろだった目がジェイクにぴたりと向けられた。「どういうこと？」

「噂を聞いた、それしか言えない。信じてくれ、ヴィクトリア。行くな。おれがきみを守る」

ジェイクの緑の目が炎となってヴィクトリアの瞳を焼いた。少佐のことを考えて気分が悪くなるのと同じくらい、彼が怖くなった。ジェイクの目には激しいものがあった。行く手を遮るものは容赦しないと語りかけてくる激しいものが。それでも愛していた。危険な男と承知で。ここを去れば、二度と会えないかもしれない。そう考えると胸がずきんと痛んだ。

「いいわ」彼女は言った。「ここに留まります」

8

その夜の食卓で、ヴィクトリアはマクレーンの顔を見ることができなかった。料理の味もわからなかった。自分の夫が、哀れな女をレイプして殺したというジェイクの話が、頭から離れなかった。嫌悪感に寒気を覚え、陰惨な光景が、この目で見たようにまざまざと脳裏に浮かんで、なにも考えられなかった。

水を一口飲んだ。「このお屋敷はずいぶん古いけれど、前はどなたが住んでいらしたの?」自分の声を聞いて、ぎょっとした。なぜそんなことを尋ねたのだろう? ショックで理性を失ったにちがいない。

マクレーンはぎょっとし、顔から血の気が引いて奇妙な灰色になった。「なぜそんなことを訊く? だれかになにか言われたのか?」

ただの好奇心からでた質問だと思わせるしかない。エマが勘も鋭く聞き耳を立てているのがわかったが、あえて顔を向けなかった。「いいえ。ただお屋敷のことを考えておりましたの。どれぐらい古いんですの?」

マクレーンがこそこそとあたりを見まわした。物陰にだれも潜んでいないのをたしかめるように。「わからん。ほんとうに、だれもなにも言ってないんだな？」

「もちろんです。これはスペイン宣教時代風の建築様式ではないかしら？　すてきだわ。まちがいなく二百年は前のものでしょう。ご存知じゃありません？」

マクレーンはもう一度周囲にさっと視線を配った。だれもしゃべってはいない。ちくしょう、あれを知っている生き残りは、いまではガーネットにクインジーにウォレスだけだ。プレッジャーはローパーが地獄に送り込んだ。ヴィクトリアは、ただ屋敷が古いから尋ねているのだ。南部の貴族ときたら、古いものをやたらとありがたがる。

「そんなものだろう」マクレーンはぼそぼそっと言うと、ナプキンで額を拭った。

「前に住んでらした方のお名前は、ご存知？」

「憶えとらん」慌てて言った。

ロラとテーブルを片付けていたフアナが、ヴィクトリアの質問を耳にすると、憎しみに満ちた視線を少佐に向けて言った。「サラットですよ、セニョール。ご家族の名前はサラットです」

マクレーンの足はすくみ、怒りで顔が真っ赤になった。「おれの前でその名前を口にするな、馬鹿娘が！」怒鳴りつけ、ごつい腕をさっと振って皿を床に払い落とした。「出ていけ！　殺されたいか！　関係ないことに汚い鼻を突っこんだらどうなるか、思い知らせてやる――」

身をかわして逃げようとしたフアナの腕をつかみ、マクレーンは満身の力で顔を殴った。ロラは縮み上がり、拳を口にあててすすり泣きが洩れるのを堪えた。フアナが悲鳴をあげた。少佐に腕をつかまれていなかったら、殴られた勢いで倒れていただろう。シーリアが真っ青になって悲鳴をあげ、エマは腰を浮かせた。

氷のような憤怒が、ヴィクトリアの身内で爆発した。手近に武器があれば、その瞬間にも喜んで夫を殴り倒しただろう。夫がフアナをまた殴ろうと手をふりかざしたとき、彼女は突進してその手首をつかんだ。激情のあまり、立ち向かうのに十分な力が湧いていた。

「マクレーンさん!」冷たく狂暴な声だった。青い目はほとんど色を失って少佐を見つめ、小さな黒い点を囲む丸い氷のようだった。

きっと自分も殴られるだろうと思った。フアナを罰しようとするのを止められて、マクレーンが怒りおかしくなったからだ。うなりながら振り向いた夫を前に、しっかり足を据えた。顔は青ざめているが、肚はくくっていた。

マクレーンが凍りついた。ヴィクトリアを見つめるうちに、みるみる顔から血の気が引いた。ゆっくり腕が落ちた。

「なんということ」食いしばった歯の隙間から絞り出した言葉は、ほとんど聞き取れなかった。「こんなことを言ったりやったりするなんて、紳士にあるまじきことです。よくもわたしに恥をかかせてくれましたね」本能的に、いちばんの弱点を突く攻撃に出た。立派な人物であるという矜持。小細工にすぎなかったが、それが唯一の武器だった。

マクレーンはなおも顔を真っ赤にし、エマとシーリアに視線を走らせた。二人は怯えてこちらを見ていた。ちくしょう！　あんな目をされては、あの娘に触れるほど近寄るのはむずかしい。ましてベッドに連れこむなど論外だ。それにヴィクトリアの目つきときたら、まるでたったいま岩の下から這いでてきた虫けらを見るようだ。さもうんざりしたというふうに、貴族的な鼻をすぼめやがって。

それもこれも、あのメキシコ女のせいだ。サラットの名を口にするもんだから、われを忘れてしまった。もしサラットの鼻たれ小僧が這いつくばって死んだ穴を見つけていたら、死体に唾を吐いてやっただろう。だが、もしかしたら、あいつは死んでいないのかもしれない……書斎のナイフのことがまた頭をよぎると、きらめくナイフと少年の憎しみに満ちた目を思い出した。

皮膚が膨張して、破裂しそうな気がした。無言の非難を浴びせかける女たちの視線は、暗闇にきらめくナイフそのものに思えた。マクレーンはくるっと背を向け、部屋を飛び出した。歩くというより走っていた。

ファナのすすり泣きだけが、マクレーンの去った部屋に響いた。ヴィクトリアは少女を抱いた。「かわいそうに」ささやきかける。「かわいそうに」

ファナがわっと泣きだした。

「痛かったでしょう?」ヴィクトリアは尋ねた。

その問いかけが、不思議とファナの心に沁みた。泣き声を飲みこみ、充血した目をあげて、いたわるようなヴィクトリアの目を見ると、震える声で言った。「あなたを痛めつけますよ」

「いいえ、そんなことはさせないわ」ヴィクトリアは背筋を伸ばし、青い目を険しくした。事情は変わった。あの怪物が寝室に入ってきたら容赦しない。もしまた……あれを試そうものなら、屋敷じゅうに聞こえる悲鳴をあげる。触ろうとしたら、吐くだろう。そして出ていこう、家族を連れて。朝には出発するのだ。

でも、ジェイクは言った。ここにいろ、と。守ってやる、と。そんなに長くは待たせない、と。

どういうことだろう? 彼女たちをここから連れだす計画でもあるのだろうか? 考えると怖くなったけれど、そのチャンスを逃すつもりはなかった。夫以外の男と駆け落ちすれば、それがどんな状況下であっても、たとえ夫が人殺しであっても、ふしだらな女の烙印を押される。上流社会から追放されるだろう。そう思うとぞっとしたけれど、それがここでどれほどの意味があるだろう? ジェイクへの思いに比べれば、なんの意味もなかった。恐ろしい男、腹の立つ男、でも、彼のおかげで生きている実感を得たいま、全身にたぎる血の力は痛いほどだった。結婚の承認なしにジェイクと一緒にいることは、彼女の魂を死の危険に曝すことだ。ジェイクなしで生きることは、死の宣告を受けるようなもの。自分の命より、彼のことが大切だった。そしてなによりもそのことが、いちばん恐ろしかった。

ロラを慰めた。けなげにもファナはもう泣いておらず、慰めは必要なさそうだった。「少佐はなにもしないわ」ヴィクトリアはみんなを元気づけた。嘘でなければいいと思った。また責任を負ってしまった。自分のせいで、みんなが被害を受けないよう気を配らねばならない。いきなり六人の女所帯を抱えることになって、ジェイクがなんと言うだろうと思うと、引きつった笑いが浮かんだ。どんな計画か知らないが、ここまでは予想していないにちがいない。

「仕事に戻って」慰めるように、ファナの肩をやさしく叩いて言った。「少佐になにもさせないと約束するわ。もしなにかされそうになったら、大声でわたしを呼ぶのよ」

ロラが腕を回すと、ファナはぎこちなく抱かれた。ファナの顔を赤く染めたマクレーンの手の痕が、黒いあざになりつつあった。ロラが彼女を台所へ連れていった。

シーリアは思いつめた顔をしていた。だれより開放的なあのシーリアが。「もう寝るわ」ぽつりと言って、部屋を出ていった。

エマが驚いてシーリアを見送り、後を追おうとしたが、立ち止まってヴィクトリアに振り向いた。「わたしの部屋に来て」エマが言った。「話をしましょう」

二階に引き揚げると、少女の頃からそうしてきたように、二人はベッドに腰かけて話しはじめた。「どうしてあんなことになったの?」エマが核心を突いた。

ヴィクトリアは両手をぎゅっと握り、ジェイクの言ったことを思い出した。いままでは疑いようもなく、あの恐ろしい言葉はすべて事実だとわかった。「ジェイクから聞いたの。少佐はサラット一家を皆殺しにして、この牧場を奪ったのよ。こうも聞かされたわ、少佐は――名前は忘れたけど――女の人をレイプして、銃で頭を撃ったんですって」

エマはヴィクトリアが淡々と語るのを聞いて、真っ青になった。「それが事実なら――」

エマが息を呑んだ。「あら、まあ、あなた、ほんとうはサラット家のことを尋ねるつもりで――」

「どんな反応をするか、見たかったの」ヴィクトリアの瞳が燃えあがった。「夫は人殺しで、強姦者で、泥棒。ほんとうだったのよ、ジェイクの言ったことはすべて」

「わたしたち、どうすればいいの?」エマが立ち上がり、部屋を歩き回った。「ここにはいられないけれど、どうやって逃げだせばいいの? まさかマクレーン少佐がお金と馬車を貸してくれるはずないし。もう一度サンタフェに行く口実を考えましょう。あそこから逃げ出すの、どうにかして」

「いまはまだ、行けないわ」

　エマがぽかんと口を開けた。「どうして？　あなたが言ったのよ、彼は強姦者で人殺しだって！　どうして行けないの？」

「ジェイクが――ジェイクがここにいてくれって」

「ああ」その一言で、エマがすべてを理解したのがわかった。足を止め、取り巻く状況を考えていた。ついに口を開いたとき、その口調はやさしかった。「ヴィクトリア、わかっていると思うけど、わたしはあなたのためならなんでもするつもりよ。あなたはいつだって強い人だった。食べものがないときも、どうにかしてわたしたちに食べさせてくれたわ。あなたに勇気があって、自分の幸せを犠牲にしてまで少佐と結婚してくれたから、わたしたちは死なずにすんだのよ。でも、ここに留まれる？　どうしてジェイクはわたしたちを連れて逃げようとしないの？」

「わからないわ」苦悶（くもん）して、ヴィクトリアはいとこを見つめた。「きっとその計画を練っているところなのよ。ジェイクには、ここにいてくれと言われただけなの。長くは待たせないからって」

「信じているの？」

「ほかに道がある？　守ってくれる人は、彼しかいないのよ」彼女を気遣うからこそ守ってくれるのだと思えれば、彼を信じることができただろう。正義感からそうするのでもいい。でも、不安を拭いきれなかった。ジェイクには彼自身の動機があり、それは正義感とは、まして彼女とは、なんの関係もないような気がしてならなかった。

マクレーンはものすごい汗をかき、閉じたまぶたの下で眼球が素早く動いていた。夢のなかで、エレナのぐったりした体から身を起こしたちょうどそのとき、部屋の一隅の暗がりから、見るも恐ろしいものが飛びだしてきた。サラットの小僧だ。狼の顔に、黄色い目がギラギラと光る。指の代わりに、長くて白い鉤爪が生えていた。その鉤爪を、マクレーンの剝き出しの性器めがけて振りおろす。繰り返し、繰り返し。夢の中でマクレーンは悲鳴をあげ、部屋じゅうを転がりまわっていたが、現実の体は重く静かにベッドに横たわり、手だけがぴくぴく動いていた。少年は牙を剝いてマクレーンの喉に食らいつく。ぎらつく黄色の目がすぐ間近にあるから、マクレーンはそこに映る己が姿を見ることができた。ついに鉤爪が股間に届き、マクレーンは狂気の叫び声をあげて、自分の一物が体から千切り取られるのを見た――

びくっとして夢から覚め、目を見開いて暗い部屋を見まわした。見るも恐ろしいものが、部屋の隅から飛びかかってくるのでは。影がみるみる広がり、ベッドにのしかかってきた。動けなかった。ただそこに横になって、汗をたらし、己の恐ろしい死を待っていた。心臓がばくばくいって、冷や汗の嫌な臭いが部屋じゅうに漂った。沈黙を破る音はただひとつ、自分の苦しげな呼吸だけだった。

奴はまだおれを追っている。あん畜生は生きているのだ。いまもどこかにいて、ぎらつくナイフを手に、チャンスをうかがっている。おれが一人になるのを待っている、待っている……。

ようやく勇気を振り絞り、よろめきながらベッドから出て蝋燭を灯した。ぽつんとはかない炎はマクレーンだけを照らし、その周辺にますます暗い影を落とした。もっと蝋燭がいる、もっと明かりが。石油ランプ——そうだ、それだ。石油ランプを二つ。

震える手であと三本蝋燭を見つけて灯し、影をなくそうと部屋のあちこちに置いた。もっとほしかった。下の階に取りにいこうにも、寝室のドアを開けられなかった。もしサラットのガキが、ドアの外にうずくまって待ち構えていたらどうする？　夜明けまで待って、また夜が訪れる前に、かならずここにランプを用意しておこう。十分な明かりがありさえすれば、影もなくなり、ガキも隠れられず、この身は安全なのだ。

ジェイクはぽんとソフィーの尻を叩いて、そこにいることを知らせてから、後ろを通ったが、いつでも飛びのけるよう、狙いを定めた蹴りに注意していた。そこまで行儀がよくなったとは思っていなかった。ソフィーにさかりの兆候が見えたので、今日のヴィクトリアとの遠乗りでは、去勢馬に乗らないことにした。牝馬に乗ったほうが安全だ。ヴィクトリアにとっても、彼自身にとっても。

「まだ例の牝馬は落ち着かんのか?」マクレーンが背後から近づいてきた。

ジェイクはちらりと少佐を見た。目の下には隈ができ、あごはひげをあたっていない。夜っぴいて飲んでいたのだろうか。ジェイクの体に巣食う冷たい憎悪がいっそう強まる。マクレーンを見るたびに、そうなのだ。「もうじきです」彼は言った。従順な馬になるとは思っていないが、口には出さなかった。手なずけるには、ソフィーの心はいつだって熱く燃えすぎている。いつまでたっても、ひねくれもので尊大で、走るのを愛するだろう。

「発情期に入りかけてますよ」

マクレーンがうなった。「明日の朝は、別の種馬と一緒に外に出してみろ。よさそうだったら、ルビオと番わせるんだ」

ジェイクは小さくうなずいた。マクレーンが体重を右から左に移す。「けさの遠乗りにヴィクトリアを連れていくのか?」

「どうでしょう」全身の筋肉が緊張した。ヴィクトリアの話を、マクレーンとはしたくなかった。彼女の名前を、この男の汚らわしい口から聞きたくなかったし、彼女の姓がマクレーンなのを思い出したくなかった。

「牧場を見せてやってくれ」マクレーンが出し抜けに言った。目がぎらぎらしていた。

ジェイクは肩をすくめた。「いいですよ」マクレーンのしつこさがちと妙だが、ジェイクには好都合だったので、気にしなかった。

「出かけてこいとおれから言おう。あれにノース・ロックを案内してやれ。気に入るだろう」

「あそこまで二時間はかかりますよ」

「あれは乗馬がうまいと言ったじゃないか。問題ないさ」マクレーンは背を向けると急いで屋敷に帰っていった。ジェイクは目を細めてマクレーンを見送った。たしかに妙だ。あれじゃまるで、ヴィクトリアをこちらに差し出しているみたいじゃないか。だが、なぜ？

ひょっとすると、サンタフェで起きたプレッジャーの一件が、少佐に疑いを呼び覚ましたのかもしれない。ひょっとするとマクレーンは、ジェイクが妻と親密になりすぎた現場をおさえ、銃弾を頭にぶちこむ口実を得られると考えたのかもしれない。だれも非難できない。男には家族を守る権利がある。どれもこれも、まさにガーネットが思いつきそうなことだ。

ジェイクはソフィーともう一頭の牝馬に鞍をつけた。半時間も経たないうちにヴィクトリアが乗馬服を着て現れた。青白い顔をしていたが、頬には明るい色が射していた。鞍に乗せてやるあいだ、こちらを見もしなかった。

「どこへ行くの？」屋敷から離れるとヴィクトリアが尋ねた。

「特に決めてない。ただ走らせよう」まちがってもノース・ロックへ行く気はなかった。

「今日は乗馬の気分ではなかったのよ」

ヴィクトリアを見つめて考えこんだ。前日より動揺しているように見える。レディの良心なんてくそくらえ。彼女に考える時間を与えれば、どれだけ二人のあいだが前進していても、すぐ元どおりになってしまう。マクレーンの顔を見た直後だったので、まだ冷めやらぬ怒りがまた身内にたぎった。彼女をふたたび遠ざけてなるものか。「昨日おれたちのあいだにあったことのせいで？」強い声で尋ねた。

「なにもなかったわ！」ヴィクトリアは唇を嚙み、即座に否定したのを恥じた。真実ではなかった。自分の感情から隠れたところで、なくなるわけではない。

「なにもなかったなんてよく言うね、奥さん」ジェイクは言い放つと、手綱をさばいて、乗っている牝馬をソフィーに近づけた。

ようやくヴィクトリアは、ちらりと絶望的な視線を投げかけた。ジェイクの緑の目は、帽子のつばの影でぎらぎらと危険に輝いていた。「わかっているわ」そう言って唾を呑み込んだ。「ごめんなさい。ただその――」また唾を飲みこむ。「夕べ少佐に、前はだれがこの牧場を持っていたのか、尋ねてみたの。彼は答えなかった。そのとき、フアナがサラット家の名前を出して、そうしたら少佐は暴れて、彼女を殴った」つっかえつっかえ言う。張りつめた声だった。「あなたが言ったことはほんとうだったのね。そうでなかったら、少佐はあんな真似をしなかったはずよ。ここにいるのは耐えられない。同じ屋根の下で暮らすなんて。あとどれぐらい待てばいいの、ジェイク？　わたしたちをここから連れだしてくれるの？　ここから離れられるなら、どこへでもついて行くわ」

溢れでる言葉を堰き止め、ジェイクがすぐに出発すると言ってくれるのを待った。ところが、彼はただ見つめるだけで、静けさを満たすのは、馬の蹄や呼吸の音、銜がカチャカチャいう音、革がきしる音だけだった。いたたまれぬ思いに身悶えした。完全に誤解していたのだろうか？　連れて逃げてくれるつもりなんてないの？

「少佐の前で、二度とサラットの名は口にするな」ジェイクの声は、干上がった川床ほど固く乾いていた。

　ヴィクトリアはなおも青ざめた。手綱を握ると、踵でソフィーを蹴り、もっとスピードをあげろとけしかけた。ソフィーには、少しの刺激で十分だった。ばねで弾かれたように前へ飛びだす牝馬の、ありあまる活気に感謝した。ただもうジェイク・ローパーから離れたかった。彼の表情に自分の愚かさを見出すのはたまらなかった。

　ジェイクは悪態をつき、馬に拍車をあてて後を追った。またがっている牝馬が短距離に強いクォーターホースでなかったら、すぐには追いつけなかったろう。ヴィクトリアと並ぶと、身を乗りだして手綱を奪いとり、ソフィーの歩調をゆるめた。

「二度とやるな」鋭く言った。ヴィクトリアの無謀さに腹を立てていた。ソフィーがどれだけ速く走れるか、どんなに聞き分けがないか、彼女は知らないのだ。

「やったらどうだと言うの？」彼女は叫んで、ジェイクの腕を払いのけた。「行かせて！」

ジェイクは歯を食いしばった。「ヴィクトリア、落ちつくんだ」我慢の糸が切れそうだったが、なんとか自分を抑えた。

怒ってはいたが、ヴィクトリアの挑むような態度に多少驚かされてもいた。武装した男でさえ、遠巻きにするような彼にたいし、はじめから傲然と立ち向かってきた女だ。このレディは堅苦しいかもしれないが、憶病者ではない。

ヴィクトリアは手をおろすと顔をそむけた。「謝ります」ああ、今日は何回彼に謝るだろう？ 口惜しいけれど、現実に目を向けるしかない。「昨日のあなたの言葉を誤解したの。てっきりあなたがわたしたちを――」言いよどんだのは、品位を落とさない言い回しが見つからなかったからだ。

ジェイクに見えたのは、ヴィクトリアの青白い頬の曲線だけだった。「きみは少しも誤解していない」低い声で言った。

振り向いた彼女の顔があまりにも不安そうだったので、いますぐ抱き締めてやりたかったが、屋敷に近すぎる。そんな危険をおかすのは阿呆だ。ベンがこっちへ向かっているいまはなおさらのこと。辛抱強く待っていれば、ヴィクトリアも牧場も手に入れられる。しかし、緊張のあまり拳を握り締めていた。「屋敷から離れよう」ぼそっと言った。「いい場所を知ってる」

心臓が肋骨を打ちつけて痛いぐらいだったけれど、ヴィクトリアは後に従った。はじめて会った日からずっと、ジェイクは謎だらけだから、自分の命だけでなく、エマとシーリアの命もその手に委ねようとしていることが恐ろしくなった。この男はガンマンだ。死を与えることを生業にしている。彼の思いが読めないし、なにをしでかすかわからない人という以上のことは知らなかった。でも、たとえ彼と一緒にいて危険に曝されるとしても、彼なしで安全な暮らしを送るよりずっとましだった。

無言のまま半時間ほど、ゆっくりと馬を進めた。着いたのは、美しい細い谷間で、地面は黄色い蛇草に覆われていた。丘のうえに立つポプラの樹冠が、そよ風にやさしく揺れているけれど、谷間にいると風は感じられなかった。ジェイクに導かれてポプラの木立へと向かった。

木立の中まで来ると、ジェイクは馬を止めておりた。「ここにいればだれからも見られない」手をヴィクトリアの腰にまわして抱きおろす。高い場所は、こっそり忍び寄るのがむずかしいからだとは言わなかった。そこまで警戒する必要はないかもしれないのだから、彼女を怯えさせてはならない。手のなかにほっそりした体を感じると、ヴィクトリアを引き寄せて存分に味わいたくてたまらなくなった。かすかな甘い香りが鼻をくすぐる。性器が固く大きくなると、いまがそのときではなく、ここがふさわしい場所でもないことを忘れそうになった。スカートをめくりあげるだけが目的なら、手間はかからなかっただろうが、さかりがついた獣のような交わりは望んでいなかった。ヴィクトリアのすべてがほしかった。彼女のやさしさに溺れたかった。求めるあまり、彼女に激しく迫って計画を台無しにしそうだった。

ソフィーの手綱をしっかり木の枝に結んだ。乗っていた馬は信用していたので、地面につないだままにしておいた。つまり、手綱を地面にたらしたままに。ヴィクトリアはまだ目を合わせようとしなかったが、それもジェイクが彼女の手を取り、口元に掲げて軽くキスするまでのことだった。そこでちらりと悲嘆に暮れた視線をよこしたので、彼女がなにを考えているのか知りたくなった。これほど刺だらけの道徳心を抱えこんだ女には、いままで会ったことがない。まるでサボテンみたいな道徳心だ。彼女はいまも、上品な作法を掟とする夢の世界に生きている。目を覚まさせ、わからせるには、どれくらいかかるだろう？　西部の生活は荒っぽく、必要とあらばどんな手を使ってでも生き延びることが唯一の掟だということを。

「坐ろう」彼はブーツで松葉をかき集め、小さい山にした。ヴィクトリアはふわりとそこに坐ると、ていねいにスカートをなおして、短いきゃしゃなブーツを隠した。ジェイクは隣に寝そべると、左を下にして、右手と右腕の自由を確保した。

「いくつか計画がある」しばらくして彼が言った。「マクレーンと縁切りさせてやる。だがそれには少し時間がかかるんだ」

ヴィクトリアは枝を拾って地面を掻いた。「エマとシーリアはどうなるの？」

「二人も一緒だ」まったく問題ないだろうと思った。もちろん彼女は知らないが、計画ではジェイクがマクレーンと交替するのであり、出ていくのではない。

「どれくらいかかるの？　あまり長くは待てないわ」

「はっきりとは言えない。そのときが来るまで、辛抱してくれ」マクレーンの妻としてあの屋敷に入らせるのは耐えがたかった。自分にとってこれほど辛いのだから、ヴィクトリアの気持ちは察するにあまりある。だが、いまのところは、そうさせるしかなかった。彼女には後で償いをする。ベンと二人で、牧場を取り戻したときに。

ヴィクトリアはジェイクから顔をそむけて、悩んだ。こんなに激しい気持ちを彼に抱いているのに。その半分でも、彼が思ってくれているなら、そんなことは言えないはずだ。突き放すような答が、彼の気持ちを物語っている。それほどには思われていないということ。苦痛で腸がよじれたけれど、目は乾いたまま、あごはあげたままだった。ぐずぐず泣いても始まらない。もし愛されていないなら、それだけのこと。少なくとも一緒にいたいほどには求められているのだから、いつか彼の愛を勝ち取るチャンスをつかめるかもしれない。

ジェイクが手袋をはめた手で彼女のあごをつかみ、自分のほうに向かせた。「すねるな」有無を言わせぬ口調だった。「できることはやっているんだから、我慢してほしい」

「すねてないわ」ヴィクトリアは言った。

「じゃあ顔をそむけるのはやめろ」

するとヴィクトリアは、まっすぐな濃い眉の下の青い目で、しっかり彼を見据えた。

「わたしはあなたを知らないし、なにもわかっていないのよ。ある程度不安になるのは当然でしょう」

ジェイクは口元を引き締めた。「昨日あんなことがあったのに、よくそんなことが言えるな。ヴィクトリア、おれたちは惹かれあってる。きみがわかっていようが、いまいがだ。そうでなければ、なぜおれがきみたちを助けようとする?」

「なぜかしら。だから不安なの」濃い緑の目に一瞬感情が表れたが、ヴィクトリアが読み取る前に消えてしまった。「あなたは自分を見せようとしないから、だれもあなたを知りようがないわ。あなたをまるっきり知りもしないのに、自分を委ねているような気がするのよ」

「きみをほしがってるのは知ってるだろう」

青い目が、傷ついたように見えた。「ええ」彼女は言った。「知ってるわ」

その肌を感じたくなって、せっかちに手袋を脱ぎ、もう一度顔に触れた。指を髪に差し入れ、親指でビロードのような頬を撫でた。木漏れ日が彼女の髪を濃淡に染めた。指で一房つまみ、その色合いを愛でた。薄い金色から赤褐色、そして明るい茶色。肌は透き通って見えるのに、目は推し量れない秘密で翳っている。欲望がうねって全身を火照らせ、どっと汗が出た。ああ、ほんの少しでいいから彼女がほしい。味を、感触を、でないと爆発してしまう。

「なにも心配するな」とつぶやいて、両手を彼女の脇に差し入れ、引き寄せた。「おれがきみを守る。信じてくれ、だれにもなにも言うな」彼に唇をふさがれると、ヴィクトリアは悟った。この人に抱かれているかぎり、そのあいだだけは、なにも心配ない。

だれかの足音が聞こえて、シーリアは急いで納屋の二階によじ登り、隠れ場所に身を潜めた。ヴィクトリアが忠告したように、一人でいるところをガーネットがつかまえにきたのではないかと不安になった。猫のように身軽にかつ静かに、手足を伸ばすと床の亀裂に目を押しあてた。

見えたのは、ガーネットではなかった。少佐がゆっくり納屋を歩きまわり、馬房をひとつひとつ覗(のぞ)き込んでいた。「シーリア」そっと、猫なで声で呼んだ。「ここにいるのかな? 見せたいものがあるんだよ」

身動きもせず、ただ目を閉じて、視界から少佐を消した。それ以上見るのは耐えられそうになかった。少佐にはどこか不快なところがあったが、それがなんなのか、言葉できちんと説明できなかった。まるで暗雲が少佐を取り巻いているように思えた。邪悪な暗闇が。最初は、ヴィクトリアのためにも好きになろうとした。だがその甲斐(かい)もなく、いままでは同じ部屋にいるのさえ我慢が必要だった。

「シーリア」また少佐が呼んだ。「お嬢ちゃん、出ておいで。いいものを見せてあげるよ」

悪寒が体じゅうを走った。じっとして見つめていると、シーリアを探してきょろきょろ見回しながら、少佐は納屋を出ていった。ヴィクトリアが戻ってくるまで隠れていることにした。

少佐は二人がノース・ロックへ出かけると言った。だがガーネットは追跡が得意であり、その彼が見たところ、二人はロックと同じ方向にすら向かっていなかった。用心深く後を追い、まちがってもこちらが気づく前にばったり顔をあわせないよう注意した。二人が谷間に入っていくと、そこまで追うのはためらわれた。相手は地の利を得ているから、きっと見つかってしまう。いちかばちか、二人が同じルートで戻るほうに賭け、拠点を決めると、馬を小さな丘の下手に隠し、ちょっとした家ほどある巨石のかたまりを自分の隠れ場所に選んだ。いくつか小石を蹴散らしてから腰をおろした。ライフルを岩の裂け目に休ませ、帽子を傾けて熱い日射しをさえぎると、待った。

ヴィクトリアを鞍に乗せようとすると、ソフィーが落ちつかなげに飛びのいたので、ジェイクはふと迷った。彼の牝馬に乗せたほうがいいのではないか。だが、軽く横っ飛びしただけで、ソフィーは落ち着いた。「手綱をしっかり握って」自分の鞍にまたがりながら、言った。「今日は気がたってる」

ヴィクトリアは身を乗り出してサテンのような首を撫でた。「いつもと変わらないと思うけど」

「発情期に入りかけてる」

ヴィクトリアが赤くなった。「そう」小さな声で言った。

ジェイクは先に木立から出ると、身をかがめて枝を避けつつソフィーを油断なく見張り、ヴィクトリアが振り落とされないよう気を配った。ソフィーはいらいらと銜を噛んだ。前にほかの牝馬がいるのがおもしろくないのだ。ヴィクトリアの指示を待たずに歩幅を広げると、首半分ほど前に出て、禁じられていてもかまわない、なにがなんでも走ってやる、と木立ちから飛びだした。

ヴィクトリアはしっかり手綱を握っていたので、速度を落とさせようと手綱を引いた。やわらかい口を傷つけない範囲で、こちらの意志を伝えるのに十分なほど強く。牝馬は鼻を鳴らし、引っ張られて首を振った。ジェイクが膝で押して、自分の馬を横につけた。

「大丈夫か？」

「ええ。走りたがっているのよ。楽しませてあげない？」

ソフィーの走りを思い出し、ジェイクはかぶりを振った。「こっちがついていけない。

今日のところはおさえて。おれが、自分の馬に乗ってるときに、思う存分走らせてやろう」

いくつかのことが同時に起きた。ソフィーは、おさえつけられていらつき、少し棹立ちしてジェイクの牝馬から離れようと体をひねった。ヴィクトリアは横に投げだされたが、どうにか鞍に留まり、手綱も離さなかった。ジェイクが身を乗りだしてソフィーの頭絡をつかんだとき、前方で鋭い破裂音がし、すぐ右脇をかすめていった。

ヴィクトリアがプシュッという音を聞いた瞬間、ジェイクが馬から飛び出し、そのままソフィーの背中を越え、ヴィクトリアもろとも地面に転がり落ちた。ヴィクトリアは背中から落ち、目の前に黒と深紅の点が見えるほかはなにも見えなくなった。視界が開けてくると、ジェイクに体をつかまれ、灌木（かんぼく）の茂みへと乱暴に引きずられた。「ここにいろ」ジェイクが鋭く言った。

選択肢はなかった。体がばらばらで、動くに動けなかった。ぼうっとなったまま見つめていると、ジェイクが馬に駆け寄ってライフルをケースから引き抜き、腰を屈めて駆け戻ってきた。

「怪我はないか？」こちらを見もせずジェイクが尋ねた。谷間に視線を配っている。

「ないわ」どうにか答えたが、自分でもよくわからなかった。ふと気づくと、ジェイクのライトブルーのシャツに赤い染みができている。驚いて半身を起こした。彼が撃たれた！

だれかに狙われているのだ。

「腕を見せて」ハンカチを探して、スカートのポケットを探った。

ジェイクは振り向きもしなかった。「心配ない、ただのかすり傷だ。弾は当たっちゃいない」

「見せて」頑固にくり返すと、膝立ちして手を伸ばした。

ジェイクは彼女を押し戻すと、一瞬冷たい視線を投げた。「坐ってろ。まだ奴が見てるかもしれない」

ヴィクトリアは歯を食いしばると、指をジェイクのベルトにかけてぐいと引っ張った。ジェイクがバランスを失って隣に尻もちをついた。「なにする――」

「また撃たれるかもしれないわ！　あなたのほうが、的は大きいんだから」

ジェイクの目は氷の破片のように見えた。「おれを狙ったんじゃない。ソフィーが飛びのいてなかったら、いまごろきみは死んでいる」

茫然（ぼうぜん）としてジェイクを見つめた。どうして撃たれなくてはならないの？「きっとだれかが狩りをしているのよ」そうにちがいない。ほかの理由など想像もできないし、考えるのも嫌だった。

ジェイクがぶつぶつ言う。「猟師がこんなにお粗末な腕前だったら、飢え死にする。馬に乗ってる人間二人が、つがいの鹿に見えるわけがない」ピストルをホルスターから抜くと、ヴィクトリアに渡した。「撃ち方はわかるか?」

以前、シングルショットの決闘用拳銃を持っていたことがある。戦争中だから、武器のことぐらい知っておいて損はないと思ったからだ。使いこんだピストルの握りをつかみ、重たい武器を持ちあげた。「多少は」彼女は応えた。

「それなら、だれでも目についたら撃て。おれ以外を」指示すると、ジェイクは行ってしまった。灌木の茂みからするりと抜け出て、見えなくなった。

じっと坐ったまま、どんなかすかな音も聞き逃さないようにした。ジェイクの乗ってきた牝馬は、少し離れたところでのんきに草を食んでいたが、ソフィーは見あたらず、気配もなかった。鳥がさえずり、虫がブンブンいい、そよ風が髪をなぶった。一時間ちかくたって、ジェイクの声がした。「もう大丈夫だ」急いで立ち上がると、彼がソフィーを牽いて戻ってくるところだった。

「撃った奴は消えていた」彼が言った。「あのでかい岩から撃ったんだな。待ち伏せしていたようだ。男一人で、足跡からすると川に向かったらしい」時間があれば足跡をたどることもできるが、そうしなかった。ヴィクトリアを牧場に連れて帰らねばならない。後から出直してみるが、そのときまでには、犯人もたっぷり時間をかけて足跡を消せるわけだ。

あんまりヴィクトリアがうるさいので、血のにじんだ上腕のかすり傷を見せると、ハンカチを巻いてくれた。頬は青ざめていたが、悲鳴もあげなかったし理性も失わなかった。

鞍から突き落としたときにさえ。髪は半分背中に垂れ落ち、頭からブーツの先まで埃にまみれ、スカートは破れていた。レディらしからぬありさまだが、土性骨はびくともしていない。だれがヴィクトリアを殺そうとしたのか見当もつかなかったが、必ず見つけだしてやる。そのとき、この世からまた一人、ろくでなしが減るのだ。

9

ジェイクはディナーの最中の食堂に入っていった。見まわしもしなかったのは、マクレーンがここに住んでいることを、あらためて思い知らされたくなかったからだ。険しい顔でまっすぐヴィクトリアを見つめ、彼女の表情から、その日の出来事を話していないのだと悟った。理由はわからないが、知ったことではない。

「今日、マクレーン夫人が何者かに撃たれました」唐突に告げた。マクレーンは、ジェイクの登場に驚いて顔をあげたところだった。「もし馬が飛びのいてなかったら、殺されてました」

マクレーンの顔色が赤黒く変わった。「彼女を撃っただと！　牧場にはおれの女房を撃つような奴はおらん」

「待ち伏せしていた場所も見つけました。だれかが殺そうとしたんです。まちがいありません」

シーリアは押し黙って椅子に坐(すわ)っていた。目に不可解な表情を浮かべ、マクレーンを凝視していた。「サラット家のだれかよ」小さいが、はっきりした声で言った。

マクレーンがびくっとした。太い腕をさっと振って、皿を床にはたき落とした。腰を浮かせ、目を剥いてテーブル越しに少女を睨みつけた。「サラット家のだれかなんてことがあるものか！」少佐は吠えた。「あいつらは死んだ、全員な！」その声は猛々しく、かつまた必死でもあった。まるで当の本人も、その言葉を信じていないように聞こえた。少佐が拳をテーブルに叩きつけると、皿やグラスが飛び上がってカチャカチャ鳴った。「げす野郎のダンカン・サラットと女房の女狐は、二人とも死んだ。小僧二人も一緒にな！　みんな死んだ、ほんとうなんだ！」

いまここで、銃口をこの男の頭に押し当て、片を付けてしまいたい衝動を、ジェイクは必死で抑えた。憎しみのせいで、少佐が見るからに怯えていることに気づかなかった。激しい怒りを抑えるだけで精魂尽き果て、呂律がまわらなかった。「だれの仕業か突き止めるまで、女性方には乗馬を控えていただきたい。今日の午後、川までは後をたどりましたが、どこから陸に上がったか見つける前に暗くなってしまった。また明日、捜索をつづけます」

「見つけろ」マクレーンは肩で息をして、憤怒をおさえていた。「そのたわけを殺せ」

ジェイクは女たちに会釈して、入ってきたときと同様、不意に出ていった。

マクレーンは牡牛のように鼻から強く息を吐き出し、血走った目は焦点が定まっていなかった。ヴィクトリアはそっと席を立つと、シーリアを急かせて連れ出した。だれにも聞かれないところまで来ると、妹の腕をつかんだ。「なぜあんなことを言ったの？」きつい調子になった。「夕べ、ファナがあの名前を口にしてどうなったか見ていたでしょう！」

シーリアが顔をあげた。感情が剥き出しになっていた。「少佐は嫌いよ。恐がるのが見たかったの、夕べみたいに。あんな人、大嫌い！」手を振りほどくと階段を駆け上がり、自室のドアをばたんと閉めた。

振り返るとエマがそこに立っていた。いとこの顔は蒼白で、やつれて見えた。震えていた。ヴィクトリアを見つめる澄んだ瞳には、恐怖にちかいものが浮かんでいた。「どうして教えてくれなかったの？」緊張した声で尋ねた。「なんてことでしょう、殺されそうになるなんて！」

「でも、殺されなかったわ。ジェイクが腕に怪我をしたけれど。心配させたくなかったの」それにその話をしたくなかった。冷静を装ってはいたが、内心は怯え、自分の無力を感じていた。なにかが起ころうとしているのに、それがなんなのか、なぜ起こるのかわからなかった。ただ、自分たちの生活がますます不安定になっているのはわかっていた。

「ここを出ましょう」エマが言った。

「できないわ！」ヴィクトリアはそれ以上なにも言わず、エマについてくるよう目顔で指図した。だれかに盗み聞きされる危険は冒したくなかった。エマの部屋に入ると、ぴったりドアを閉じた。ヴィクトリアは窓に歩み寄った。「夕べ、その話はしたでしょう。ジェイクを置いて行けないわ」

エマはベッドに腰かけ、手を握り締めた。「愛してるの?」

いまでもその言葉のもつ衝撃度は、はじめて自分に言ったときと変わらなかった。彼女は既婚女性でレディ、オーガスタのウェイヴァリー。彼は雇われガンマン、眉も動かさず人を殺す。でも、そんなことはまったく問題ではなかった。そう思える自分が、いまだに恐ろしかった。「ええ」

「彼もあなたを愛してるの?」

「彼は――わたしをほしいって」

エマをはぐらかすのは至難の業だった。「でも、愛してくれてるの?」

「いいえ」認めるのは辛すぎる。ジェイクの目に欲望は見たが、愛は見えなかった。

「じゃあ、どうして命を賭けてまでそばにいようとするの?」

「ジョンを残して行けた?」声を詰まらせて尋ねた。「たとえあなたが思っているほどには思ってくれてないことがわかっていても、置いて行けた?」

エマは唇を震わせ、じっと手を見おろした。「いいえ」しばらくして言った。「いいえ、行けなかった」

「それならわかってくれるでしょう。あなたはシーリアと行ってもいいのよ。オーガスタに戻ってもなにもないもの」

「あなたを置いて行けないわ。それに知ってるでしょう、オーガスタに戻ってもいいの」

そしておそらくここにも。この野性的で荒々しく、美しい土地にもなにもない。あるのは死だけ。だれかがヴィクトリアの死を願っており、その手に、彼女の命は握られている。たとえその理由が筋のとおらないものであっても、ここでは問題にされないのだ。

「もしわたしになにか起きたら、一刻も早くシーリアを連れて逃げると約束して」

エマは真っ青な顔でヴィクトリアを見つめた。「なにも起きるわけないわ」

エマの部屋を出ると、シーリアの部屋のドアをノックした。妹は静かに窓辺に坐り、じっと中庭を見おろしていた。いつものように、顔をあげて笑ってはくれなかった。

ヴィクトリアはシーリアの肩に手を置いて、いったいなにが妹の目から幸せを奪い、奇妙なよそよそしさを残していったのだろうといぶかった。「どうかしたの?」やさしい声で尋ねた。

シーリアがほっそりした体を震わせた。「呼ばれたの。猫を呼ぶみたいに。恐かったから納屋の二階に隠れてたわ。床の裂け目から見てたら、こそこそ探しまわって馬房をひとつひとつ覗いて、わたしの名前を呼んでたの。あの人は嫌いよ。サラットに殺されればいいのに」

ヴィクトリアの喉が恐怖で詰まった。「だれなの？　ガーネット？」

シーリアが顔をあげた。紺青色の目に恐怖と憎しみの入り混じった激しい表情を浮かべていた。「いいえ。少佐よ」

ヴィクトリアはその夜、緊張のあまり眠れず、ただ横たわっていた。目を閉じることができなかった。天井を見つめ、思い悩んだ。ここに残るのは正しいことなのだろうか、エマとシーリアを危険に曝す権利が自分にあるのだろうか、と。でも、ほかにどんな道があるだろう。眠れないまま、ヴィクトリアは誓いを立てた。もし少佐が、いかなる方法でもシーリアを触ったり傷つけたりしたら、この手で殺してやる。

少佐の部屋につながるドアが開いたので、全身が冷たくなった。顔を向けると、ずんぐりした人影が戸口で揺れていた。ああ神さま、助けて……。

「あいつはここか？」マクレーンが尋ねたが、呂律がまわっていなかった。ウイスキーがぷんぷん臭った。

唇を舐めて、ヴィクトリアは半身を起こした。だれのことだろう？　ジェイクにキスされたのをだれかに見られたのだろうか？　少佐から目を離さず、体を緊張させ、少佐が近寄ってきたらいつでも逃げだせるよう身構えた。「あいつ？」

「サラットだ。あのうすのろのろくでなしだ。ここにいるのか？」

よく聞き取れなかった。「いいえ」喉が詰まった。「だれもここにはいません。ごらんになって」

「おれを殺そうとしとる。おまえも殺されるぞ。それであいこにする気だ。あいつにとっちゃ、なによりのことだからな。おれの女に手を出すのが」ほとんど自慢しているように言いながら、前後に揺れていた。見えない風に吹かれる柳だ。

「サラットはみんな死にましたわ。ご自分でそうおっしゃったでしょ」

少佐が笑った。奇妙な笑い声だった。「ああ、だがわからんぞ。わからん。ガキどもの死体は見つからんかった。サラットが戻ったら、全員をベッドの中で殺すだろう。特におまえはな。おまえがそこにいるところを、やる気なんだ。ベッドのなかにいるところをな。大喜びでおまえを犯して、おまえの悲鳴を聞くんだろう。あいつのおふくろとおんなじ悲鳴を……たしかにあいつはおらんのだな?」

喉がからからだった。唾を飲みこんでから、答えた。「たしかです」

「おれに忍び寄ったりできんぞ」マクレーンはつぶやきながら、自分の部屋に帰っていった。「油断せずに見張っておるからな。ランプも灯しとる。そうだ、ランプがたくさん……影はないぞ」ドアが閉じてつぶやきも聞こえなくなった。

頭がおかしくなったのだ。ヴィクトリアはじっとドアを見た。少佐に良心があるとは思えなかったが、殺人を犯した過去が舞い戻って、心を苛(さいな)んでいる。正気でないとわかっても、寒気をおさえられなかった。もしほんとうにサラットの息子の一人が生き延びたのならば、ためらうことなくマクレーンに復讐し、少佐とその家族を破滅させるだろう。ちょうどマクレーンがサラット家を破滅させたように。

今日、だれかがヴィクトリアを狙い撃った。もしジェイクがいなかったら……もしソフィーがあの瞬間に暴れていなかったら……。

ヴィクトリアを殺そうとしたのは、マクレーンへの復讐？　少佐に敵が多いのは容易に想像できた。

少佐はついに少年たちの死体を見つけられなかった。

もしサラットの一人が生き延びたとして、マクレーンへの憎しみは、少佐がやったように、家族全員を破滅させなければいられないほど激しいものだろうか？　マクレーンの妻を殺そうと企てるほど激しいものだろうか？

身震いがした。わかっていた。答は、イエスだ。

翌朝ジェイクは、ルビオをソフィーと同じ囲いに入れた。巨大な赤毛の種馬は、牝馬の匂いをかぐと高くいななき、鼻を後躯に押しあてた。勃起したペニスが、体から突きでている。ソフィーはそわそわと跳ねて離れた。ほんの半時間前には、別の種馬に匂いをかがれてもじっとしていたのに。ジェイクは、牝馬のつむじまがりに悪態をついたが、その声には哀れみと諦めが滲んでいた。前脚を縛ってあるので、逃げられる心配はなかった。

ルビオがまた高くいなないたが、今度は怒っているように聞こえた。それから強情な牝馬に噛みつき、だれがボスか教えた。ソフィーが首を振りまわし、腹を立てて噛みつき返した。ルビオが上に乗ろうとすると、ソフィーは逃げ、怯えていなないた。ソフィーが野生の馬だったなら、丘を越えて逃げ、純潔を守ろうとしただろうし、種馬は後を追っただろう。しかし囲いの中で足を縛られていては、ソフィーにできることはないに等しかった。

ルビオがもう一度棹立ちして、ソフィーの反らした首を歯で押さえつけ、挿入した。ソフィーが悲鳴をあげ、種馬の重みと衝撃に震えたが、やがてじっとして受け入れ、本能の声に従った。


ヴィクトリアは牝馬の悲鳴を聞いて、心配そうに眉をひそめた。縫いものを脇に置いて窓に寄ってみたが、角度が悪くてなにも見えなかった。なんの騒ぎか興味を惹かれた。おおかたソフィーがまたジェイクをやりこめたのかしら。そんなことを思いながら、中庭を出て納屋のほうを見渡した。

ルビオが馬房から出てソフィーを襲っている。ただもう慌てふためき、考える前に囲いへ向かって駆け出していた。あの馬は殺し屋だとわかっていたのだ。姿を見るたびに、ぞっとした――

そのとき、穏やかに見守るジェイクが目に入り、ほかにも数人の牧童が、まわりを囲んでいるのが見えた。ルビオがソフィーの首を噛み、後躯を突き刺しているのを見て、壁にぶち当たったように足を止めた。なんということ！　交尾させている！　ヴィクトリアの美しくて溌剌（はつらつ）とした牝馬が、あの狂暴な殺し屋と番わされている。マクレーンがベッドに入ってくるのを想像したときと同じくらい、胸が悪くなった。

「やめて！」叫ぶつもりはなかったが、言葉が勝手に飛びだした。

ジェイクが振り向いた。ヴィクトリアは屋敷と厩（うまや）の中ほどに立ち、恐怖で目を見開いていた。それから、彼に向かって走った。

男たちが、必要なら手を貸そうと集まっていた。ジェイクは顔をしかめた。ヴィクトリアに馬の交尾を見てほしくなかったし、彼女の姿を男たちの視線に曝したくなかった。ジェイクは囲いを離れて大股でヴィクトリアのほうへ向かい、かたわらを駆け抜けようとする彼女の腕をつかまえた。

「やめさせて！」あえぎながら言い、ジェイクの手を振りほどこうとした。「あいつをあの子から離して！」

ヴィクトリアを軽く揺さぶり、向きを変えさせると、自分の体で遮って馬を見せないようにした。「やめさせることはできない。どうしたって言うんだ？」

真っ青な顔で目を見開き、ジェイクを真剣に見つめた。「交配させたくなかった」押し殺した声で言った。「知ってたくせに。まだ早いわ。あの馬だけはいやだったのに！」

　ヴィクトリアのかまととぶりが癇に障った。最高の種馬を選び、最高の牝馬と掛け合わせ、最高の子馬を産ませるのは常識ではないか。ヴィクトリアを力ずくで屋敷へ戻らせた。

「そのへんの駄馬と番わせるとでも思ってたのか？」

　指がヴィクトリアの腕に食い込んだ。引きずるようにして、屋敷に入れようとした。ほかの男の視線から遠ざけたかった。彼女が性行為を目撃するのを男たちが見たと思うと、心の奥底に根ざす所有欲が汚されたような気がした。たとえそれが動物間のものであっても。中庭まで来てようやく足を止めた。「屋敷に戻るんだ。出てくるべきじゃなかった」

　彼の無理解が平手となってヴィクトリアの頬を打った。同情を期待したわけではなかったが、せめて、そんなふうに感じるのはもっともだと理解を示してほしかった。腕を振りほどいて顔をそむけ、二頭が交尾する姿と音から逃げた。「わたしの馬だと思っていたのに」小さいが、はっきりした声で言った。「交配してもいいなんて言わなかったわ」

「おれが、ルビオと掛け合わせればいいと言った。少佐が買うのをしぶってたときに」ジェイクがもどかしそうに言った。「そのために少佐は買ったんだ。きみに乗馬を楽しませるためじゃない。きみが乗れるように、おれが調教すると説得しなかったら、きみもエマの去勢馬みたいなのに乗ってたんだぞ。昨日話し合って、ルビオと番わせることにした。傷つけてるんじゃないし、きみはすごい子馬を手に入れられるじゃないか」

「わたしじゃないわ」彼を睨みつける瞳は、冷たく澄んでいた。「すごい子馬を手に入れるのは、少佐よ」堅い背中を向けて、屋敷へ入っていこうとした。

ジェイクはヴィクトリアの肩をつかみ、ぐいとこちらを向かせた。そんなふうに背中を向けられて、腹を立てていた。「聞き分けがないな。ここはきみの愛しの南部じゃないんだ。いい動物がいたら有効に使う。まさかきみに乗せるだけのために買ったと思ってたのか？」

ヴィクトリアはあごをあげた。傷ついていることを顔にだすのは、誇りが許さなかった。これほど取り乱したのも、よりによって相手がルビオだったからだというのに、ジェイクは彼女の抗議を鼻であしらった。ヴィクトリアは感情のない声で言った。「思っていたわ。なにしろ、エマの馬は牧場の仕事に使われていないもの。シーリアの馬もね」

「ソフィーほどいい馬じゃないだろう」ジェイクは苛立ちを呑み込み、道理をわからせようとした。まったく無分別にもほどがある。「言っただろう、傷つけてるんじゃない。昨日きみを撃った奴を見つけてまた平和になったら、前みたいに遠乗りもできる」

ヴィクトリアの顔はぴくりともしなかった。「そうは思いませんわ、ローパーさん」そう言うと、また背を向けて屋敷に入っていった。「馬がありませんから」

またローパーさんに逆戻りか？　胸の中が煮えくり返るような思いのまま、ゆっくり囲いに戻った。交尾は終わっていたが、男はだれもルビオに近寄ろうとせず、ソフィーはだれかがそばに寄ろうとするたびに暴れた。慣れない状況に興奮しており、興奮したソフィーは噛みつき屋のソフィーだった。

ジェイクはぷりぷりしたまま、ルビオを馬房に戻すと、筋肉のひきしまった首を叩き、よくやったと声をかけた。ルビオは鼻を鳴らし、わずかに耳を伏せた。馬に背中を向けないようにして馬房を出ると、扉を閉めた。生まれてくる子馬が、牡親と牝親両方の気質を受け継いでいたら、生まれたときに殺したほうがいいかもしれない。おそらくだれも乗れないだろうから。

ソフィーはよたよたとジェイクから逃げ、縛られた前脚を高くあげて、縄から抜けだそうとした。首に血がついているのは、ルビオが噛んだ痕だった。濃い栗毛についた血は、黒く見えた。あいつめ、いつも牝馬に手荒な真似をする。なだめるようにささやきかけるうち、ソフィーがおとなしくなり、そばに寄らせてくれた。やさしく叩いたり撫でたりしてやると、ソフィーの目から興奮が消えていった。屈んで縄をほどこうとすると、頭をこすりつけて甘える。

まったく、女と名のつくものはなんでも、生まれつき強情なんだろうか？　ヴィクトリアの目を覚ましてやりたかった。なんなんだ、あれは。二度とソフィーに乗れないのはジェイクのせいだと言わんばかりのあの態度は。

忍耐。必要なのは忍耐力。だが、むずかしい。どんどんむずかしくなっている。

それからの数日、ヴィクトリアは屋敷から出なかった。シーリアとエマもそうだった。三人の女はいつもどおりに家事をこなして時間をすごし、張りつめた表情で静かに見交わし合ったが、表向きは平静を装っていた。ほかにどうすることができただろう？　ヒステリーを起こしたところで、なんの解決にもならない。

シーリアは姉やいとこのそばから離れず、一緒にいれば安全だと無意識のうちに思っているのだろう。少佐と同じ部屋にいて我慢できるのは、食事をとるあいだだけだった。

マクレーンの様相は日増しにひどくなっていった。目はいつも充血して腫れあがり、顔はやつれ、ひげも剃っていなかった。風呂に入っていないのではないかとヴィクトリアがあやぶむのももっともで、いつもすえた臭いがした。夜になると、ドアの向こうから、少佐が歩き回る足音やひとり言が聞こえ、ヴィクトリアはぞっとした。正気じゃない。少しも同情できなかった。犯した罪を考えれば、罰を受けて当然だもの。でも、少佐が堕ちるところまで堕ちて、現実に意味を見出せなくなったときのことを考えると、恐ろしかった。サラットの息子の一人がみんなに混じってそこにいると思い込み、発砲するかもしれない。最悪の場合、ヴィクトリアをサラットの女だと、彼がレイプして殺した女だと決めつけて、また同じことをするかもしれない。少佐に触れられるのを我慢するくらいなら、即座に殺されたほうがましだ。

あとどれくらい持ちこたえられるか、自分でもわからなかった。日中は屋敷のそばから離れず、シーリアがどれほど望もうが馬に乗らないよう見張った。夜は夜で、あいだのドアを見張り、狂気を増すばかりの少佐のひとり言と、発作的な笑い声に耳を澄ました。雰囲気は危険そのものだったが、ヴィクトリアには逃れる手立てもなかった。内だけでなく外も同じだったからだ。どちらを向いても、危険が待っていた。

目を細めて、ガーネットはマクレーンを観察した。うすのろの馬鹿野郎め、狂いやがって。サラットが戻ってきて皆殺しにするとかなんとか、ぶつぶつひとり言を言っている。ガーネットの思いどおりに事は進まなかった。女房を撃ち損じたし、彼女はあれ以来ちっとも遠乗りに出ない。いまいましいローパーもせっせと犯人探しをしている。ガーネットが汗水たらして蹄鉄をつけ替えたのは、撃ち損じた隠れ場所に残した蹄の跡を、ローパーが調べあげたと知ったからだった。いまではあの女を撃つこともできず、マクレーンはサラットが墓からよみがえって殺しに来ると吠え立て、男たちの不安を掻き立てている。

最初に計画したとおり、少佐だけを殺したほうがいいのかもしれない。とりあえず彼を黙らせることができる。ただし問題は、その前にローパーを処分しなければならないことだった。ほんとうはローパーを恐れているのに、ガーネットはそのことをぜったいに認めようとしなかった。用心しているだけだと、自分に言い聞かせていた。あの男は猫のようにすばやく銃を扱い、たちの悪さは手負いのグリズリーほどだ。ウィル・ガーネットの自慢は、生きている人間をけっして恐れないことだが、もうひとつの自慢は、世智に長けていることだった。世の中には避けて通ったほうがいい相手がいる。ローパーはその一人だった。

ジェイク・クインジーがかたわらで立ち止まり、少佐が千鳥足で屋敷に戻るのを眺めていた。クインジーは地面に唾を吐いてから言った。「少佐はいかれちまったな。ここは長いが、そろそろ潮時かもしれんな」

ガーネットは鼻で笑った。「サラットの幽霊話にびびったのか?」

クインジーがまた唾を吐いた。「そんなんじゃねえ」クインジーの目は冷たい線のように見えた。「いかれた男の下で働くのも、どうかと思ってよ」

ガーネットはだれにも計画を話したくなかったが、クインジーの銃の腕がほしかった。

「少佐も長くはねえかもしれないぜ」

クインジーはぶつぶつ言いながら、その言葉を頭のなかで転がしてみた。「乗っ取る気か?」

「そうしない手はねえだろう?」

「そりゃまあそうだ」クインジーはひと呼吸置いた。「だがマクレーンの奥方を痛めつけるってんなら、話は別だ。それならおまえとは手を切るぜ」

ガーネットは驚いてクインジーを見た。尻ごみするなんて、およそクインジーらしくない。だが、そんなことをあげつらっている場合じゃない。だから言った。「おれが考えてるのは妹のほうさ、奥方じゃない。なかなかの計画さ」ガーネットは笑った。

クインジーもくっくっと笑った。「ああ、あのかわいこちゃんか？　脚のあいだのふさふさも、髪の毛みたいに黄色いのかねえ？」

想像しただけでガーネットの呼吸は速くなった。それこそ、もうひとつのほしくてたまらないものだった。シーリアはこの数日、屋敷から出てこない。盗賊の奇襲にでも怯えているみたいに、女たちは屋敷に立てこもったままだ。

「それで、いつやるんだ？」クインジーが尋ねた。

「さあな」なにも言わなければ良かったと後悔しはじめていた。もし行動を起こさなければ、憶病者だと思われるだろう。だが、なにをするにしても、その前に少佐の女房を始末しなければならない。

そういうわけで、黙って様子を見守ることにした。


一人の、埃（ほこり）だらけの牧童が、ある日の午後遅く牧場へやってきた。くたびれ果てて、鞍（くら）の上で背中を丸めていた。アンジェリーナ・ガルシアはまっ先に気づいて、新しい男が来たと目を輝かせたが、けだるく納屋の壁にもたれかかったまま動こうとしなかった。

次に気がついたのは、ガンマンの一人だった。ガーネットを突ついて、見知らぬ男を指さした。ガーネットはたいして興味もなさそうに眺めた。またぞろやってきたみすぼらしい牧童。戦後、仕事を求め、流れ流れて西部にやってきた何千人の一人だ。

ジェイクは男が馬を乗り入れるのを眺めていたが、話しかけようとも、気を引こうともしなかった。時間はたっぷりある。しかしあんなふうに牧場に乗り入れるとは、正気だろうか？　もし二人が似ているとだれかに気づかれたら、疑いを招くではないか。けれど振り向いた牧童を見て、ジェイクはにやりとしそうになった。男はあごに短く黒いひげを伸ばしていた。さえてる。

仕事がほしいと男が言ったので、ガーネットは考えた。牧童を雇うのに、いちいち少佐にうかがいを立てる必要はなかった。彼らはたいてい、ふらっとやってきて、ふらっと出ていってしまうからだ。だが、埃まみれで疲れ切ってはいたものの、この男は牧童には見えなかった。目のせいかもしれない。冷たく、用心深い目。腰に巻いた鉄製品が、少々収まりすぎているせいかもしれない。握りは使いこんですべすべだ。ガーネットの見立てどおりなら、ガンマン。それもお尋ね者。ガンマンはいつでも必要だったが、少佐が会って雇うかどうか決めたがる。言うまでもなく、少佐はこのところすっかり奇行に走っているから、まともに話ができれば驚きだが。

少佐なんか知ったことか。いずれ、少佐の好みなんて関係なくなる。「そうだな、寝床をやるよ」ガーネットは言った。「それで腰につけてるおもちゃは伊達か？」

「おれが生きてるのがなによりの証拠さ」男はさらりと言って、鞍から飛び下りた。

「名前は？」

「タナーだ」そうとしか名乗らなかったが、ガーネットはそれが名字か名前か尋ねなかった。勝手にしろ、どうせ本名ですらないのだから。

タナーは休む前に、疲れた馬の世話をはじめた。水と飼葉をやり、ブラシをかけて埃を落とし、空いている馬房に入れた。鞍をひょいと広い肩にかつぐと、牧童が寝泊りする小屋を探しにいった。

木造の納屋を除くすべての建物と同じく、小屋も分厚い日干し煉瓦造りだったので、中は夏でも涼しかった。にもかかわらず、天候が許せば、男たちの多くは戸外で毛布にくるまって寝た。タナーは空いている寝台を選んだ。それほど不潔そうではなかったし、気にもしなかった。ひどく疲れていたので、立ったままでも眠れそうだ。なにをやるにしても翌朝からで間に合いそうだから、ブーツを脱ぎ、44口径を薄い枕の下にすべりこませると、眠りに落ちた。マットレスのでこぼこも感じなかった。

深夜零時をすぎた頃に目が覚めると、生き返った気がした。ちかくの男たちを起こすまいと――そこにいたガーネットも含めて――そっと44口径をホルスターに戻した。ポケットを叩いて煙草の道具を探し出し、慎重に巻いて、端を舐め、炉に突っこんだ藁で火をつけた。それからブーツをつかむと、いかにも夜中に一服しに出るといった風情で、忍び足で小屋を出た。外に出ると、ブーツを履き、その辺をぶらぶら歩き、煙草を吸って星を眺めた。月のない夜だったが、そのぶん星がいっそう明るく輝いた。こんな夜は、音が遠くまで届く。

囲いまで歩き、柵にもたれて煙草を吸い終えた。そこでようやく、愛馬の様子を見に厩に入っていった。馬は気持ち良さそうにまどろんでいた。さらにぶらぶらと納屋を訪れた。

「起きる頃だと思ったよ」低い声がして、振り返ると兄がいた。

「だれもいない?」ベンが同様に低い声で尋ねた。

「いない」ジェイクは長いあいだ待って、だれも納屋に来ないのをたしかめていた。それでも二人は扉から離れて奥へ向かった。ルビオが鼻息も荒く蹄を踏み鳴らし、起こされるのは嫌いだと合図をよこした。

「いったいどうなってるんだ?」ベンは、不機嫌な声で尋ねた。不機嫌にもなると思っていた。「電報には、できるだけ早く来い、事情が変わったと書いてあったが。雇っておいた男たちに、召集をかけたところだった、後はロニーに任せて、集まりしだいここへ来るよう言い残して、すっ飛んできた。馬をくたばる寸前まで走らせたのに、着いてみたらまるで穏やかじゃないか。てっきり正体がばれたかと思ったぜ」兄の死体に出会うのも半ば覚悟していたとは言わなかったが、もし援護してくれる仲間が着くより先に正体がばれたなら、結果がどうなるか、二人ともわかっていた。

「少佐が結婚した」

「だから？」

「だから、奴が死んだら、女房が相続する」

ベンは考え込んだ。そのことが、自分たちの計画にどう影響してくるのか。「くそっ」

「だろう。その女はレディで、奴の娘と言ってもいいほど若い。いまはいとこと妹もここに住んでる」

「で、どうする？　罪のない女は殺せない」

「ああ、だが再婚という道はある」

ふたたびベンは考え込んだ。「その女と結婚するつもりなのか？」

「ほかに手があるか？」

「いや、だが、こっちの都合だけじゃ決まらないだろ。彼女は兄貴と結婚するか？」

「するさ」ジェイクは言った。ヴィクトリアはまだ馬の一件ですねていたが、腕に抱き、彼女の激しい反応を何度も感じた後では、言いなりになるだろうとわかっていた。

「牧場を取り返すときは、撃ちあいになるぞ」ベンが指摘した。「女たちが怪我するかもしれない」

「おれが手を貸すから大丈夫だ。援護が来たら、マクレーンを表に呼びだして対決する。

もしおまえと仲間がほかの連中を見張ってるあいだに、差しで対決すれば、激しい撃ちあいにはならないだろう」

「ちょっと待てよ」ベンが振り返って兄を見た。「一人で立ち向かわせるわけにはいかない」

「もっともだ」

「当たり前だ。これはおれの戦いでもあるんだからな。おれはやるぜ、兄貴だけを危険に曝して、そばで見てるなんてできない」

暗闇の中ではベンの顔は見えなかったが、その必要もなかった。ベンを戦いに加わらせないわけにはいかなかった。「わかった。仲間が来るまでどれくらいかかる?」

「三、四日。ひょっとすると一週間。ロニーが急かしてくれる」

長くて一週間。とうとう終わると思うと、身のひきしまる思いだった。マクレーンの死を痛いほど願っていた。サラットの土地に埋める気もなかった。一週間で、ふたたび土地が還ってくる——そしてヴィクトリアを手に入れる。

「マクレーンは頭がいかれてきてる」ジェイクは首筋をこすりながら言った。疲れていたが、ベンがやってきたのを見たときから、体じゅうの神経がぴりぴりしていた。「奴はなにをしでかすかわからない。走りまわって、サラットが戻ってくるとたわごとを——」

ベンが身をこわばらせた。「おい、待てよ、当たってるじゃないか。だが、どうやってわかったんだ?」

「わかってない。ただそうなった。なにかあるたびにめそめそ泣いて、サラットが殺しに来るとつぶやいてる。子牛が死ねば、毒を盛られたと思うだろうし、銃声が聞こえたら、自分が狙われたと思うだろう」

「つまり、因果応報ってことだな」

「肝心なのは、行動を起こしたら、素早くやることだ。夜、静かにそっと忍びこむ。大半の男は牛の群れと一緒に出ているから、屋敷で相手にするのは、三分の一だな。まず小屋を襲うが、ピストルは使わない。男たちを片づけたら、屋敷にかかる。マクレーンが寝てるのは、正面の寝室だ」かつては両親の寝室だった部屋だ。「そっと忍びこんで外へ連れだす」ヴィクトリアもそこにいるだろう、とジェイクは思った。マクレーンと一緒に寝ているのを見たくはなかったが、やるべきことはやるつもりだった。たとえそれが、彼女の目の前でマクレーンを殺すことであっても。

ベンがうなずいた。「それじゃあ、仲間が人目につかないようにしなきゃならないな。二、三日うちにここを出て、むかえに行く。だが、一度出ていったら、またふらっと戻ってくるわけにはいかない。ガーネットに疑われるからな。パーソンズ峠で仲間と待ってる。準備が整ったら、そこまで来てくれ」

ジェイクは、パーソンズ峠を往復するのにかかる四日間ですら、牧場を離れたくなかったが、ほかに道はなかった。いずれにせよ、女たちにはこれまでどおりに過ごして、屋敷から出ないようにしてもらうしかない。

「会えるのはこれが最初で最後だ」ジェイクは言った。「危険すぎる。だれかに見られるかもしれない。いまからおれたちは他人だ」

ベンがあくびをした。「あんたには、いままで会ったこともないね」そう言って、去った。

10

「あいつはだれだ?」マクレーンは不審げに新顔のガンマンをにらんだ。

「タナーと名乗ってます」

「どこから来た?」

「言わなかったし、訊きませんでした」ガーネットはマクレーンから一歩離れた。すえたウイスキーのにおいが鼻をついた。

マクレーンの目はいつにもまして赤く、瞳孔は縮んで小さな点になった。「追い払え。よそ者にうろつかれるのはごめんだ。サラットのスパイかもしれんからな」

「いいかげんに馬鹿はやめてくださいよ」ガーネットは不意に辛抱しきれなくなって、語気荒く言った。「ちびのガキどもは殺したんですよ、忘れたんですか? おれがやつらに鉛をぶちこんだでしょう」

以前なら、口答えをしようものなら、狂暴な狼のような形相になったマクレーンが、いまは首を振るだけだった。「死体は見つけとらんぞ。探したのに、見つからんかった」

「やつらは死んだんだ。いいですか！　こっちは撃ちまくって、やつらは食いものも水もない、医者にも行けなかったんだ。生きてるはずがないでしょう。ボスが幽霊にびびってるから、男たちは気味悪がってますよ」

マクレーンがじっと彼を見つめた。本気で心配している。「あいつらが死んだなら、なぜコンドルを一羽も見なかった？　おれたちが見つけられんでも、コンドルなら見つけたはずだぞ」

「やつらは死んだんです」ガーネットは軽蔑もあらわに言った。「二十年も経ってるんですよ。生きてるんなら、もっと前に戻ってきたはずでしょうが」

マクレーンの盲信には、理屈もなにも通じない。「おれが結婚するのを待ってたんだ。わからんのか？　やつらはおれの女房を殺したいんだ。おれがやつらの女房を殺したようにな」

「あいつらの女房なんか殺してないでしょう、やったのはおふくろのほうだ」ガーネットは欲求不満で爆発寸前だった。このまぬけはまともに考えることもできなくなっている！

「おれのおふくろは殺せんから、女房を狙っとるんだ！」呑み込みの悪い奴だと言いたげに、マクレーンはかぶりを振った。「あれがおれの女だから狙うんじゃないか、わかるか？　だがおれには手を出せんぞ。見張っているからな。毎晩、待っとるのだ。うすのろどもは、おれの寝所に忍び込む気だろうが、驚くのはあっちだ。おれが待ち構えとるんだから」

「たわけたことを」ガーネットはマクレーンを見てかぶりを振り、話しても無駄だと悟った。何年も彼の下で働いてきたのは、少佐がずるさも卑劣さも残忍さも、ガーネットよりずっと勝っていたからだ。だが、いま目の前にいるのは、頭のおかしい酔っ払いのおやじだった。一気に衰えた少佐に、ガーネットは同情も忠誠心も感じなかった。マクレーンに力があったときは、ガーネットも一緒に走ってきた。いま彼に力がなくなったのなら、始末するまでだ。そのことに、虫を踏みつぶすときほどのためらいも感じなかった。

「屋敷に戻って、使用人の心配はおれに任せたらどうです?」マクレーンに言った。「おれは牧童頭なんだから、でしょう?」

マクレーンが虚ろな笑いを洩らした。「ああ。だが、ボスはおれだ、忘れるなよ」少佐が、しょぼしょぼした目でガーネットをじっと見た。「おれがおかしくなったと思っているだろうが、おまえもせいぜい気をつけるんだな。やつらはおまえも狙っとるぞ。おやじを撃ったのはおまえじゃないか」

たったいま口にした明白な事実にうなずきながら、マクレーンはよろよろ屋敷に戻った。

疲れていた。夜ごとの見張りでひどく疲れていたが、眠るたびにあのろくでなしのガキがナイフを手にやって来るのを見た。いまではベッドに横になろうとせず、背もたれのまっすぐな椅子に坐っていた。ついうとうとすればずり落ちるから、目が覚める。満足に眠れないが、夢も見ずにすんだ。

うんざりして、ガーネットは去っていくマクレーンに背を向けた。「おい、タナー！」

ベンが歩いてきた。「なんですか？」

「おやじはおまえをなにかと勘違いしてるから。あんまり近寄るな」

「わかりました」ベンが行きかけた。

「ちょっと待て」

ベンは足を止め、また言った。「なんですか？」

「銃で仕事をしたことはあるか？」

「仕事？」

「はぐらかすなよ、わかってるだろう。金をもらって殺したことはあるか？」

ベンは煙草を吸った。「何度か自分のためにやったことはあるが、ほかの奴のためにはないですね」

「雇われる気はあるか？」

「場合によります」

「というと？　金か？」

「いいや。だれが銃身の向こうにいるか、ですよ。怒らせないほうがいい人間もいるから」

「怖いのか？」

「そうじゃない。用心ですよ。ただの世間話ですか、それともあてがある？」

答えるかわりに、ガーネットは言った。「ローパーをどう思う？」

ベンは歯を剥いて煙草をくわえた。「言ったでしょう、怒らせないほうがいい奴もいる」

「あいつはおまえには無理か？」

「他人の喧嘩に命を張るのは気が乗らないってとこだな」ベンは立ち去るときも、慎重に冷たい憤怒を表に出さなかった。あん畜生め、実の兄を殺させようとしてる！　だが、なぜ？　ジェイクに尋ねれば、あるいは理由がわかるかもしれないが、話しかけているところを人に見られたくなかった。ベンにできるのは、不安を抱え、怒りを募らせることだけだった。ガーネットが探しつづければ、いずれジェイクに立ち向かう男を見つけるかもしれない。おそらくは、背後から狙う男を。それがベンを不安にさせた。

二十年間待ちつづけた。待つことが、いまは彼を不快にさせていた。まるで蟻が肌の上を這っているような不快感があった。二十年ぶりにわが家に戻ってきた。サラットの土地に立ち、自分が生まれ、両親が殺された屋敷を見ている。だれにも邪魔はさせない。ガーネットにも、この牧場にいるほかのだれにも。もちろん屋敷の中にいる、最終的に王国の所有権を手にする女にも。彼女にはジェイクと結婚してもらう。それ以外の生き方は、二人が許さない。

どんな女なのだろう。ジェイクに名前すら尋ねなかった。マクレーンと結婚するような女だから、ろくなものじゃないだろう。さりげなく屋敷を見張っていたが、それらしい女は目にしていない。メキシコ女が三人、年増二人と娘一人が、屋敷を出入りしていたが、見るからに使用人だった。もう一人若いメキシコ女がいて、小屋の裏手で寝起きしているようだ。けさはずっとぶらついていて、物欲しげにベンを見ていた。鹿が死ぬのを待っているコンドルを連想した。アンジェリーナというらしいが、その女には官能的な美しさがあった。だが、ひどく気が立っていたから、彼女があからさまに誘いかけてきても、興味を抱くどころではなかった。

のんきにしている場合ではない。ジェイクと接触し、兄の無事を確認し、落ちあう場所と日取りを決めた。さっさと馬に鞍をつけ、ここを出てもよかった。そうすれば多少の余裕を持ってロニーを待ち構え、仲間が牧場に近づきすぎてマクレーンに警戒されないよう注意することができる。ただジェイクに一言、ガーネットがだれか雇って殺そうとしていると伝えられれば、すぐにでも去るつもりだった。

夕飯の後、ベンは前夜と同じように表をぶらつき、煙草を吸った。ジェイクは見あたらなかったが、もともと期待していなかった。煙草をもみ消し、ぶらぶらと歩き回った。大きなポプラの木の下にたたずんだとき、ジェイクがささやいた。「ここにいる」

木陰が二人の姿を隠してくれた。ジェイクは木の幹にもたれてしゃがみ込んでいたからなおさらだ。やはり月のない晩で、星も流れ雲に遮られ、あたりは真っ暗だった。ベンも木の幹にもたれ、片膝を曲げてブーツの底を幹に押し当てた。「ガーネットが兄貴を殺すのにおれを雇おうとした」声があたりに届かないよう低い声で言った。

ジェイクがうなった。「ここに来た日から背中に気をつけてる」

「なぜ兄貴を狙うんだ？」

「あいつは少佐の女房の妹にむずむずきてるのに、おれが掻かせてやらないからさ」

ベンもうなった。たかが女一人にそこまで興奮すること自体、彼には理解できなかったが、いままでもそういう男をたくさん見てきたから、驚くにはあたらなかった。

「それじゃ、おれは明日出ていくよ。仲間と待ってる」

「かならず行く」

「背中に気をつけろ」

「わかってる」


ベンは翌朝早くに、だれにもなにも言わず、去った。仕事と言えるほどのことはやっていなかったので、賃金を要求しなかった。ただ鞍を載せて出ていった。

ジェイクは弟が去るのを見なかったし、後になって、ベンが出ていったと聞いたときもなにも言わなかった。二日後に追いかける予定だった。しかし出発する前にヴィクトリアに会って、屋敷から離れないよう、エマとシーリアも一緒にいるよう伝えなければならない。だが、どうやって話をすればいいんだ？　何日も顔を見せない女に。

　翌日エマに会った。午後遅く、彼女が中庭にちょっと出てきたときのことだった。手招きすると、門まで来てくれた。

「ヴィクトリアは？」ぶっきらぼうにジェイクは尋ねた。

「疲れているわ」エマの顔にも緊張が見受けられた。

「なぜ外に出てこない？」

「中のほうが安全だもの」エマは顔をしかめて笑ったが、すぐにその笑顔も消えた。「ヴィクトリアを撃った人は見つからないの？」

「ああ。何の手がかりもない。だから彼女は出てこないのか？」

「それもあるわ。それから、シーリアの監視」

「シーリアの監視だって？　それはいつものことだろう？」

　エマは茶色い目でジェイクを見つめた。「少佐が、納屋に一人でいたあの子をつかまえようとしたの」以前なら男にそんなことを言うのは屈辱的だっただろうが、この土地に来てあっという間にすっかり変わってしまった。

　ジェイクは小声で悪態をついたが、エマに謝りはしなかった。「明日の朝ここを出る。みんな屋敷から出ないでくれ。ガーネットに気をつけ――」

「おい、ローパー!」

ジェイクが振り返ると、ガーネットが探るような目をしてやってくる。ジェイクはうなずいて去り、後に残されたエマは唇を噛んだ。

ジェイクが近づいていくと、ガーネットが、屋敷に入っていくエマを目顔で示した。

「まさか、彼女に惚れたなんて言うんじゃあるまいな？　まあ、三人のうちじゃ、いちばん感じがいいと思うが、本気か？」

ジェイクは無表情のまま答えなかった。

返事がないので、ガーネットは顔をしかめた。「屋敷のそばでなにしてたんだ？」

「なぜ聞く？」

ガーネットの顔に鈍い赤色が射した。「なぜなら、おれさまは牧童頭だからだ、わかったか。この牧場でおれの目の届かぬことはひとつもないんだ！」

「よく言うぜ」ジェイクはその場を立ち去った。意識を背後の男にあわせたまま、皮膚をチリチリさせて、ガーネットがホルスターに手を伸ばすわずかな気配を待った。張りつめていた。横っ飛びに転がり、ピストルを握って起き上がる準備はできていた。だが、ガーネットは動かなかった。

エマは悶々としてその夜を送った。彼が行ってしまう。どうしてヴィクトリアにつたえられよう？　きっと胸が張り裂ける思いをさせるだろう。それでも話して、もうジェイクに守ってもらえないと知らせねばならない。

　ヴィクトリアのことを思うと、ジェイクに腹が立って寝つけず、長いことじっと横たわっていた。ヴィクトリアにあんなことを言った後で、しかもあんなふうにキスしたくせに、どうして出ていけるの？　エマは直感で彼を信用していたので、いまはよけいに裏切られた気がした。でも、ヴィクトリアはきっともっと辛い思いをする。彼を愛しているのだから。

　それでもまだ、自分の誤解だったのではないかと思わずにはいられなかった。彼の言葉には別の意味があったのではないか。そうにちがいない。そう考えて自分を慰めると、とうとうくたびれ果てて眠りについた。

　翌朝は早くに目が覚め、なんでもいいから手近にあった服に袖を通した。牧童小屋に出向いてジェイクに会い、ほんとうはなにが言いたかったのか問いただすつもりだった。急いで屋敷を出た。一人で小屋に出向くのはあるまじき行為だとは、敢えて思わないようにした。もっとも、牧童たちはいつも夜明けとともに仕事に取りかかるから、だれかがまだ寝ているとは思わなかった。

　早朝の空気は冷たかったが、太陽が昇るにつれて急速にあたたかくなってきた。エマは腕を体に巻きつけ、歩調を速めた。小屋まで来ると、閉ざされたドアをノックしたが、中からは物音ひとつ聞こえなかった。念のためもう一度ノックしてから、そっとドアを開けた。広くて殺風景な天井の低い部屋は空っぽで、床はもちろん、ありとあらゆる場所に、牧童たちの道具と身の回り品が溢れていた。エマは踵（きびす）を返した。さてつぎはどうしたものやら。とりあえず厩へ向かい、だれかがまだいてくれるよう願った。

運が良かった。一人のメキシコ人がいて、名前は知らなかったが、面倒臭そうに干し草を空の馬房に放っていた。英語が通じますように。

「ローパーはどこかしら？」エマは尋ねた。

男は彼女に顔を向けた。丸くて茶色い顔には困ったような表情が浮かんでいる。

「ローパーよ」もう一度尋ねた。「彼を見かけた？」

「ああ（シ）」男が言った。

「どこにいるかわかる？」

「出ていったよ、セニョリータ。早くに」

「どこへ行くか言ってなかった？　いつ戻るの？」

メキシコ人は首を振った。「辞めたよ、セニョリータ。荷物をまとめて出ていった」

エマは息を呑んだ。気分が悪くなった。やはりほんとうだったのだ。「ありがとう」そう言うと、屋敷に戻った。

ヴィクトリアも早起きだった。先に延ばしてもいいことはないとわかっていたので、エマはまっすぐいとこの部屋に向かい、ドアをノックした。ドアを開けたヴィクトリアは、不安そうな顔で、最後のヘアピンを髪に差した。

「どうかしたの？」どうかしたのでなければ、エマはきっと下で待っていたはずだ。「シーリアになにかあったのね？」

「いいえ」エマは部屋に入ると、両手をヴィクトリアの手に重ねて握った。彼女が倒れてしまわないように。「ジェイクが出ていったわ」

言葉は簡単だったが、意味をなさなかった。ヴィクトリアは顔をしかめて、エマがなにを言おうとしているのか考えた。「このあいだわたしたちを撃った人を見つけたの？」

「ちがうわ」エマは一瞬目を閉じた。「ヴィクトリア、彼は去ったの。荷物をまとめて出ていったの。メキシコ人が教えてくれたわ。仕事を辞めて、行ってしまったんですって。けさのことよ」

見えないパンチを胸に受けたような気分だった。ヴィクトリアはエマを見つめ、自分の心臓が激しく打ち鳴らす音を聞いた。顔は真っ青だった。「彼が……去った？」

「ええ」

どうしてだろう。空気がこんなによどんでいる。まるで死んだように動かず、言葉を吸い込んで消してしまう。

エマに抱かれて、気がつくと腰かけていた。

「最近はめったに屋敷から出なかったけれど、これからはいっそう気をつけなければね」エマはそう言って、押し迫った問題に気持ちを向けようとした。「ぜったいに表へ出てはだめよ」

「ええ、もちろん」ヴィクトリアはつぶやいた。「ガーネットがいるもの……」

ガーネットは、いまや好き放題ができるのだ。ガーネットを抑えておけるのはジェイクだけだった。そのジェイクが去った。

去っていった！

晴れわたった朝の空から、光が消えてしまった。ヴィクトリアはなす術もなく、長いことその場に坐っていた。悲嘆と裏切りに打ちのめされた衝撃と、彼に愛されていなかったどころか、出ていくと告げてももらえぬほどちっぽけな存在だったと知った虚しさを、少しでも和らげようと無駄な努力をしていた。彼女にとって、ジェイクがすべてだった。それなのに、彼にとって、ヴィクトリアは無に等しい存在だったのだ。

ジェイクが「信じてくれ」と言ったから、信じた。そして置き去りにされた。彼女の愚かさのせいで、エマとシーリアまで危険に曝すことになった。三人は代償として、ただ生き延びるために、檻の中の動物のように暮らさねばならない。

これほどまでに苦しいのは、ジェイクがこれまでに愛したたった一人の男だったから。オーガスタで送るはずだった青春の日々を戦争で奪われ、いままで恋をするチャンスもなかった。でも、元来、人と打ち解けにくい性格だから、心の壁を破ってうちに燃える情熱にまでたどりつけた若者が、はたしていたかどうか。ジェイクにはそれができた。だからこそ、彼のためにすべてをなげうち、名誉も心も捧げた。すると彼は、馬に乗って去っていった。まるでヴィクトリアもアンジェリーナと同じ娼婦であるかのように、あっさりと捨てて。

一人で悲嘆と向き合えるようにと、エマはすでに部屋を出ていた。その心遣いがなによりもうれしかった。誇りがいったいなにになるの？　テーブルに食事を用意してくれるわけでも、背中に服を着せかけてくれるわけでもない。愛する人を守ってもくれない。それでも最後の盾としてしがみついた。どれほど辛くても、下におりてゆくときには、苦悩の痕などだれが見せるものか。

いつかそのうち、この苦しみを冷静に捉えることができるかもしれない。それとも、できないのだろうか。さしあたっていまは、生き延びることを考えなければ。ジェイクが去って、危険に曝されているのだから。屋敷の中にいつづけるにしても、もう安全とは言い切れない。このときはじめて、少佐が急速に衰えたことを残念に思った。少佐さえしっかりしていれば、ガーネットが屋敷という聖域を侵すことはないだろうに。

ガーネットの目に、ヴィクトリアを見るときは憎しみが、シーリアを見るときは肉欲が浮かぶことに、彼女は気づいていた。いま彼が妹を狙えば、それを止める手だてはなかった。ヴィクトリアが止めに入れば、迷わず彼女を撃つだろう。それでも止めようとするだろう。おそらくエマも。愛するものを守るため、二人は虎のように戦うだろう。

ここを去るときがくるまで、自分たちの身は自分たちで守らねばならない。あまり長居はできない。見ず知らずの土地に、女だけで出ていくと思うと怖じ気づいたが、それ以外のことは考えられなかった。すぐに計画を練らなければ。

ついに立ち上がると深く息を吸った。部屋に坐っていても彼は戻ってこない。鏡に向かうと、暗い顔のほっそりした若い女が立っているけれど、弱り果てているようには見えないので安心した。背筋をぴんと伸ばし、あごをあげて階段をおりた。

もうじき昼食だった。ずいぶんと長いあいだ部屋でぼんやり坐っていたのだ。ロラが料理を運んでくると、ヴィクトリアは気を奮い立たせて食べた。だれかを失っても、心臓が張り裂けないばかりか食欲にも影響しない。でも、心痛のほうが腹痛よりずっとロマンチックに聞こえる。

食卓にはヴィクトリアたち三人しかいなかった。少佐はまだ戻っていなかった。奇矯な振るまいがつづいていたから、だれも驚きも心配もしなかった。食事を終えると、ヴィクトリアはナプキンをたたんでエマを見た。「出ていきましょう」

エマがうなずいた。「ええ、すぐにでも」

「どこへ行くの?」シーリアが怯えた顔をした。〝なぜ〟でも、〝いつ〟でもなく、〝どこへ〟と尋ねたことが多くを物語っていた。

「まずサンタフェへ行って、家に帰る旅の支度をしましょう。あそこには兵士もいるから、守ってもらえるわ。もしも……もしも後を追われても」

現実的なエマが必要なものを挙げはじめた。「馬と食べものと毛布、それに着替えもいるわね」

「銃と弾薬も」みすみす捕まってなるものかと、覚悟を決めた。人に守ってもらうことに慣れきったつけを払うときがきたのだ。

「どうやって厩まで行く？」

「夜、抜けだすのよ。できるだけ急いで」

「今夜？」

「やりましょう」

その日の午後、三人はこっそり荷造りしたが、持っていけるような丈夫な衣類は少なかった。ヴィクトリアとエマにならって、シーリアはきれいな新しいナイトガウンをきっぱり諦めた。ドレスのことでくよくよしている暇はなかった。

エマが、持っていく調理器具と食べものを集める役を買ってでた。必要なのはコーヒー沸かしとフライパン、それをどうにか台所からくすねてきた。それから短い奇襲をくり返し、そのたびに少しずつ取ってきた。コーヒーに砂糖、小麦粉、玉ねぎ、トルティーヤ、じゃがいも、豆、鋭いナイフを一本にスプーンを三本。

ヴィクトリアは書斎に忍びこんで少佐の銃を取ろうとしたが、少佐が机に向かっていたので、ぎょっとして立ち止まった。顔をあげた少佐の目はひどく血走っていて、ヴィクトリアに教会で見た絵画の悪魔の目を思い出させた。少佐はその朝、せめてひげでも剃ろうとしたらしいが、数カ所剃り残しがあった。それでも立ち上がると、親切めかした声で言った。「本を探しているのかね、ヴィクトリア?」以前の尊大な態度が尾を引いていて、ヴィクトリアはぞっとした。

「ええ。午後は読書をしようと思いまして」失望は表さなかった。

「好きなのを持っていけ」少佐が手を振った。「レディの気に入るようなのがあるとは思えんが」

ヴィクトリアは興味のあるふりをして、何冊か書棚から取りだしたが、題名さえ見なかった。

後ろでマクレーンがおかしそうに笑いだした。ヴィクトリアがさっと振り返ると、少佐は満足げに悪意をこめてじっと彼女を見ていた。「そうとも、おまえは本物のレディだ。金を払っただけのことはある。堅苦しくて行儀が良くて、ズロースもかちかちなんだろうな」

ヴィクトリアはくるっと振り向いてドアに急いだが、マクレーンは笑いつづけた。「だ分がそのかちかちのズロースも、サラットの手にかかればいちころだぞ。この売女め、自分がおれにはもったいないとでも思っとるんだろう？」息が荒くなるにつれて笑いは消え、悪意に満ちた怒りが表れた。「おれとはやりたくなかったようだが、おまえの願いなんぞサラットには通用せんぞ。どんなに暴れても、あいつに突っこまれるんだ。だが暴れるようじゃレディとは言えんだろう？　そうとも、おまえは死人みたいに寝転がったまま犯されるんだ……頭をぶち抜かれた女のようにな……」

ヴィクトリアは駆けだすとドアを閉め、とめどなく吐き出される下劣な言葉を遮ったが、聴衆がいなくなってもつづいていた。心臓をばくばくいわせながら自室へ駆け戻った。狂っている！　それがわかっていても、恐怖は拭い去れなかった。少佐の言うとおりだ。少年たちの遺体は見つからなかった。だれかがヴィクトリアを狙って撃った。サラットの子の一人が生き延びて、二十年後に戻ってくる可能性はあった。

そうだとしても、自分には関係ないと気づくのにそう時間はかからなかった。落ち着いて考えればわかることだ。エマとシーリアを連れて、じきに出ていくのだから。マクレーンが正しかろうが関係なかった。ここには彼一人だけになる。

銃が必要だったが、その晩は手に入れることができなかった。マクレーンが一晩じゅう書斎にいて、ひとり言をつぶやき、ときおり笑っていたからだ。明るいランプが、ナイフを振りまわす影を追い払ってくれた。

翌日、ガーネットが屋敷に来て、ヴィクトリアを見ると狼のようににたりと笑った。

「美人の妹は元気かい?」いまや優位に立ったと知って、作り笑いを浮かべている。

ヴィクトリアはガーネットを無視し、返事もせずに立ち去ったが、そのじつ怯えていた。

その日も銃を手に入れるチャンスはなかった。

床につく前、エマが言った。「銃のことは忘れたほうがいいんじゃないかしら?」

「だめよ。なにがあるかわからないもの」

二人は見つめあい、たがいに絶望と恐怖をその表情に見て取った。三人だけでサンタフェに行くのは不可能にちかいと思えたが、それでもやるほかなかった。わが身を守る道具がなければ、自殺行為だ。

三日目も、銃は手に入れられなかった。

四日目、熱風が南西に広がる荒野から吹き寄せ、みなを苛立たせた。男たちは言い争い、三度も乱闘になった。ロラとカルミータは怒鳴り合い、シーリアは一日じゅう隠れたまま出てこなかった。鹿毛の種馬、ルビオはメキシコ人を殺した。ジェイクが去った日に、エマが話しかけた男だった。

運の悪いこの男は、干し草を敷きなおして種馬を馬房に戻すとき、油断した。一瞬向けられた背中を、憎しみのこもった目で睨みつけると、巨大な馬は鉄をかぶせた蹄で襲いかかった。何度も棹立ちし、引きつるやわらかな体に、鋭い鉄を打ち込んだ。千ポンドの憎しみが解き放たれ、破壊行為へと向かったのだ。ようやく静かになった種馬に、男たちが何本も縄をかけて馬房から引き出したときには、犠牲になったメキシコ人の体はもはや原形を留めていなかった。

話を聞いてマクレーンは鼻を鳴らした。「馬鹿な奴だ。もっと用心せにゃあ」

だが四日目に、ヴィクトリアは銃を手に入れた。その夜に出発できるかどうかわからなかったので、銃がなくなったと気づかれたくなかった。ライフル一挺しか取らなかったのは、マクレーンが机の後ろの銃架にずらっと並べていたからだ。一挺なら大丈夫かもしれないが、三挺ならぜったいに気づかれる。合う弾を見つけるため、ライフルから一個抜きだしてほかの弾と比べてみた。それから、合う弾丸の入った袋をポケットに押しこんだ。

残念ながらピストルは一挺しか見つからなかった。狙い撃ちされた日に、ジェイクが持たせてくれたものほど大きくはないようだ。ジェイクのことが脳裏に浮かぶと、慌てて締め出した。そうしなければ生きていけないとわかっていたから。同じ方法で弾丸を選ぶと、二挺の武器を抱きかかえ、急いで書斎を後にした。だれかが入ってきて見つかるのではないかと思うと、恐ろしくていてもたってもいられなかった。

けれど、その夜は出発できなかった。神経に触る熱風のせいかもしれない。あるいは、ルビオがメキシコ人を襲ったので、動揺したせいかもしれない。数人の男たちが、一晩じゅう落ちつかなげに外をぶらついていた。ヴィクトリアとエマは、真っ暗な部屋でまんじりともせずに夜を明かしたが、納屋と厩のあたりには、絶えずなにかしらの動きがあった。だれかに見られずには出ていけそうになかった。

五日目の午後遅く、一人の牧童が馬を駆って戻ってくると、ぐいと手綱を引き、土と石を盛大に蹴立てた。「馬に乗った連中が」あえぎながら言うと、鞍から滑りおりた。「すげえ人数でパーソンズ峠からこっちに向かってる」

マクレーンが真っ青になった。「サラットだ」かすれ声で言うと、屋敷に逃げ戻った。

ガーネットが憎々しげに罵倒する。「くそったれの馬鹿やろう!」逃げる男に怒鳴ったが、少佐にかかずらっている時間はなかった。ガーネットは牧童に向きなおった。「人数は?」

「わかんねえよ、ボス。二十か三十はいたと思う」牧童は読みも数えもできないとは言わずに、ほかの牧童が大人数をさして言うのを聞き覚えた数字を口にしたのだった。実際には、六十三人の男が牧場に向かっていた。

ガーネットは考えた。領地に侵入してきた男たちの狙いが牛だとは思えない。牛泥棒はもっと少人数で動く。だが、二十人か三十人の男たちが他人の土地を横切っているとなると、けっして友好的とは言えない。もっとも、その程度の集団なら相手にできるだけの人手はあった。相手がただ横切っているだけだとは、まったく思わなかった。

手下を集めてこちらから打って出るのは気が進まない。だいいち、こちらが見つける前に見つかるかもしれない。それに、牧場の建物内にいれば安全だ。向こうに来させればいい。なにしろ姿を見られたことを、あちらは知らないのだ。ここにいさえすれば、形勢は有利だ。

マクレーンは書斎に駆け込み、銃架からライフルをおろすと、全部に弾がこめてあるのをたしかめた。一挺足りないのには気づかなかった。ぶつぶつとひとり言をつぶやきながら、すべて抱えて自室に上がった。

階段の途中でヴィクトリアと出会うと、笑って言った。「あいつが来たぞ。サラットが来た」少佐は得意げに笑った。「牧童が見つけたんだ。さてどうなるかお楽しみじゃないか、気取り屋のねえちゃん。あいつが来たら後悔するぞ、おれをごみのように見下したことをな」ヴィクトリアを押しのけるようにすれちがうと、寝室に入ってドアをばたんと閉じた。

ヴィクトリアは玄関に急いだ。きっとまたいつものたわごとだ。しかし表で男たちが足早に行きかうのを見て、胃が縮んだ。「どうしたの？」一人に呼びかけた。

「馬に乗って盗賊の一味がやってきます、奥さま」男は南を、サンタフェの方角を指さした。「あっちから」

中に戻って自分に言い聞かせた。盗賊がやってくると言っても、なかの一人がサラットだとはかぎらない。そうは思うものの、マクレーンの恐怖が乗り移っていた。

階段を駆け上がり、エマの部屋に入った。「出発よ」ヴィクトリアは言った。「いますぐに。盗賊がやってくるの。これが最後のチャンスかもしれないわ」

エマは飛び上がって、くすねた食糧をベッドの下から引っ張りだした。ヴィクトリアはシーリアの部屋に向かいながら夢中で祈った。部屋にいますように、昨日のように隠れたりしていませんように。祈りは通じた。妹は窓辺に立って、外の騒ぎを眺めていた。「どうしてみんなあんなに急いでいるの？」シーリアが尋ねた。

「盗賊が来るの」ヴィクトリアは低い声で言った。「出発よ。いますぐに。準備はいい？」

シーリアはうなずくと、古い帽子をかぶり、肩にショールを巻き、自分の小さな荷物をベッドの下から引きずりだした。

牧童が知らせに戻るとじきに日がとっぷりと暮れた。三人の女は、自分たちの馬がつながれている納屋へ向かった。ヴィクトリアはライフルの銃口を下に向けて持ち、スカートのひだに隠して運んだ。ピストルはエマのポケットに入っていた。男たちは相変わらず動きまわっていたが、確固たる足取りで歩く女たちに気づいた者はいなかった。

もしだれかが止めようとしたら、撃つ。ヴィクトリアは腹をくくっていた。

馬に鞍をつけた。ソフィーは鞍の重みを感じてしきりにいななないた。この数日、外に出ていなかったのだ。エマの去勢馬も同じように浮き足立ち、シーリアのおとなしいジプシーでさえ、期待に足を踏み鳴らした。

納屋にいるうちに鞍に乗り、拍車をあてて馬を前へ進め、頭をひょいと下げさせて扉をくぐった。外に出ると、ヴィクトリアはソフィーを左へ向けて暗闇にまぎれ、二人もすぐ後を追った。

「いまのはだれだ？」叫び声が上がった。

クインジーは目が利く男だったが、信じられずに言った。「奥方たちだ」

ガーネットが怒鳴った。「放っておけ。なに、どうせ迷うのがおちだ。くずどもを片づけた後で探しにいけばいい」

牧場の建物から離れると、ヴィクトリアは手綱を引いて常歩に落とした。暗いせいでよく見えなかったし、考える時間もほしかった。盗賊が南から来るのなら、その方角に向かってはならない。そんなことをすれば正面からぶつかってしまう。でも、目的地であるサンタフェは南だ。東と北にコマンチ族がいるのはわかっていた。西には険しく過酷な土地が広がっている。それでも西に行くしかない。とりあえず、南へ向かっても安全なところまでは。

メキシコ人の斥候、ルイスが低い声で言った。「見つかったな」

ジェイクは小さく悪態を吐き、ベンは唾を吐いた。「じゃあ突撃だ」ジェイクが言った。「行くぞ。だが慎重にやる。みんな、銜と拍車におおいをかけろ。がちゃがちゃいわせて、気づかれないように。牧場に近づいたら、ひづめにも布をかぶせる」

星を見あげ、ジェイクは鞍にまたがった。残酷な期待に胸をふくらませる。今夜だ。今夜すべて片がつく。マクレーンの息の根を止め、ヴィクトリアを手に入れるのだ。

11

漆黒の闇におおわれた不馴れな土地を、三人はゆっくり進んだ。急げ、急げ、と本能に急かされてはいたけれど。月夜だとしてもまだ昇っておらず、神経を逆撫でする熱風が天空に雲を送りこみ、星明かりを消した。三頭の馬は、乗り手の不安が移ったのか、びくびくしていた。ソフィーを御しつつ迷わぬよう暗闇を進むために、ヴィクトリアはもっているすべての技量を費やした。大きな障害物は苦もなく見分けられたが、闇が隠した地面の小さなくぼみや轍の跡は、馬を転ばせ、あるいは脚を折り、さらには乗り手を殺しかねなかった。

聞こえるのは耳慣れぬ音ばかりで、夜気にのって実際より大きく響いた。獲物を探すふくろうが頭上をかすめ飛ぶと、シーリアは悲鳴をあげかけて堪えた。「ごめんね、ごめんなさい」あまりにも痛々しかったので、ヴィクトリアの目には涙がこみあげた。

これまで一度も罰あたりな言葉を口にしたことはなかったが、今度のことがシーリアに与えた影響を思ってひどく腹を立てていたので、頭の中で叫んでいた。「くたばれ、みんなくたばってしまえ！」神への冒涜ではなく、呪いのつもりだった。みんな――マクレーン、ガーネット、それに、ヴィクトリアたちを牛肉の添えもののように見下した牧場のガンマン全員、ジェイクもはずせはしない、彼に取り残されたせいでこんな目に遭っているのだから――を、ヴィクトリアは呪った。

シーリアはもう昔のままのシーリアではない。あどけない無垢な心は消えたまま、二度と甦りはしない。男を見ても、守ってもらえると子供のように信じたりはしない。世の中には悪があり、いままで守ってくれていると慕っていたその男たちに、傷つけられるかもしれないのだから。

三、四年もすれば、シーリアは恋におちていただろうに。たくましくてやさしい男を好きになり、結婚して家庭を築き、年老いて死ぬ日まで、夫の深い愛に包まれて生きるはずだった。それは究極の理想であり、そんな暮らしができる女はめったにいるものではない。それでも、シーリアならそういう人生を送れるはずだった。いまでは夢のまた夢だ。人間の魂がどれだけ醜くなりうるかを知り、シーリアは変わった。

戦争には影響を受けなかった。でも、西部と王国平野の非情で暴力的な雰囲気には犯された。

ソフィーがつまずき、危うく転びそうになった。ヴィクトリアは身を乗り出してサテンのような首を叩き、小さな声で励ましてやった。

「このまま行くより夜明けまで待ったほうがいいんじゃないかしら？」エマが言った。ほとんど常歩ばかりできていたから、たいした距離は稼いでいないのに、文明から百万マイルも離れたような気がした。ヴィクトリアが、夜明けまで待っても大丈夫だろうと言いかけたとき、鋭い銃声が夜気を震わせた。

一発ではなく、何発も聞こえた。鋭く弾けるピストルの音、低く轟くライフルの音、それらがやむことなくつづいた。

三人はそろって屋敷のほうに振り返ったが、なにも見えなかった。

エマが最初に口を開いた。「戦争みたいね」

「ええ。牧場が襲われているのよ」

「でも、だれに？」

ヴィクトリアは声も出せなかった。喉が塞がっていた。「少佐はサラットが来たと言ったわ」

「まさか。復讐するのに二十年も待つ人がいるかしら？」エマは安心させようと思って言ったが、彼女の喉も塞がりかけていた。

「それは少佐が二十年間結婚しなかったからよ」ヴィクトリアは答えて、くるっとソフィーの向きを変えた。ひどく怯えていたけれど、気をしっかりもたなくては。もしサラットだとしても、わざわざ後を追ってくるだろうか？　男たちのだれかがしゃべらなければ、行き先さえ知らないし。それもだれかが生き残ったらの話だ。

　少佐の恐ろしい妄想がヴィクトリアに乗り移っていたので、彼の頭のなかだけのものとは言い切れなかった。

「このまま行きましょう」ヴィクトリアは言った。「できるだけ遠くまで。夜が明けたとき牧場から少しでも離れていれば、それだけ安全ですもの」


　牧場を襲うのに、喚声をあげて町に乗り込み、派手に撃ちまくる牧童の一団は手本にしなかった。馬を後方に残し、歩いてそっと忍び込んだ。接近戦になると思われたので、全員が左腕にネッカチーフを巻いていたから、味方同士が撃ちあう心配はなかった。マクレーンの使用人にも敵味方をわからせることになるが、それは仕方がなかった。

　始まりはこうだった。牧場の牧童の一人が納屋の角を曲がって現れ、サラット側の男と鉢合わせした。牧童は銃に手を伸ばしたが、サラットの男が放ったシャープス・ライフルの弾に胸を吹き飛ばされた。

　ジェイクはベンと二人で屋敷へ向かった。確信はもてなかったものの、屋敷の中から銃弾は飛んできていないように思えたので、ヴィクトリアたちに危険は迫っていないと望みをもった。マクレーンを見つけて殺すことに気持ちを集中させた。そうするべきだった。ヴィクトリアを心配する前に、マクレーンを片づけなければならない。

だれかが納屋の二階からライフルを撃った。ヒュッと頭をかすめて飛ぶ弾の熱を感じ、ジェイクは脇に飛びのいた。顔をあげてルイスを見つけると、叫んだ。「納屋の二階の奴をしとめろ！」

ルイスはにやりと笑って闇に白い歯を光らせ、蛇のように納屋へ滑り込んだ。いたるところで男たちが死に、負傷し、死にかけていた。四方八方から銃声が轟き、闇を切り裂く。

「ガーネットはどこだ？」ベンがつぶやいた。

「穴に隠れてるさ。危険を冒すような奴じゃない」

地面に伏せていたウェンデル・ウォレスが、馬の繋ぎ柱の後ろで身を起こし、ジェイクに狙いを定めた。ベンが発砲し、ウェンデルがのけぞって倒れた。ぴくぴく震える指が引き金を引いて、むなしく空を撃った。

ジェイクは44口径を構え、用心しつつウェンデルに近寄った。そばに寄ってみると、ウェンデルは苦しそうに息をしており、ぶくぶくと黒い液体が胸から流れていた。

ウェンデルがジェイクを見て言った。「ローパー！　なんてこった、なんでこんなことを？」

「おれの姓はローパーじゃない。サラットだ」

ウェンデルが目をしばたたかせ、ジェイクの顔に焦点を合わせようとした。「なんてこった。殺したと思ってたのに」

「残念だが、殺すのはこっちだ。おまえは肺を撃たれたよ、ウェンデル」

ウェンデルは息を吸いこもうとして喉をごぼごぼ言わせた。「そのようだ」声はか細く、ほとんど聞き取れなかった。「信じらんねえ。おれ、死ぬのかよ」

「そうだ」

「腸を撃たれるよりましだ」瞳が動きを止めた。

ベンが見おろして言った。「ウェンデル・ウォレスだったよな?」

「ああ」

「覚えてる。削り細工を教えてくれた。なのにマクレーンとグルになって、おれたちを殺そうとしたんだ」

「ああ」ジェイクがもう一度言った。

二人は屋敷の玄関に走った。撃鉄を起こして引き金に指をかけ、低い姿勢で忍びこんだ。なにも起こらず、だれも動かなかった。ランプがいまもおごそかに燃えていた。

ベンの顔がこわばった。二十年ぶりに帰ってきた家だ。タイル敷きの床に目を落とす。ここで母が殺された。

二人は念入りに一階を見てまわり、カルミータとロラとファアナが台所で縮こまっているのを見つけた。カルミータがジェイクの姿に息を呑んだ。

詳しく話したり安心させたりしている暇はなかった。「マクレーンは?」

カルミータが目を見開いた。「知りません、セニョール」そう言って唾を飲みこんだ。「さっきは書斎におられました」

書斎の扉の両側にわかれて立ち、ジェイクがノブを握った。鍵がかかっていた。ジェイクはベンに身ぶりで示すと後ろに下がり、足でドアを蹴破った。ベンが先に飛びこみ、床に転がり身を起こしたが、それが唯一部屋の中の動きだった。空っぽだ。

「ちくしょう、どこにいるんだ?」ベンがいらいらして尋ねた。

「ガーネットにならって、穴を探してるのかもな」不意にジェイクは天井を見あげ、顔をこわばらせた。マクレーンが二階でヴィクトリアたちを盾にしていたら?

階段を駆け上がると、ベンもすぐ後を追った。ジェイクが右側の部屋を、ベンが左を調べた。みんな空だった。

あのやろう、女たちをどうした? マクレーンが連れていったのは疑いようもない。もしヴィクトリアを傷つけていたら、生きたまま切り刻んでやろうと誓った。

「中庭だ」マクレーンが隠れるとしたら、もうそこ以外に思いつく場所はなかった。中庭なら完全に表へ出るわけではないから、外の銃撃戦も避けられる。

ベンがうなずいた。「屋敷の外を回って、裏門から入るよ」

ジェイクは台所へ行き、ベンが裏門に着く頃合を見計らった。三人の使用人はまだ床にうずくまり、抱き合って励まし合っていた。「どうなっているんです、セニョール・ジェイク？」カルミータが尋ねた。

「牧場を取り返してるんだ」振り向きもせず答えると、ピストルを握ってドアを開けた。

「弟とおれの手に」

ロラが張りつめた顔をあげた。「サラット」そうつぶやいたときには、ジェイクはドアの外だった。

窓からもれる四角い光が中庭の数か所を照らし、そのせいで暗がりはなお濃い影に包まれていた。ベンが銃を手に壁際を歩いているのが確認できた。

「少佐？」ジェイクがそっと声をかけた。

それを聞いて、ベンが動きを止めた。

「少佐？」

物音ひとつしないので、ジェイクはもう一歩ベンチのそばに踏みだした。マクレーンと結婚した翌日、ヴィクトリアが坐っていたベンチだった。

「ローパーか？」

ささやく声は、右手の雨水を貯める樽(たる)のあたりから聞こえた。ジェイクの体の全神経が張りつめた。

「ああ」

「出ていったと聞いたぞ」

「戻ってきた」

マクレーンが樽の後ろからのろのろと出てきた。窓明かりに照らされたその顔には、精神的な衰えがくっきり表れていた。少佐がくすくす笑った。「おれが言ってもあいつは信じなかった。サラットが戻ってきたんだろう？」

ジェイクは目の前の抜け殻をうんざりと見つめた。「そうだ、マクレーン。おれは戻ってきた」

マクレーンがまた笑った。「おまえじゃない。サラットだ。おまえも戻ってきたが、あいつも戻ってきたんだ」

「おれがサラットだ」

「ちがう、おまえはローパーだ。あいつを見つけて殺せ。さあ早く――」

ジェイクは、さら一歩、明かりに踏み込んだ。光が横から射して、すっきりと平らな額とあごと頬骨を浮かびあがらせ、目に暗い影を落とした。マクレーンの熱に浮かされた頭には、その顔がしゃれこうべのように見え、死人が甦ったのだと思った。

マクレーンはうめき、慌てて後ずさると、うわずった悲鳴をあげた。「死んだはずだ！戻ってきても死んでるんだ。くそっ、あっちへ行け！　ランプをよこせ！　だれか、ランプを持ってこい！」

ジェイクは腸がよじれ、酸っぱいものがこみあげるのを感じた。この男はたわごとを繰り返し、錯乱している。二十年待ちつづけた復讐のときがついに訪れ、手には銃を握っているのに、標的は狂気にさらわれ、彼の手から擦り抜けようとしていた。望んでいたのは二十年前のままのマクレーン。こんな女々しい抜け殻ではない。

前ぶれもなくマクレーンが腕をあげた。震える手にピストルが握られていた。味気ない失望にとらわれ、ジェイクは油断していた。ピストルを手にしているのに、間に合わないと瞬時に悟った。背後で銃声が轟き、間髪をいれずもう一発が発射された。マクレーンは二発の銃弾を受けた衝撃で弾かれたように爪先立ちになり、手からピストルを落とすと、激しい憎しみをこめてジェイクを睨んだ。

「もう一度地獄に落ちろ。今度はおれの手でまちがいなく殺してやる――」空の手を構え、もうピストルを握っていないのにも気づかず、動作だけで引き金を引いた。マクレーンの顔を驚愕がよぎったかと思うと、虚ろになり、立ったまま息絶えた。ぬいぐるみの人形のように、ぐにゃりと樽の上に倒れた。

ジェイクは怒りに燃えた目で振り返り、復讐のチャンスを奪った人物、命を救ってくれた人物に立ち向かおうとした。

ファナが少し離れたところに立っていた。まっすぐ腕を伸ばし、マクレーンのピストルを両手で握っている。無表情にマクレーンの死体を見つめ、それから唇を歪（ゆが）めると、死んだ男に唾を吐き、ささやいた。「気がすんだわ」

ベンが歩み寄り、ジェイクと肩を並べて死んだ男を見おろした。馬鹿馬鹿しいことだが、ジェイクは自分が後悔しているのに気がついた。二十年間人生を支配してきた原動力が、こんな形で消え去った。望みと期待に反し、相手を苦しめる戦いではなく、対峙したのは狂気に蝕まれた男、しかも最終的な復讐はファナにさらわれた。ある意味ではマクレーンはいまも勝者だった。足元に死体で転がっていても、この男は自らを貶めることで、二人から満足感を奪ったのだ。

後に残ったのは癒しがたい苦々しさ、予期しない敗北だった。

壁の外ではいまも銃声が聞こえたが、ずいぶんまばらになっていた。その音に、ジェイクはまだ終わっていないことを思い出した。ガーネットの死体も足元に転がすまでは。

それに、ヴィクトリアはどこにいるのか？

ベンと二人で屋敷に戻った。ファナもついてきたが、夢遊病者のようにぼんやりした顔で、涙が静かに頬をつたっていた。「神さま」ファナがつぶやいた。「ディオス」

ファナの振るまいから、マクレーンが味わわせた苦しみを推測できた。復讐を望む気持ちは、彼らに負けないくらい強かったのだろう。だから、恨むのはやめにした。屈んでカルミータとロラを立たせ、怪我はないかたしかめた。「セニョーラはどこだ？」彼は尋ねた。「それにいとこと妹は？」

カルミータは怯えた表情で頭を振った。「知りません。お二階では？」

「いない」

カルミータが祈るように手を組んだ。「なんてこと（マードレ・デ・ディオス）！　もし外にいらしたら――」

最後まで聞く必要はなかった。ジェイクはくるりと背を向けて屋敷を出た。もし外で捕まっていたら、流れ弾にだれかが、それとも三人ともが、やられたかもしれない。雨あられと弾が降り注いでいたのだから。

すべて終わっていた。マクレーンの手勢で生き残った者たちは、隠れていた場所から空手をあげて出てきた。ジェイクとベンはそこここに転がる体をブーツでひっくり返し、大の字に広げた手からピストルを蹴散らした。ガーネットらしい男はどこにもいなかったし、三人の女も見つからなかった。

広大な暗い大地を見わたすと、冷たい確信がジェイクの腸を凍らせた。ガーネットが連れていったのか？　もしそうなら、二度とヴィクトリアの生きた姿は見られない。ガーネットが妹を犯すのを、おとなしく見ているわけがない。立ち向かえば、ガーネットはためらうことなく彼女の頭をぶち抜くだろう。そう考えると絶望で胃がねじくれた。

男たちが数人集まっているところへ戻ると、一人を選んだ。小さなかちりという音がみんなに聞こえるように親指で撃鉄を起こすと、その男の頭にあてた。「なあ、シャンディー。ガーネットはどこだ？」

うすら寒い夜なのに、汗がどっと男の顔に噴きだした。「馬で出ていくのを見たよ、ローパー。神に誓って本当だ」

「いつ？」

「おまえが屋敷に入った頃さ。二、三人連れていった」

「方角は？」

シャンディーは震える手をあげて東をさした。

「奥方たちも一緒だったか？」

シャンディーの体の震えはすさまじく、歯がかちかち音を立てていた。「一緒じゃなかった。誓うよ」

引き金にかけたジェイクの指が、それとわからぬほど締まった。「嘘をついてるな、シャンディー。奥方たちはここにいない。ガーネットが連れていったはずだ」

シャンディーが首を前後に揺すりはじめた。「誓うよ、誓うって」

「嘘じゃないぜ、ローパー」集まった男たちの一人が慌てて言った。「撃ち合いが始まるずっと前に、奥方たちが出ていくのを見たんだ。納屋から馬を出して西へ向かった。ガーネットとは逆方向だ」

ジェイクは振り向いてルイスに言った。「カンテラをくれ」撃鉄は戻したが、シャンディーをまっすぐにらんだ。「嘘だったら、二度と日の出は拝めないぞ」

ジェイクはベンとルイスを連れて納屋へ行った。ソフィーはいなかった。エマとシーリアの馬もいなかった。三人はカンテラで照らしながら納屋の床を調べたが、この半時間であまりにも多くの出入りがあったので、たしかなことはわからなかった。外に出ると、ジェイクはあっさりソフィーの蹄の跡を見つけた。三十ヤードたどってはっきりした。

「三頭だけだ」ベンが言った。

「軽いものを乗せてる」ルイスがつけ加えた。

ジェイクは屈めた腰を伸ばした。激しい怒りが絶望を押しやった。「あの馬鹿、屋敷にいろと言ったのに」エマとシーリアを連れていったところで、だれ一人として生き延びる術を知らず、道案内もできない。なお悪いことに、ガーネットもどこかにいる。逆方向へ向かったとしても、ヴィクトリアたちが去るのを見た可能性はあるし、いったん安全なところまで行ってからでも方角は変えられる。

ベンが疲れきった手で顔を撫でた。「暗いうちは後を追えないよ、ジェイク」

「わかってる」たとえカンテラを手に後を追ったとしても、夜だから一個の明かりでも遠くから目につく。ジェイクだとわからないのだから、三人はきっと逃げるだろうし、そうするうちにガーネットにこちらの居場所を悟られてしまうだろう。体じゅうの筋肉がこわばっていたが、できることはなにもなかった。たとえガーネットにもっと時間を与えることになっても、夜が明けなければ捜索ははじめられない。

ジェイクは激怒し、考えれば考えるほどますます不機嫌になった。言ったようにしてくれていれば、いまはもう安全でいられたのに。荒野をさまようこともなかったのに。あとはただ、夜のあいだどこかに身を潜めるだけの分別が、ヴィクトリアに備わっていることを祈るだけだ。

「まだやることはたくさんあるぜ」ベンの声で、陰気な想像が遮られた。「兄貴が言ったとおり、ここにはマクレーンの手下が三分の一しかいない。ガーネットが残りの連中と組めば、また撃ち合いになるかもしれない」

ジェイクがうなった。「そうは思えない。ガーネットは相手が互角と見ると戦わないし、今夜のおれたちは互角以上に渡り合ったからな。だが、そうだな、抵抗するガンマンはいるかもしれない」

ベンはジェイクの肩に手を置いた。「明日には女たちも見つかるさ」そう言ったが、やはり疑問だった。この土地に女三人では、なにが起こってもおかしくない。

夜が深まると、ヴィクトリアは足を止めざるを得なかった。本能は進めと言っていたが、それが常歩でもシーリアは遠乗りに慣れていなかった。だいぶ前から、ひどい苦痛を感じていたのに、シーリアは泣き言ひとつ言わなかった。少し休もうと馬を止めてはじめて、ヴィクトリアは妹がどれだけ我慢していたかを知った。馬からおりたとたん、わっと泣き出したのだ。

「ちょっと休みましょう」エマが言った。「シーリアにはこれ以上は無理よ」お尻をさすって、少し辛そうな顔をした。「わたしも体が痛くなってきたわ」

ヴィクトリアは休めそうな場所を探したが、あたりを照らしてくれる月明かりはなかった。黒々と茂った木立しか見えなかった。あそこなら、姿は隠してくれるだろう。シーリアの肩に腕を回した。「あの木立ちのところまで歩けるかしら?」右手を指差した。

シーリアは涙を堪えてうなずいた。「ええ。ごめんなさい。まだ先は長いのに」

「ええ、そうよ。でもわたしたちも馬もみんな疲れてるわ。いまは休んで、明日がんばりましょう」

岩だらけの斜面をゆっくりよじ登って木立にたどり着くと、風をしのげそうな巨岩が並んでいた。ヴィクトリアとエマが鞍を外して馬に水をやり、草を食めるところにつないだ。そのあいだにシーリアが毛布を広げ、少ないながらも食糧を三人分用意した。

ヴィクトリアは毛布のうえに坐り、感謝してパンとチーズを受け取ると、水と一緒に流し込んだ。腰をおろしてはじめて疲れを実感した。疲労感が押し寄せて味もわからないほどだったが、眠ろうとはしなかった。

横になりたい誘惑と戦いながら、ライフルを脚の上に寝かせた。「見張っているから休んでちょうだい」

　シーリアが伸びをしてたちまち眠りについた。エマがヴィクトリアの隣に来て坐った。

「ほんとうにサラットだったと思う？」シーリアを起こさないようにエマが低い声で尋ねた。「こんなに長いあいだなにもしなかったのに？」

　ヴィクトリアはため息をついた。「わからないわ。でも、少佐は信じこんでいて、すごく怯えていたのよ。あの人が毎晩起きて見張っていたのを知っていた？　一睡もせずに。一晩じゅう起きていて、ひとり言をつぶやいているのが聞こえたわ。わたしの部屋に来て、わたしがどんな目にあうか話すこともあった――」

　急に言葉を止めたヴィクトリアを、エマはさっと抱き締めた。「こんなこと言うべきじゃないけれど、少佐はおかしくなっていたのよ。わかってるでしょう？」

「ええ、もちろんよ」

「それならば、どうしてあの人の言葉を信じるの？」

「おかしくなっていても、馬鹿ではないからよ」ヴィクトリアは暗闇を見つめた。「それにわたしがだれかに撃たれたから。そしてほかの理由は思いつけないから――」

「少佐にはサラット以外にもたくさん敵がいると思わない？」エマが理屈を持ち出した。

「きっとほかの人よ」

　ヴィクトリアはこらえきれずに小声で笑った。「なんのちがいがあるの？　敵は敵よ」

「あなたの言うとおりだわ。だれが撃っても目的はひとつですものね」

「心強いお言葉だこと！」

声をひそめてしばし笑いあうと、エマが真顔に戻って言った。「サンタフェまでどれくらいかかると思う？」

「どうかしら。馬車で行ったときほどはかからないと思うけれど」

「迷わなければね」

「朝になったら南へ向かいましょう。途中でだれかに道を訊けばいいわ」

「できるかしら？」

ヴィクトリアはライフルを撫でた。「これがあるもの」

二人はしばらく無言で、木々を吹き抜ける風の音を聞いていた。エマが言った。「少佐が追ってくるかもしれないわ。でなければガーネットをよこすかも。今夜牧場でなにがあったかわからないけれど、うまく切り抜けた可能性はあるもの」

ヴィクトリアもそれは考えていたが、シーリアとエマは牧場に連れ戻させまいと決めていた。「わたし、なんだってやるわ」恐ろしい言葉に身震いがしたが、すぐにこう言ってはぐらかした。「寒くなってきたわね。おしゃべりもいいけれど、眠ったら？　わたしは大丈夫だから」

「二時間くらいで起こしてくれる？　あなたも眠らないと」

「ええ、わかったわ」

一人暗闇に坐って、ヴィクトリアは思いをめぐらした。牧場でいったいなにがあったのだろう。エマも言っていたとおり、少佐にはほかにも敵がいたはずだ。サンタフェで当局に助けを求めるべきだろうか。助けを求めたとして、それに応えてくれるだろうか。

シーリアが心配だった。西部に連れてくるなんてまちがっていた。妹が辛い体験をいくらかでも忘れて、また男を信じられるようになってくれればいいけれど。

ジェイク……思いは結局そこに行きついてしまう。心が苦しくて声をあげそうになった。あれだけのことがあったのに、なにも言わずに去ってしまうなんて。彼のキスと、乳房を愛撫(あいぶ)されたときのことを思い出した。あんな淫らなことまで許したから、だから彼は去ったのだろうか？

理由がわかったからといって、どうなるというの？　彼が去った。そして彼女は、片思いにすぎなかったという厳しい現実に直面している。彼の望みはベッドに連れこむこと、それだけだったのだ。

エマを起こすつもりだった、本気で。でも、あまりにも長いあいだ辛いことを考え、おまけに疲れていたせいで、瞼(まぶた)が閉じたことに気づかなかった。

「ヴィクトリア、起きて。夜が明けたわ」エマに揺さぶられてヴィクトリアは起き上がり、あくびをした。

「どうして起こさなかったの？」

「そのつもりだったけれど、眠ってしまったみたい」ヴィクトリアは慌てて立ち上がった。あたりに変わった様子がないので、ほっと安堵のため息をついた。エマとシーリアは力をあわせて小さな火を熾し、シーリアは意外にもうまくじゃがいもとベーコンを炒めている。コーヒーが沸いていた。

太陽は輝きだしていたが、まだ大気はひんやりとしていた。木陰に隠れて用を足すと、戻ってきて顔と手を濡らしたハンカチで拭った。

三人ともすきっ腹を抱えていたから、簡単な食事も喜んでたいらげた。シーリアは立ち上がると、痛めつけられた尻を力いっぱい揉んだ。

「馬に乗れそう？」ヴィクトリアは心配して尋ねた。自分もずきずきしていたから、シーリアの痛みがどれほどか想像できた。

「ええ」シーリアが言い、憂鬱そうに付け足した。「楽しめそうにはないけれど」

笑うヴィクトリアの腕をエマがつかんでさえぎり、東を指さして言った。「見て」

目を細めると、そこには馬に乗った男たちがいた。尾根の頂上で大きな赤い朝日を背に受け、シルエットが見えるだけだ。はっきりした人数はわからなかった。

冷たい恐怖に襲われた。くるっと向きを変え、つま先で土を火にかぶせて消した。「早く鞍を！」

ここでは距離感が働かなかった。とてもちかくに見えたのは、彼らが太陽を後ろから浴びていたからで、少なくとも数マイルは離れており、三人の姿は見えていないだろう。向こうが焚き火の煙に気づいていなければ……。

この朝のソフィーは落ちつきがなく、ヴィクトリアが鞍を乗せようとすると跳ねて逃げた。「やめなさい！」動揺を抑え、厳しい声で言った。もしソフィーに恐怖心が伝わったら、鞍をつけるどころではなくなる。

岩に登って馬に乗った。ところが、エマが去勢馬から飛びおり、火のそばへ駆け戻った。「フライパンを置いていけない」彼女は言った。「これひとつしかないんですもの」

幸いフライパンはすっかり冷めていたので、つかんでも火傷はしなかった。エマは岩に駆け戻り、ヴィクトリアがフライパンを受け取って鞍袋にしまうあいだに、馬に乗り直した。

いまは南へ向かえない。その方角へ向かえば、三人の足跡を男たちが横切ることになる。ヴィクトリアは太陽に背を向けると、ソフィーに拍車をあてて駈歩をさせた。

シーリアは覚悟を決めて鞍にしがみつき、小ぶりの牝馬は体の大きな仲間に遅れをとらぬようけなげに走った。それでもヴィクトリアとエマが加減をしなければ、シーリアは置いていかれそうだった。ヴィクトリアは何度も肩越しに不安な視線を送ったが、尾根を下った男たちの姿はもう見えなかった。彼らが牧場とは関係のないただの通りすがりで、三人の足跡に気づかないでくれることを願った。

尾根を登りきると、ヴィクトリアは手綱を引いてソフィーの向きを変え、来た方角に目をやった。

「どうして止まるの?」エマが叫んで、やはり馬の向きを変えた。

「たしかめたいの。わたしたちとは関係ないかもしれないわ」

じっと待ち、追っ手の姿が見えないかと目を凝らした。先に捉えたのは耳だった。空は晴れているのに、遠くでごろごろと雷鳴のような音が聞こえた。ヴィクトリアは待った。喉がからからに乾いていた。

別の尾根の上に男たちの姿が現れ、ヴィクトリアの心臓は止まりそうになった。思ったよりずっとちかく、すごい勢いでまっすぐこちらに向かっていた。

「たいへん。逃げるのよ!」

考えようとしたのに、脳味噌は麻痺(まひ)していた。サラットかガーネットのどちらかであることはまちがいなく、どちらも死を意味した。

シーリアは必死でがんばっていたが、顔は青ざめていた。ヴィクトリアはソフィーの歩幅をつめてシーリアの片側に馬を寄せ、エマが反対側についた。厩から別の馬を選べば良かったのかもしれないが、あのときは思いつかなかった。おとなしいが足の遅いジプシーに、逃げきるかつかまるか、三人の命運がかかっていた。

景色は変化して、より乾燥した不毛の地になり、木々は岩と灌木に土地を明けわたした。微風が巻きあげる砂塵が、三人に覆いかぶさる。ヴィクトリアがまた肩越しに振り返ると、追っ手は先ほどより近づいていた。知った顔はいなかったが、全員が砂塵よけにネッカチーフで顔を覆っているのが見えた。遠くからでも、覆面の顔は恐ろしかった。

手綱を握り締めて斜面に突っ込んだ。シーリアが悲鳴をあげ、あわやジプシーの頭越しに落ちそうになったが、ヴィクトリアがスカートをつかみ、鞍に引き戻した。滑り落ちるように下まで来ると、ヴィクトリアが叫んだ。「止まって！」

三人は馬を止めた。かわいそうなジプシーは息も絶え絶えだったが、エマの去勢馬とソフィーはまだ元気だった。ヴィクトリアは飛び下りた。「急いでシーリア、ソフィーに乗るのよ」

「そんなの無理よ！」シーリアは仰天して叫んだが、おとなしく馬から下りた。

「言うことを聞いて。わたしならもっとジプシーを走らせることができるわ。ライフルをおねがい」すぐにエマに言った。「ピストルをちょうだい」

エマもおとなしく従ったが、その顔はひきつっていた。「どうするの？」

「二手に分かれるの」ヴィクトリアはシーリアをソフィーの背に押しあげてから、ジプシーによじ登った。「シーリアを連れて東へ行って」

「東！」

「そう、東よ。この尾根添いに行くの。そっちなら隠れる場所も多いし、追っ手はわたしについて来るはずだわ。ソフィーは強いからまだ走れるもの」

「あなたを置いて行けない！」エマが叫んだ。

「だめよ！　シーリアを連れていって！」

「だったらあなたが連れていきなさい！　わたしが彼らを引きつける」

ヴィクトリアは険しい顔でエマを見つめた。「狙いはわたしよ」と言った。「あれはガーネットじゃないわ。ガーネットの馬ならわかるもの。だからあれはサラットよ——それとも——それとも、少佐を憎んでいるだれかよ。さあ、おねがいだから、逃げて！」待つことも振り返ることもせず、ヴィクトリアは哀れなジプシーに踵をあてて西へ駆けた。

追っ手をいつまでも引き離していられるとは思っていなかったけれど、エマとシーリアに逃げるチャンスを与えたかった。おそらく二人はサラットにつかまっても、傷つけられはしないだろう。なにしろマクレーンの女ではない。

一生分ほども馬に乗ったような気がした。それでも疲れた馬を追い立てて、灌木と岩だらけの地へ深く分け入った。まったくの荒野ではなかったが、木もなく輝く川もなく、豊かな牧草地もなかった。太陽は高く昇り、薄いシャツブラウスの生地をとおして背中を焼いた。腕も脚も痛かった。

ジプシーがつまずいた。いま休ませなければ、自分の下で死なせることになる。馬を止めて下りると、できるだけジプシーを歩かせてから少し水を飲ませた。馬の息切れがおさまると、ヴィクトリアはまた騎乗して走らせたが、先ほどよりペースは落ちた。牝馬にはそれ以上は無理だった。

喉は乾いて埃が詰まっていたが、一滴も水を飲まなかった。ジプシーにとっておきたかった。めまいの波に襲われても、平衡感覚をなくさないよう必死で気持ちを集中させた。もう一度振り向いて、とまどいに目をしばたたいた。順調に距離をちぢめる一人の追っ手しか見あたらない――それともこれは蜃気楼？　ほかの男たちは？　はっと悟って胸が悪くなり、心臓が止まった。作戦は失敗した。この男は仲間にエマとシーリアをまかせて、非情なこと太陽のごとく、一人ヴィクトリアの後を追っているのだ。サラットだ。この男がサラットだ。

ジプシーに拍車をいれてもスピードは上がらなかった。

赤い岩がむきだした辺りに近づいたとき、ジプシーの足元がおかしくなりはじめた。ヴィクトリアがまた振り向いて見ると、数分で追いつかれるのがわかった。馬はもう走れない。手綱を引くと地面に飛び下りて岩場に駆けこんだ。上へ上へよじ登るたびにブーツは滑った。隠れられるようなほら穴か裂け目を探した。ポケットのピストルが重かった。ああ、必要とあらば使うしかない。向こうは一人、慎重に狙えば弾は一発ですむ。

ちらりと岩のあいだから見おろした。男はちょうど馬から下りるところで、その力強く優美な身のこなしは恐ろしくもあり、くらくらするほど馴染み深くもあった。顔の下半分はいまもネッカチーフに覆われていた。男が顔をあげて岩場を見まわしたので、あわてて隠れた。

熱い岩肌が肌を焼いた。見あげると、太陽は容赦なく照りつけ、味方してくれる雲もなく、ふと、太陽を見るのはこれが最後かもしれないと思った。人生でこれほど怖いと思ったことはなかった。

「ちくしょう、これ以上世話を焼かせずに早く出てこい」口元を覆う布のせいで、くぐもった声だが、怒っているのは明らかだった。

まちがいなくヴィクトリアを、恐れるに足る相手だとは思っていない。ヴィクトリアは一人で二人分の恐怖を引き受けているような気がしたが、どうにか心を落ちつけた。降伏するかどうかは、戦ってから決める。

12

震える手でピストルを探った。一瞬時が止まり、太陽を受けて輝く鋼青色の銃身を、ヴィクトリアはじっと見つめていた。この殺しの道具は、なんとも不思議な美しさを備えている。実にみごとに目的にかなっている。ヴィクトリアに勝ち目があるとすれば、それを使うしかない。

息を止めて、耳をすました。左下のほうから、かすかに岩をこする音が聞こえ、両手で撃鉄を起こした。二度すばやく息を吸って心を落ちつかせると、岩陰から覗いた。

男が位置を変え、別の岩肌をよじ登ろうとしているのが見えた。心臓が飛び跳ね、ヴィクトリアは乱暴に引き金を引いた。弾は男の頭ちかくの岩を砕き、破片が飛び散った。男が岩のあいだに身を躍らせたので姿は見えなくなったが、弾が外れたのはわかった。

男は弾が飛んできた方向へ進むだろうし、こちらが武装しているのを知っている。ヴィクトリアは掌(てのひら)を熱い岩で擦りむきながらも、なお高くよじ登った。トカゲがビーズのような目で彼女をじっと見たかと思うと、涼しい裂け目に逃げこんだ。後について這い込みたい気分だった。

うまくやれば、男が登っているあいだに地面におりられるかもしれない。もしそっと回りこんで馬のところまで戻れたら、二頭とも連れて逃げ、男を取り残せるかもしれない。

腹這いになって、下の岩場に動きがないかたえず注意しながら、そろそろと後ずさりをはじめた。岩はスカートを裂き、掌をさらに擦りむいたが、ヴィクトリアは気づかなかった。

うまくいくかもしれないと思った。馬の姿が目に入り、希望を抱きはじめた。そのとき背後でかすかな音が聞こえた。あっと思う間もなく荒っぽい手に腰をつかまれ、ぐいっと引き起こされたが、驚きのあまり悲鳴もあげられなかった。腕を強くつかまれて手がしびれ、あっけなくピストルが落ちた。これで終わりかと、ヴィクトリアは覆面の男を見あげ、殺されるのだと思った。

「この馬鹿やろう」男は静かにおどし文句を告げると、ネッカチーフを首に引き下げた。

「いったいだれを殺す気だ——おれか、きみか、きみの馬か?」

ヴィクトリアはぽかんと口を開けた。むきだしの頭を太陽に焼かれたせいで、幻覚を見ているのだと思った。しかし手首は相変わらず痛いくらいきつく握られているし、輝く緑の目は黒い帽子の縁の下からこちらを見つめている。またこの緑の目を見るなんて、思いもしなかった……「ジェイク?」疑うようにささやいた。「あなただったなんて——わたし――てっきりサラットに追われていると思って」

ジェイクは表情を隠したまま彼女を見おろし、長い沈黙が訪れた。あまりの長さにヴィクトリアは不安になり、ぞっとした。彼の目は厳しく、冷たかった。

「そうだ」彼が言った。

引きずられるように岩から下りた。「ここに坐って絶対に動くな。馬を見てくる。動いたら後悔するぞ」ジェイクは感情のない声で言ったが、ヴィクトリアはその言葉を疑わなかった。

地面に坐り、ジェイクが鞍を外し、二頭を少し歩かせるのを見ていた。彼が見なれない馬に乗っているのに気がついて、唇を噛んだ。もし彼の馬に乗っていてくれたら、見分けられたはずだった。それでも逃げただろうか？　もし逃げていなかったら、それはまちがいだったろうか？　彼はサラットだと言ったけれど、なにを望んでいるのかやはりわからなかった。

ジプシーは疲れ果てていて、歩くのもやっとだった。ジェイクは――それが本名ならば――二頭に残り少なくなってきた水を飲ませ、岩陰にわずかばかり生えている水気の多い植物を食める場所につないだ。

エマにジェイクが去ったと聞かされたときよりも、打ち砕かれた気分だった。微妙なちがいだが、あのときは喪失感と裏切りに傷つき、いまはその裏切りがもっと根深いものだと知って怯えていた。気持ちに応えてもらえなかっただけでなく、復讐の一環として、利用されていたのかもしれない。復讐への渇望を癒すためだけに、少佐の妻をそそのかしたの？　これからどうするつもりなの？　なにか言うことを思いつこうにも頭の中は空っぽだったが、それでよかったのだ。坐って見ているしかなかったのだから。

一方ジェイクは、怒りのあまりしゃべることもできなかった。ヴィクトリアは言うことを聞かずに屋敷に残らなかったばかりか、ほかの二人まで危険に曝した。馬をへとへとになるまで走らせ、ジェイクに向けて引き金を引いた。それだけでもひどく腹が立っていたので、いくらかでも自制心が戻るまで近寄りたくなかった。ヴィクトリアは疲れきって、放心しているように見えた。しばらく経ってようやく落ち着くと、水筒を手に歩み寄った。彼女もきっと喉が乾いているにちがいない。

ジェイクが近づいてもヴィクトリアは顔をあげず、目の前に仁王立ちになってブーツで突ついても、見向きもしなかった。体をこわばらせ、身じろぎもしなかった。ジェイクはじっと見おろしたまま、無言で威圧した。

ようやくヴィクトリアが沈黙を破った。「夕べ牧場を襲ったのはあなただったのね？」

ジェイクは水筒の蓋を開けてヴィクトリアの手に押しつけた。「ああ。弟と仲間を連れて、牧場を取り戻した」そこでひと呼吸おき、じっと見守りながら言った。「マクレーンは死んだ」

　ヴィクトリアがなにも反応できなかったのは、まだ麻痺したように感じていたからだった。水筒を傾けて、水を飲んだ。水はぬるかったが、それでも生き返った。

　ジェイクはヴィクトリアから水筒を受け取り、自分も飲んだ。蓋をして、袖で口を拭うあいだも、ずっとヴィクトリアを見ていた。「きみの旦那が死んだと言ったんだ」

　ヴィクトリアは顔をあげなかった。「聞こえたわ」

「なにか言うことはないのか?」

「嘆きはしないけれど、だからと言って――人の死を喜べないわ」

「ファナが殺した。あの男にレイプされたんだ」

　ヴィクトリアは怯み、自分の言葉に嘘がなかったか悩んだ。たぶん少佐の死を喜んでいた。ひどい男だった。彼の悪行に十分みあう罰が、はたしてあるだろうか?

「これからはおれとベンが牧場を管理する」

　わずかばかり興味を掻きたてられて、ヴィクトリアは顔をあげた。彼が前に言ったことを正確には理解していなかった。「じゃあ弟さんも生きていたのね」虚ろな声で言った。

「よかった」馬を眺め、額に少ししわを寄せ、ほんとうは答えを聞きたくない質問をした。「追いかけてきたほかの人たちは?」

「エマとシーリアを追わせた」

「その人――」唾を呑み込み、言い直した。「その人たちは、二人を傷つけないわよね？」

「二人が馬鹿な真似をしなかったらな。銃で撃つとか」

身震いがした。エマはまちがいなく撃つ。

ジェイクが彼女のかたわらの岩に足をかけて、膝に両腕を載せた。「なぜシーリアと馬を替えた？」

「ジプシーが限界だったからよ。ソフィーに乗れば、シーリアが逃げられると思ったの」

ジェイクは無言でヴィクトリアを見つめていた。ヴィクトリアはうつむいた。心が冷えとして、耐えられないほどだった。もしエマかシーリアになにかあったら、自分を許すことはできない――もちろん、ジェイクに殺されなかったらの話だけれど。でも、と考え直した。その気だったら、すでにやっているはずだ。

もう一度顔をあげた。「わたしをどうするつもり？」

ジェイクはほほえんだが、うれしそうな笑顔とは言えなかった。〝二人とも歩けなくなるまで愛しあう〟。そう心で告げたときの、怒りと渇望がない交ぜになった激しい気持ちは、ヴィクトリアへの心配と不安から生まれたものだった。契りたいという荒々しい欲望はもともとあったが、ヴィクトリアが元気になってほんとうに彼のものになり、腕に抱いて守ってやれるまで、安心できそうになかった。ただ、いまここで、彼女に触れる気にはなれなかった。だからこう言った。「馬を休ませたら、きみを牧場に連れて帰る」

ヴィクトリアは怖くてそれ以上なにも尋ねられなかった。

追っ手は四人。肩越しに振りかえったとき、そこまでは見て取れた。ソフィーに乗ったシーリアは見るも無惨だった。ソフィーは拙い乗り手を憐れんでか、絹のようになめらかな走りをしていたが、鋼の筋肉が出せるぎりぎりの速さまでは出さなかった。そのせいで、四人の追っ手はぐんぐん距離を縮めていた。エマに残された選択肢は痛いほどはっきりしていた。シーリアと残るか、わが身を救うか。両方は無理だった。エマにしてみれば、むずかしい選択ではなかった。去勢馬のスピードをおさえてソフィーの足並みにそろえると、ライフルと格闘した。サイドサドルのうえは、ライフルを撃つのに最適な場所とは言えず、一発目は大きくそれた。

ベンは毒づいて馬の首に身を伏せ、さらに速度をあげた。馬は疲れていたが、前方にほかの馬の尻が見えていたので、追いかけずにいられなかった。隣でルイスも速度をあげた。ベンは発砲してきた〝じゃじゃ馬〟を、ルイスは鞍からずり落ちそうな娘を、それぞれ追った。

それほど容易ではなかった。濃い茶色の髪の女がまた撃って、今度はぎょっとするほどちかくを弾がとおった。もう一人の娘はどうにか鞍にしがみつき、乗っている大きな牝馬はスピードをあげた。ベンは馬の向きを変えて、器用に弾道を避けながら、ライフルを持った女の右側に出た。体の下の馬はリズミカルに躍動し、蹄を叩きつけ、肺をふくらませた。去勢馬の尻に届くとますます歩幅を広げ、追い抜こうと必死に走った。少しずつ、去勢馬と並びはじめた。

ルイスが手を伸ばして大きな牝馬の頭絡をつかむのを、ベンは目の端で捉えた。小柄なブロンドは悲鳴をあげてルイスの手を引き剥がそうとし、茶色の髪のほうは棍棒（こんぼう）のようにライフルを振りまわした。娘に、ちかすぎる標的を撃てるほど射撃の腕に自信がないのは明らかだった。

ベンは鞍から身を乗りだして娘の腰をつかまえ、背中から抱き寄せると、乗っていた馬の速度を落とした。

エマはのけぞり、蹴り、おかしくなったように逃げようとしたが、結果はライフルを落としただけだった。後ろに手を回して男の顔を引っかき、髪でもなんでも、手が届くところならどこでも掻きむしった。腰に回された腕だけを支えにぶらさがっていたのでは、効果はほとんどなく、最後の抵抗とばかりに男の脚と馬の脇腹を踵で蹴った。馬はいななてつんのめり、男の悪態を耳にしたとたん、二人は土埃の中にどさりと落とされた。

エマはなおも蹴りつづけ、転がって逃げようとした。足をつかんで引き戻されたのでまた蹴ろうとすると、男が上からのしかかり、エマは体重でぺちゃんこにされた。男は息を切らしながらも悪態をつきつづけ、そのたびに息が彼女の耳に吹きかかった。蹴ろうとしても逞(たくま)しい腿(もも)でおさえつけられ、振りまわす拳も手首をつかまれて、頭上で地面に押しつけられた。

「やめて！　手を離しなさい！」

ベンが顔をあげると、ブロンド娘が飛びかかってきたが、ルイスが背後からつかまえて手首を握り、握った手を娘の胸で交差させた。娘は腕を押さえられ、もがいてもよじっても抜けだせなくなった。これで安心とばかりに、ベンは自分の下で暴れる威勢のいい奴に気持ちを戻した。

エマはおさえつける重みに徹底的に歯向かい、身をそらしたりよじったり、頭突きを食らわそうと首を前後に揺すったりした。恐怖のあまりまともに考えることができず、かといってあっさり屈するわけにもいかなかった。あらゆる本能が拒んでいた。

男は殴ろうとも傷つけようともしなかった。ただ押さえつけて、エマが疲れ果てるまで好きに暴れさせた。ところが、最後に女を抱いてからずいぶん経っていたので、このやわらかく、まぎれもない女の体を組み敷くと、そちらに心を奪われた。血液が性器に集まり、一物が屹立(きつりつ)した。本能的に、両脚を動かして女の膝のあいだに滑り込む。エマがもう一度体をそらしたとき、固くなったものが、やわらかな丘に押しつけられた。

エマは身震いして静かになり、青ざめた埃だらけの顔のなかで茶色の目を見開いた。自分の上にいる男の厳しい顔をじっと見あげ、男の体に起きた変化にショックを受けていた。

これまで男の重みを感じたことはなかったから、こうして取っ組みあいが不意に性的なものになると、怖くて身動きできなくなった。

ほんの数フィート向こうに人がいるのはわかっていたが、おかしなことにすっかり二人きりでいるような気がした。男の汗の匂い、荒い息が顔を撫でる。彼女の息も、きっと同じことをしているのだと思った。秘めやかな息の交換。

男の目はハシバミ色で、まつげと眉は黒だった。彼がまた少し動いて、もっとぴったり体をつけてきた。

遠くからシーリアの泣き声がした。エマは顔をめぐらせ、シーリアが別の男の腕に締めつけられているのを見ると、心惑わす不思議な官能も吹き飛んだ。顔が紅潮した。

「おねがい」こわばった声でエマは言った。「起こして」

ベンは片肘をついたが、もう片方の手でエマの腕を地面に釘付けにしたままだった。

「手を離したら、また取っ組みあいになるのかな?」喘ぎながら言った。

「いいえ」

男は起き上がるとエマを立たせた。エマが腕を差し伸べると、ルイスが察したように小さくほほえんでシーリアから手を離した。シーリアはいとこのやさしい腕に飛びこんだ。怯えきり、かすれた声で泣きじゃくっていた。

ベンは地面から帽子を拾い、ズボンではたいて土煙を立てた。息が苦しく、勃起はおさまったとはいえ、股間にはまだしこりが残っていた。

エマはからまったシーリアの髪を撫で、その頭越しにまわりにいる男たちを見た。「わたしたちをどうするの?」自分を組み敷いた男がリーダーだと直感し、見つめた。

「牧場へ連れて帰る」とその男が言った。

エマはうつむき、警戒心を悟られないようにしながらシーリアを慰めつづけた。疲れ果てていたから、いまここでくずおれてしまいたかったけれど、誇りがそれを許さなかった。敵に弱みを見せてはならない。

ベンは太陽を見あげて、時間の見当をつけた。「戻る前に少し馬を休ませよう。今夜は牧場に戻れないだろうが、ジェイクがミセス・マクレーンを連れて戻ってくれれば、どこかで出会えるはずだ」

エマがはっと顔をあげた。「ジェイク?」そう尋ねると、心臓がどきどき打ちはじめた。やはりジェイク・ローパーは助けに来てくれたの?　いいえ、望みをもってはいけない。ジェイクという名はありふれているもの。ヴィクトリアが逃げおおせることを願って、彼女のことは口にするまいと決めていた。

「ジェイコブ・サラット」ベンが言った。「おれの兄貴だ。おれはベン・サラット」

エマは真っ青になって彼を見た。つまり、ヴィクトリアの言うとおりだった。

「じゃあ――少佐は?」

ソフィーのそばに歩み寄り、手綱をまとめながら、ベンは肩越しにそっけない視線をよこした。「死んだ」

馬に乗った二人の姿が見えたのは、午後遅くなってからだった。ベンは満足そうにうなった。ジェイクは消えた少佐の妻を苦もなく見つけだしたのだ。結婚して法的に牧場の所有権を手に入れるという計画も、彼女を見つけられなければ意味がなかった。ベンは近づいてくる二人を見つめた。ジェイクが進んで結婚しようとしているのはどんな女なのか、多少ならず興味を引かれていた。

エマもようやくヴィクトリアに気づき、叫び声をあげて一、二歩前へ出たが、いとこと並んで馬にまたがる男がだれかわかると、凍りついたように足を止めた。信じられない思いでベンを一瞥(いちべつ)し、視線をジェイクに戻した。ジェイク・ローパーがジェイク・サラット？　目が覚めた。なんということ、はじめから彼はみんなを騙(だま)していたなんて！

二人は野営地まで来ると馬を止め、ヴィクトリアはだれの助けも待たずに鞍からおりた。前橋から脚を外して飛び下りると、よろめいたが、ジェイクが手をさしのべるより早く立ち直った。

「エマ？　シーリア？」

かすれた不安そうな声を聞いて、エマは急いで前へ出た。「二人とも無事よ。シーリアは体が凝って痛がっているけど、怪我はないわ。それで――あなたは――」

「疲れたわ」ヴィクトリアは背中を丸めた。弱音を吐くことを自分に許したのは一瞬だけで、あごをあげると言った。「聞いたでしょう？」

「少佐のこと？　聞いたわ」

「サラットのことも？」ヴィクトリアは無表情だった。

「ええ」

それ以上言うことはなかった。三人は無事だった。とりあえずいまは。この先どうなるのか、予想もできなかった。

ヴィクトリアはエマの隣にじっと坐っていた。男の一人が――ワイリーと呼ばれている――夕食の支度をはじめた。ヴィクトリアは気がついて、持っていた食糧を差し出した。ジェイクは無気味なほど静かで、ベンはヴィクトリアをじろじろ見ていた。本人は気づきもしないだろうが、ヴィクトリアの気品ある立ち居振る舞いや、汚れた顔に浮かぶ誇り高い表情に、ベンは感嘆の念を抱いていた。それに加えて、ヴィクトリアのせいでジェイクが不機嫌なのだという事実にも驚き入った。これまでジェイクの心の砦(とりで)を破った女は一人もいなかった。

日没の頃に夕食をすませ、まもなく床についた。ヴィクトリアはくたびれ果てていたので、毛布の隣にジェイクが寝袋をどさりと置いても抗う気になれなかったが、ほかの男たちがどう思うだろうと気にはなった。あれこれ考えるには疲れすぎていたから、横を向いて丸くなると、ジェイクがブーツを脱ぐ前に眠りに落ちた。

翌日、屋敷に着いても、ヴィクトリアはジェイクが三人をどうするつもりなのかわからなかった。殺す気なら、とっくにそうして岩場に死体を残していったはずだ。そうではなく、ジェイクは三人を連れ帰った。帰ってきたみんなを、カルミータは走って出迎え、歓喜の叫びをあげて両腕を広げた。

どちらを向いても戦いの跡が見られた。大勢の新顔から煉瓦壁の弾痕まで。割れた窓もいくつかあったし、黒い木の玄関扉には一面に穴があいていた。それでも、変わらなかったものもあった。カルミータは相変わらず母のように気づかってくれたし、アンジェリーナ・ガルシアは相変わらずそのあたりをぶらぶらしていた。

ヴィクトリアたちは足取りも重く階段をあがった。カルミータがあれこれ世話を焼いているあいだに、ロラとファアナが三人とも風呂を使えるぐらい大量の湯を沸かしはじめた。シーリアはひどく痛がり、階段をあがるのもやっとだった。最初にシーリアを風呂に入れて、筋肉をほぐさせることにした。シーリアは頬を染めてためらったが、カルミータが慣れた手つきで脚と背中に凝りをほぐす塗布薬をたっぷりと塗った。

屋敷は活発な動きに満ちていた。ヴィクトリアが熟知していることといえば家事だけだったから、恐怖や不安に駆られて叫び出さないためにも、家事に専念した。依然としてこ付けられ、まるで少佐など最初から存在しなかったように見えた。家具すら残っていなかった。

寝室のあいだのドアを開け、むきだしの壁と床を見ると不思議な気分になった。夫は死を悼まれることもなく、痕跡すら残してもらえなかった。そのことに、だれも触れようとしない。マクレーンはこの部屋で撃ち殺されたのかもしれない。ヴィクトリアは自室に戻り、そっとドアを閉じた。

風呂の順番が来たので両方のドアに鍵をかけ、熱い湯の中で体を伸ばした。埃が肌に食い込んでいるような気がしたから、ゆっくりと時間をかけてこすり落とした。髪を洗い、また清潔になれたと安堵のため息をついて、幸せな気分でブラシをかけて乾かした。そのうち、のんびりしている言い訳もなくなってしまったので、服を着て、夕食をとりに階下へ向かった。

夕食は奇妙なことになった。シーリアは自室で食べ、テーブルについた四人はそれぞれの理由で黙りこくっていた。いつもなら女子修道院長のように自信たっぷりのエマは、青い顔をして、ほんの数回皿から目をあげたときも、ヴィクトリアしか見なかった。ジェイクは怒ってはいないようだが、表情は陰気だった。ジェイクとベンは会話を交わそうともせず、黙々と食べつづけた。ヴィクトリアの胃は不安で縮みあがり、ほんの二口、三口しか受けつけなかった。

食事が終わると、男二人は書斎に入ってドアを閉めた。

二人が行ってしまうと、エマが生き返った。「部屋に戻るわ」心の底から安心したように言った。「二、三時間本でも読まないと寝つけそうにないわ。でもとりあえずくつろげるのはたしかね」

ヴィクトリアも同じように安心してうなずいた。「それはいい考えね。わたしも一時間くらい繕いものをするわ」

二人は仲良く階段をあがった。ヴィクトリアはほつれたボタンを留め、裂けた縁をかがった。そうやってお決まりの家事をこなしていると、失っていた現実感が少しずつ戻ってきた。表面だけ見れば前と同じようだが、中身は変わってしまった。宙ぶらりんの状態は神経が疲れる。そう思うと、縫い糸を歯で切って、裁縫箱をしまった。少佐もガーネットもいなくなったのに、ヴィクトリアの人生は、以前よりずっと頼りないものになっていた。ようやく眠れるほどに落ち着いてきた。スカートをあげて靴とストッキングを脱ぐと、裸足で歩いて鏡台まで行き、髪からピンを抜いた。

最後のピンを抜こうと腕をあげたままの格好でいるところへ、廊下に面した寝室のドアが開いて、ジェイクが入ってきた。ヴィクトリアは真っ青になった。「いったいなにをしようというの?」きつい調子で尋ねた。

答えるかわりに、ジェイクは鍵を錠にさして回すとポケットに入れた。ヴィクトリアが怯えて見つめていると、ゆっくりもうひとつのドアに向かい、同じことをくり返した。それから、まるで毎日ヴィクトリアの前で着替えているように、のんびりとブーツやシャツを脱ぎはじめた。裸の胸は筋肉も逞しく、腹はひきしまり横に筋が入っていた。ヴィクトリアはうっとりと見つめた。不思議な熱い衝動が突きあげてきて、慌てて視線をあげた。

凍りついたように立ったまま、目を見開いてジェイクの顔をしげしげと眺めた。はじめて出会ったあの日と変わらず無表情なその顔を見て、合点がいった。つまりこれが、復讐の最後を飾るのだ。すっかり騙されていたとわかったいまでも、やはり彼を愛していた。情熱が体のうちでねじくれ、苦痛と恐怖がからまりあった。愛する男を焦がれると同時に恐れることがあろうとは思いもしなかった。でもそれは、復讐だけをもくろんでいる男など、いままでに愛したことがなかったから。

「来いよ」ジェイクが穏やかな声で言った。

心臓がどきんとして、怖さのあまり従いそうになった。が、すぐに背筋をのばしてあごをあげた。「自分が乱暴されるのに手を貸すと思うの？　いやです。冗談じゃないわ」

ジェイクは肩をすくめると、辛辣なほほえみを浮かべた。「結果は変わらないさ」そう言うとヴィクトリアの目の前まで来た。「次の質問でもそれは同じだが、いちおう選ばせてやるよ。自分で脱ぐか、おれが脱がせるか。でも言っておくが、おれはボタンや縫い目なんて気にしないからな。きみが決めてくれ」念を押すように言う。「おれにやらせるならその服はもう着られなくなるぞ」

ヴィクトリアはきらきら光る緑の目をまっすぐ見つめ、心のうちを読み取ろうとしたが、彼は心を閉ざしたままだった。「わたしは、ひとりにしてほしいの。どう言えば、あなたを説得できるかしら?」

「無理だね。はじめてきみを見たときから、おれのものにすると決めていた。その気持ちはずっと変わらなかった。だがどうしてもと言うのなら、説得してみたらどうだ」

しないことにした。ひざまずいて懇願しかねないから。そんなことは誇りがぜったいに許さなかった。

「なんなら悲鳴をあげたっていいんだぜ」ジェイクが言う。「逆効果だけどな。エマとシーリアを驚かすだけだし、二人には手出しできない。さて、決まったか? 自分で脱ぐか?」ジェイクが片眉をあげるのを見て、臆病にはなりたくないと、震える手でシャツブラウスのボタンに触れた。ほかにできることはなさそうだった。

これまで男の前で服を脱いだことはなかったし、そんな羽目に陥るとは思ってもみなかった。胸のボタンを外し終えて、きついカフスボタンをいじくっていると、ジェイクが苛立って言った。「早く外せよ」

スカートの腰のボタンで手間どっていると、ジェイクがぶつくさ言いながら、ヴィクトリアの手をどけて外した。スカートは腰に落ちたが、かさばったペチコートに引っかかってぶら下がった。ヴィクトリアはシャツブラウスを脱ぐと、椅子の上に置いた。

「次はスカートだ」ジェイクが命じた。

かすかに震える脚で立ち、スカートを頭から脱いでそれも椅子に置いた。ペチコートとシュミーズだけの姿でそこに立ち、剥き出しの肩と腕を痛いほど意識していた。薄物の木綿生地だから、乳首が透けて見えているにちがいない。

ジェイクはほんの一歩先にいた。体の熱を感じられるほどちかくに。後ずさろうとしたが、鏡台にぶつかった。

それに気づいてジェイクが意地悪く唇を歪めた。「ペチコート」と指示する。

ヴィクトリアはひもをほどいて最初の一枚を頭から脱いだ。その下にまったく同じものがもう一枚あるのを、ジェイクが苛立たしげに見おろしている。ヴィクトリアは急いでそのひももゆるめると、屈辱に目をつむり、足のまわりにふわりと落とした。これでズロースとシュミーズだけになると、青ざめた顔をさっと赤らめた。少佐が床入りしようとしたあの恐ろしい二晩でさえ、目の前で服を脱げとは強いられなかった。けれど相手は少佐ではない、ジェイクだ。まろやかなランプの火が照らしだす、ジェイクの広い胸と裸の逞しい肩、なめらかな肌を見つめると、体が痺れた。濃い巻き毛に覆われた胸に、二つの小さな茶色い乳首が固く際立っていた。おかしなことだが、男に乳首があるとは思ってもみなかったので、ジェイクの裸をますます意識した。

薄い木綿を押しあげる丸い乳房を見て、ジェイクは沸き上がる欲望に体をこわばらせた。ああ、彼女はなんと美しく、はかなげで、象牙色の肌はなんと見事な曲線を描いていること か。「シュミーズを」声が少しかすれていた。

彼女はまた青ざめると、さっと胸を抱いて隠した。「いやです」ヴィクトリアの声は震えていたが、ジェイクの自制心は限界に近づいていた。手を伸ばしてシュミーズをつかみ、ぐいっと頭から抜いて脇へ放ったときには、もうそれがあったことすら忘れていた。意識はヴィクトリアに集中していた。白く丸い、形のいい乳房と、繊細で小さなピンクがかった茶色い乳首に。彼女がいなくなったおかげで味わわされた心痛を思えば、少しばかりお仕置きをしてやりたかったのに、そんな気持ちは吹き飛んでいた。忍耐も限界だ。いまはただ、裸の彼女を腕に抱きとめたかった。

乳房をあらわにされてヴィクトリアは竦んだ。少佐ですら無理やり胸を見ようとはしなかった。また胸を抱いて隠そうとしたが、ジェイクがその手首をつかんで体の脇におろすと、じっくり眺めまわした。

「おれには隠さないでくれ」体が熱くなって一物がふくらみ、そのあまりの激しさにジェイクは体を震わせた。あとほんの少しで彼女を手に入れられる。これほどの渇望を感じたことはなかった。ただもうこの女が、この女だけが欲しかった。それは圧倒的な衝動だった。「きみのすべてを見るまでは離さない」

「どうしてこんな目にあわせるの？」吐きだすように言うと、涙がこみあげた。泣いているところを見られたくないから、まばたきしてこらえた。「あなたになにをしたと言うの？」

「なんでも悪いほうに考えるんだな」ジェイクの声はさっきよりもかすれていた。「懲らしめる気はない。きみがほしい。きみもおれをほしがっている。そろそろおたがいに、どうにかしようじゃないか」片方の手首を離すと、ヴィクトリアの腰に手をあてて脇腹を撫であげ、掌でやわらかい肌を存分に味わった。「おれと同じくらい楽しめるはずだ」

信じられないと言いたげな顔で、ヴィクトリアが睨んだ。「どうかしてるわ！」

彼女の激しい否定が多くを物語っていた。ジェイクはほほえむと両腕を滑らせてきつく抱き寄せた。「いいかい、ヴィクトリア。おれはマクレーンじゃない。二人とも気がおかしくなるまで、愛し合おうじゃないか」

恐怖と驚き、当惑と怒りがない交ぜになり、ぐるぐると渦になってひとつの抗議が生まれたけれど、口から洩れたのは絶望的なうめきだった。「でも――こんな姿を見せるなんて！」

「いいじゃないか」そうつぶやいて顔を寄せると、ヴィクトリアの耳に鼻をこすりつけた。「きれいだよ、それにやわらかい。じきにおれたちは、生まれたままの姿になるんだ。おれがきみを見ていたい半分でも、きみがおれの体を見ていたければ、二度と服なんか着なくなるぜ」

ジェイクと一緒に裸で横たわると考えただけで、ヴィクトリアは震えた。そんな考えとは無縁で育てられたので、頭は麻痺し、光景を思い描けなかった。ただひとつの慰めは、まだズロースをつけていることだけれど、それもいつまでつけたままでいられることか。「キスしてくれ」甘い声で言われても、ヴィクトリアにはできなかった。ジェイクが彼女のあごに手を添えて仰向かせる。「キスしてくれ」もう一度ささやくように言うと、唇を重ねた。

逞しい腕にぶら下がり、つま先はかろうじて床をこすっていた。ジェイクの唇に息を奪われ、めまいがした。心とは裏腹に、厚い肩にしがみついていた。濃い胸毛に感じやすい乳首を撫でられ、息を呑んだ。呼吸しようとあえいだとき、ジェイクの舌が入ってきた。なお深く、からみ合うくちづけを求められ、軽く貫かれることで、もうひとつの貫通を覚悟させられた。恐ろしいくせに、彼の味はあたたかく、なつかしかった。熱を帯びた肌の匂いが、こんなにも心を焦がす。肩に顔を埋めて、もっともっと深く吸いこみたかった。

熱く、重たい感覚が体の内に広がりはじめ、全身が痺れてきた。唇を離すとのけぞる格好になり、喉がジェイクの唇の格好の餌食となった。「そう、いい子だ」ジェイクはつぶやき、片手を尻にすべらせて抱えあげ、固く隆起したペニスを押しあてた。

ヴィクトリアはまた喘ぎ、やめてと言おうとしたが、洩れたつぶやきは意味をなさなかった。こんなことをさせてはいけないのに、こんなふうに感じてはいけないのに。まるでもっとキスしてとせがんでいるみたい。ほかのこともしてほしいと望んでいるみたい。奇妙で馬鹿げた錯乱としか思えなかった。少佐が試みたときはあれほど厭わしいと思ったことを、ジェイクにしてほしいと望んでいるなんて。慎みを失った自分におののいて身をよじると、ジェイクが喉の奥深くからうなり声を発した。

片手でヴィクトリアの尻を抱きあげたまま、もう片方の手でズロースを留めている腰ひもを引いた。ひもがゆるむとやわらかな布を握りしめ、ぐいと引きおろした。まず尻が、そして恥丘と太腿があらわになった。ヴィクトリアは押し殺した叫び声をあげ、鋼の腕から逃れようとしたが、さらにきつく抱えあげられたので、ズロースは脚を滑り、床に落ちた。

ジェイクは両腕でヴィクトリアを抱きあげると、ベッドに運んだ。このときはじめて、ヴィクトリアは抗い、必死で逃げようとした。痛いほどに裸を意識していた。彼のあまりの力強さと荒々しい性欲を前にして、われを忘れた。彼を蹴り、叩き、手を振りほどいてベッドから飛びだそうとした。ジェイクはやすやすと彼女を征服した。暴れる両手をつかんで頭の上で押さえつけ、力のみなぎる脚で彼女の脚を支配した。

「楽にして」なだめるように言うと、あたたかな息がヴィクトリアの顔にかかった。「怖がらないで、ヴィクトリア。怖がることはないんだから。きみを傷つけたりしない」低い声で安心させるように言うと、屈んで唇を首のつけ根の感じやすい部分に這わせた。

熱い唇が肌に触れるとヴィクトリアは飛び上がり、わけもわからず悲鳴を洩らし、体を起こそうとした。ジェイクは彼女を押さえつけながら、なぜこんなに怯えているのだろうといぶかしんだ。傷つけたりしないとわかっているはずなのに。少佐との体験が、想像以上に辛かったのかもしれない。ひょっとするとジェイクが、もっとひどいことをすると思っているのかもしれない。ズボンを脱いで彼女の中に入れと、肉体は声高に叫んでいたが、性的満足さえ得られればそれでいいわけではない。ヴィクトリアはほんもののレディであると同時に情熱の女だ。その情熱を傾けてほしかった。逃げだすのではなく、彼にしがみつき、体を弓なりにして受け入れてほしかった。自らを解き放ち、やさしく締めつけてほしかった。

「ヴィクトリア、聞いてくれ。おれを見ろ。暴れるのはやめておれを見るんだ」

「わたしから下りて」緊張した声で叫んだ。

「いやだ、下りるものか」ヴィクトリアの手首を片手に持ちかえると、空いた手であごをつかまえ、こちらを向かせた。目は涙で濡れていたが、溢れ出さないよう必死で堪えている。その誇り高さに敬意を表してこめかみにキスした。「怖がらなくていいんだよ」そっとくり返すと唇の端にキスをした。

「やめて、おねがいだから、やめてください」口をついてでた言葉に、ヴィクトリアはぞっとした。懇願している。そうするまいと誓ったはずなのに、服を脱がされるという辛い現実に、誇りまで脱がされてしまった。ひれ伏して頼めば、こんなふうに傷つけ辱めるのをやめてくれるなら、喜んでそうしただろう。「出ていくわ、約束します。夜が明けたら出ていくから。あなたの望みどおり――」

「おい、おれがそんなことを望むと思ってるのか？」彼はつぶやくと、愉快そうに口角を持ちあげた。のしかかって、胸をヴィクトリアの乳首にそっとこすりつけた。

軽い触れ合いだったのに、ヴィクトリアの感じやすい部分を刺激した。慌てて浅く息を吸い込むと、張りつめていたものが粉々に砕けた。乳首が燃え、固くなった。ジェイクがもう一度、今度はもう少し強くこすると、心とは裏腹に、体のなかの熱いものが、恐れを溶かしはじめた。

ジェイクがキスした。口を開いて彼女の唇を覆った。舌でまさぐり、ゆっくり、自信と確信に満ちたキスをした。キスするのにためらうことを知らぬ男がするキスだ。ヴィクトリアがくぐもった声で抗議してもかまわずにつづけると、彼女の唇から力が抜け、体の緊張がいくらかほぐれるのがわかった。彼のキスに応えはじめた。

応えたくなかった。抗おうとしたけれど、気がつけば情熱に流されていた。つまるところ、なにを言われようが、なにをされようが、ジェイクを愛していた。愛されていないとわかっていても、これが少佐への復讐の一部だとわかっていても、彼に触れられると、あたたかな情熱の潮が満ちるのを感じずにはいられなかった。小さな侵略を舌で受け入れ、もっと深いところで彼を味わおうとする自分を抑えられなかった。

ジェイクは片手をヴィクトリアのあごから喉へとゆっくり滑らせ、さらに下へ、乳房へと這わせた。ヴィクトリアは衝撃に身を震わせ、生まれてはじめて乳房に男の手を感じて動揺した。その掌が彼女を燃え上がらせ、乳房がきゅっと縮まる感覚がいっそう激しくなった。やさしく乳房を揉まれ、円を描くように親指で乳首を転がされると、喘いだ。彼の唇から逃れようとしたけれど、ジェイクはキスを深くして、手を反対の乳房に滑らせた。

ヴィクトリアは震えたが、怖がっているせいではなかった。

ようやくジェイクが顔をあげ、たおやかにふくらんだ白い乳房と、つんと立った乳首を見おろした。筋張って日焼けした指が、ヴィクトリアのきめ細かな肌の上で、荒々しいコントラストを見せている。「すごくきれいだ」そう言うと、乳房に顔を埋めた。

熱い唇が乳首を包んだ。ヴィクトリアは叫んだが、声は喉にからまったままだった。まじりけのない興奮に揺さぶられて体を弓なりにしたけれど、手も脚も圧倒的な力で押さえつけられたままだった。こんな唇の使い方があったなんて。体を焦がす湿った熱気も、強く吸われるたびに感じる疼き（うずき）も、いままで知らなかったものばかり。舌が乳首を弾き、まわりをめぐる。体がしだいに火照り、熱が渦を巻いて落ちてゆくと、脚のあいだに溜まった。ヴィクトリアは哀れな声をあげて淫らな腰の動きを恥じたが、もうどうにも止められなかった。

「そう、いい子だ」ジェイクはささやいた。「動いて感じさせてくれ」もう一方の乳房に顔を移し、その味わいに酔い、乳房の甘い香りと乳首の感触にめまいを覚えた。ヴィクトリアがもう一度小さく叫ぶと、彼はその声に欲望をかき立てられて身震いした。

彼の手がお腹を撫でおろし、太腿のあいだに押しあてられた。

驚きが歓びに勝り、体が引きつった。「いや」震えながら叫んだ。「だめよ、やめて！」腰を突きあげてジェイクを押しのけようとした。

ジェイクは唇でふさいで嫌がる声を黙らせると、長く深いキスをした。ヴィクトリアは体を固くしていたが、そのまま抵抗の嵐がおさまるまでジェイクは唇を離さなかった。彼女の体が萎えて震えだすと、顔をあげた。

「きみはすばらしいよ、ヴィクトリア。脚を開いて、触らせてくれないか」

「だめよ、いけないわ、そんなことをしては――」少佐に荒々しく指で突かれたときの激痛を思い出し、ヴィクトリアは縮み上がった。

「いけないわけがない」低く穏やかな声に遮られた。濃い緑の目は燃え上がり、そして――やさしかった。「きみに触れたい。どれくらいやわらかく濡れているか感じたい」

ヴィクトリアは震えた。「傷つけない？」彼に触れてほしかった。体はふしだらに彼を求めて疼いているのに、初夜の悪夢が従うことを拒んでいた。

ジェイクが真顔になった。「絶対に」マクレーンが甦ってきたなら、彼女を傷つけた咎でもう一度殺してやれるのに、と苦々しい気持ちになった。「脚を開いて、ヴィクトリア」

ついにヴィクトリアは腿の力を抜いて、ジェイクの指を受け入れた。指がやさしく花唇に分け入って広げ、愛撫する。ヴィクトリアはまた震えた。はしたなく濡れているのを、ジェイクの指は感じとったにちがいない。けれどこれは、少佐がしたこととはまるでちがう。ジェイクは傷つけるどころか、慈しみ、敏感なひだをやさしくまさぐっている。息を荒げているのは、そこに触れたことで耐えがたいほど興奮しているから？

「きっと気に入る」ジェイクはそう言うと、てっぺんの小さな突起を親指で撫でた。極上の歓びは、痛いほどの快感となって全身を駆け抜けた。ヴィクトリアはうめき、知らぬ間に脚を広げて腰を突きだしていた。

ジェイクは親指を動かしつづけ、彼女が洩らす小さな声に聞き入り、愛らしい腰の動きに見とれた。彼女の体から漂う香りは、さらに熱くなって心を酔わせた。いまヴィクトリアは熱狂していた。その熱狂こそ、はじめて会ったときから求めていたもの、同じぐらい熱く燃え上がってほしかった。もうじきだ、もうじき、彼女がおれのものになる。ヴィクトリアは十分濡れているように思えたが、念のために、指を一本、ゆっくりと滑り込ませた。

貫かれたと感じて、ヴィクトリアは体をこわばらせ、おぼろげに激痛を覚悟した。でも、重たく熱い疼きが強まっただけ。ちがう、これは痛みではなく、堪えきれないほどの歓び。どうしてなの、でも、どうでもよかった。全身が脈動していた。ジェイクの肩に顔を埋め、彼の指の動きに合わせ、誘われるように腰を動かした。

ジェイクがうなった。ヴィクトリアはあまりにもきつく締まっているから、どれほど濡れていても、中に入るのはむずかしそうだ。それでも、ひどく濡れて、絶頂寸前で震えているから、これ以上焦らす意味はない。

ようやくジェイクがつかんでいた手を離したが、ヴィクトリアは抵抗する気にもならなかった。もう遅すぎる。炎が全身を駆けめぐり、乳房は疼き、濡れた部分が深く脈打っている。どうすれば抑えられるのかわからない。体は重く萎え、不思議と言うことを聞いてくれない。ジェイクが起き上がってベッドから下り、腰のあたりをいじくっているのをぼんやり見ていた。ズボンのボタンを外しているのだと気づいたときには、ズボンは脱ぎ捨てられていた。

ランプの光が情け容赦なく照らす。陶酔から恐怖へ逆戻りして、片肘をつくと、もう片方の手を突き出して彼を押しとどめようとした。ジェイクはすべてを曝け出している。筋肉の盛り上がった裸体、濃い陰毛のあいだから太いペニスが突き出ている。恐怖に目を見開いた。少佐とはまったくちがう。ジェイクを受け入れるなんて無理だ、大きすぎる、体が裂けてしまう——

「いやよ」かすれた声で言い、いまさらながら逃げようとした。

ジェイクはヴィクトリアを引き戻してのしかかり、ぎゅっと閉じた腿をこじ開けて脚のあいだに割りこんだ。固い棹が太腿のあいだのやわらかなひだを突つくと、身内で恐怖が爆発して我を忘れた。

「無理よ」うめき、首を左右に振った。「ジェイク、おねがい！」

「大丈夫、怖がらなくていい」ジェイクがなだめた。「じきにわかる、なんでもない。するっと入るからちっとも痛くないさ。力を抜いて、楽にして」

きっと少佐にされたことのせいでこんなに怯えているのだろう。だが、今回は歓びだけを感じさせてやろうと思っていた。

ジェイクに深く唇を吸われると、絶望のなかでまた興奮が呼び覚まされるのを感じた。その渦巻く緊張を解き放てるのはジェイクだけだ。すすり泣きながら負けを認め、腰を浮かすと、無言のうちに、貫かれることを求めた。

「おねがい」と、ささやいた。

「ああ、いいとも」彼がヴィクトリアの首筋につぶやいた。

力を抜くなんてできるはずもない。これから起きることに、平然としていられるわけがなかった。こちらがなにをしようとも、彼はしたいようにするだろう。避けられないとわかっても、不安に変わりはなかった。いやがおうにも流されて、自制心を失った肉体は、彼に征服されたがっていた。彼が全身の重みをかけてのしかかってくると、震える吐息が洩れた。ジェイクの手がそこに触れ、その手で彼女を開くと、もう片方の手で彼自身を導いた。二度目の触れ合いに、彼女はたじろいだ、それは、すべすべして熱を帯びていた。

「ジェイク――」

「大丈夫、楽にして」ささやくと大きな亀頭を少しずつ押しこみ、それからしっかり、容赦なく力を加えて、狭くてきつい入り口を分け入った。ヴィクトリアはぶるぶる震える手でジェイクの腰を押し、この燃えるような侵略に抗おうとした。ついに抑えがきかなくなり、涙が頬を伝った。ジェイクはヴィクトリアの手をつかんで枕に押しつけると、また突いた。ゆっくりと少しずつ、ついに根元までおさめた。

「ああ、すごい」ジェイクはうめき、歓びの波に押し流されまいと懸命に堪えた。きつすぎて我慢できないくらいだ。深くおさめたまましばらくじっとして力を蓄えてから、歓びを与える最高の仕事に取りかかった。

「怖くないよ、ヴィクトリア」そう言いながら、キスの雨を降らせた。ひどく挿入しづらかったので、一瞬少佐のことを考えたが、すぐにそれを追い払った。処女のしるしである繊細な膜の抵抗を感じなかったではないか。それなのに、ヴィクトリアは泣いている。その姿に、腸がよじれた。涙を拭ってやり、ゆっくり腰を動かしはじめた。究極の安らぎを与えるために。

ぐったり横たわり、ジェイクの厳しく張りつめた顔を見つめ、茫然としたまま、突いては引く彼のものをおとなしく受け入れた。このもっとも親密な行為を想像したときは、苦痛と嫌悪の対象としか思えず、なぜ男がそんなにほしがるのか理解できなかった。いま息をつくたびに、少しずつわかってきた。義務以外のなにが、女をその行為に進んで従わせるのか。従うというより、分かち合うものだ。そのことを、体は知りはじめたばかりだった。ずっしりと寄せては返す男そのものに、内なる炎が掻き立てられ、大きく燃え上がって陰部に凝縮した。

それがゆっくり始まったのは、感覚も肉体もまだジェイクの挿入のショックから立ち直っていなかったから。それでも容赦なかった。疼くような快感はなお激しくなり、感覚は甦ると肉体に集中し、これまで予想もしなかったかたちで活気づいた。ジェイクの体で光るすがすがしい汗の匂い、ムスクのような男くさい肌、愛の行為が発散するはじめての刺激的な匂い。ヴィクトリアはそのすべてを嗅ぎ取っていた。ジェイクの熱に包まれるのを感じた。体は見事にひきしまり、抱き締める腕は逞しく、動くたびにこすれ合う腹は板のように平らで、彼女の脚を押し広げる腿は力強く、腰の動きに合わせて突きあげるペニスのなんと固いこと。

気づかぬうちに、手がそろそろと動いてジェイクの肩に触れた。熱く、滑らかだった。

おずおずと脚をあげて、ジェイクの尻と腿にからませた。

もっと奥まで受け入れようと、体を弓なりにした。

内なる熱が高まる。

あとどれくらい抱きあっているのだろう。いつこの熱が、わずかに残った自制心のかけらを粉々に砕くのだろう。ジェイクにしがみつき、乳房をもみしだかれて喘ぎ、腰を浮かせてぴたりと合わせると、言葉にならない叫びをあげた。汗で頭に張りついたジェイクの髪をわしづかみにして、激しく引き寄せた。ジェイクもうなり声をあげて突き、二人を熱狂に駆り立てた。腕の中のヴィクトリアは火焔だった。その体に焼かれ、魅惑された。彼女の反応を思う存分楽しむと、そのまま彼女に送り返した。こんなに夢中になったことはなかった。

ついに熱は極限に達した。

ジェイクの背中に爪を立て、もう一度叫ぶと、途方もない緊張から解き放たれることを、狂おしいほどに求めた。痙攣して体を浮かせ、しがみついた。ジェイクが激しく突きあげると、重いリズムがベッドを枠ごと揺さぶった。ヴィクトリアはうめいた。もしこのまま解き放たれなかったら、粉々になってしまう。心臓が張り裂けてしまう。そのとき悟った。粉々になることが、解き放たれることだと。彼のものを包み込んだまま激しく痙攣すると、感覚が爆発して大きなうねりとなり、全身がベッドから跳ね上がった。

ジェイクはヴィクトリアの尻を捉え、さらに奥まで突き入れ、激しく貫いた。全身が張りつめた。逞しい体は弓なりになって、絶頂に震えた。かすれた叫びをあげると、二人はともにつかのまの死を迎えた。それは自我の死であり、生の昂揚だった。

13

ゆっくり目が覚めた。体の痛みと倦怠感が、その朝のヴィクトリアを迎えた。ずっと夜だったらいいのに。そうすればジェイクとベッドに横たわり、現実を脇へ押しやっていられる。

ベッドには、ありがたいことに一人だった。前夜、二人して肉欲に溺れたとはいえ、明るい光の中、ジェイクが見ている前で、のんきにベッドから裸で出られるとは思えなかった。いまだってそう。よじれてしわになったシーツの下で、そろそろと伸びをしてみた。腿には抵抗感があり、乳房と唇は腫れてひりひりしていたけれど、ほんとうに痛いのは脚のあいだだけで、ほっとしたことにそれも大した痛みではなかった。

憂鬱は体の痛みのせいではなかった。そんなのはささいなこと。むしろ愛しあったことで、皮肉にも不安が募ったせいだった。いままでは、ヴィクトリアはジェイクを愛しているけれど、愛されてはいない、それだけのことだった。辛くても、単純だった。

いまでも彼を愛していた。そうでなければ抵抗もできたろうに、とうの昔に、険しい目の荒々しいガンマンを愛していると自分に認めていた。名前がローパーだろうとサラットだろうと、マクレーンを名乗るすべてのものに復讐を誓おうと、彼を愛していた。傷つかないですむように、いい加減に愛することなどできなかったし、彼が嘘をつき、信頼を裏切ったという理由だけでは愛を止められなかった。本人がどう思っているかはわからないけれど、ヴィクトリアの愛情も真心も、彼は手に入れた。忌み嫌ってはいても、マクレーンの元に彼女をつなぎとめていた貞操観念が、未来永劫、彼女の心をジェイク・サラットに結びつけておくだろう。だから、昨夜は彼の下に横たわり、求められた情交に驚きはしたものの、与えられた歓びに燃え、ついにジェイク・サラットの女になった。

彼にすべてを捧げた。体も貞節も、誇りも。瞳にいっそうの翳りが射すのは、彼がその贈り物をありがたがりはしないという確信だった。彼はヴィクトリアの体を堪能したけれど、納屋で愛しあっていたあの女の体も堪能していた。思い出すと、いまでも激しく胸が痛む。

窓から射し込む陽光が、ヴィクトリアをあざ笑っていた。一瞬の後、それに応えるようにベッドから起き上がった。一人きりでも頭を高くもたげ、背筋をのばして、前夜の名残りを体から洗い流すと、いつもどおり控えめなシャツブラウスとあっさりしたスカートを身につけた。床に散らばった服を拾うと、鏡台の前に坐って髪を整えた。それまで後回しにしてきた瞬間だった。鏡のなかの自分に、官能の一夜の余情を見出すのが怖かったのだ。

やや青ざめてはいても、いつもと変わらないように見えてほっとした。厳かで落ちついた表情。あらたな経験で瞳に深みが出ていたとしても、それは予想できたことだった。鏡に映った自分の顔を見るのでさえこれほど大変だったのだから、ジェイクと顔を合わせるには、持てる勇気のすべてが必要になるだろう。

ロラが入れてくれた湯気の立つ濃いコーヒーを手に、ジェイクは書斎で考えこんでいた。前夜のことで、やはり動揺していた。ヴィクトリアを求めているのはわかっていたし、彼女の虜だと自認していたぐらいだ。だが、これほど激しく惹きつけられていたとは思っていなかった。手に入れたいま、さらにほしくてたまらないのだ。

計画はどれも単純に思えたのに、罠にはまってしまった。ヴィクトリアは逆らえない誘惑、解けない難問だった。ジェイクとベンは牧場を取り戻した。だが、かつては父祖の土地だったというだけで、法的に取り返したのではない。マクレーンは死んだ。ガーネットはまだ生きているが、消えてくれれば十分だ。後を追う気はなかった。もしまたガーネットが行く手を阻もうとしたら、そのときは殺してやる。いまのところはとりあえず、ジェイクは満足していた。大方は。

ヴィクトリアをどうしたらいいのだろう？　彼女の存在が、彼を脅かしていた。これまでだれにも、こんなふうに脅かされたことはなかった。心を脅かされるのだ。昨日の夜、る。

彼女の前で、自分でも驚くほど無防備だった。そんな弱さが不安だったし、彼女がいると感情が剥き出しになるのも嫌だった。この手の不安を解消する唯一の方法は、逃げ出すこと。身を守るために彼女を目の前から消せばいいのだが、そうすれば牧場を失うことにな

ヴィクトリアはマクレーンの妻だった。そんな女に触れると思うと虫酸が走ってもおかしくないのに、実際はもっともっとほしくてたまらなかった。ヴィクトリアの素晴らしさは、マクレーンの醜さに少しも汚されていなかった。ほんの数時間前まで夜を分かち合っていたのに、ジェイクの欲望は弱まるどころか強くなる一方だった。

なんとしてもその欲望に負けたくなかったし、恋など知りたくなかった。ヴィクトリアをどこかへ遠ざけることもできたが、だれかほかの男と結婚すると思うと、腹立たしくていてもたってもいられない。それに牧場の所有権も一緒に行ってしまう。ジェイクは、ヴィクトリアという女の蜘蛛の巣にひっかかった愚かな虫だ。考えるだに腹が立つ。

彼女を失うことはできないのだから、ぐずぐず考えてもなんにもならない。ジェイクとベンは牧場を管理できても、正式な所有権を持っていない。ヴィクトリアと結婚するまでは。いずれ手に入れれば、半分の権利をベンにゆずるつもりだった。

牧場を守るか、自分を守るためにヴィクトリアを遠ざけるか。ジェイクとベンはこの屋敷で生まれた。ここに戻り、土地を取り戻すことが、これまで生きる原動力になっていた。

そのために戦い、人を殺し、勝ち取ったというのに、法的にはいまだにほかの人間のものだ。感情を閉ざし、氷の壁で我が身を守ることも考えた。これまではそれでうまくやってこられた。だが、肉体的にも法的にも、ジェイクとヴィクトリアは夫婦になる運命なのだ。選択肢はなかった。

ベンがコーヒーを手に部屋に入ってきた。ジェイクのそばの椅子にどかりと腰をおろし、兄をじろじろ眺めた。夕べどこですごしたのか、いまなにを考えているのか、手に取るようにわかった。

「きれいな人だ」ベンが言った。

ジェイクが顔をあげた。「ああ」

「それに本物のレディだ。いとこのほうはどうだか知らないが、ヴィクトリアは筋金入りのレディだ」

ジェイクのしかめ面がほころび、興味津々の顔で弟を眺めた。「エマのことか？　ヴィクトリアよりもっと澄まし返ってるぜ。おまえ、なにをして彼女を怒らせた？」

「おれが？」ベンが噛みついた。「あっちが撃ってきたんだ。くそっ、おまけにライフルで頭をぶんなぐろうとしたんだぜ！」

ジェイクは肩をすくめた。「ヴィクトリアもおれを撃ったぞ」

「野良猫みたいに暴れたし」ベンは言って、組み敷いたときのエマの感触と、固いものを押しつけると静かになったことを思い出した。落ちつかなげに体を動かし、話題を変えた。

「まだ計画は生きてる？」

「おれの選択肢は？」

「わかってるだろ」ジェイクがヴィクトリアを傷つけるわけがないとわかっていたが、兄のふさぎの虫を追い払いたくて、こう言った。「いま牧場の所有権はヴィクトリアが持ってる。兄貴は彼女と結婚してもいいし、殺してもいい」

ヴィクトリアが一階におりてきたのは、ベンが書斎に入った直後だった。ドアの外に立ったまま、二人に挨拶する勇気を掻き集めた。だれにも見られたことのない姿をジェイクに見られ、だれにも触れられたことのないかたちで触れられた。それを思い出しながらジェイクはこちらを見るだろうし、それを知りながらベンも目を向けるだろう。というのも、男が女にすることは、男ならだれでも知っているし、やっているのだ。盗み聞きするつもりはなかったが、入るのをためらっているうちに聞いてしまった。二人の会話に、血の気が失せた。

つまりそういうわけで、ヴィクトリアをたぶらかしたのだ。最初から計画して、ジェイクを愛するように仕向け、結婚して牧場の法的な所有権を手に入れようとしていた。彼がマクレーンを殺したように、その場で彼女を殺さず、もうひとつの選択肢を選んだからこそ、彼女は生き延びることができた。でも、まだ彼女をどうするか迷っているような口ぶりだから、背筋をすっと伸ばした。

つかつか書斎に入っていくと、二人の男が顔をあげてこちらを見た。彼女はまだ青ざめていたが、冷静だった。「聞こえたわ」少し緊張してはいるが、穏やかな声で言った。両手を組んで震えをおさえ、ジェイクの細めた緑の目をきっと見返した。「どちらを待てばいいのかしら、結婚式、それともお葬式？」

ジェイクは顔をしかめた。ヴィクトリアに感情を左右されるのはやはり気に食わなかったが、事実だった。今日もこうして尼僧のように冷静沈着、全身ぱりっとしてボタンを留めている。ジェイクの背中に爪を立て、歓びの叫びをあげたことなど嘘のようだ。彼女の震える体を抱き、突いたことなど。思い出して体が熱くなり、固くなった。彼女を殺す？考えることすらできなかった。それなのに、どうしてヴィクトリアには考えられるんだ？あんな夜をすごしておいて。腹が立ち、氷のような緑の目で睨んだ。

「結婚式だ」ぶっきらぼうに言った。「セバスチャン神父にむかえをやった。今日の午後、式を挙げる」

「わかったわ」ささやいて、ヴィクトリアは部屋を出た。

ともかく二人のあいだにごまかしはなかった。そう思って、ヴィクトリアは悲しいほほえみを浮かべた。ジェイクは嘘をつこうとも、甘い言葉でだまそうともしなかった。結婚してくれるかと、ヴィクトリアに尋ねもしなかった。でも、尋ねる必要があるだろうか？

結婚しなければ、殺されるのだもの。

　エマを探すと、中庭で陽光を浴びながら、絶えまない恐怖というくびきから解放された自由を味わっていた。そのことだけは、サラット兄弟に感謝しよう。

「今日の午後、ジェイクと結婚するわ」ありのままに言ったのは、ほかに言いようがなかったからだった。

　エマが口も目も丸くした。「今日の午後？」かん高い声をあげた。それから頰を赤らめて言った。「でも、そうね、そうだわ、夕べの後だもの――」

　ヴィクトリアはたじろいだ。「知っているの？」恥じ入っていた。

　エマがますます赤くなった。「ほんとう言うとね、気づいたのはけさなの……その、ジェイクがあなたの部屋から、シャツを持って出てくるのを見かけたの」

　ヴィクトリアはベンチにもたれかかり、両手を見つめた。どぎまぎしていた。ほんとうに馬鹿みたい。いまさら恥ずかしがるなんて。もちろんエマは、ジェイクがした驚くべき行為も、どんなふうにヴィクトリアが反応したかも知らない。でも、ヴィクトリアはよく知っているのだから、考えずにはいられなかった。

　エマが隣に腰かけてヴィクトリアに腕を回した。「恥ずかしがらなくていいのよ」エマは言った。「今日の午後には結婚するんですもの。その前夜にちょっとあっても、それほど不名誉とは思わないわ。でも……そんなにひどかった？」

「いいえ、そうじゃないの」そこでためらった。「愛されていないの」ヴィクトリアはため息をついて、そよ風に揺れるバラの花を見つめた。「少佐が亡くなったから、いま牧場は、法的にはわたしのものなの。ジェイクが取り戻すには、わたしと結婚するか、わたしを殺すしかないのよ。結婚を選んでくれて、とてもありがたいと思ってるわ」

エマがびっくりして身を固くした。「そういうことなら、結婚してはだめよ」

「わたしのプライドもそう言ってるわ。でも生きていたい。それにあなたとシーリアも殺されるのよ。だから、早まって、申し出を断れなんて言わないで」ふと、冗談を交わせるのに気がついて、エマにほほえんだ。「それに、ちっともひどくなかったのよ」

エマが赤面して目をそらしたが、つられたように笑顔になった。「つまり、行為は悪くないけれど、相手によりけり、ということね」

「そうなの。おしとやかとはほど遠いし、ものすごくあらわなんだけれど、悪くはないわ」ヴィクトリアは息を吸いこんだ。「その反対、ほんとうよ」

エマは身震いをしたが、寒さのせいではなかった。思い出さずにいられなかったのだ。ベン・サラットにのしかかられ、彼の目覚めをはっきり感じた、あの宙ぶらりんの瞬間を。あれ以来そっけなく接していたのは、ベンの率直で横柄な態度が癇に障るからだけれど、ふっと気を抜いた拍子に、ぴったりくっついて押しつけられた体の感触が甦った。

並んで腰掛け、それぞれ別のサラットに思いを馳せていた。しばらくすると、ヴィクトリアは空腹に負けて台所へ向かった。遅くまで寝ていたせいで、朝食を食べ損ねた。目の前にはやることが待っている。二人の男が屋敷に居を移すのだ。怠けてはいられない。

少佐の場合、最後におかしくなるまでは、一日のほとんどを表ですごすのが常だった。実のところ、顔をあわせたのは食事のときだけだった。ジェイクとベンの場合はちがった。二人の存在は、屋敷の中にありありと感じられた。頻繁に出入りして、深い声で部屋を満たし、タイル敷きの床にブーツの音を響かせ、馬と煙草の匂いを運んできた。ヴィクトリアはジェイクを避けつづけたが、ベンを呼び止めて、どちらがどちらの荷物か尋ねた。いったん分けてしまうと、ジェイクの服をどうしたものかと思案した。ヴィクトリアの部屋に持っていくのか、それとも隣の部屋だろうか？ ジェイクは隣の部屋を使う気らしく、前もって掃除をしておくよう言いつけていた。本人に尋ねれば簡単にわかるのだけれど、そうする勇気がなかった。二人のあいだに起きたことすべてを考えると、気楽にジェイクに近づけなかった。

ジェイクは、じきに妻になる女に避けられていることに気づいた。彼がいる方向を見もしない。時間が経つにつれ、苛立ちは募るばかりだった。もしジェイクがこれを黙って見逃すと思っているのなら、ヴィクトリアは痛い目を見るだろう。こんなふうに彼女に心を奪われていることだけでも我慢ならないのに、彼女の気に入らないことをやるたびに、こんなふうにすねられてはたまらない。彼女がまちがっている場合はなおさらだ。彼女を殺して牧場を取り戻そうとしていると思われ、腹立ちはおさまるどころではなかった。つまりマクレーンと同類だと思われているのだ。とんでもない誤解だ。だが、本音を言えば、心の砦を崩されそうだから、理由はどうあれ、腹を立ててヴィクトリアと距離を保てるのはありがたかった。なんという影響力だ！　彼女の姿を見るだけで心臓の鼓動は速まり、気もそぞろになり、とにかくもう一度ベッドに連れていきたくなる。前夜を思い出すと、全身が歓びに震えた。ただ良かったのではない。比べようもないものだった。強烈だった。一人の女にこれほどのめり込み、心を奪われ、ベッドの外の世界が消えてしまうような体験は、これがはじめてだった。夕べ、二人のあいだのいろいろな問題を解決するつもりだったのに、ひとつとして話し合うことができなかった。そこに立っているヴィクトリアを見つめ、手を伸ばせば自分のものになると知り、ものにした。そのことがなにより大事だった。

ジェイクとベンは、牧童頭のロニーを交えて、まだ遠くで牛の群れを追っているマクレーンの手下が戻ってきたらどう対処するかを相談していた。エマは開いていたドアを行儀よくノックして、顔をのぞかせた。ジェイクだけに目をやり、目を細めてじろじろ見ているベンを、わざと無視した。

「ジェイク、どこで結婚式を挙げましょうか？　ヴィクトリアはどこでもいいんですって」嘘だった。ヴィクトリアには訊いていなかった。ジェイクをちくりと刺してやりたかったのだ。彼の裏切りを許していなかったし、仕返しせずにいられるほど人間ができていなかった。

ジェイクは顔をしかめた。エマの目論みどおり、むっとしている。

「客間はどう？　少佐との式はあそこだったけれど」エマはほほえんで、さらに深く刺した。

ジェイクの顔がこわばった。「いや」一瞬の後にそう言ったが、抑揚のない落ちついた声だったので、よほど耳がよくなければ、そこに潜む猛々(たけだけ)しさまでは聞き取れない。「中庭だ」

エマはもう一度ほほえんで、部屋を出た。ロニーは閉じたドアをじっと眺め、妙に満足した笑顔を浮かべた。「サラブレッドだ」と言い放つ。「うん、三人ともサラブレッドだ。こういう女と落ちつくのも悪かねえな。一緒にいれば、男もちっとは上品になるだろう？」

「おまえになにがわかる」ベンが言い、兄弟に負けず劣らずタフで屈強な牧童頭が洩らす感傷に、うさん臭そうに鼻を鳴らした。

「なんだよ、おれだって女を知ってるぜ！」ロニーが言い返した。「レディと娼婦のちがいくらいわかる。行儀を見張ってくれるさ、あんたらに行儀なんてものがあればの話だけどな」

ベンがおかしそうに笑いだし、じきにジェイクも相好を崩した。ロニーは戦いも撃ちあいも喧嘩も、兄弟をあわせたより多く経験してきた男だ。五年来の友情は、酔いつぶれたロニーを、火事にあった売春宿から引きずり落したときに始まった。その彼が、二人にレディと娼婦のちがいについて講釈を垂れるとは噴飯ものだ。

セバスチャン神父が思ったより早く着いたので、ヴィクトリアはまだ支度していなかった。強いられた結婚でも、一日動きまわった普段着で嫁ぐのは嫌だった。最初に結婚したときは、気持ちが滅入っていた。二度目は、急いで身支度をして、とりあえずきれいな服を着る余裕しかなかった。最初のときは、怯えていた。二回目は、いろいろな感情が交錯した。悲しいのは、ジェイクに愛されていないから。彼が結婚するのは、牧場を取り戻すためだから。根強い恐怖は、愛を交わしたいまでも夫をまったく理解できないことに由来していた。彼は厳しく荒っぽい、銃を糧(かて)に生きてきた男だ。安らぎは、なんにしろ求められており、まだチャンスはあるということ。そして興奮。紛れもなく、それは感じていた。ジェイクが夫になる。たとえ必要悪としか思われていなくても、彼と人生を、家名を、ベッドをともにし、彼の子を産むのだ。

今度の結婚式には、ほかにもちがいがあった。まわりを囲む人たちは、はしゃいでおり、幸せそうにすら見えた。シーリアは、まだ完全には痛みがとれていなかったので、前ほど元気いっぱいではなかったけれど、瞳から張りつめた表情が消えつつあり、何度も楽しそうな笑い声を響かせていた。エマはつむじ風のように走り回り、急な式の準備におおわらわだったが、目は輝いていた。カルミータはとめどなくしゃべりつづけ、ロラは台所で歌い、ファナもハミングしながらみんなの使いにあちこち走りまわっていた。男たちは出入りするあいだ大声で話し、ののしり、聞こえた女性がいたら失礼と言いながら、すぐ忘れてまたののしり、大胆な者は、スカートをはいていればだれであれちょっかいを出そうとした。

花嫁と花婿だけが、うれしそうではなかった。と言っても、男たちは浮かれ騒ぐ口実があればそれでよかったのだ。ジェイクは緊張のせいで不機嫌だった。ヴィクトリアは彼が結婚する理由を痛いほど意識して、時が経つにつれますます気を昂(たか)ぶらせていた。いよいよ階段をおりてジェイコブ・サラット夫人になろうというときには、激しく震えるあまり、裾を踏まないようスカートを満足につまみあげることもできなかった。

「こっちよ！」エマがうきうきと声をあげ、ヴィクトリアを急がせた。「みんな待ってるわ」

尋ねなくてもなんとなく、式は客間で行なわれるのだろうと思っていた。屋敷じゅうでいちばんあらたまった部屋だから。ところが、エマに連れていかれたのは中庭だった。ほっとした。午後遅い日の光が、中庭をやわらかな金色に包んでいた。そこに、いまではサラット家の使用人となった男女が集まっていた。もちろん数では男がはるかに多く、落ちつきなくうろうろしながら、手に持った帽子をいじくっている。女たちは中庭をできるだけきれいに飾りつけ、まだ日が高いのにメキシコ風のランプが吊るしてあった。色とりどりのリボンは、カルミータかロラが昔の祭りの飾りを大事にとっておいたものだ。

ジェイクの隣に歩み寄るヴィクトリアに、セバスチャン神父がほほえみかけた。ヴィクトリアは意地悪く考えた。一回目からほどなくして、ヴィクトリアの式をまた執り行なうのを、神父はおかしいと思わないのだろうか。妻になり、夫を亡くし、目まぐるしい速さでまた妻になる。もしオーガスタにいたら、少なくとも一年は喪服に身を包み、身内だけで過ごしただろう。新たに婚約しようかと思えるようになるまで、一年半はかかっただろう。それがいま、夫の死から三日後に再婚しようとしている。

こみあげる笑いを堪えたとき、ジェイクに手をとられて飛び上がった。驚いて目を見開き、彼の冷たい緑の目の輝きに現実へ引き戻された。でも、彼の手はあたたかく、ヴィクトリアが震えているのに気づいたのか、そっと握ってくれた。おかげで落ちつきを取り戻した。この男がどれほど荒っぽく危険であろうと、彼女を守る道を選んでくれたのだ。

最初の式のことはおおかた忘れてしまったけれど、この式は、はっきり記憶に刻まれるだろう。参列者の大半は武装していたが、夫もそうなのだから文句は言えない。太陽は輝き、鳥はさえずり、男たちは咳払いし、神父は式を進め、ヴィクトリアとジェイクはふさわしい返事をした。そのあいだずっと、ヴィクトリアの手はジェイクの逞しく強い手に握られていた。

指輪はなかったが、物足りなくはなかった。少佐にもらった結婚指輪は、牧場へ戻る途中、夫の死を聞いて外し、荒野に捨てた。

ジェイクも周囲の動きを強く意識していたが、なにより意識していたのは隣に立つ女だった。彼女が法的にも自分のものになろうとしている。神と人間の法の下、彼女の保護者になるのだと悟って衝撃を受けた。ヴィクトリアを危険から守り、寒さからも、飢えからも守り、彼女と、彼女とのあいだに生まれてくる子を養うと誓った。人生の厳しさから彼女を守る楯となるのだ。それでも、ヴィクトリアはまだ怯えていた。震えているのを感じたし、やわらかい手は冷たかった。守ると誓っているのに、信じられないのか？　そこではたと気づいた。ヴィクトリアが怯えている相手は自分だということに。いったいどうして？　だが、彼女が言っていたじゃないか。ジェイクに殺されたくないから結婚するのだ、と。

このレディは結婚相手のことを、いくらか学ぶ必要がある。

それから神父が二人を祝福して、式は終わった。握手と抱擁と祝福の嵐が起こり、カルミータがジェイクの首に抱きついて唇に熱烈なキスをお見舞いし、はたと自分の行動に恥じ入った。「おかえりなさい、セニョール・ジェイク」しどろもどろになり、ぱっと逃げ出した。

　メキシコ人の牧童の一人がギターを取りだし、かき鳴らしはじめた。日が沈むと酒が運ばれた。ウィスキーとテキーラが男たちの喉を駆け下りた。なかの数人が、女の手をつかんで中庭をくるくる回りだした。おかしくなったように足を踏み鳴らす様子は、ダンスとはほど遠かったが、浮かれ気分を如実に物語っていた。

　ジェイクはヴィクトリアをかたわらから離さなかった。闇が空をおおうと、明るいメキシコ風のカンテラが中庭に魔法をかけ、笑い声が弾けると、ジェイクの緊張もほぐれた。

　なにも言わずにヴィクトリアの腰に手を回すと、そっと抱き寄せて、唯一踊れるスローなシャッフルのダンスに誘った。ヴィクトリアは一瞬驚いたような顔を見せたが、ふっと腕の中で力を抜いて、頭をジェイクの肩にもたせ、ため息をついた。きっと充足のため息だろうとジェイクは思った。さもなければ安堵のため息。

　腕の中のヴィクトリアは、とてもはかなく感じられた。骨格は子供のようにほっそりしていて、背筋を伸ばしていても、肩幅はジェイクの半分ほどだった。頭がジェイクのあごの下にぴったりおさまっているので、甘いかすかな髪の香りが鼻孔をくすぐった。体に触れる乳房はやわらかく、そのふくらみと色の白さ、うっすら浮かんだ血管を思い出し、そこに顔をうずめた感触がよみがえった。二人が踊るのに合わせて、すらりとした太腿が優雅にジェイクの腿をこすった。夕べは激しく情熱的に、腰にからみついてきた脚だ。

その日は一日じゅう、前夜のことへと思いが戻っていくのを止められず、そのたびに勃起しかかっていた。いま、怒張したペニスは苦しいほどズボンを押し、うめき声を堪えながら、さりげなく彼女をひそかな愛撫へと誘い込み、盛り上がった股間を押し当てた。ヴィクトリアが顔をあげ、息を呑むのがわかった。青い目に翳が射したが、抵抗はせず、また頭を肩にもたせた。

ベンは柱によりかかって、ジェイクが新妻と踊るのを見ていた。ヴィクトリアには好感がもてた。かりにこれが、キンキン声の慇懃無礼な女だったら、ジェイクは絶対に結婚しようとしなかっただろう。その場合、女はどうなっていたことやら。だが、結婚は論外だったはずだ。

中庭を見わたすと、エマがよりによってロニーと踊っていた。誓ってもいいが、ロニーはダンスなど見たこともないはずだ。それがいま、くるくる回って足を踏み鳴らし、人生を楽しんでいる。エマは笑っていた。ベンは身をこわばらせ、目を細めて見つめた。エマはこちらを見向きもせず、誘われればどんな不格好な牧童とでも踊った。

ロラが軽食を運んできた。山盛りのドーナツに、シンプルな四角いケーキ。男たちは歓声をあげ、彼らが呼ぶところの〝熊の足跡〟、つまりドーナツに襲いかかり、一時ダンスは中断された。ダンスが再開されても、エマは、少し休みたいから、と笑顔で誘いを断った。ベンが立っている真向かいのベンチに空席を見つけると、腰をおろし、みんなが踊るのを満ち足りた顔で眺めていた。ほとんどが男同士で踊っていたのは、女の数が少なかったせいだが、それでもお祝い気分に変わりはなかった。

ベンはぐるっと中庭を回ってエマの背後に来た。ブーツをベンチにかけて身を屈め、腕を膝に乗せるまで、エマは彼がいるのに気づかなかった。「あのことがあったからって、いつまでおれを避けるんだ？」冷たくきつい声で尋ねた。

エマは振り返らなかった。「なにもなかったわ、サラットさん」ベンに負けないくらい冷たい声だった。

「なにもなかったって？　おれを固くしておいて。きみも楽しんだくせに」

エマはショールをつかんで肩まであげたが、やはり振り返らなかった。「言わせていただければ、サラットさん、ちがう種類の女性とおつきあいなさったほうがいいわ。あなたの――体のことはわたしのせいではないし、あなたにこすりつけられて喜ぶふしだらな女だと思われるのもまっぴらです」

ベンの声はますますきつくなった。「おれも言わせてもらえばだ、ミス・ガン、もっとこすりつけてもらえば、きみの性格もずっとかわいくなるだろうに」

こんなはしたない会話は、つづけるだけでも危険だし、話をベンと自分だけに限るのはなおさらだと思ったけれど、鼻を鳴らしてこう言わずにはいられなかった。「あなたに？　あらあら、ご冗談を」

ベンはいささかショックを受けて体を起こすと、ベンチを乗り越えてエマの前に立った。ものも言わずに手首をつかんで立たせると、中庭の外へ引きずっていった。エマは抵抗して叫んだが、あたりの騒がしさにかき消されてだれも気づかなかった。外に出ると、エマをくるりとこちらに向かせて壁に押しつけ、腰のくびれをしっかりつかんで動けなくした。二人のあいだはほんの数インチ。ベンから漂う熱い、かすかな汗の匂いに、エマは本能を刺激され、震えた。

壁一枚隔てた向こう側には、光と音楽と陽気な声が溢れていたが、外は暗かった。奇妙な静けさの別世界にいるようで、静寂を破るのはベンの荒い息だけだった。

彼が顔をちかづけてきた。エマはベンの胸を押しのけ、刺のある声で言った。「やめて！」抵抗しても無駄だった。唇を塞がれ、顔をそむけようとしたが、ベンは手をあげてエマの髪に指を突っこみ、頭を押さえつけた。激しいくちづけにやわらかい唇が痛んだ。エマは、死に物狂いで噛みついた。歯が、ベンの下唇に食い込んだ。悪態をついてぱっと顔を離し、唇に滲む血を拭った。

「またやったら、ケツをひん剥いて鞭（むち）で打ってやる」

どうやってもベンの強い手からは逃げられなかった。顔をあげるとけんか腰でベンをにらんだ。「痛かったのよ！　我慢しろと言うの？」

ベンは一瞬黙り、それから言った。「いや」指でエマの唇に触れると、そっと撫でた。

壁の上から洩れるかすかな明かりの下でも、もう唇が腫れているのがわかった。「傷つけるつもりじゃなかった」

　エマはほとんど息もできなかったが、圧迫された肺にどうにか空気を取り込んだ。離してほしかった。がっしりした体が、乳房から膝までぴったりくっついているのを感じたくなかった。もう一度ベンの胸を押したが、その努力もやはり無駄だった。

　ベンはまだ唇を見つめていた。「こいつをどうにかしないと」そっと小声で言った。

「どうにもしません」エマが大急ぎで答えた。

　ベンがふっと笑った。「へえ、もっとすごいことを考えてたのか」そしてふたたびキスをした。飢えたように唇を求めたが、もう荒っぽくはなかった。舌を入れ、深く貫いて彼女の味に酔った。エマは彼の腕の中で飛び上がり、それから不意に緊張をゆるめ、ベンにもたれかかった。

　くらくらするような陶酔に浸り、舌を使ったくちづけに歓びはいや増した。腕を彼の首にからめ、抵抗しなくてはならないことも忘れた。婚約もしていない男と、こんなふうにくちづけをする女は、だれからも敬われないだろうに。彼が手をお尻に滑らせて体を抱き寄せても、逆らわなかった。固いものを脚のあいだに押しあてられ、土の上で取っ組みあったあの日と同じようにされても、暴れなかった。そのかわり弱々しい声をあげると、仰向いて頭を壁にもたせ、本能の命ずるままに脚を開いた。ベンはチャンスとばかりに腰をゆっくりくねらせ、一物を押しつけた。乳房に触れ、やわらかいふくらみを服の鎧の上からもみしだくと、エマは体を震わせ、脚の力を抜いてもたれかかってきた。

あごにくちづけ、やわらかい耳の後ろにも、熱く濡れた唇で触れた。「男と寝たことは？」荒い声で尋ねながら、あると言ってくれるよう祈った。

しかし、エマはぼうっとして頭を振った。「ないわ」と、ささやいた。

ベンは心の中でしばらく毒づいた。いままでに耳にした悪態を総動員し、自分で並べ直して新しい悪態を作りもした。ちくしょう、たった一度でいいのに、なぜすませてないんだ？　そう思ったとたん、激しい所有欲がその考えを否定した。ほかの男が彼女のなかに滑り込むなんて考えたくもない。自分はあつかましくも、まさにそれをしようとしていたが。

世の中には二種類の女しかいない。良いのと悪いのと。良い女は夫以外の男に身を許してはならないが、ほんの一歩踏み外せば、だらしない女になる。良い女は敬われ、守られる。良い女を力ずくでものにした男は、つかまったが最後、吊るされる。そういうものだ。良かろうが悪かろうが、女を力ずくでものにするような畜生なら、ベンも喜んで吊るす手伝いをするだろう。

しかし、そういう見方をする人ばかりではない。もしエマがベンと床に入れば、そのまま貞と不貞を分ける一線を越えることになる。

境界は黒と白をはっきり分ける絶対の存在だったから、ベンは深く息を吸うと後ずさった。もし結婚を考えていたなら話は別だが、ベンにその気はなかった。エマがほしくても、決めるのは彼女だ。リスクを負うのは彼女であり、そそのかしてやらせるのはベンの流儀ではない。

「きみが決めてくれ、エマ」と言った。声は低く、かすれていた。喉もろくに働かなかった。「いますぐおれの部屋に行ってもいいし、ここでやめてもいい。もし一緒に来るなら、先にはっきりさせておくが、おれは結婚向きの男じゃない」

切ないほど正直な言葉だった。エマはじっとベンを見つめた。不意に手の感触を失って取り残され、どきどきと喉元で脈が打つのを感じていた。ほんとうは、体じゅうが脈打って、もっとつづきを求めていた。

エマも結婚など考えていなかった。なにも考えていなかった。まず、怒りがこみあげた。ベンに呼び覚まされた本能から、身を守ろうとする怒りだった。それから、その本能に身を委ねたいという激しい欲望が湧き上がった。結婚？　ちがう、それは求めていない。この男を知りもしないのだから。口をきいたのも、これが二度目だ。その二度目で固く勃起した体と抱きあった。

でも、彼の言葉に現実を突きつけられ、自分がなにをしようとしていたか悟った。彼の隣に身を横たえるとしたら、理由はただひとつ、欲望だった。そして、そのベッドから起き上がったときは、もはや貞女ではなくなる。もしこの先、結婚できたら――できることを願っていたが――なぜ貞淑ではなかったか、夫に説明しなければならない。それ以外に残された道は、家族と知りあいすべてからきっぱり離れて、新しい人生を〝夫を亡くした妻〟としてはじめ、純潔をなくしたこじつけとするしかない。

失うものは多すぎて、得るものは少なすぎた。つかのまの快楽と天秤にかけるのは、一生分の品位。もしベンを愛していたなら話は別だが、それすらなかった。

これまであらゆる困難に立ち向かわせてくれた生まれつきの威厳をもって、エマは気を奮い立たせると、問いかけに答えた。「わたしも結婚は望んでいません。選ばせてくれてありがとう」

ベンは歪んだ笑顔を向けた。「それで答えは？」尋ねたが、もうわかっていた。

「ノーです」エマは答えると、その場を去った。

14

九時になると、ヴィクトリアはおやすみを言って寝室に引き揚げた。あとどれぐらいで彼が現れるかわからなかったから、あたふたと服を脱ぎ、洗面し、きちんとナイトガウンをまとった。彼にすべてを奪われてしまったから、自分を一部でも取り戻したかった。それがほんのかけらほどの慎みでもかまわなかった。たった二十一歳で二度娶(めと)られたが、一度は家名のため、今度は権利のためであり、彼女自身は愛されても求められてもいない。どんなちっぽけなものでも、身を守るものが必要だった。

急いで支度してよかった。ナイトガウンが足元まで届くか届かないかのうちに、ジェイクがドアを開けて入ってきた。ナイトガウンを見ると、言った。「速いな」

ヴィクトリアはなにも言わなかった。どれだけ急いだかは、言わなくてもわかるはずだ。

ジェイクはシャツを頭から脱いで椅子に放ると、屈んで腿に巻いた革ひもをほどいた。彼が銃を外すのを見て、昨夜は身につけていなかったのだと気がついた。銃を置いてきたのは、彼女がその銃を彼に向けるのを警戒してのことだったのだろうか。

逞しく茶色に日焼けした体に筋肉を波打たせながら、ジェイクは洗面器に水を注ぎ、屈んで顔を洗った。ヴィクトリアはそれを見て、まだ触れられてもいないのに、体がすでに疼きはじめ、彼を求めているのを感じた。彼を眺め、がっしりした逞しい体に見とれた。いくつか傷痕がある。古いものはうっすらと白い筋だけになり、新しいものはまだ赤みが残っていた。それに触れ、熱い肌を掌に感じたくてたまらなかった。

ジェイクが顔と肩をタオルで拭いながら、見つめるヴィクトリアに視線を返した。「ほら、髪をおろせよ」そう言われると、ヴィクトリアはおとなしく手をあげた。

髪は、おろすと絹のように波打って腰まで届いた。ピンを全部外して鏡台に向かうと、片側に流してブラシをかけた。ジェイクは坐ってブーツと靴下を脱いでいたが、ヴィクトリアから目を離さなかった。

「よし」そっと言った。「じゃあナイトガウンを脱いで」

ヴィクトリアは唇を舐めた。「寝るときはナイトガウンを着るの」

「ああ、いままではそうだろうが、これからはちがうんだ」立ち上がるとズボンのボタンを外しはじめた。ヴィクトリアはまばたきもせずに服を脱ぐジェイクを見つめ、視線は股間に引きつけられた。それは重たく目覚めていた。ジェイクが裸になっても、ヴィクトリアは動けなかった。

またやさしい声で彼が言った。「ヴィクトリア、ガウンを」

ジェイクの瞳に強い意志を見出し、ヴィクトリアは震えた。どうしようとも、ガウンは脱がされてしまう。ゆっくり屈んで裾をつまみあげ、まずくるぶしを、次にふくらはぎを、膝を、なめらかでまっすぐな太腿を、あらわにした。ヴィクトリアがジェイクを見ていたときと同じように、彼もうっとりして彼女を眺めた。裾はなお高く上がり、三角形に茂る薄茶色の巻き毛におおわれた恥丘、たおやかな曲線を描くお腹、かわいらしいへそのくぼみ、ほっそりした腰が現れた。

そこで止めると、見てわかるほど手を震わせながら、ジェイクを見つめた。

「おれがやろうか？」そう彼がささやくと、ヴィクトリアは小さく激しくうなずいた。歩み寄り、腰に触れたが、すぐにはナイトガウンを脱がせなかった。まずは抱き寄せ、唇を奪った。長く、痺れるようなくちづけだった。ヴィクトリアは裾を離すと、腕をジェイクの肩にからめた。ガウンは彼の腕にふわりとかかり、ガウンの下でジェイクはお尻を撫でた。

ヴィクトリアはすっかり従順になっていた。ジェイクがガウンを取り、ベッドに連れていくのにまかせた。のしかかる彼の体は熱く、ヴィクトリアの体にやさしくかぶさった。乳首にくちづけ、そっと噛み、舌を這わせると、乳首はつんと立って濡れた。腕の内側、腰のくびれ、陰毛のすぐ上まで唇で愛撫した。ヴィクトリアをうつ伏せにすると、くぐもった抗議の声もかまわず、ふくらはぎと膝の裏にくちづけ、腿の裏にも、それからそっと歯を丸い尻に埋め、痛くないほどに刺激した。背骨に舌と唇を這わせ、歯をあてて吸い、ふたたび尻に戻っていくと、ヴィクトリアはシーツの上で身をよじり、歓びにもだえた。次から次へとやわらかく芳しい場所を探し出し、蜜を求める蜜蜂のようにヴィクトリアを求めつづけ、彼女の味と感触と香りを堪能した。

ヴィクトリアをまた仰向けにすると、瞳は潤み、乳房は紅潮し、脚は自然に開いてジェイクを誘った。その誘いに顔を埋めてくちづけると、少しだけ舌を入れた。ヴィクトリアがベッドから飛び上がった。官能に酔いしれていた表情が消え、驚きが浮かんだ。彼女が支離滅裂なことをしゃべりたてているあいだに、ジェイクは体を押さえつけ、なにか言おうとする口を唇で塞ぐと、ゆっくりペニスを入れた。

前のときよりは痛くなかったけれど、割り込んできた彼のものに押し広げられると、思わず顔をしかめた。はたして痛いのか、それとも気持ちよすぎて苦しいのか、はっきりしなかった。どちらでもよかった。もう体は震えて焦れ、知らないうちに腰を浮かせ、彼をほしがった。ジェイクはヴィクトリアの顔から髪をそっと払うと、くちづけをして、体を押さえつけたまま最後まで挿入した。

ヴィクトリアは彼にしがみつき、もうろうとする頭で、これからは触れられるたびにこんなふうに感じるのだろうかと思った。ジェイクのすることは、いままで聞いたことも想像したこともなかったし、だれかに聞かされたとしても、信じられなかっただろう。心のたがが外れ、つねに失わなかった慎みも、官能の波に押し流された。

「ああ、ヴィクトリア、すごくきつい」ジェイクがわずかに動いて、興奮したうめき声をあげた。「手袋みたいだ。ぴったりしてて、締めつけてくる」

　ヴィクトリアはあえぎ、またジェイクが動くと二人の声が重なった。肩に爪をくいこませ、腰をくねり、またあの解放感を与えてとねだった。

　まだあまりにも早すぎたが、ジェイクは我慢できなかった。ヴィクトリアに応じられると夢中になった。ハンマーのように激しく突きはじめると、意図したより力がこもってしまったが、ヴィクトリアもジェイクの動きと興奮にあわせて腰を振った。あまりに短く激しかった。ヴィクトリアは抱かれたまま身悶え、ジェイクは種も力もすっかり放出した。信じられないほどの満足感だった。今回も。

　ヴィクトリアは体がだるく、惚けた気分で、この上なく満ち足りていた。動きたくなかった。ジェイクがゆっくりペニスを抜いたとき、嫌がって言葉にならないつぶやきをもらした。彼は隣に横たわると、抱き寄せたヴィクトリアの頭をそっと肩に休ませた。ヴィクトリアは重たい瞼をちょっと開けた。ランプはいまも燃えていたが、疲れていて気にするどころではなかった。

　ジェイクはそっと手をヴィクトリアの体に滑らせ、ゆっくり肩から腰へ撫でおろし、きめ細かい肌に酔いしれ、優雅な曲線もなにもかも、彼女のすべてを慈しんだ。ヴィクトリアは夢心地になって疲労と快楽の余韻に浸り、なにも考えないようにしていたし、考えたくもなかった。それなのに、言葉が勝手にこぼれた。「あなたと結婚していなかったら、わたしはもう死んでいた?」

ジェイクがはっと手をとめた。ヴィクトリアは途方に暮れて、言わなければよかったと後悔した。もし答えがイエスなら、知りたくなかった。二人は結婚したのだし、たとえそれが牧場の所有権を取り戻すためだったとしても、彼の妻であることに変わりはない。愛を交わすあいだは、ヴィクトリアを歓ばせようとしてくれた。灰のなかから面倒の火種を突つきだすつもりはなかったのに。

ジェイクは体を起こすと、ヴィクトリアをじっと見おろした。「一度しか言わないから二度とこの話はするな。気に入らないことがあるたびに持ちだされたら、たまらない。きみを傷つけようなんて、思ったことはない。わかったか?」

ジェイクの怒りを感じて、驚いた。「理由も訊くなと言うの?」ヴィクトリアは言い返して起き上がろうとしたが、強い腕に押さえつけられて動けなかった。「最初から嘘をついていたくせに。さっさといなくなって、わたし一人にガーネットを押しつけて――」

「エマに伝えてくれと――えい、くそっ!」ベッドに倒れこむと、苦々しくも、なにが起こったか悟った。エマに話していたところをガーネットに邪魔されて、最後まで話せなかったから、ヴィクトリアはただ置き去りにされたと思ったのだ。二人を連れて逃げたのも当然ではないか！「エマにいつ戻るか言う前に、ガーネットの横槍が入ったんだ。きみを捨てたんじゃなくて、ベンを迎えに行ったんだ。それは悪かったが、ほかにどうしようもなかった」言葉を止めると、ふたたび鋭い視線をヴィクトリアに向けた。「これでわかっただろう？　もう殺しの話はするな」

「だってベンが――」ヴィクトリアがおろおろと言いかけると、ジェイクは手をあげて制した。

では殺すつもりはなかったのだ。そうわかってうれしかったが、ほんとうはこう言ってほしかった。結婚したのはヴィクトリアを愛していたからで、そうするしか牧場を取り戻せなかったからではない、と。聞きたいことはやまほどあった。言葉が喉につかえて痛いほどだ。でも、言ってちょうだいと請うつもりはなかった。「ええ、わかったわ」しばらくして言った。「これも最初から計画のうちだったのね？」手をひらひらさせて全部を示した。牧場、マクレーン……ヴィクトリア……ジェイクのやったことすべて、前夜に愛しあったことも。ベッドに連れていった後なら、なおおとなしく結婚に従うと思ったの？　もしそうなら、たぶんその読みは正しかった。ジェイクの情熱が計算ずくだったとは思いたくなかったけれど、逃れられないと感じたのも事実だった。

「もちろんさ」ヴィクトリアに隠す理由はなかった。「マクレーンに両親を殺されて牧場を奪われたとき、おれは十三、ベンは十一だった。あいつはおれたちを殺したつもりだったが、どうにか逃げて生き延びた。ベンの傷はひどくて、死んじまうかと思ったよ。二十年かけて計画を練った。働いて、金を貯めて、来る日も来る日も銃の腕を磨いて、いつか取り返すときを待った。邪魔するものは許さなかった」

「そして邪魔するものはなかった」そっと言い添えた。「よくわかるわ。なにより牧場が大事なのね」

口をつぐんだ。ジェイクがちがうと言ってくれるのを待った。すぐさまいつもの熱いくちづけをして、牧場よりきみのほうがずっと大事だと言ってほしかった。でも、彼はなにも言わなかった。ヴィクトリアは目を閉じた。声が出せるようになるまでしばらくかかった。

「もしわたしが結婚しないと言ったら、どうするつもりだったの?」

ジェイクは肩をすくめた。「ありえない。疑いもしなかった」

冷たい波が押し寄せて、ヴィクトリアは震えた。ジェイクは勘違いをして彼女を抱き寄せると、腰を撫であげた。

「寒いのか?」

「いいえ」体は寒くなかった。心が凍えていた。聞きたい言葉は、まだ口にされていない。

「あたためてやるよ」

その声に熱いものを感じて、ヴィクトリアの胸の鼓動はたちまち速くなった。体はもう奪われる歓びを覚えてしまったようだった。頭をジェイクの肩にもたせて、ねだるようなまなざしで見つめた。

「ジェイク……」

ジェイクは答えず、ヴィクトリアの太腿をつかむと彼の腰にまわして、脚でつかまらせた。今度はするりと入ったが、それでもヴィクトリアは貫かれる衝撃に息を飲んだ。腰から下の筋肉が激しく求めて強く締まり、ジェイクをつかまえるとぴたりと寄り添って封じ込めた。あとはただ、彼にしがみつくだけだった。

その後、満ち足りると、ジェイクはうつ伏せになって眠りに落ちた。ヴィクトリアは天井を見つめた。敗北を、苦々しく噛みしめていた。


次の日、ルイスは納屋に入ると、だれかが空の馬房に駆けこむ姿を目の端で捉えた。立ち止まって、納屋のほの暗さに目が慣れるまで待った。だれだかわからないが、あの種馬、ルビオのそばだった。美しいが、これほど手に負えない馬はルイスも見たことがなかった。ジェイクはこの馬に大きな期待をかけているから、ちょっかいを出す者がいれば、喜ばないだろう。

ルイスは屈んで藁(わら)を拍車に差し、かちゃかちゃ鳴らないようにした。ピストルをそっと抜くと、猫のように身軽に、油断なく納屋の真ん中まで進んだ。

音がした。かすかに干し草がかさかさいうほうへ向かった。親指で撃鉄を起こした。扉の隙間からのぞいて動きをとめ、戸惑った。あそこに見える布はなんだ？　スカートに見える。

ため息をついてピストルをホルスターに戻し、歩いていって扉に腕を乗せた。

「ミス・ウェイヴァリー」丁重に話しかけた。「なにか、手を貸しましょうか？」

少女は痛ましいほど息を潜めていた。こわばった体を見れば、ルイスにもそれがよくわかった。ふざけているのだろうか？　だが声をかけると飛び上がり、こちらに向けた顔は怯えて固まっている。

「いいの」彼女はそう言うと、慌てて立ち上がった。干し草がちらほらスカートにくっついていた。馬房の真ん中に立った少女は怯えたままだった。まるで追いつめられて逃げようとしている子鹿のように見えた。

ルイスはまだ二十二歳だったが、銃に頼る生活をはじめて久しい。この男はがらがら蛇ほども危険だと、多くの男たちが高い代価を払って学んでいた。これまでの人生はやさしさや愛情と縁がなかったが、赤ん坊の頃はきっと母親に可愛がられて育ったのだろう、ルイスは女といるのが好きだった。姿や香りや味、歩き方にしゃべり方、そして手触りが好きだった。年下も年上も、娼婦も処女も、やせたのも太ったのも、恥ずかしがりの女学生から世慣れた酒場の女、しかつめらしい良家の奥方まで、一人ひとりにとっておきの甘いほほえみと、とろけるような声を贈った。これにはだれもが応えてくれた。ほんの少し、まなざしがやわらぐだけのときもあったが。

　それなのにどうして、このとてつもなく美しい少女は、怯えたように見つめるのだろう？

　好奇心をそそられた。自尊心が傷ついた。気持ちがほぐれた。この娘には、人にものにも、怯えてほしくなかったからだ。女は愛されるために、大切に守られるために地上にやってきた生き物だ。この娘を抱き寄せ、なにも怖がることはない、彼が、ルイスが、命をかけて守るからと言ってやりたかった。

　そうするかわりに、ありったけの魅力をふりまいてほほえむと、その場から動かず言った。「馬を見てたの、チーカ？　きれいな馬だね」

　彼女の目は紺青色で、深い海の淵を思い出した。ルイスはカリフォルニアであのすばらしい色を見たことがあった。彼女の美しさに鳥肌が立った。だが彼女は、無表情にルイスを見つめ、安心させるはずのあたたかい声にもほほえみにも、応えなかった。

　ルイスは一歩下がって二人の距離をあけた。「おれはルイス。ルイス・フロンテラスだ」ほんとうの姓は知らなかったが、浮浪児だった頃にいた村の名前を拝借して名乗っていた。

　彼女の目に少し感情が見えた。

「あんな危ない荒れ地を行こうなんて、きみらは勇気があるなあ」緊張をほぐすようにつづけた。「女三人で、しかも夜の夜中に！　尊敬するよ。もう安全だって言いたかったんだ。おれたちは傷つけたりしない、守ってやりたいんだってね」

「わたしは勇気なんてない」シーリアが、ついにかぼそい声で言った。「怖くてたまらなかった。勇敢なのはヴィクトリアよ」

ああ、ねえさん、ジェイクの新妻か。まったく近寄りがたい女だ。毅然とあごをあげて、冷たい青い目をしている。

「ああ、あの人はすごいよ」心からの尊敬をこめて言った。「どこへ逃げる気だったの？」

「サンタフェに行きたかったんだけど、盗賊が南から来るって聞いたの。東は先住民の土地だから、まず西へ向かって牧場から離れておいて、朝になったら南へ行こうってヴィクトリアが言ったの」

三人が土地に慣れていたら、きっとうまくいっただろうとルイスは思った。うなずくと、手をのばして扉をつかみ、大きく手前に引いて、彼女に場所をあけてやった。「もう一人のレディ、ほら、きれいな茶色の目の――あの人はきみのいとこ？」

そんなことはとっくに知っていたが、彼女にもっと話してほしかった。

シーリアはうなずいて、開いた戸に二、三歩近づいたが、二人のあいだが縮まりすぎる前に立ち止まった。「エマっていうの。何年か前からオーガスタでわたしたちと暮らしはじめたの。戦争中のことよ。ルーファスおじさまとヘレンおばさまが亡くなって、エマの婚約者も戦争で殺されたから、行くところがなかったの。エマも勇気があるのよ」

「きみら三人ともそうだよ」

シーリアは頭を振った。「わたしは全然だめ。怖くて怖くて、どこかに隠れたいってそればかり思ってたわ。ヴィクトリアとエマが出ていくしかないって言ったの。ガーネットと少佐がわたしを……傷つける前に」

またシーリアの目から表情が消えた。ルイスは激しい怒りとともに悟った。実にありそうな話だった。これほど美しい少女を見て、求めないでいられる男がいるだろうか？　準州に住む者ならだれでも、マクレーンとガーネットの悪評は耳にしていたから、二人がこの美しい娘をどんな目にあわせようとしていたか、よくわかった。

ルイスは扉のそばを離れてゆっくり下がり、彼女に詰め寄る気がないのをわからせようとした。ルビオの馬房の前で立ち止まると、この大きな馬は耳をしぼって彼を見つめた。賢明なルイスは種馬の歯と蹄が届く範囲内には近寄らなかったが、馬のすばらしさは認めずにいられなかった。「たいした野郎だ」ルイスは流暢なスペイン語でつぶやいた。「牝馬を孕ませるしか能がないんだろ、え？　乗りこなすには性格が悪すぎる。だが、なんとも羨ましい人生だ！　食って寝て、レディを口説くだけなんて」

シーリアがそっと空の馬房から出てきて、ルイスを見ていたが、いつでも逃げ出す構えだ。ルイスはにっこりほほえんだ。「こんなにきれいな馬は見たことないよ」

シーリアがうなずいて、とうとう笑顔がこぼれた。ルイスは息を呑み、声も出せなかった。まるで天使のようだ。

「すばらしいでしょ」シーリアがささやいた。「食べるものを持ってきたら、いまは首を触らせてくれるようになったのよ」

ルビオにそんなに近づいたのを知って、ルイスは眉をひそめたが、怒らなかった。少しでも怒ったりすれば、彼女は逃げだすだろう。

「わたしはシーリア」

とっくに知っていたが、贈り物をもらったような気分でうなずいた。

「牝馬を持ってるの。ジプシーっていうのよ。ジェイクに選ぶのを手伝ってもらったわ。ほんとに賢いのよ。でもあなたたちに追いかけられたとき、ヴィクトリアの馬に乗らされたの。あの馬のほうが速いから、そうすればエマとわたしが逃げられるから、って」

「そうか。おねえさんは本当に勇敢なんだな」

「ジェイクと結婚してくれてうれしい。彼は好きよ。でも本名を教えてくれていればよかったのに」

「わけがあったんだよ、チーカ」

「知ってるわ」ため息をつくと、明るい光が顔から消えた。「少佐は恐ろしい人だった。ジェイクのご両親を殺したのよ、知っていた?」

「ああ、知ってる」

「ジェイクがジェイク・サラットだってわかる前は、よくお祈りしたの。サラットが戻ってきて少佐を殺しますようにって。いけないことだけど」ぽつりと言う。「でも大嫌いだったの」

「悪を憎むのはいけないことじゃないさ」

「だといいけど。もう行かなきゃ」急にまた怯えたように言った。スカートをはためかせて駆けていった。彼女が納屋の表扉から出ていくのを、ルイスは見送った。ほっそりしたシルエットがつかのま明るい入り口に浮かんで、すぐに見えなくなった。やさしく、妖精みたいな娘だった。ルイスは彼女がほしくなった。


ヴィクトリアの結婚式がすむと、日々はゆっくりすぎていった。長いあいだ不安なときを送っていたので、唐突に穏やかになると、三人は輝く夏をむだにすごしているような気分になった。時計はカチカチとは進まず、じわじわ動いた。みんなのんびりしていた。

シーリアには笑い声が戻り、その響きを聞くとだれもが笑顔になった。ジェイクが出かけるときはいつでもすぐ後ろをついてまわり、まだベンには打ち解けていなかったが、だれかが彼にいたずらを仕掛けるようになった。ヴィクトリアはシーリアが犯人ではないかと疑っていた。妹はそういうことが大好きなのだ。ベンは、シーリアの仕業だとちゃんと知っていた。一度彼女がベンの部屋からこっそり出てくるのを見たことがあったが、知らないふりをつづけた。シーリアが喜ぶので、ベンはわざと大げさにひどい目にあったと話し、彼女が知らん顔で笑いをこらえる様子を楽しみに眺めた。

だがエマは、ベンを遠ざけて口をきこうとしなかった。まるでベンがそこにいないように振る舞い、ベンもそうさせておいた。同じ屋敷に住んでいるのだから容易ではなかったが、エマがとても冷静だったせいでうまくいっていた。ベンにはからくりがわからなかったが、彼女はベンに話しかけつつ、彼がそこにいないように振る舞えた。腹は立ったが文句は言わなかった。そうされる理由がわかっていたからだ。

毎日が忙しかった。最悪の事態も予想したが、牛の放牧に出ていた男たちもそれほど面倒は起こさなかった。肩越しに鋭い一瞥をくれて去った者もいれば、残った者もいた。ジェイクと牧童たちは、じっくり時間をかけて群れを数え、牛と馬に新しく焼き印を押した。夜明けから日がとっぷり暮れるまで、ジェイクとベンが屋敷を離れているのも珍しくなかった。疲れて帰ってくる泥だらけの二人からは、馬と汗の臭いがした。楽に体を洗えるように、牧童たちが寝起きする小屋の裏に便利なものをこしらえた。こぢんまりした目隠しの中に、水の入ったバケツを二つ、頭の上あたりにぶら下げ、バケツにはそれぞれ縄をつけた。やり方はたいてい同じだった。服を脱ぎ、頭の上からちょっと水をかぶり、石鹸で洗って、残りの水で洗い流す。バケツを空にしたら汲んでおく。暑い日の終わりにはいつでもこれに長い列ができたが、水浴びがしたいと思ったらやはり川へ行く男は多かった。あまりそう思わない男たちもいた。

　のんびりとした夏の日々が、ヴィクトリアにとっては、まるで現実離れしたものだった。日中は、昔ながらの妻の仕事をしてすごした。繕いものをし、食事が時間どおりに出されるよう気を配り、家庭を築くための細々とした用事を片付けた。それこそヴィクトリアが思い描いていた生活だったから、すんなりと馴染んでゆけた。

　しかし夜はちがった。毎晩ジェイクが階段を上って彼女の寝室――いまでは二人の寝室――に入り、ドアを閉じると、想像もしなかった生活がはじまった。何時間も彼の腕のなかで、官能の世界に溺れた。服を着るときも脱ぐときもジェイクがいるようになり、彼の長い体がベッドにあることに慣らされていった。彼はいつでもどんなふうにでも好きなように触れ、それも始終だった。彼の愛撫の届かぬところは、体のどこにもなくなった。彼だけでなく、彼女自身の肉欲が理性を封じ込め、夜ごと悦楽に酔いしれた。朝起きてまぶしい太陽を見ると、前夜の行きすぎた行為を汚らわしく思うこともあったし、そういうときは、二度と我を忘れないようにしようと誓った。けれど、ひとたびジェイクに唇を奪われ、逞しい体に触れると、その誓いはもろくも崩れ去った。

　夜を支配されていくにつれ、日中はせっせと壁をこしらえるようになった。もしジェイクがたった一言、愛している、と言ってくれたら喜んですべてを捧げたのに、彼がささやくのは淫らな言葉ばかりだった。だから毎朝、ヴィクトリアは自分の心を彼から遠ざけようと必死になり、自分の一部を壁のなかに閉じ込めて、彼の目に曝さないようにした。純粋に自分を守ろうとしていた。芯の部分はだれにも侵されたくなかった。自分が拠って立つ土台だけは守りたかった。たとえほかのすべてが引き裂かれようとも。

「子猫だわ！」

シーリアはうれしそうに顔を輝かせて、小さな猫をルイスの骨張った手からすくいあげた。ふわふわの毛玉に頬を擦り寄せると、子猫はか細い声でニャーとないた。「ねえルイス、どこで見つけたの？」

「馬具部屋だよ。母猫が死んだんだろうな」

「大丈夫かしら？」シーリアは心配そうに尋ねた。「自分で餌を食べられると思う？」

ルイスは肩をすくめた。「それを知る方法はひとつだよ」

二人で屋敷に戻ると、シーリアはロラに頼んであたたかいミルクを皿にもらい、中庭に出て、太陽が降り注ぐ板石の上にその皿を置いた。子猫は几帳面に匂いを嗅いでから、ピンクの鼻を近づけてミルクを舐めはじめた。

シーリアが笑顔になった。「大丈夫みたい」

「そのようだね」ルイスは、板石にうずくまって熱心に子猫を見ているシーリアを眺めた。

喜びでいっぱいの彼女を、いますぐ抱きあげてキスしたかった。

シーリアが顔をあげた。「どこで飼うの？　名前はなあに？」

「おれが飼おうと思ったんじゃなくて、きみに持ってきたんだ」

「わたしにくれるの？」シーリアが息を呑んだ。

「ほしいなら」

「もちろんよ！　いままで動物を飼ったことがなかったの」シーリアがそっと耳の裏をかいてやると、子猫は頭を擦り寄せたが、顔はミルクからあげなかった。

「ロラに聞いたわ。子猫を見つけたんですって？」そう言いながら、ヴィクトリアが中庭に出てきた。ルイスが驚いて見ていると、ヴィクトリアもシーリアのようにしゃがんで、子猫を撫でた。「とっても可愛いわね」

「ルイスが見つけたの。わたしにくれるって」

ヴィクトリアがほほえんだ。「名前はどうするの？」

「子猫は飼ったことがないから、わからなくて。猫にはどういう名前をつけるの？」

「タイガーは？」ヴィクトリアが助け舟を出したが、どう見ても子猫には似合わない。シーリアと一緒になって笑いだした。

「ルイス、あなたならどうする？」シーリアが尋ねた。

ルイスは肩をすくめて二人の隣に腰をおろした。「おれも動物を飼ったことがないんだ」

ヴィクトリアはほほえんで、ほっそりした若者を見つめ、彼が子猫に親しみを覚えているのではないかと思った。なぜって、彼はとても猫に似ているから。ルイスはいい青年だった。たしかに広い肩には危険がマントのようにぶら下がっているけれど、ルイスの笑顔はいつでもあたたかくやさしかった。シーリアに色目を使うどころか、彼女のボディーガードを買ってでているようだ。ヴィクトリアはほっとしていた。これでシーリアが、男を怖がらなくなるかもしれないと希望をもった。いまでは牧場の男たちも、シーリアをからかったり危なくないよう気を配るだけで、怖がらせたり流し目を送ったりする者はいなくなった。

「そもそもこの子は牡なの？　それとも牝？」ヴィクトリアが現実的な話をもちだした。ルイスがまた肩をすくめたのを見て、シーリアの好奇心に火がついた。「どうやったらわかるの？」

「抱いて、見てごらん」ルイスが答えた。

やってみた。子猫を抱いてこちらに向けた。三人は真面目な顔で腹を見つめた。

しばらくしてシーリアが言った。「わたしたち、なにを見てるの？」

「さあ」ヴィクトリアが正直に言って、楽しそうな目をした。

「ルイス、どう？」

ルイスは手で口元を隠してこの問題を考えているふりをしたものの、とうとう認めないわけにはいかなくなった。「毛深い腹ですね」

「わたしもそう思っていたのよ」ヴィクトリアが言った。

シーリアがくすくす笑いだすと、つられてみんな笑った。ブーツの足音が聞こえて、三人は顔をあげた。シーリアが子猫をかかげて、「ルイスが子猫をくれたの」と、ジェイクに教えた。「名前をつけたいんだけど、この子が男の子か女の子かわからなくて」

ジェイクの顔がほころんだのを見て、ヴィクトリアは心臓が飛び上がるのを感じた。ジェイクは腰をかがめて子猫を受け取ると、大きな骨張った手でそっと抱いて眺めた。「牡（おす）だ」そう言って、シーリアの膝に子猫を戻した。

「どうしてわかったの?」

シーリアとこの手の問答に巻き込まれたらえらい目に遭うので、彼女の頭をなでて言った。「経験さ。おれとベンが小さかった頃は、たくさん猫がいたんだよ」

「見分け方を教えて」

ヴィクトリアは楽しそうに眺めて、どうやってジェイクがかわすか見ていた。ルイスは顔をそむけて笑い顔を隠した。

「牡と牝（めす）を並べてくれたら、ちがいを教えてやれるんだが」

「そうよね」がっかりしてシーリアがため息をついた。「とりあえずいまは男の子の名前をつければいいってわかったわ」

「トムは？」ジェイクがアドバイスした。「名前でもあるし、こいつは牡猫だから、いいんじゃないかな」

「トム」ちょっと考えてシーリアはうなずき、子猫をミルクの皿に戻してやった。

ジェイクがさし出した手につかまり、ヴィクトリアは立ち上がった。腰のくびれに手を回されて、屋敷に入った。

声が聞こえないところまで離れると、ヴィクトリアが尋ねた。「ルイスにシーリアをまかせても大丈夫かしら？」

「あいつほど信用できる男もいないさ。シーリアはあれだけ美人だから、若い連中に気にするなというのも無理な話だ。でも心配してるのがそういうことなら、ルイスは力ずくでどうにかしようなんて思う男じゃない」

「そういうことを心配してるんだと思うわ。あの子はあんなに無邪気でしょう。ひどいことが起きないでくれればいいんだけど」

ジェイクの緑の目が光った。「ひどい？」抑えた声で尋ねた。

ヴィクトリアは、ジェイクが二階へ連れていこうとしているのに気がついて、目をしばたたいた。頬がかっと火照った。「なにをしているの？」咎めるようにささやいた。

「きみをベッドへ連れていくのさ」

「ジェイク、まだ日は高いのよ！」

「ああ。だから？」

「なにをしているか、みんなに知られてしまうわ」

「毎晩おれたちがベッドでなにをしているか、みんなが知らないと思ってる？」

「夜は眠るためにベッドへ入るのよ。いまベッドへ入ったら、眠るためではないと、はっきりわかるじゃない！」

　ジェイクは腰にあてた手に力をこめて、ぐいぐいと押した。「結婚してるんだから、違法じゃないだろう」ヴィクトリアがなにを言っても、ジェイクはものともしなかった。なぜだかわからなかったが、ヴィクトリアは二人のあいだに壁を築きつづけていた。屋敷に戻ってくると、毎晩見えない壁が二人のあいだに立ちはだかり、ヴィクトリアの心から締め出されるのを感じた。その壁を毎晩ジェイクが叩き崩し、ヴィクトリアは昼のあいだにせっせと建て直した。いまでは屋敷に帰ってくる目的が、ヴィクトリアと愛しあって、壁を叩き崩すことになっていた。二度と建て直せないように、徹底的に崩したかった。彼女のすべてがほしかったからだ。どんな小さなことでも、逃したくなかった。喉の乾きで死にかかっている者の訴えにも似た思いだった。水の入ったグラスを渡されたのに、半分しか飲んではいけないと言われたような気分だった。

　寝室に入ると鍵をかけて、二人の服をむしり取った。ヴィクトリアをベッドに横たえると、その目には絶望が浮かんでいた。ジェイクの心も絶望に満たされた。どうして拒もうとするのだろう？　すぐにヴィクトリアが目を閉じて、ジェイクの首に腕をからめた。ジェイクにとっても、ヴィクトリアにとっても、その疑問はどうでもよくなった。

二人は火照（ほて）った体で激しく抱きあい、強く求めあいながら、熱い思いに我を忘れた。二人以外の世界など、愛しあっているあいだは目に入らなかった。しかし、ことが終わって服を探しはじめたヴィクトリアの目に、よそよそしさを見て取ると、ジェイクは今度もしくじったのだと思った。

15

仕事に戻ってからも、ジェイクはずっと考えていた。ヴィクトリアはジェイクの妻なのに、彼のものだとは言えなかった。その事実に苛まれた。なぜヴィクトリアは、警戒してほんの少し彼を遠ざけようとするのだろう？　結婚したのを後悔しているのだろうか？

ヴィクトリアは心の内に秘密をもっている。そうとわかっても、心の内をのぞいて読み取ることができなかった。ヴィクトリアがなにかを隠しているのに、それがなんなのかまるっきりわからなかった。生まれてはじめて心の砦に女の侵入を許したことで、忌々しくも丸裸にされた。なお忌々しいことに、彼のほうではヴィクトリアの心の内に入れない。なんだろう？　なにを隠しているのだろう？　マクレーンとの結婚生活に関係があるのだろうか？　少佐がやったなにかが尾を引いているのだろうか？　ヴィクトリアがなにかしたのではない。彼女になにかが起きたのだ。

いろいろ想像してジェイクはぞっとした。なにがあったのか尋ねるのも恐ろしく、出てくる答には耐えられそうになかった。ヴィクトリアが少佐のベッドにいるところを想像するたびに、苦々しい怒りに満たされた。マクレーンの持ちものを見るのは我慢がならなかったのですべて放りだしたが、マクレーンの妻は放りだせなかった。いまはジェイクの妻――そうだろう？　彼女の心はいまも記憶の深い淵に沈んだままなのか？　それとももっと別の、打ち消すこともやりすごすこともできないなにかを隠しているのだろうか？　はじめて愛しあったとき、ヴィクトリアの目はたしかに怯えていたが、それは単に状況のせいだと思って気にしなかった。腕の中で甘くとろけて燃えた彼女を見て、勝ったと思っていた。いまではジェイクを恐れている理由がないと、わかっているはずではないのか？

だが、ジェイクを恐れているのではない。なにか別のものが彼女を苦しめているのに、彼に救いを求めようとせず、一人で抱えているのだ。わかってくれないと思っているのかもしれないし、怒られると思っているのかもしれない。

少佐はヴィクトリアになにをしたのだろう？

ジェイクが押せば、彼女はさらに奥へ引っ込んでしまうだろう。ヴィクトリアの信頼をえるには、どれだけ彼女を求めているか、何度でも示すしかない。体をもっと重ねれば彼女の信頼も深まり、いつか心の壁を壊せる日が来るかもしれない。彼女がなにを恐れていても、抱いて、守って、愛そうと思った。なんであろうと、彼にわかるものであれば問題はなかった。彼女のためならドラゴンとも戦える。だが、亡霊と戦うことはできない。

エマは穏やかな夏の日々のあいだ、よく遠乗りに出かけた。あのどたばたの逃避行で身に沁みたから。この土地で暮らすには、体力がなにより必要だと。ヴィクトリアがたいてい一緒に来たし、ときにはシーリアも仲間に加わった。でもこの日は、一人だった。シーリアは子猫とどこかへ雲隠れして、ヴィクトリアはこみ入った手紙を両親にしたためていた。マクレーンが死に、すぐに再婚したことを知らせる手紙。どんな書きかたをしようと、二人をひどく驚かすことになるから、ヴィクトリアは午前中ずっと苦労していた。

愛馬から鞍をはずし、振り向いて柵に載せようとしたとき、固い肉の壁にぶつかった。エマは「あああ！」と言いながら、ぶつかった衝撃でよろめき、のけぞった。ベンの手が伸びて、倒れるところをつかまえた。エマの体を支えると、ハシバミ色の目でじっと見つめた。エマは身なりが整っていないのを十分わかっていた。髪はもつれ、白いシャツブラウスには泥が散り、推測どおりなら顔も埃まみれだった。恥ずかしくて頬が赤くなった。

ベンはエマの手から鞍を受け取ると、柵に載せた。ゆっくり時間をかけた。いつもはぱりっとしているエマが、今日はしどけなく乱れて、髪もぺたりと顔にまとわりついている。ベンが振り向くと、まだそこに両手を垂らした格好で立っていたが、もう表情は険しかった。彼女も感じているのだ。感じてくれないほうがよかった。片思いなら、たがいに惹かれ合っているよりも、ずっと気持ちを抑えやすかった。

「今日は一人？」ようやく声を出して、二人のあいだの沈黙を破った。

エマがうなずいた。「シーリアはいないし、ヴィクトリアは忙しくて」

「気に入らないな。これきりにしろよ」

また顔が赤くなったが、今度は怒ったせいだった。「あなたに指図されたくないわ」

ベンが眉をひそめて一歩近寄った。「そう噛みつくなよ」やさしく言った。「ちゃんと理由があるんだ。女一人じゃ危なすぎる、たとえうちの土地にいてもね」

エマは唇を噛んで、せっかちに感情を剥き出しにしなければよかったと思った。「あなたの言うとおりね。なぜあんなひどい言い方をしたのかわからないわ」

「それは嘘だろ。理由はおたがいにわかっている」ベンは手を伸ばすと、エマの鎖骨を指でなぞった。そっとやさしく触れただけなのに、二人とも震えた。「いつでも気を変えていいんだぜ」

エマは唾を呑み、か弱い喉を潤した。「そうしたらどうなるの?」

「そうしたら、おたがいに避ける必要がなくなる。痒いところを、掻こうじゃないか。そうしないといつまでも痒いままだぜ。そうすれば、眠れぬ夜ともおさらばだ」

エマはくるりと背を向けた。「どうもお世話さま」固い声で言った。「わたしを虫刺されみたいに思っている人とおしゃべりするほど暇じゃないの」

ベンは彼女の腰に手をやり、背中からゆっくり引き寄せ、腿のあいだに彼女を包みこんだ。円を描くように腰をこすりつける。「虫を相手にこんなことをしようと思わない」つぶやいて屈むと、エマのうなじに唇で触れた。

エマは震えてあおむき、ベンの肩に頭をもたせかけた。ぶるぶると震える手を後ろに伸ばして彼の腿をつかんだ。熱い唇に触れられると震えが走った。震えは全身を駆けめぐり、腰から下を興奮させた。「ああ」苦しくてささやいた。どうしてこんなふうになるの？

ベンは両手でエマの体を撫であげ乳房をおおった。掌を満たすその感触にうめき声がもれた。彼女を裸にしたかった。裸になってかたわらに横たわりたかった。荒々しいといえるほどの手つきでエマを振り向かせると、激しく飢えたように唇を重ねた。エマは抱擁のなかで背を弓なりにし、腕を彼の首にからめた。体は燃え、その炎を消すには裸になってベンの裸体に包まれるしかなかった。ふしだらな願いを恥じるべきだとわかっていても、できなかった。

ベンはエマの唇から瞼へ、頬へ、また唇へと、せわしなく激しく、おかしくなったようにくちづけた。「おれと寝よう」かすれ声で誘った。「死ぬほどどきみがほしいんだ、エマ」

頭が回らなかった。ぼうっとして彼の広い肩につかまっていたのは、脚に力が入らないからだ。彼と寝る。そうしたい、そうしないと……。

「どこで？」エマは尋ねた。なんだか間延びした声。朦朧（もうろう）とした頭でそう思った。

ベンは身震いして一歩前へ踏みだし、エマを空の馬房に入れようとした寸前に思い直した。ここで、いますぐ、彼女を干し草のうえに押し倒すわけにはいかない。真っ昼間だった。男たちが絶えず納屋を出入りするのを考えれば、いままで邪魔されなかったことが奇跡だ。口をあんぐりあけた馬鹿面の牧童に、エマのなめらかな白い肌を拝ませてなるものか。彼女は彼のもの、ほかのだれにも裸体を見せたくない。

自制心の最後の一滴まで振り絞って乳房から手を引き離し、エマの顔をそっと包んだ。もう一度激しいキスをした。「おれの部屋へおいで、今夜だ」

エマは大きな茶色の目をうっとりさせて、ベンを味わうように唇を舐めた。苦悩の表情を目に浮かべて、現実を思い出した。「無理よ」

ベンは歯ぎしりした。たったいま彼女を行かせなければ、わずかな誠意もなくしてしまうだろう。そうできるうちに手を離し、そっと押してエマを送りだした。彼女は振り向きもせず歩いていったが、足元がおぼつかないようによろめいていた。ベンは厩栓棒(ませんぼう)に頭をもたせ、肩で息をした。五分後に、ようやく背を伸ばして納屋を去ったとき、顔は張りつめ、青ざめていた。

納屋の二階で、シーリアはあお向けになり、頭上を舞う埃を眺めていた。瞳には戸惑いと好奇心が浮かんでいた。ベンはエマに良くないことをしていたけれど、エマは気にしていないように見えた。ベンがしていたのは、ガーネットと少佐がシーリアにするかもしれないと、ヴィクトリアに注意されたようなことだった。二人にあんなふうに触れられるのを想像したら気分が悪くなった。でも、ベンとエマを見ていても、気持ち悪くはならなかった。楽しくなって、なんだかどきどきわくわくした。エマも嫌そうには見えなかった。たぶん悪い人がやったときだけ悪いことになるのだろう。わけがわからなくなったが、だんだん落ちついて、こう思えるようになってきた。さっき見たものは悪いことではなかった。知らなかったからちょっと怖かったけれど、悪いことではない。

子猫が腹の上に飛び乗ってきたので、うわの空で小さな体を撫でてやった。埃っぽい納屋の二階に寝転んで、射し込む日の光を見つめながら、シーリアは女への第一歩を踏みだした。

ルイスがその日の午後遅くにシーリアを見つけたのは、屋敷から一マイルも離れた木の下だった。シーリアは木の葉で子猫をじゃらしていた。ルイスが馬で近寄ると、顔をあげてほほえんだが、言葉はなかった。馬からひらりと下りると、手綱はそのまま地面に垂らしておいた。「おねえさんが探してるよ」そう言って隣に腰をおろした。「どうしてこんな遠くまで来たの?」

「そんなつもりじゃなかったんだけど、考え事をしていたらここまで来ちゃったの。でもここはきれいで心が安まると思わない?」

ルイスは果てしなく広がる大地を眺めた。そこには幾多の危険があったし、心が安まるなんて思いもしなかった。荒涼としてだだっ広いが、安らぎはない。しかしこの瞬間は、だれもおらず、危険もなさそうだったので、ルイスは答えた。「そうだね」

シーリアが木の葉を子猫の背より高くあげた。猫は後足で立って、小さな前足で叩こうとした。シーリアは、坐って子猫と遊んでいるだけで満ち足りているように見えた。

ルイスは言った。「そろそろ帰ろうか」

シーリアがため息をついた。「そうよね」だが彼女は立ち上がらず、ためらいながら言った。「もしわたしが——ルイス、教えてほしいことがあるの」

「答えられることなら、チーカ」

シーリアが首を回してルイスを見た。彼女の顔は青ざめて、紺青色の目は真面目そのものだった。「男の人が女の人にすることは——悪いと決まっているの？」

その言葉に息を呑んだ。まるで腹を殴られたような気分だった。シーリアとはそういう話をしたくなかった。彼女は汚れを知らなかった。いままではその幼さがルイスから彼女を守っていた。体は豊かな曲線を描いていても、やはり子供だと思っていた。いま彼女の目に浮かぶ表情は、もう子供のものではなかった。

ルイスは長く深く息を吸った。「いや」とつぶやいた。「女の人が嫌がっているのに、男が無理強いしたときは、悪いことになる。二人が愛しあってるなら、そうするのは、すばらしい、愛おしいことなんだよ」

シーリアはうなずくと、また子猫と遊びはじめた。猫はあお向けに転がって、四本の足で木の葉をつかまえようとしていた。

「それで赤ちゃんができるのね」と言った。

「うん、そうなることもある。いつもじゃないよ」

「それが怖かったの。だれか——男の人が——それをわたしにするんじゃないかって。ガーネットはしようとしてたし、少佐もそうよ。わたしが一人でいるところをつかまえようとしてたの。あの二人に触られると思っただけで気分が悪くなったわ」子猫を見つめていれば、話すのも楽だったが、ルイスにじっと見られているのを感じた。太陽のように激しいまなざしだった。「悪いことだと思ってた。でも、あの二人だからそうだったのよね？そのこと自体は悪くないんだわ」

「そうだよ」ルイスの声はとても厳かでやさしかった。「悪くするのは、その人なんだ。おれがもってる銃みたいなものさ。銃そのものはなんでもない。でも、だれかが握ると、良くなることもある。身を守れるし、養ってもくれる——それに、人も殺せる。なにをさせるかは、握る人にかかってるんだよ」

子猫は木の葉に飽きて、ルイスの拍車をうかがっていた。身を伏せて、ゆっくり、笑いを誘う動きで忍び寄った。十分近寄ると飛びかかって星を叩き、星はくるくる回った。

「男の人の体のこと、なにも知らないの。わたしが怖がるのは、男の人の体がどんなで、それをどうやってするか、知らないからじゃないかしら」

ルイスは必死で子猫に気をとられているふりをした。シーリアがなにを言うか、聞く前からわかっていたから、言わないでくれと祈った。もし言われたら、自分がなにをするかわからなかった――

「あなたのを見せてもらえない？」シーリアがささやいた。「知りたいの。もう怖がりたくない」

ルイスの心臓は止まり、彼は目を閉じた。「チーカ、だめだ」

「どうして？」彼女が突然顔を真っ赤にしてそむけた。「いいかと思って――友達だから――でもいけないのよね？　こんなおねがいをするなんて」

「いや、いけないいんじゃなくて」声がしゃがれた。いつも気軽に女と接し、なにを言い、どう触れればいいか、いつもちゃんとわかっていた男が、途方に暮れ、舞い上がって震えていた。「ただその――チーカ、男と女がすることを、愛しあうってことを――おれはきみとしたいんだ。きみはとてもきれいでやさしくて、おれはものすごくきみがほしい。でもきみは愛してる人とするべきなんだ、だれかほかの――」

「でもルイス、わたしはあなたがいいの」シーリアがそっと言った。「あなただってきれいだわ。それにわたしを守ってくれるし、あなたといると心がぽっとあたたかくなるの。あなたを見て、触れて、神さまがあなたをどんなふうに造られたか知りたいの」

感覚が麻痺しているのに、苦痛を感じていた。シーリアが求めているのはセックスではなく、ただの知識だ。ルイスの体を見てみたいだけなのだ。嫌と言えるわけがなかった。

もし彼女の手に触れてもらえるなら死んでもいいと思っているのだから。

　ゆっくりガンベルトを外した。子猫がブーツのまわりでじゃれたが、ルイスは気にもとめなかった。シーリアが近づいて、隣に膝をついた。午後の陽光が、彼女の顔と髪にまだらに影を落とし、金色の光を浴びせた。ルイスは息もできなかった。シーリアの息もかすかに乱れているのを、ぼんやり感じた。

　ベルトを外してズボンをゆるめた。つなぎの肌着はつけていなかった。上下が分かれているほうが、夏のあいだは暑くなったら上を脱げるから、便利だった。女の前ではいつでも平気で服を脱いでいたことを考えていた。いまは心臓をどきどきさせながら、着ていたものを腿まで下げた。

　そよ風が裸の肌をやさしくなでた。シーリアの唇が開いて、顔には驚いたような表情が宿った。そっと手をのばすと一本の指で彼に触れた。

　彼の中の男が目を覚ました。目覚めないでくれと祈ったが、結果はわかっていた。シーリアのあたたかい掌が彼を包んだ。

　ルイスがシーリアの手の中で完全に大きくなると、彼女はうれしそうなつぶやきをもらした。「とってもきれい」低い声で言った。「こんなだなんて、思いもしなかったわ。固くて、でもやわらかく感じるなんて」

　ルイスは目を閉じて、極上の苦しみにうめいた。「シーリア、チーカ、もうやめて――

いますぐ」

彼女は愛撫をやめなかった。「でも、やめたくないわ」

ルイスが目を開くと、、シーリアがほほえんだ。あたたかく穏やかな、まさしく女のほほえみだった。「みんな知りたいの。あなたに教えてもらいたい」

雨が降っていた。いまの気分にぴったり、とヴィクトリアは思った。欲を言えば、ドラマチックな雷鳴と稲妻のほうが、この陰気な、ぽたぽた、ぽたぽた落ちる雨だれよりふさわしいけれど。前夜、ジェイクに抱かれて激しく昇りつめたときには、このまま死んでしまうのかと思った。いまこうして灰色の光の下にいると、あとどれくらい自分を失えば、すべてなくなってしまうのだろうと思う。愛欲の淵に溺れて理性を失い、最後のはかない抵抗も揺らぎかけたとき、目を開けると、冷静に観察している彼がいた。こちらの反応を測り、巧みにさらなる高みへと誘いながら、本人はめまいひとつも感じていない。冷水を浴びせられたような思いで、ヴィクトリアは顔をそむけた。

まさかあんな手荒なことをするとは思っていなかった。ぐいっと顔をつかまれ、無理やり彼のほうを向かされた。緑の目に怒りが浮かび、首には筋が浮いていた。たぶん、怒りで冷静さも吹き飛んだのだろう、激しく突きあげ、体を叩きつけるようにして押しこんだ。果てた後、彼女のあごをつかむと、冷たく険しい声で言った。「二度とあんなふうにおれから目をそらすな」それから一晩じゅう、きつく抱いて放そうとしなかった。

いったいなにを求めているの？　なぜあんなふうに観察するの？　こらえる間もなく、唇が震えだした。

彼はもう牧場を取り戻した。ヴィクトリアの夫になって、一度は彼女のものになったものすべての所有権を手に入れた。すでに土地の半分をベンに譲った。ヴィクトリアは腹も立てなかった。この土地は、本来二人のものなのだから。ジェイクは、それ以外にいったいなにを望んでいるのだろう？　いまとなっては、彼女は用無しのはずだ。もしそうしたければ、あっさり処分することもできる。

その一方で、ジェイクの熱い思いも感じていた。昨夜の彼は荒っぽい態度をとったけれど、そのときでさえ情熱はあった。ジェイクはヴィクトリアに負けないくらい、肉体の奴隷だ。彼の腕の中ですごしたいくたびかの夜の後でも、彼に殺されるかもしれないとほんとうに思っているなら、いっそ彼に銃を握らせたほうがいい。そう思うこと自体が、彼女の希望の、愛の死を意味しているのだから。いいえ、ジェイクに殺されることはない。でも、愛されてもいない。そう思うことから、不安と恐ろしい妄想が生まれた。彼と一緒にいれば、体は安全だった。でも心は死の危険に曝される。自制心を総動員しても、そのことをジェイクに隠さなければならない。

シーリアの寝室のドアを開けてため息をつき、目の前のことに気持ちを切りかえた。つまり、妹を探し出して尋ねること。刺繍の円枠をシーリアが持っていったまま、どこを探しても見つからないのだ。

　前の日、ルイスがシーリアを馬の後ろに乗せて帰ってきたのは、日暮れにちかかった。一マイルも離れた木の下で、子猫と遊んでいたそうだ。きょうもまた姿が見えないけれど、雨の中を散歩しているとは思えなかった。

　ヴィクトリアは台所へ行った。「だれかシーリアを見なかった？」

　ロラが首を振った。ファナが言った。「納屋に行かれたんだと思います。子猫を連れてらしたので、あそこなら遊ばせてやれるでしょうし」

　ヴィクトリアはため息をついた。とりあえずいまは、こんなふうにシーリアが表へ出ていても、不安にならずにすんだ。雨に濡れてまで刺繍の円枠のことを訊きに行く気にはなれず、屋敷の中をもう少し探すことにした。

　順番にすべての部屋を探そうと、手はじめに書斎の机の下をのぞいていると、ジェイクが入ってきた。すばやく目をそらしたのは、二人のあいだにある種の乱暴な行為があった後では、気まずかったからだった。

　ジェイクが濡れた帽子をぽんと椅子の上に放り、髪を手で梳いた。「探しもの？」

「刺繍の円枠よ」

「おれの机の下で？」呆れ声で言う。

「シーリアが最後に持っていたの」

ジェイクは納得し、ヴィクトリアが立ち上がるのを助けようと手を差し出した。ヴィクトリアは手を引っこめようとしたが、腕をしっかりつかまれた。ジェイクが彼女の腰に手を回し、低い声で言った。「大丈夫か？」

なにを聞かれたのかわかって、ほの暗い中、ヴィクトリアは切ない気持ちで彼を見つめた。清々しい空気と湿った匂いがして、彼の熱気が雨に濡れた服を通して伝わってきた。

「少し痛むけれど、それだけよ。あなたは……傷つけていないわ」

「すまなかった。きみが怒らせるから、自制心をなくしたんだ」

もう少し暗くなったらランプを灯さなければならない。雨はしとしと降りつづき、開いていた窓から冷気が吹き込んだ。自分の体が脈打つのも感じた。「大丈夫よ。気にしないで」

ジェイクがヴィクトリアをほんの少しだけ引き寄せたが、その前から十分近づいていたから、ヴィクトリアの乳房が彼のシャツをかすった。ゆっくり息を吸いながら、乳房がきゅっと張るのを感じた。「埋め合わせをしなきゃな」ジェイクの唇がこめかみに触れそうだった。

ヴィクトリアは息苦しくなり、瞼が重くなるのを感じた。「そんな……そんなの気にしなくていいのよ」ヴィクトリアはジェイクより早く絶頂に達して、そのときの締まる感触に、彼はうめき声をあげていた。怒りのさなかでも、彼はヴィクトリアに応えさせることができた。

ジェイクがこめかみに唇をあてた。やわらかい肌に、彼の唇は熱かった。ジェイクの手がヴィクトリアの乳房を包んだ。「気にするさ」

ジェイクの肩に置いた掌に逞しい筋肉を感じた。なにも考えずに指を曲げて、爪を濡れたシャツに食い込ませた。

「ジェイク」ヴィクトリアの声は低かった。「だめよ。ドアが——ここではだめ」

ゆっくりジェイクが離れた。緑の目が、ほの暗い部屋のなかできらりと光った。後ろ向きでドアまで進むと、だれにも気づかれないように閉じて、鍵をかけた。それからガンベルトを外しはじめた。

ヴィクトリアの腰から下が重たくなってきた。ジェイクが武器を外すのを見て、書斎を見まわした。椅子があった。革張りで坐り心地のいい椅子だけれど、横になるのにちょうどいいようなソファはなかった。こんなことをさせてはいけなかった——レディにあるまじき行為だ——けれど、鍵をかけた薄暗い部屋に二人だけで、雨の匂いと音に包まれると、ヴィクトリアの体は熱くなった。ジェイクが手を伸ばしてヴィクトリアを抱き、背中を撫であげて髪の中に指を埋め、うつむいて濃厚なくちづけを交わすと、ヴィクトリアは彼の匂いと味に満たされた。

　ジェイクは彼女を床に横たえたが、ヴィクトリアは背中にあたる重厚な木の床の固さにも気づかなかった。彼の手が服のボタンを外し、肩をはだけるのを感じた。つぎはシュミーズの細い肩ひも。色の白い乳房を冷気が撫で、ジェイクが濡れた唇を寄せると乳首は焼けた。ヴィクトリアは喘いだ。

「きみは甘くて……ひんやりしてる」熱い唇で乳房を焼き、舌で乳首をつんと立たせた。痛いほどに深い満足のため息を洩らし、乳首を舌と口蓋のあいだに挟み、リズミカルに吸った。ヴィクトリアは彼の下で身をよじり、脚を動かして腰をこすりつけた。爪を肩に食い込ませた。太古の昔から変わらぬ欲情の合図に、彼のものがズボンの中でふくらんだ。彼はボタンをぐいと外して、彼自身を自由にした。

　あまりにも敏感になっていたので、ヴィクトリアはあたたかい血液がどくどくと体を流れるのも感じた。勃起した彼のムスクのような香りを吸いこみながら、体を動かして、何枚も重なったスカートとペチコートの下からジェイクが脚を見つけるのを手伝った。いつもの便利な、股の部分が開いたズロースを着ていたので、ジェイクの指はまっすぐあわせ目に向かい、やわらかいひだに滑り込んだ。触れた指は焼き印のように熱く、ヴィクトリアは、懇願とも聞こえる言葉にならない叫びをあげた。

　ジェイクがヴィクトリアにのしかかり、腿で彼女の脚をもっと押し広げた。ズロースが引っかかって穴の位置がずれ、入れなくなった。ジェイクは屈むと、強い指を穴に引っかけて、ズロースを縦に裂いた。ヴィクトリアは息を呑んだが、なにも言わなかった。ただやみくもに欲していたから。熱いものを早く入れてほしくて、手を伸ばした。彼があそこを探るのを感じたので腰を浮かせ、無言の誘いをかけたが、ジェイクはそこで止めて、ヴィクトリアのあごを掬い、顔を自分のほうに向けた。

目に心が表れるのをどうにもできず、ヴィクトリアは目を閉じた。同じことをして昨夜ジェイクをあれだけ怒らせたばかりなのに、そうするしかなかった。焦がれている心のもろさも、彼が与えようとするより多くを求める気持ちも、見透かされてしまうと思うと、耐えられなかった。

ジェイクは彼女の顔を見おろした。カメオのように白い肌が、薄暗い、雨に洗われた光の下に浮かんでいた。ヴィクトリアの心から締め出されたのだとわかり、胸が苦しくなった。前夜は怒りに駆られてむちゃをして、彼女を傷つけたが、同じことをくり返すつもりはなかった。安心させるようにやさしくつぶやき、腕を彼女の体の下に入れて固い床から守ってやり、ゆっくり挿入した。あまりの快感に二人は息もつけなかった。気持ちに逆らって、ヴィクトリアはぱっと目を開いた。

ジェイクの顔が目の前にあった。さらに深くおさめようとジェイクが少し体を動かすたびに、二人の息がからまった。「いい?」かすれ声でやさしく尋ねた。

「ええ」消え入りそうな声だった。

それさえ聞けば十分と、ジェイクは根元までおさめた。ヴィクトリアの反応を捉え損ねてなるものかと、表情の微妙な変化に目を凝らした。彼女はジェイクを信じていないかもしれないが、求めてはいる。ヴィクトリアは彼の妻だ。そうしたいときに愛しあえるのだから、体のつながりを強め、信頼を手に入れるのだ。いつか、体を重ねたとき、彼女の目に情熱だけを見るだろう。いまその目に潜む暗い秘密が消え去る日がきっとくる。

快楽の波が押し寄せて、ジェイクは身震いした。まだだ、ちくしょう、まだ早い。ヴィクトリアを抱いた腕に力をこめるとあお向けになり、スカートと脚をからませながら彼女の下になった。ヴィクトリアが乳房をあらわにし、たくしあげたスカートの束を腰に巻きつかせ、官能に酔った目をしている姿は淫らで、おおいにそそられた。手を彼女の尻にあてて、動きに導いた。ジェイクの体を挟むヴィクトリアの太腿は震えていた。人に聞かれないよう、ヴィクトリアは唇を噛んで喘ぎ声を殺した。

床がジェイクの肩甲骨をこすり、彼女の膝もこすっているだろう。スカートとペチコートが重なりあって、ヴィクトリアは動きにくかったし、ジェイクは彼女が見えなかった。二階の大きくて快適なベッドのほうがずっとましだったが、ジェイクはそこへたどり着くまで待つなどできなかった。ヴィクトリアを離すと体を起こした。

「ジェイク！」彼を見つめるヴィクトリアの目は、潤み、戸惑っていた。

「大丈夫。逃げたりしないから」ヴィクトリアを抱きあげると机の端に乗せ、またスカートをたくしあげると脚のあいだに割って入った。さっきより激しく突き込んだが、ヴィクトリアは待ちかねていたので、安らぎだけを感じた。

さっきより激しく、速く突かれ、貪欲に唇を求められた。ヴィクトリアはくぐもった悲鳴をあげた。ジェイクは命を甦らせてくれる。ヴィクトリアはそれを愛し、彼を愛した。体は解き放たれたいと叫んでいた。あらわな乳房を見られておののく貞淑な女だったのに、その変わり身の速かったこと！　いままでは触れてほしいときは彼の手や唇を乳房に誘うようになった。いまではナイトガウンを着るなど考えもせず、生まれたままの姿で彼の腕の中に滑りこんだ。彼が新たな快楽へ連れていくのに、ヴィクトリアを説き伏せる必要はなかった。彼女は貪るように、ジェイクに貫かれるときの熱く目のくらむ快感を求めた。

「くそっ……全部……脱いでりゃ……よかった」歯を食いしばって言うジェイクの肩は、緊張でこわばっていた。ジェイクは喘ぎ、突きあげるスピードとリズムは熱狂に近づいた。ヴィクトリアが悲鳴をあげ、痙攣した。また唇で声をふさぎ、ヴィクトリアを抱いて腰を浮かせると、やわらかなひだにペニスをしごかせた。限界まで昇りつめたが、堪えた。どんな小さな締めつけも感じたかった。すでにそのときが目前に迫っていたので、ジェイクが背中を弓なりにして激しく震え、種をまき散らしたとたん、ヴィクトリアは腕の中で果てた。

ゆるやかに、夢心地ではじまった秘め事は、剥き出しの肉欲に終わり、ジェイクは力尽きたような気がした。だがもっとほしかった。いつも、もっとほしくなった。のしかかるようにして、またキスしはじめた。

　ヴィクトリアは喘ぎ、手足はぐったり疲れていた。ジェイクが中でまた固くなったが、応えられるほど余力があるかどうかわからなかった。全身の神経がちりちりして、心臓はがんがん鳴っていた。どうしてジェイクはこんなに元気なのだろう？　ふだんなら、二回目を始める前に、腕に抱いて休ませてくれる。いまは息をつぐひまさえなかった。

　ジェイクは目の前にそそり立ち、手をヴィクトリアの腋に差し込んで肩のうえに回し、机から滑り落ちないよう支えた。腰を叩きつけ、引いて、また叩きつけると、棹は奥深く子宮まで届いた。恍惚とした目で彼を見あげた。彼の表情がひどく激しく、一心不乱だったので、狂暴に見えた。細めた目はぎらぎら光り、色は深い、燃えるような緑だった。汗が顔をしたたり、髪をもつれさせた。

　現実の縁がぼやけ、あいまいになった。ヴィクトリアはかん高い、泣き叫ぶような声を聞き、それが自分の声だと気づいたが、ジェイクは塞ごうとしなかった。

　ヴィクトリアは燃えていた。すずしい部屋で、体はぐっしょり濡れていた。突きあげられるたびに震えた。もがいて上に逃げようとしたが、力強い手で押さえつけられた。内側の緊張はもう耐えられないほどで、苦しくなるばかりだった。ジェイクを叩き、早く解き放ってほしくてすすり泣いた。ジェイクはヴィクトリアを押さえ、さらなる高みへ連れていった。彼女に夢中になるあまり、この世のほかのものは目に入らなかった。

「言ってくれ」かすれた声で言った。ヴィクトリアの目からあの忌々しい翳を追いだしたかった。二人のあいだに隠し事などあってほしくなかった。

ヴィクトリアは肉欲に溺れ、自分を失った。灰色の靄が流れてきて、心の壁ががらがらと崩れはじめた。つまるところ、最後に勝ったのはジェイクだった。「愛してるわ」ヴィクトリアはささやいた。肉体が快楽の絶頂に震えたときも、彼女の一部は不安におののいていた。

ジェイクは身悶えするほどのオーガズムを感じて、彼女にのしかかったが、気持ちは乱れていた。愛してるだって？　幸せではち切れそうになった。そのときまで、どれだけ彼女の愛がほしかったか、必要だったか、わかっていなかった。だが、まだ秘密はそこにあった。彼女がその言葉を口にしたときにも、その目には悲しみがあった。

ヴィクトリアの耳には、自分の言った言葉と、彼が言わずにもたらした沈黙の両方がこだましていた。

16

もう一度、数えてみた。これで三度目。指を折って日を数え、たしかめた。今日こそは月のものが始まるだろうと、暗い思いですごしていた。ジェイクに知らせなければならないからだ。いくら彼が夫でも、こういう話をどう切りだせばいいのかわからなかった。しかし、始まるはずの日がすぎても兆しはなく、まさかと疑う気持ちの一方で、確信が芽生え、日に日にふくらんでいた。いままで遅れたことはなかった。一日も。いま、一週間遅れたところで、予定が狂う理由はひとつしか考えられなかった。妊娠。

実を言えば、驚きはなかった。ただ、こんなに早くそうなるとは思わなかった。結婚して三週間しか経っていない。でも、二人は毎晩愛しあっていたし、それも一晩に最低二回、ときには昼間にも。そのどれかが実を結んだのだ。

赤ちゃん。ヴィクトリアはそっとお腹を撫でおろし、それから鏡をのぞいた。外見はなにも変わっていないのに、内面はすべてが変わりつつある。恐ろしくもあり、うれしくもあった。ジェイクの赤ちゃん。

ジェイクには愛されなくても、その子には愛してもらえるだろう。

鏡の中の若い女はペチコートとシュミーズだけの姿で、長い髪を肩から背中にたらし、謎めいた厳かな表情を色白の顔に浮かべていた。目は穏やかだけれど、考えこんでいたせいで、翳が射している。その実、ちっとも穏やかではなかった。心もとなかった。泣きたいような笑いたいような気分だった。いますぐジェイクに抱いてほしかった。彼の子がお腹の中で育っているいると最初に認め、その事実に直面した、いまこの瞬間に。ジェイクの強さと情熱がほしかった。二人で白いシーツに横たわり、実際に中に入ってほしかった。この新しい命を創りだした行為を、いましてほしかった。

乳房が疼き、両手でおおった。目を閉じ、唇を開いた。ジェイクのまえで、愛していると口走ったことを悔やむ気持ちが、ようやく消え去った。

ジェイクは日が暮れるまで戻らないと言っていた。彼が帰ってくるまでずいぶん待たなければ、話せない。すぐに言ったほうがいいだろうか、それともベッドで二人きりになるのを待とうか?

帰りを待って、ジェイクの機嫌を見ることにした。妻たるものが何千年もそうしてきたように。もし疲れていらいらしていたら、夕食を終えてひと休みするまで待とう。

ところがその日の午後、ジェイクとベンが帰ってきたのは思っていたより早い時間だった。太陽は真っ赤に燃える玉になって地平線に近づきつつあった。ヴィクトリアが台所で手伝いをしていると、タイル敷きの床を踏み鳴らすブーツの音が聞こえた。手伝いの手を止めると、心臓が緊張で暴走しはじめた。軽いめまいを感じた自分がおかしかった。赤ちゃんのせいだろうか、それとも父親？

「ヴィクトリア？」ジェイクが呼んだ。

「台所にいるわ」手を拭うと、急いで出迎えた。

ジェイクもベンも全身埃だらけで、顔に泥がこびりついているのは、汗が流れた跡だろう。ヴィクトリアは、二人が連れてきた泥のかたまりが、きれいなタイルを汚すのを見てがっかりした。二人はその視線の先をたどり、おかしそうに顔を見合わせた。どこを歩くか気をつかう生活には慣れていなかったが、この三週間で、三人の上品なレディと暮らすという現実に合わせて、変わらざるをえなかった。シーリアまで大人びて、驚くほどしとやかになってきた。シーリアにしては、だが。

「外で体を洗ってくるよ」ジェイクが笑いを堪えて言った。「着替えを持ってきてくれれば二階を汚さずにすむんだが」

「いいわ」ヴィクトリアはそう言うと、もう一度ブーツを咎めるように見てから階段を上った。

「あったかい風呂に入れると思ったのに」ベンが言った。

「融通がきかなきゃこの年まで長生きしてないさ」ジェイクが切り返すと、ベンは自分たちのことを考えて笑った。幼い頃に人を殺してから二十年、銃の法の下に生きてきたのに、いまこうして一歩も踏みだせないのは、ブーツに泥がついているからなのだ。

ヴィクトリアが、二人の着替えと、きれいなタオルと、大きな石鹸のかたまりを持って戻った。「きれいになる頃には夕食の準備ができてるわ」そう言いながら手わたした。

すでにバケツのシャワーには順番を待つ男が列をなしていた。小声で悪態をつき、ぶつくさ言いながら、二人はもう一度鞍をかけて川へ向かった。そのほうが順番を待つより早かった。服を脱ぎ、じゃぶじゃぶ川に入ると、水の冷たさに息を詰めた。

ベンがまた同じ話を持ちだした。「あったかい風呂に入るんじゃなかったっけ?」

「そんなこと言ったら、ひと悶着あったろうな」ジェイクは口笛を吹きながら石鹸で体を洗った。「おまえがヴィクトリアに湯を沸かしてくれと言えばよかったじゃないか」

「兄貴の女房だろ。おれの出番じゃない」

ジェイクはにやりと笑った。もちろん熱い風呂のほうがありがたかったが、ヴィクトリアの手をわずらわせたくなかった。ベンの言ったとおり、彼女はジェイクの妻だった。妻がいて、帰る場所があるのはうれしかった。ヴィクトリアに愛していると言われてから、温和な態度で接してきたが、こんなにやさしくなれるとは思ってもいなかった。あれっきり言ってくれないし、目にはまだ悲しみが見えたが、彼女に愛されていると知って、心の中の固いしこりがやわらぎはじめた。母が犯され、殺された日からそこにあるしこりだった。ヴィクトリアが意固地に隠し事をして内にこもっても、前より我慢できるようになったのは、愛されていると知ったからだった。

ベンが水に潜り、ざばっと出てくると、手で顔の水を払った。「レディってのは娼婦よりずっとやっかいだな」不満そうに言った。

「だが快適な生活を送らせてくれるぞ」

「快適？　快適？　おれたちはあったかい風呂に入るはずだったのに、こうして川でケツを凍らせてるんだぜ。それもこれも、兄貴が女房をわずらわせたくなかったからじゃないか。それが快適？　どうかしたんじゃないの？」

「服は清潔、食事はうまい、毎晩きれいなシーツが敷かれた本物のベッドで眠れる。レディは安物の香水や気の抜けたウィスキーの匂いなんかしない。実にいいにおいだ。おまけにかいがいしく仕えてくれる。最後に夕食を自分で皿によそったのはいつのことだ？」

「言葉づかいに気をつけなきゃならない」ベンが言い返した。

「ボタンが取れたらすぐつけてもらえる」ジェイクの緑の目が意地悪く光った。「おまえの不機嫌のもとはエマだろ」

「ああ、くそっ」ベンが腹立たしそうに言った。「もうひとつ、レディの困ったところはそれだよ。娼婦はあっさり寝てくれるのに、レディは男をベッドに入れたらこの世の終わりだと思ってる」

「娼婦は、金さえ持ってりゃだれでも相手にする。エマにそうしてほしいのか？」

ベンは不機嫌にうなって、水を跳ねながら川岸へ上がった。逞しい体をタオルでぬぐい、ハシバミ色の目を怒らせた。しばらくして言った。「いや、してほしくない」

ジェイクも岸に上がった。透明に澄んだ水が体を流れ落ちた。ベンの苛立ちはよく理解できた。妥当か妥当でないか、なんでもきちんと分けなければ気がすまないヴィクトリアのお堅い考えにぶつかるたびに、どれほど苛立たしい思いをしたことか。レディは娼婦よりずっと複雑だ。レディは男が与えようとするより多くを望むが、見返りに、まったく新しい人生を与えてくれる。肉体的な安らぎ、ほっとするあたたかさ、やわらかい体を一晩じゅう、それも毎晩、ベッドに横たえてくれる。そういったものを手に入れるには、結婚は高い代償かもしれないが、その価値はある。牧場のことがなくても、ヴィクトリアと結婚しただろう。そう思う自分に驚いて、薄紫にたそがれる空を見あげた。

すぐに弟のほうを見た。「結婚しろよ」と言った。

ベンはズボンをはいた。「結婚は向いてないよ、ジェイク。それは変わらない」

「やりたいだけならアンジェリーナのところへ行けよ」

「アンジェリーナは嫌だ」ベンがぶっきらぼうに答えた。「あの女はやりすぎてちがいもわかんないだろ」

「いかにも」

ベンは兄に顔をしかめると、なにも言わずに服を着た。エマはほしかったが、結婚を申しこむほどではなく、彼女を手に入れるには結婚を申しこむしかない。ある意味では、ジェイクと根無し草であちこち漂い、マクレーンを殺して牧場を取り戻すことだけ考えていた頃のほうが気楽だった。こうして牧場を取り戻したからには、この土地に飽きたからといって、馬で去るわけにはいかない。家があり、責任がある。そういう感覚を、好きになれるとは思えなかった。牧場や牧場の仕事のせいではなかった。牧場を取り戻して、心のどこかが安らいだ。苛立たしさの原因は、家庭の雰囲気や、決まりごとで縛られることだった。エマがほしくても手に入れられないのは、そういう馬鹿げた決まりごとが、エマのような上流の人種を支配しているからだった。そんな上流人種には、頼まれてもなりたくなかった。ジェイクがただの牧場主になれないのと同じだった。二人はあまりにも長いあいだ、銃の掟(おきて)のもとで生きてきた。水面下では、馴染みの本能がいまも根強く残っていた。ベンにはそれをどうしたらいいかわからなかった。

夕食の準備が整うころに、二人が帰ってきた。ヴィクトリアはじっと我慢していた。あと二、三時間待ったところでどうということはないし、ベッドに入れば二人きりになれる。ジェイクがなんと言うだろう。どんな反応を示すだろう。いままで子供の話題はでたことがなかった。急に怖くなってジェイクの様子をうかがうと、彼もこちらを見ていたので、慌てて視線をそらせた。

彼の心がわからなかった。ジェイクは長年、険しい顔と無表情な目の後ろに気持ちを隠してきた。ヴィクトリアに見えるのは、ジェイクが見せてくれるものだけ。あけすけな敵意のほうが、愛していてもよくわからない男からの情熱よりましだと思うことがあった。いまのままでは、神経が磨り減ってしまう。

まだ時間は早かったが、ジェイクは席を立つとヴィクトリアに手を差し出した。頬が赤くなるのを感じながら、その手につかまって立ち上がり、だれとも目を合わせずに食堂を出た。「おやすみ」ジェイクは言い、ベンとエマとシーリアが挨拶を返すのを聞きながら、がっしりした手をヴィクトリアの腰にあてて階段へ促した。

エマは二人が出ていくのを見て唇を噛み、羨ましさがこみあげるのを感じた。彼女を苛むのは、単に体の欲求だけではなかった。ヴィクトリアがジェイクに見出した帰属意識。ジェイクが腰に手を回して二人の部屋へ誘うあの感じ。そういう密接なつながりを求めていた。結婚という連帯感、分かちあえる人生がほしかった。顔をめぐらせてベンを見た。険しい、彫刻のような顔を。

視線に気づくと、ベンが眉をあげて無言の誘いをかけた。受け入れるには、席を立って二階へあがればよかった。彼はかならずついてくる。熱いものが全身を走った。もしベンが一晩、二晩のつきあいではなく、永続的なものを約束してくれるなら、エマは二階へあがり、結婚も貞節もかなぐり捨てたろう。でもベンには、結婚はもとより、どんな形であれ彼女にたいして責任を負う気はないのだ。二人の気持ちに蓋をするしかないと思うと、胸が痛んだ。目をそらして、椅子にじっと坐っていた。

「ジェイク、大事な話があるの」

不安そうな声を聞いて、ジェイクは凍りついた。ヴィクトリアの背中に縦に並んだ小さなボタンに手をかけたところだった。ヴィクトリアが隠しているのがどんなことであれ、いつかは心を開いて話してくれると思っていたが、急に知りたくなくなった。愛してくれていればそれで十分だった。マクレーンがどんなことをしたかなんて、聞きたくなかった。マクレーンは死んだのだ。あん畜生は。いまさらどうやって手出しできる？

「聞きたくない」静かに言うと、ヴィクトリアの髪からピンを抜いて、流れ落ちるあたたかい奔流を手で受けとめた。

ヴィクトリアが振り向いた。顔は青ざめ、大きく見開いた目は、はじめてジェイクがヴィクトリアのもとへ来た晩と同じだった。「聞かなくてはだめよ」ヴィクトリアはどうにか笑顔を作ったが、浮かんだと思う間もなく消えた。「隠せるようなことではないし、放っておけばなくなるものでもないの」

ジェイクの腸がよじれた。いきなり地獄が足元に口を開いたのが見えた。一瞬にしてなにが語られるのか悟り、気分が悪くなった。つまりそういうわけで、ヴィクトリアは悲しそうに閉じこもっていたのだ。そういうわけで、ときおり不安そうにジェイクを見ていたのだ。そういうわけで、なにか隠しているという感じがしたのだ。ああ、どうして思いつかなかったのだろう？　そして、どうしてそれに耐えられるだろう？　耐えられない。

ジェイクの厳しい視線に気づいて、ヴィクトリアは震えだした。「妊娠したの」告げる勇気がなくならないうちに言った。「あなたの赤ちゃんよ」

胃の底が抜けた気がしてジェイクは彼女を見つめ、言われたことを信じられずにいた。空っぽになった気分だった。心臓も肺も、内臓すべてが引き裂かれたような感じだった。それからすぐに、苦々しい怒りがこみあげた。二十年前、母が死ぬのを見たときに感じたより激しい怒りだった。

ヴィクトリアの裏切りは、ナイフのように腹を裂いた。よくもそんなことが言える。マクレーンの子をおれの子だなんて、いけしゃあしゃあとよく言えるもんだ。おれを馬鹿だと思っているのか？　マクレーンの妻だったのを知らないとでも思っているのか？　はじめてセックスしたときヴィクトリアは処女ではなかったし、そのときからまだ三週間しか経っていない。いま妊娠しているのなら、マクレーンの子としか考えられないじゃないか。それがわからないとでも思っているのか？　あのくずのガキを身ごもっただけでも十分腹が立つのに、そいつにサラットを名乗らせると思っているのなら、その父親が殺した家族の姓を名乗らせると思っているのなら――

黒い霧が目の前を曇らせた。鈍いうなりが耳を襲った。ヴィクトリアの青ざめた顔を見た。たったいま、途方もない裏切りを語ったやわらかい唇を見た。信じられなかった。考えもせず、なにをしようとしているかもわからず、ジェイクはヴィクトリアを叩いた。

満身の力がこもった一撃だった。もし平手のかわりに拳でなぐっていたら、あごが砕けていただろう。ヴィクトリアは手が飛んでくるのを見たが、わずか一瞬のことで、逃げる余裕はなかった。頬をはたかれ、横ざまに飛ばされた。壁に叩きつけられ、壊れた人形のように床に転がった。

ジェイクは彼女を見おろしていた。拳を握り、目は緑の氷のようだった。地獄の炎はこんなふうに見えるのだろうと、ヴィクトリアはくらくらする頭で考えた。ジェイクが霧の向こうにいるように見えた。殺される。体はまだ痺れていて身を守ることもできない。

「ふざけるな」かすれた獰猛(どうもう)な声でジェイクが言った。「マクレーンのガキにおれの姓を名乗らせてたまるか」

ヴィクトリアは目を閉じて、内に湧きあがる灰色の霧に身をまかせた。その空っぽの世界に入り込みたかった。そのほうが、たったいま起きたことを正視するよりずっと楽だった。やがて、ジェイクの言った言葉の意味がわかってきて、どうにか目を開いた。

唇を舐めると血の味がした。舌は分厚くなって思いどおりに動かず、唇は腫れて痺れていた。言葉にするのは一苦労だったが、絶望に突き動かされた。どうやったらそんな恐ろしいことを思いつけるのだろう？　どれほど傷つけられようが、このままにしてはおけない。絶対に。なんとか上体だけ起きあがった。「ちがうわ」くぐもった声で言った。「あの人の子じゃない。あなたのよ」

怒りが熱く燃え上がったが、ジェイクは動くこともしゃべることもできなかった。これまで女を殴ったことなどなかったので、頭の一部が自分のしたことに竦みあがっていた。ヴィクトリアが壁に叩きつけられたとき、一瞬恐怖におののき、彼女を殺していたかもしれないと思った。だが、どうしてジェイクの子だと言い張れるのだろう？　もし妊娠したとわかるくらい育っているのなら、父親はマクレーン以外にありえないじゃないか。

屈み込み、ヴィクトリアをぐいと立たせた。ヴィクトリアは痛みに息を詰まらせ、彼から逃れようとした。すっかり自制心を失っているのに気づいて、ジェイクは手をだらりと落とした。ヴィクトリアがぐらりと倒れそうになったので、支えた。

ヴィクトリアは深く息を吸って心を落ちつけ、背筋を正した。その見なれたしぐさにジェイクの胸はよじれた。彼女はそろそろと後ずさって、ジェイクから離れた。

ジェイクは自制心を取り戻したが、ちっとも怒りはおさまらなかった。目と、こわばった顔と、敵意剝き出しの声に、怒りがあふれていた。「おれは馬鹿じゃない、ヴィクトリア。数は数えられる。もし赤ん坊がおれの子なら、まだわかるはずがない。結婚してたった三週間だぞ、三か月じゃないんだ」

　まだ頭がぼうっとしていて、ヴィクトリアはいうべき言葉をうまく並べられなかった。月経が一週間遅れているが、いままで一日たりとも遅れたことはないと説明できなかった。赤ん坊がジェイクの子だとわからせる方法をひとつも思いつけなかった。顔の痺れは急速に去り、後から痛みが襲ってきた。頬は火のように燃えていた。切れた唇から血が流れてあごを伝い、拭うと、指を染めた赤いしみを戸惑ったように見つめた。

「何か月だ？　やっぱり、なにか隠してると思ったんだ」きつい声で言いながら、自分の馬鹿さ加減に頭を振った。「まさかマクレーンの子を、しらばっくれておれの子だと言うなんて思ってなかった」ふいに目を細めて、いぶかしげな顔になった。「それとも、はなからこうするつもりだったのか？　だからおれと結婚するのも嫌がらなかったってことか。残念だな、もう一か月かそこら黙ってりゃよかったのに。きっとおれの子だって信じてたぜ。少なくとも、生まれるまではな。そうか、あと一か月待ってたら腹が目立ってくるぐらい日が経ってるんだな？　そうなんだろう？」

　ヴィクトリアは頭を左右に揺することしかできなかった。こんなことが起きるなんて、ジェイクがこんなことを言うなんて、信じられなかった。ショックだった。

　ジェイクはヴィクトリアを見つめ、説明か否定の言葉を待っていた。悪夢に捉えられた気分だ。いまふたたび、安全で快適な生活ががらがらと崩れ去った。わかるように説明してもらわねば、死んでも気がすまなかった。だが彼女はそこに立ったままで、ジェイクの手の痕が白から赤、紫へと変わってくっきり顔に浮かび、血のにじむ唇はみるみる腫れあがった。自分のしでかしたことを目のあたりにして、腸がよじれ、不意に吐き気に襲われた。

だが、ヴィクトリアは無言で弱々しく立っている。髪は乱れて顔と肩にかかり、服は半分脱げ落ちている。ジェイクは思わず手を伸ばして、ヴィクトリアの顔から髪をはらった。触れられてヴィクトリアがたじろいだので、ジェイクは手をおろした。ずっしりと重い敗北感が、怒りに取りついて蝕もうとしたが、彼女の思いどおりにさせるつもりはなかった。

「ここには住まわせない」ジェイクは言った。「マクレーンのガキが、この牧場で育つことも、おれの姓を名乗ることも、絶対に許さない。生まれたら、南東部のどこかへ送りつける。生まれるまでに、ここに残るか、ガキと一緒に出ていくか、決めておくんだな」

ジェイクの手の痕以外、彼女の顔は紙のように白かった。ヴィクトリアはぶるっと震えると、なんとか落ちつこうとした。「ちがうわ」とささやいた。はっきりしゃべれなかったのは、唇が腫れていたし、あごを動かすと頭蓋骨に刺すような痛みが走ったからだった。

「あなたが父親よ」

「嘘をつくな！」ジェイクは怒鳴り、怒りがどっと戻ってきた。「おれの子ならまだわかるはずがないだろう」

ヴィクトリアは祈るように手を組み、痛みをこらえながら、どう言えばジェイクに信じてもらえるのかと途方に暮れた。「まだ——はっきりしたわけじゃないの！　ただその……そんな気がするだけ。つ、月のものが遅れているんだけど、いままで一度も遅れたことがないの」

ジェイクの目は氷のように見えた。「言い逃れようたって、そうはいかない。おまえはこう言ったんだ、『妊娠したの、あなたの子よ』はっきりしてる口ぶりだったじゃないか。考え直したって言うのか」

「でも少佐の子なんてあり得ないわ！」ヴィクトリアは叫んだ。「わたしたち、しなかった……あの人、できなかった——」涙が喉を詰まらせて、最後まで言えなかった。

ジェイクが疑わしそうにヴィクトリアをじっと見ていた。その目のあまりの冷たさに、背筋がぞっとした。「マクレーンは、じっとしてる女だろうが暴れる女だろうが、やれなかったことはないんだ。自分は例外だなんて言うんじゃないぞ。それに、もし奴が『できなかった』としたら、どうして最初におれと寝たとき処女じゃなかった？　男にはちがいがわからないと思ってたんだろうが、わかるんだ。だからやつが『できなかった』なんて言うな。わかったか」

ますます寒気を感じた。血が血管のなかで凍りつきそうだ。ほんとうのことを言ったのに信じてもらえなかった。それどころか、なにを言っても考えを変えられそうにない。妊娠を証明できるものすらない。ただ、ヴィクトリアにはわかっていた。絶対に少佐の子ではないともわかっていたが、どうやってジェイクを説得すればいいのだろう？ 弔いの鐘が、望みを砕くように重々しく、心臓の鼓動にあわせて胸郭を叩いた。もしヴィクトリアをちゃんと理解して、気持ちを傾けてくれていたら、このように卑劣な裏切りができるはずがないとわかってもらえただろう。けれどいま、最悪なかたちで、はっきりとわかった。ジェイクは、彼女を愛そうともしていなかったのだと。

耳鳴りがして、頬が燃えた。ショックと痛みで感覚が麻痺していた。見ず知らずの他人を見るようにジェイクを見つめる目は、血の気の引いた顔に浮かぶ翳そのものだった。もう一歩後ろに下がった。「数えるといい」ついに、鈍く感情のない声で言った。「はじめてわたしのところへ来た日から、この子が生まれるまで、日を数えればいいのよ、このわからずや！ それでもあなたの子にしては早いと思うなら、そう言えばいい。三週間あなたに抱かれてきたわ。数か月しないと身ごもったなんて言えるわけがないから、少佐の子にちがいないと言ったわね。でもわたしには言えるの。わかるの。身ごもって一週間というのもわかってる。四週間じゃなくてね！ だから数えなさい。そして九か月以内に赤ちゃんが生まれるか、見ててごらんなさい。だけどそうして待っているあいだ、六か月、七か月、八か月がすぎても、これだけは忘れないで。赤ちゃんがあなたにそっくりで、否定できなくなっても、わたしはこの子を連れて出ていくわ。だってあなたは子供に憎しみしか与えられないもの！」

はだけた服を肩に引きあげ、スカートをつまむと、はじめの頃のように、ジェイクのかたわらをさっと通りぬけた。まるで触れれば汚れると思っているように。ジェイクは肚をくくり、部屋を出ていく彼女を見送った。後を追って、揺さぶり、怒りをぶちまけて、マクレーンの子を宿したことを責めたかった。その体はジェイクのものなのに、ちくしょう！　しかしヴィクトリアの目に浮かんだなにかが、痛みと怒りのないまぜになったようななにかが、彼を引きとめた。ヴィクトリアにののしられた。いままで彼女がののしるのを聞いたり、あれほど感情をあらわにしたのを見たことはなかった。不安が頭をもたげた。真実を語っていたのだろうか？

いや。マクレーンはできたはずだ。まちがいない。

だがそれにしても、ヴィクトリアはいつも、ひどく純真に見えた。はじめて抱いた夜も、ジェイクがしようとすること、ジェイクがしたことに、疑いようもなくショックを受けていた。つまり、少佐とのそれは好きになれなかったんだろう。それはわかる。しかしマクレーンがヴィクトリアと寝なかったなんて、断じて信じられなかった。少佐にはいろいろな資質があったが、不能はそのなかに含まれない。

ヴィクトリアは予備の寝室のひとつに入り、しっかり鍵をかけた。ジェイクが入ってくると思ったのではなく、だれにも入ってきてほしくなかったからだった。エマかシーリアが来たら、なんと言えばいいだろう？　気持ちが乱れて、話もできそうになかった。

ベッドにはシーツがなかった。冷たい水もなかったので、布を浸して、ひりひりする頬にあてることもできなかった。けれどとにかくランプはあったので、火を灯した。吐きそうな気分だったが、さっと部屋を見まわしても、洗面器や便器はなかった。固いマットレスに横たわり、歯を食いしばって、こみあげる吐き気をおさえた。食いしばるとあごが痛くて、殴られた側の頬にそっと触れて調べてみた。腫れて痛んだが、骨は折れていないようだ。

考えようとした。暴れる気持ちを整理しようとした。でも、頭はまとまらなかった。ジェイクの子だと信じてもらえなかった。彼に殴られた。しかも、そんな嘘がつける女だと、彼は思い込んでいる。

きっと屋敷にいるみんなに影響が及ぶだろう。湖に投じた石が波紋を広げるように。ヴィクトリアは悔やんだ。ほかのみんなが居心地の悪い思いをするだろうし、彼女は恥ずかしい思いをするだろう。それでも二人の仲たがいを隠せる方法はないとわかっていた。

朝になったら、荷造りをしてすぐに去ろうかと考えたら、苦い笑いがこぼれて静寂を破った。いまの状況は、少佐の妻だったときとまったく変わらない。自由になる金はなく、ジェイクの許しと助けがなければ、出ていくこともできない。けれど、少佐からは死ぬほど離れたかったのに、いまは逃げたくなかった。ここに残りたかった。

鮮烈な怒りの固い種子が、ゆっくりと大きくなっていったのは、ジェイクに言ったことがどれも本心からの言葉だったと気づいたからだ。彼が警戒して素性を偽っていたとわかったとき、理由は尋ねたが、それで怒ったりしなかった。受け入れ、結婚して牧場を盗人の手から返してやり、心も魂も捧げた。そのすべてを手に入れたジェイクは、お返しに憎しみだけをよこした。少佐への憎しみは、ジェイクのすべてを蝕んでいたのだ。いまこうして、あの男が死んで埋められた後でも、ジェイクの考えも行動も、すべてが憎しみに染まっていた。

だめ。逃げるものか。逃げ出して、彼の気持ちを軽くしてなどやるものか。彼の鼻先でうろうろしていれば、お腹が少しずつ迫り出し、彼の子が育つのを見せつけてやれる。日を数えて、冷や汗をかくといい。良心に苛まれればいい。後生大事にしてきた憎しみに蝕まれたように。罪悪感を抱いて眠ればいい。復讐と疑惑を抱いて寝たように。

もしこれほどジェイクを愛していなかったら、たとえ信じてもらえなくても、正直ではないと思われても、ここまで傷つかなかっただろう。復讐を誓うのはジェイクだけではない。数日もすれば、気持ちが変わるかもしれないけれど、いまは自分が傷つけられた分だけ、彼を傷つけたかった。復讐に弾丸は使えないけれど、無傷で立ち去らせはしない。ヴィクトリアは誓った。

翌朝ジェイクが屋敷を出ると、ヴィクトリアは二人の寝室に入って、彼女の荷物を予備の寝室へ運んだ。ベッドを整え、便器と洗面器を持ってきて、ランプに油が差してあるのをたしかめ、念のために使っていない蝋燭があることも確認した。

叩かれた側の頬は、痛いというよりこわばっていた。切れた唇と、壁にぶつかってできた頭のこぶのほうが、頬より痛かった。

エマがドアを開けたときは、床に坐って下着を化粧箪笥の抽斗にしまっていた。「ヴィクトリア、いったいなにをしているの?」

「わたしの荷物をこの部屋へ移したの」冷静に答えた。

「それは見ればわかるけど、なぜ?」

ヴィクトリアはエマのほうを向き、うっかりあざになった側の頬を見せた。エマが息を呑んで駆け寄った。「その顔! どうしたの?」

「転んだの」ヴィクトリアは感情を表さずに言った。

エマは心配そうに目を曇らせたが、ふと目を細め、合点がいったという表情を浮かべた。

「屋敷のみんなに心配をかけたくないの」ヴィクトリアの声はしっかりしていた。「みんなには、すべって転んで顔を打ったと言ってちょうだい」

「ええ、わかったわ」エマが呆然として答えた。

「ジェイクと言い合いになったの」

こんな目に遭いながら、ずいぶんと控え目な言い方をしている、とエマは思った。「なにかわたしにできることがある？」

ヴィクトリアは視線を落とし、膝の上にたたんでおいたやわらかい木綿のシュミーズを見つめ、それには答えなかった。そのかわり、こう言った。「赤ちゃんができたの」

エマが息を呑んだ。「でも、それはおめでたいことじゃない！」

「そう、わたしはそう思ったわ」

「ジェイクは……ちがうの？」

「自分が父親ではないと思ってるの。少佐の子をおれの子だなんて、いけしゃあしゃあとよくも言えるって」

「なんてこと」エマはヴィクトリアの隣に沈みこんだ。あまりにも馬鹿馬鹿しくて、信じられなかった。「ジェイクに言わなかったの？　少佐は……できなかったって」

「言ったわ。それも信じてもらえなかった。少佐がアンジェリーナのところへ行っていたのは彼も知ってるわ。あの人ができなかったのは、わたしだけなのよ」ありがたいことに、と心の中でつけ足した。

「でも、それならジェイクはどうして自分の子じゃないと思ったのかしら？」エマはジェイクの導きだした結論におののいた。

「結婚して三週間しか経っていないからよ。もしジェイクの子なら、そんなに短いあいだに妊娠したとわかるわけがないと言うの。わたしの月のものがすごく規則正しいのを知っているでしょう?」ヴィクトリアは悲しそうに言った。「一週間遅れてるの。ほかに理由がある? わたし、それはうれしくて。だから、早くジェイクに知らせようと思って、話したの。いままではきっちり何日から始まるかわかって便利だと思っていたけれど、いまは不順だったらよかったと思うわ。そうしたら、気づくまで二か月はかかったでしょうから」

エマがヴィクトリアの腕に手を添えた。「かわいそうに」力なく言った。「なんて言ったらいいいか」

「もう言うことはないわ」ジェイクがすべて言ってくれた。

「わたしから彼に話してみたら――」

「だめよ」ヴィクトリアはどうにかほほえんで、エマを抱き締めた。「気持ちはほんとうにうれしいけれど、あなたが言っても信じないいわ」

「やってみないとわからないわよ」エマがやさしく言った。

「たとえ彼が考えを変えたとしても、わたしにそんな卑劣な嘘がつけると思った事実は変わらないもの」

「でも、なにかしたいのよ!」

「それなら、おねがいするわ。シーリアにあまり気をもませないでちょうだい。そしていつもどおりふるまって。わたしたちはここを出ていくわけにはいかないわ。こんな喧嘩に、みんなを巻きこみたくないの」

「できると思う？」

ヴィクトリアは疲れた笑いを浮かべた。「たぶん無理ね。でもやってみるわ」

前の晩、ジェイクがヴィクトリアの後を追わなかったのは、自分にひどく腹を立てていたからだった。ほとんど眠れず、ブーツも脱がずにベッドに寝そべって、起き上がったのは夜明け前だった。一日じゅう、自分を激しく駆り立て、いちばんきつい肉体労働をこなし、疲れで怒りの棘が削ぎ落とされることを祈った。ようやく馬で屋敷に向かったときは、体じゅうの筋肉が悲鳴をあげていた。ありがたい苦痛だった。

ヴィクトリアは階下にいなかったが、エマが采配をふるって、夕食のテーブルを整えさせていた。いつもと同じように見えたが、同じではないとわかっていた。ゆっくり階段を上がって寝室へ向かうジェイクの心臓は、がんがん鳴っていた。殴ったことを謝らねばならない。一日じゅうそのことを反省してすごした。もう二度と殴ったりしない。だが、これからは一所懸命尽くさなければ、それを信じてもらえるほどの信頼は取り戻せないだろう。ジェイクはドアを開けて、喧嘩以来最初の対面に身構えたが、部屋にはだれもいなかった。

刑の執行を先送りされて、ジェイクは少し拍子抜けした。帽子を脇へ放って泥だらけのシャツを脱ぎ、それから洗面器に水を注ぐと、屈んで顔を洗った。体を起こしてようやく部屋の様子がおかしいことに気づいた。ただ〝だれもいない〟のではなかった。

背筋をこわばらせながら、部屋を見まわした。視線は鏡台で止まったが、そこにはなにも置かれていなかった。足早に二歩、大股で衣装箪笥へ駆け寄り、ぱっと扉を開いた。ジェイクの服は残っていたが、ヴィクトリアの服がかかっていたところはぽっかり空いていた。彼女の下着が入っていた化粧箪笥を開けて、なにも入っていないのを見ても驚かなかった。消えたのはヴィクトリアだけではなかった。彼女がここにいた痕跡すべてがなくなった。ヴィクトリアはこの寝室から出ていったのだ。

17

ウィル・ガーネットは飛ぶように馬を走らせた。だが、遠くまでは行かなかった。サンタフェには行かなかった。サラット兄弟の片割れに出くわさないともかぎらない。サラットなんぞ、地獄へ落ちろ。一緒に逃げた数人の男たちを連れてアルバカーキへ向かい、身を隠していろいろ考えてみた。

ようするに、いまの立場は気に食わなかった。サラットがこのまま事を穏便にすますのであれば、名前を変えて放浪の旅に出るのもいいかと思う。あいつらは牧場を取り戻したんだから、それでいいじゃないか、だろ？　ところが、偶然、酒場でフロイド・ヒブスに会った。フロイドが放牧地へ出ていたときに銃撃戦が起こり、彼は牧場の変わりようが気に入らず、荷物をまとめて出てきた。ガーネットをなにより不安にしたのは、フロイドが言った、ジェイク・ローパーとジェイコブ・サラットは同一人物で、その弟も執念深そうな野郎だったということだった。

つまり、サラットは二人とも生きていて、兄貴のほうは、何か月もガーネットの目の前にいたのだ。あいつを好きになれないのは、なにかわけがあると思っていた。少佐が死んだ後、ローパーが――サラットが――マクレーンの生意気な女房と結婚しないはずがない。ガーネットはジェイクの冷たい緑の目を思い出して、彼と弟が追ってこない可能性は万にひとつもないと思った。

逃げることはできるが、兄弟はガーネットを捕まえるまで、諦めないだろう。二人ともに鉛の弾をぶちこんだ男を、このまま見逃すとは思えない。

サラットに、兎のように狩られっぱなしでは、すっきりしない。ではどうするか。あちらの予期せぬことをやるのだ。

いまでもあの小娘、シーリアがほしかった。前よりもずっとだ。夜になると彼女のことを考え、あと一歩でものにできたのにと思う。サラットが襲ってきたとき、マクレーンに弾をぶちこむ用意はできかかっていたから、もし一日早くやっていれば、まちがいなくあの娘をものにできていた。

あの牧場にも未練はあった。ガーネットのものになってしかるべきだった。マクレーンはサラットの女房を犯して殺しただけだ。ダンカン・サラットの頭に弾をぶちこんだのは、ほかならぬガーネットだった。二人の少年を撃ったのもガーネットだった。くそガキどもは死んだと思っていた。ちくしょう。死体は見つからなかったから、サラットは戻ってくると、マクレーンがうだうだ言っていたのは、ずっと正しかったのだ。頭はいかれていたが、言っていることは正しかった。

ガーネットはじっくり考えた。慌ててなにかするのは嫌いだった。なにごとも慎重に計計画したほうがいい。しかし牧場はほしいし、なによりあの娘がほしい。必要なだけの男を集められたら、形成逆転するのも夢じゃない。

二人の関係は、二週間がすぎても惨めなままだった。ジェイクはヴィクトリアを探して問いつめた。「もう十分だと思わないか?」ぶっきらぼうに言った。

ヴィクトリアは、ジェイクのシャツに縫いつけていたボタンから、目を離さなかった。

「なにが?」

「この状況だよ」

「いいえ、ちっとも。まだ何か月もつづくでしょうね」

ジェイクは歯ぎしりした。何度か謝ろうとしたのだが、ヴィクトリアにいつも冷たくあしらわれた。近寄ろうとするたびに、あの高貴な鼻をつんとあげて、部屋を出ていってしまう。ジェイクに話しかけねばならないときは、恐ろしく冷ややかな声でしゃべるので、ボスが奥方とうまく行っていないのは、だれの目にも明らかだった。そしてヴィクトリアは決してジェイクに目を向けなかった。

気疲れでくたくただった。彼女が二人の寝室から引っ越したときは激怒したが、そのときは別々に寝たほうがいいのだと思い直した。怒りがいつまた噴出するかわからなかった。だが、いまは自制心を取り戻したので、状況をなんとかいい方向へもっていくべきだと考えた。休戦したほうが、屋敷のみんなも喜ぶだろう。

「おれたちの寝室へ戻ってこいよ」

「お断りします」

冷たくそう言うと、シャツを裁縫籠に入れて、立ち上がった。ヴィクトリアが、だれもいない部屋に向かって話せ、とばかりに去ろうとしているのに気づいて、ジェイクは彼女の腕をつかんだ。

「言い終わるまでここにいろ」怖い声で言った。「腕が痛いわ」

ヴィクトリアは抵抗もしなかった。

力を抜いたが、離さなかった。これくらいちかくにいると、ヴィクトリアの肌のきめ細かさがよくわかり、腫れた傷痕を思い出した。消えたのはつい先日のことだ。彼女を見るたびに、強打したことを思い知らされ、心が酸に焼かれるようだ。「二度と手はあげない、ヴィクトリア」低い声で言った。「誓うよ」

ヴィクトリアの返事はなかった。石像のように、まっすぐ前を睨んでいた。かすかな甘い香りがジェイクの鼻をくすぐった。どうにか我慢したが、屈んで顔をうなじに押しあて、えもいわれぬ香りを吸い込みたかった。ペニスが固くなったが、驚きはしなかった。まったく、ヴィクトリアがマクレーンの子を身ごもっていると知っても、彼女への燃え上がる気持ちは抑えられなかった。いま何か月なのかわからないが、まだウエストはほっそりしたままで、相変わらずいつもの優雅な歩き方をして、磁石のようにジェイクを惹きつけた。そんな歩き方も、間もなく妊婦のよたよた歩きになるのだろうが、いまはまだジェイクの胸を高鳴らせる。

まだ間に合ううちに、ベッドへ連れ戻したかった。お腹の子が目立ってくれば、隣に横になるたび自分の子ではないと思い知らされる。姿を見るたびに、彼女がマクレーンのものだったとあらためて教えられる。きっと、どうかなってしまう。あのろくでなし野郎め、墓の中から手を伸ばして、人生をめちゃめちゃにする気か。

「聞こえたのか？」彼は尋ねた。

ヴィクトリアはまっすぐ前を向いていた。「ええ、聞こえたわ。でも信じるかどうかはまったく別の話よ」

ジェイクの手にまた力がこもった。「誓うよ」

「信じてるわ。あなたがわたしを信じているほどには」

まるで火で炙られでもしたように、ジェイクはぱっと手を放した。この状況にうんざりしていた。そろそろ終わりにするときだ。「おれたちの寝室へ戻るんだ。今夜までに」

「いやです」

「なんならおれが力を貸してやってもいい」

「わたしの部屋のドアを蹴破るつもり？」興味もなさそうにヴィクトリアが尋ねた。「悲鳴をあげるわたしを引きずって連れていくつもり？　そうするしかないわよ、ジェイク。なにごともなかったように、自分の足であの部屋へ入る気はないわ」

「なにもなかったふりをしてくれとは言ってない。きみを殴った事実が消えるなら、寿命を一年縮めてもいい。十年縮めたっていいんだ、きみが父なし子を孕んで――」

ぴしゃりと彼を叩いた。部屋に音が響いた。なにをしているか気づく前に、手がでていた。これほどまでに盲目的な怒りを感じたことはなく、渾身の力を平手にこめていた。心の一部は、そんなことをした自分に愕然としていたけれど、もっと野性的な部分は、がっかりしていた。ほんの小さな打撃しか与えられなかったことに。叩かれても、ジェイクは首をひねっただけで、ふらつきもしなかった。

ヴィクトリアはいまジェイクの目を見ていた。そうしてくれと、彼が望んでいたように。だが、その顔に、愛もゆるしも見出せなかった。怒りで蒼白になって震え、目は青い炎のようだ。つま先で立って、ぐいと顔をちかづけてきた。

「二度とわたしの子を〝父なし子〟と呼ばないで」ヴィクトリアが冷静な声で、歯を食いしばったまま言った。ジェイクを殺す覚悟ができているように見えた。あるいは、そうしたくてたまらないように。

欲望が下腹を突き上げた。これまでにも彼女のいろいろな面を目にした。ガーネットに敢然と立ち向かう姿、シーリアにやさしく接する姿、愛を交し合うときの熱狂、ときにはジェイクも見下す氷の女王。だが、これは新鮮だった。ジェイクを引き裂こうとする、牝の虎だ。勃起したペニスが痛いほどズボンを押し、強い欲望に頭が曇った。手を差し伸べ、すべてを忘れ、ただ契りたくてたまらないと思ったとき、彼女はいっそう蒼白になって、後じさった。

手で口をおおって、痙攣しながら唾を呑み込んだ。驚きが、顔から怒りを消した。もう一度唾を呑み込み、背を向けて駆けだした。

だれもいない寝室まで戻りたかった。階段でもどして品位を失いたくなかった。冷たい汗が吹きだし、階段でつまずいた。外へ出ればよかった。だれかに見られても、とんでもない失態をおかすよりましだった……。

寝室へたどり着き、洗面器に向かった。内臓が出てきそうな気分だった。だれかがどなっていたが、もどすのに必死で、耳鳴りがしていた。吐き気は立てつづけに襲ってきた。あの盲目的な怒りのすぐ後にやってきた。どちらもヴィクトリアは予期していなかった。

逞しい腕が腰に回され、額に手をあてられた。それがなかったら、倒れていた。ぼんやりした頭で、ほかにもだれかが部屋に駆けこんできて、心配そうにつぶやくのを聞いた。倒れそうになったのを、ジェイクの強い腕で抱きとめられたのだ。彼だとわかっていた。

彼が洗面器に倒れるのを支えたとわかっていた。でもいまはどうでもよかった。

「奥さまをベッドへお連れください、セニョール・ジェイク」カルミータが指示した。

ジェイクがそうすると、カルミータがエマの手に布を握らせた。ヴィクトリアはだんだん意識がはっきりして、だれかが顔を、心地よく冷たい濡れた布で拭ってくれているのに気づいた。エマだった。ほっとするあまりつぶやいた。「こんなに気持ちが悪いのははじめてよ」

エマが慰めの言葉をつぶやいていると、カルミータがドアに向かいながら言った。「何度かお顔を拭いてさしあげてください、セニョリータ。わたしは食べるものを持ってまいります」

ジェイクは家政婦がおかしくなったのではないかと思って、じっと見つめた。「食いものはいらないだろう」カルミータに言った。「気分が悪いんだ」

カルミータがジェイクの腕をぽんとたたいた。「赤ん坊のせいですよ」話しながら部屋を出て、台所へ向かった。「お腹になにか入れれば、落ちつきます。信用なさってください、わたしにはわかるんです」

赤ん坊のせい。ジェイクは妻を見つめた。ぐったりと青い顔で横たわっている。このベッドに、彼は受け入れてもらえないのだ。妊娠したら気分が悪くなるのは知っていたが、酒場で飛び交うやりとりから仕入れた情報によると、そうなるのは妊娠のごく早い段階だった。ヴィクトリアはとっくに気分が悪くなっていたはずなのに、彼女の口ぶりはたったいま起きたことを怖がっているようだった。はたして、この一か月のあいだも、彼女は吐いていたのだろうか。

　ベッドに近寄り、エマがゆっくりヴィクトリアの顔を拭いているのを見た。ヴィクトリアの呼吸は落ちついてきたが、まだ顔は死人のように青く、目は閉じていた。「もうこういう時期はすぎたんじゃないのか？」尋ねる声は、意図したより激しくなった。

　エマは顔をあげなかった。「始まったばかりよ」

　ジェイクは後ずさった。エマも嘘をついているのか、ヴィクトリアがエマも騙したのか。かつては、ヴィクトリアにそんな嘘がつけるとは信じられなかったが、それを言うなら、ついいましがた彼女の目に浮かんだ、殺しも辞さないほどの怒りを抱こうとは、思いもしなかった。どうして腹の中の子をこんなに必死で守ろうとするのだろう。赤ん坊の父親を憎んでいたのに。なんだか裏切られたような気がする。赤ん坊にジェイクの姓を名乗らせようとしたのと同じくらい裏切られた気分だった。だが、どんな動物でも、子を守る牝は、腹を空かせた牡の十倍危険だという。ヴィクトリアの母性本能を侮っていた。そういう見方をすれば、彼女を許せるような気になった。

　カルミータが、簡単なトルティーヤと、水をコップに一杯持って戻ってきた。ベッドに腰かけると、トルティーヤを小さく千切り、ヴィクトリアが弱々しくいらないと言うのも聞かずに、唇のあいだに押しこんだ。

「食べなくてはなりませんよ、セニョーラ。お腹が落ちつきますからね、いまにわかります」

ヴィクトリアはたいして気にしなかった。気にするどころではなかった。それでも味気ないトルティーヤを噛んで、飲みこんだ。不思議なことに、胃はむかむかしなかった。カルミータがトルティーヤを半分ほど食べさせてくれ、その後、水を一口飲ませてもらった。

「いまのところはこれでいいでしょう、セニョーラ。お休みになったら、すぐに気分もよくなりますよ」

ヴィクトリアは喜んで目を閉じた。衣擦れの音と部屋を出る足音が聞こえ、ドアが閉まると、ヴィクトリアは一回深く息を吸って、眠った。

短いうたた寝だったが、三十分後に目が覚めるとすっかり気分もよくなって、ほんの半時間前にあれほど激しく苦しんでいたのが嘘のようだった。念のためしばらく横になっていたが、お腹はうれしいくらい落ちついていた。目を開けて身を起こすと、ジェイクが彼女を見ていた。

ずっとそこから見られていたのだと悟って、ショックを受けた。うっすらと赤いあざが、日焼けした頬に残っていた。唯一目に見える平手打ちの痕を見て、あらためて驚いた。これまでに、人に手をあげたことはなかった。

「なぜここにいるの?」尋ねながら、ベッドから滑りでた。ジェイクがちかくにいては、ベッドのうえは危険だ。

「よくなったのをたしかめたかった」

「よくなったわ」歩いていって鏡に向かい、寝ぐせを直しはじめた。

ジェイクが来て後ろに立つと、鏡の中のヴィクトリアが小さく見えた。「おれたちの寝室に戻ってこい、ヴィクトリア」

ジェイクの強い意志が、鉄の手となって押さえつけようとする。彼女が従うと完全に思いこんでいる。最初から、彼の意志がすべてに優先してきたのだから。命令に従わせる力もあるし、必要とあらばなんでもやる人間だ。妻は夫に従うものだと教えられて、ヴィクトリアは育った。もっとささいなことでもめたのなら、あっさり言うことを聞いただろう。でもこの問題は譲れなかった。ゆっくりかぶりを振った。「いやよ」

ジェイクがヴィクトリアの腰に両手を添えて、後ろへ引き寄せた。うつむいて、唇をヴィクトリアの髪に押しあてた。「寝てるときに気分が悪くなったら、だれかいたほうがいいだろう?」

ジェイクの体が発する熱に、心が揺らいだ。彼の申し出に、心が揺らいだ。赤ん坊の父親なら、夜は隣で寝て、気分が悪いときは抱いてくれるのがごくあたり前だと思えば、なおさらだった。けれど、お腹で育つ命を彼が憎んでいると知りながら、その腕には戻れなかった。それに、戻ってこいと言うのは、彼女が与える快楽のせいだということも、わかっていた。そのことを、彼は否定できないだろう。固い棹が、お尻にあたっている。力を抜くのは、実に簡単だっただろう。よりかかって、ジェイクの逞しさに身をあずければいいのだ。でも、簡単だからこそ、一秒たりともそうすることを自分に許さなかった。背筋をのばし、髪を結うことに気持ちを向けた。「だれか必要なら、エマを呼ぶわ」

「おれとベッドに入れるのに、なぜエマを起こす？」

「エマを起こせるのに、なぜあなたとベッドに入らなければならないの？」

怒りで顔を曇らせ、ジェイクは眉をしかめた。「説得するつもりだったが、ここからは命令だ。荷物をおれたちの部屋に戻して、今夜はおれたちのベッドに寝ろ。さもないと肩にかついで、みんなが見てる前で連れていくぞ」

「あなたが手荒な真似をすれば、わたしから赤ちゃんを奪えるでしょうね」

かすれ声で発せられた言葉に啞然とした。そのときはじめてわかった。もしヴィクトリアを寝室へ連れていこうとするなら、ほんとうに力ずくでやらねばならないのだ。二人の仲たがいがつづいているのは、ジェイクが不満を抱えているからで、怒りが静まってヴィクトリアに戻ってこいと言えば、すぐに戻ってくると思っていた。ヴィクトリアがすぐにイエスとは言わず、ジェイクをなじるだろうとは予想していた。殴って悪かったと心をこめて謝り、同じくらい心をこめて、二度とやらないと約束しなくてはならないとも予想していた。だが、その夜には彼女がベッドへ戻るとも、すっかり思い込んでいた。

しかしいまわかった。ジェイクは仲直りするつもりだったが、彼女にはその気がない。ゆるす気もない。彼女は腹を立てている。ひりひりする頬が、そのことを証明していた。いまでもジェイクの頬が痛むなら、殴られたヴィクトリアの顔は、どんなに痛かったろう？　ヴィクトリアの平手打ちに首をひねられたが、ジェイクの手は彼女を張り飛ばした。腕力では、女は男にかなわない、それはわかっていた。女に手をあげる男には軽蔑しか感じなかったが、いまその軽蔑がわが身に向けられた。

「いや」ひきつった声で言った。「傷つけない。きみも、赤ん坊も」

「なら放っておいてちょうだい」

「いいかげんにしろ」にわかに疲れを覚えた。日がな一日、子牛に焼き印を押してすごした気分だった。ヴィクトリアは鋼のように強情だ。なにをか言わんやだ。二度と手をあげないと誓っても、なにも変わらなかった。彼女にもう少し時間をやったほうがよかったのかもしれないし、妊娠したせいで道理が通じなくなっているのかもしれない。ここはあまり無理を言わないほうがよさそうだ。

「わかった、一人にしてやるよ。またおれと寝る気になったら、ドアを開けてベッドにもぐりこんでこい。だが、長引かせるなよ。きみの嫌がることを喜んでやる女を、ほかで見つけるかもしれないぞ」

ジェイクがドアまで歩くのを待ってから、ヴィクトリアが言った。「少佐のように？」

一瞬凍りつき、背中をこわばらせて、一言も言わずに出ていった。

ヴィクトリアはどうにか日々をすごしていた。妊娠初期の症状は、仇討ちのように襲ってきた。ひどい吐き気で、なにを食べても胃におさまらないと思う朝もあった。それほどひどくない朝でも、ふっと嗅いだ臭いに、洗面器か便器へよろよろ向かうことになる。膀胱はいつも不快なほどいっぱいな気がした。ひんぱんに目を覚まして便器へ行かねばならなかったので、日中はだるく、眠たかった。なにより、感情の起伏が激しくなった。たわいのないことで泣き、自分に言い聞かせても、止めどない涙に効き目はなかった。

屋敷の中は、知っている者と知らない者に分かれた。カルミータ、ロラ、ファナ、シーリアは、ヴィクトリアの妊娠だけを知っていて、お産や子育てや名前のことで、じつに楽しそうに計画や助言をした。四人は、夫婦喧嘩があったことは知っていたが、二人の溝の深さにまで思いはおよばなかった。

エマとベンだけが事情を知っていて、ヴィクトリアが寝室を別にしたほんとうの理由をわかっていた。ベンはヴィクトリアにひどく礼儀正しかったが、目はよそよそしかった。エマはジェイクを言葉でも態度でも責めなかったが、ベンには冷たかった。彼にヴィクトリアを裁く権利はないと思ったからだ。

だから、ジェイクが身に沁みて感じたのは、ヴィクトリアに非難されていることだけだった。それには耐えた。ほかになにができる？　ヴィクトリアの具合が悪すぎて話をもちだせなかったし、日々がすぎ、何週間か経つと、激しい怒りは心配に変わった。ヴィクトリアの体重は増えるどころか、数ポンド減った。ウエストは葦のように細く、服はゆるくなってきた。顔色はめまぐるしく変わった。青から灰色へ、それから緑がかった色へと。目のしたには、いつも黒いくまができていた。

すべてが順調なら、その頃までには腹が出てくるはずだった。ジェイクは夜も目がさえて眠れず、どこか悪いのではないかと不安に苛まれた。どうしてつわりがおさまらないのだろう？　聞いた話ではとっくに終わっている頃なのに。赤ん坊はどうでもよかったが、ヴィクトリアも失うのではないかと思うと、気が気でなかった。できるだけ屋敷のそばにいて、彼女の具合が本格的に悪くなったときにそなえた。それにしても、あんなに吐かないでくれさえすれば。なにを食べても、胃に留まらなかった。

それほど具合が悪くても、ジェイクへの敵意は変わらなかった。彼を見る目にいつでも浮かんでいたし、彼の手の届かない距離を注意深く保ち、彼の問いかけには、抑揚のない声で一言答えるだけだった。

彼女はジェイクをゆるそうとしなかった。不当な扱いを受けているのは自分のほうだという気がジェイクにはあったが、彼女はゆるそうとしない。ヴィクトリアは、赤ん坊を産んだらほんとうに出ていくのだろうか。彼女がジェイクよりマクレーンの子を選ぶことに、はたして耐えきれるだろうか。だんだん心配になってきた。だが、そうさせないためには、腹の子をこの牧場で育てさせるしかない。それはできなかった。


「ヴィクトリアとジェイクは幸せじゃないの」シーリアがルイスに言った。木の下で彼の腕に抱かれて寝そべっていた。とおりがかりの人に見られないように、低木の茂みに隠れていた。愛しあう場所を見つけるのもすっかりうまくなって、こっそり逢うことさえ、シーリアにはなんだか楽しかった。この数週間は、人生でもっとも幸せな日々だった。ばらばらだった断片が最後にぴたりとおさまったような感じ、こうなるために生まれてきたのだと思った。ルイスと愛しあうことは、とても自然で申し分ないから、ヴィクトリアに教えられた決まりごとや制約なんて、ちらりとも頭をよぎらなかった。シーリアは生粋の官能主義者だったから、罪の意識もなく愛の行為に夢中になった。

「いつでも幸せな人なんていないよ」ものうげにルイスは言った。二人は裸で毛布に寝そべり、セックスの後で満ち足りていた。

「でも二人はいま、ちっとも幸せじゃないの。ヴィクトリアはすごく具合が悪そうで、心配だわ。それにジェイクから話しかけないと、口もきかないのよ」

「喧嘩したばかりなんだ、それだけだよ。じきに仲直りするさ」

「もう何週間も経つのに、仲直りしないわ」

ジェイクがこのところ明らかに不機嫌なのは、ルイスも気づいていた。理由は考えなかったが、おおかたヴィクトリアの妊娠に関係があるのだろうと思った。妊婦と一緒に暮らすのは、なにかと大変だ。それにヴィクトリアの具合がそれほど悪ければ、ジェイクはベッドでなんの楽しみも得られない。ルイスの考えでは、そうなればどんな男でも不機嫌になって当然だった。

シーリアが片肘をつくと、金色の髪が流れ落ちてルイスの肩をおおった。紺青色の目は、悲しそうだった。「ジェイクは赤ちゃんを産んでほしくないみたいなの」

「どうしてそんなことを言うの、チーカ？　男ってのは、奥さんに赤ちゃんができると誇りに思うもんだよ」

「赤ちゃんの話をしたがらないの。ちっともわくわくしてないみたいだし、わたしたちがその話を始めると、席を立って部屋から出ていくのよ」

ボスの結婚生活にひどく深刻な問題があるように聞こえたが、ルイスにできることはなかった。清らかで美しいシーリアの乳房に惹き寄せられ、人さし指で片方の乳首を転がし、自分の茶色の肌と、乳白色の肌のコントラストに心を奪われた。ルイスの思ったとおり、シーリアはしゃべるのをやめて、息を吸いこんだ。瞳の濃さが増し、まつげがおりてきた。

「二人は幸せじゃないかもしれないけど、おれは幸せだ」一物が目覚めたせいで、ゆったたりした深い声で言った。

　シーリアはほほえんだ。穏やかで自信に満ちた女のほほえみ、これまでにない笑顔だった。ルイスのなめらかで逞しい体を撫でおろし、奮い立ったペニスを軽く握った。「ええ、幸せそうだわ」そう言いながら屈んでくちづけたが、ほんとうに幸福なのはシーリアのほうだった。

　ルイスの美しさに、はっとさせられた。いまは毎日、二人で抜けだして、彼の腕にまた抱かれるときのために生きていた。彼と愛し合うことは、あまりにもすばらしかったので、二人ですることと、少佐やガーネットがやりたがっていたことが、同じだとは思えなかった。ルイスとの結婚や、赤ちゃんは、目に入らなかった。そういう考えがシーリアと無縁だったのは、その瞬間だけを生きてきたからだ。目に入るのは、いまのルイス。黒い瞳を情熱で輝かせ、手を差し伸べている裸の彼。


　ヴィクトリアの気分がようやく安定してきたので、エマはこのときとばかり抜けだして納屋へ向かった。手早く馬に鞍をかけてまたがると、厩を出た。ほんのしばらくでいいから、屋敷から離れたくてたまらなかった。身ごもったらだれでもヴィクトリアと同じくらい苦しむとしたら、どうして二人、三人と産めるのだろう。もしあの状態がもっと長引いていたら、ヴィクトリアは危険なほど衰弱していただろう。

馬も鬱憤がたまっていたのだろう。エマが手綱をゆるめると、のびのびと歩度を伸ばしてギャロップした。新鮮な空気を浴びると、心のもやもやが洗われた。いくつかヘアピンが落ち、髪が乱れたが、気にしなかった。一時間だけは、自由だった。

激しい蹄の音で、ほかの馬が後ろから追いかけてくることに気づかなかった。上下に動く馬の頭が膝をかすめ、手袋をはめた手が前に伸びて手綱をつかんだ。驚いて、だれかたしかめもせずに鞭を振ると、ベンが腕をさっとあげて鞭から顔をかばった。

「なにするんだ?」ベンが叫んで、二頭の馬を止めた。

エマはあたふたしていた。危うく鞭で打ちすえるところだった。「ごめんなさい」エマの頰から血の気が引いた。「だれだかわからなかったの。どうして手綱をつかんだの?」

「馬が暴走してると思ったんだ」

エマは首を振った。「いいえ、自由に走らせていたの。わたしと同じで、このところ閉じこめられていたから」ちらりとベンを見た。「この子とわたしと両方で、誤解を招いたみたいね」

ベンは耳を貸さずに言った。「一人で遠乗りはするなと言っただろ」

鞍に坐ったままベンを見つめる顔がこう言っていた。あなたにあれこれ指図されるいわれはないわ。喧嘩をする元気もなかったけれど、馬に乗りたくなったら乗る。子どもみたいに家にじっとしているつもりはない。

ベンがため息をつき、膝で押して馬を離した。「走りたいなら、走ろうじゃないか」

エマは喜んで馬を走らせた。驚いたことに、夏も終わりに近づいていた。草は瑞々しさを失い、かすかに黄色味を帯びていた。ここへ来たのは春だったが、その頃のことはほとんど思い出せなかった。あのころは、少佐とうまくやっていくことに一所懸命で、ほかのことに気が回らなかった。そして逃亡を謀ったのは、六月の暑く埃っぽいころだった。いまは八月の下旬。ほんの数週間で、最初の霜がおりるだろう。知らぬ間に夏が去ってしまう。季節感をなくしていた。

エマは、馬が自分からスピードを落とすまで自由に走らせてやった。馬は鼻を鳴らし、うれしそうに首を振った。湯気の上がる首を軽く叩いてやると、ベンもそれにあわせて馬の歩調をゆるめた。

エマは広い牧草地を見まわし、その北を縁取る岩だらけの山々と、丈高い草がそよ風に揺れるのを眺めた。何マイルも見わたせる風景の美しさに圧倒された。

馬は歩調をゆるめ、それから完全に止まると、鼻面を下げて草を食んだ。

ベンは帽子を脱いで、汗をかいた額を袖で拭った。黒髪も湿っていて、顔は埃だらけだった。ハシバミ色の目は透きとおり、射抜くようだった。静かな声で言った。「なあエマ、おれのところへは来ないつもりか？」

痛みが体に走った。甘い言葉でそそのかされていたら、きっぱり断れただろうけれど、こんなに直截に誘われると、むげに袖にもできない。「そうしたいわ」広々とした牧草地にいるせいか、自分にも彼にも楽に素直になれる気がした。「でもわたしにできる?」

「もちろんさ。おれの部屋のドアを開けるだけでいい。じゃなかったら、いますぐ手をさし出してくれ。それだけさ。残りはおれがやる」

エマの顔に怯えがちらついたのを見て、ベンは戸惑った。「傷つけないよ」かすれ声で約束した。「嘘はつけないから、はじめてのときが痛くないとは言わないが、やさしくするよ。きみも楽しめるようにする。怖がることはなにもない」

「怖がっていない、あなたを怖がってはいないわ」エマが急いで打ち消した。茶色の目は牝鹿の目のように光っていた。

「じゃあ、なにが怖い?」

エマがベンの顔から目をそらし、山脈とその向こうの青い空を見つめた。「すべて、だと思うわ。行為そのもの。受け止め方が女と男ではちがうから。わたしの知っているかぎりでは、男にとってそれは数分の快楽で、起き上がれば忘れてしまう、次にしたくなるときまでどうでもよくなるものでしょう? でも女にとって……

女にとっては、大きな一歩なの。相手に傷つけられないと信じること。妊娠の危険を冒すこと。そうなったら人生はおしまいだし、結婚前なら赤ちゃんも産めないわ。結婚していたって、それで命を落とすこともあるわけでしょう。体で男を受け入れるだけではなくて、人生そのものに男を受け入れることになるの。だって男にはなんでもない行為が、女にとれば、残りの人生すべてに影響が及ぶんですもの」

「娼婦にはそれほど深刻じゃないみたいだけど」

「わたしにそうなってほしいの？　娼婦に？　体を売るのよ、お金を払う人ならだれにでも。哀しいことだわ。あの人たちは、哀しいわ」

　ベンが険しい声で言った。「娼婦になってほしいんじゃない」エマと愛し合うときに、虚ろな目をしてほしくなかった。驚きと、盲目的な歓びと信頼を、その目に見たかった。彼だけを見てほしかった。「きみが妊娠しても、見捨てない。ここにいるよ。ジェイクを見ろ。ヴィクトリアを見捨てやしないだろう？　兄貴の子でもないのに」

　エマがきっと振り返ったので、ベンはたじろぎ、結局鞭を使われるのではないかと警戒した。「ジェイクは馬鹿よ」エマが噛みついた。「まちがいなく彼の子なのに」

　ベンはジェイクの悪口を言われてむっとして、目を細めた。「ヴィクトリアが言うのはちょっと早すぎたと思わないか？」

「すぐにわかったのよ」ヴィクトリアがどうしてそんなに早くわかったか話すつもりはなかったが、これだけでは終われなかった。「少佐の子じゃないわ。だってあの人は……あれができなかったのよ」

「へえ」厭味な言い方だった。「彼女はジェイクにもそう言ったらしいな。でも、妻とやらない男がいるか？　ヴィクトリアはあんなにきれいなのに」

　エマは怒りで真っ赤になった。「がんばったけど、できなかったのよ」

「どうして？　アンジェリーナとできたのはみんな知ってるぜ」

「どうしてヴィクトリアとできなかったかなんて知らないわよ。結婚して最初の二晩しようとしてみたけど、だめだったの。その後は放ったらかしよ」

「なんで知ってるんだ？　二人のそばで見てたのか？」

「次の朝ヴィクトリアから聞いたわ」エマが答えた。「女はこういう話はしないものでしょうけれど、ヴィクトリアとわたしは心をゆるしあっているの。ずっと一緒に育ったんですもの。彼女、結婚初夜になにが起こるかわからなくて、それは怯えていたわ。結婚したのはわたしたちがみんな飢え死にしかけていたからよ。結婚すれば彼女の両親にお金をやると少佐が言ったからよ」

　エマの言葉は強く、確信に満ちていた。ベンは顔をしかめ、考えた。もしジェイクがまちがっていたとしたら？

18

「どうだ、のるか？」ガーネットは向かいに坐る男に尋ねた。酒場のテーブルの表面はでこぼこで、べたつく輪形が無数にあるのは、なみなみと入った酒のグラスが置かれた跡だ。向かいの男は、テーブルに負けないほどでこぼこの痘痕面(あばた)だった。

ウシガエル(ブルフロッグ)・エプシーは、じっくりゆっくりビールを飲むと、テーブルに濡れた輪形をもう一つ加えた。濁った水のような色をした目は、冷たく、生気がなかった。「男は何人必要だと思う？」ようやく尋ねた。女の声かと思うほど甲高い声の持ち主で、それが〝ウシガエル〟というあだ名の由来だった。分別のある男なら、彼のような図体と気性の男に向かって、〝キンキン声〟と呼びかけはしない。

「五十かそこら」

「そいつは多いな。信用できる男を五十人も知らねえよ」

ガーネットは肩をすくめた。こちとらだれも信用していない。「信用できるかどうかは問題じゃねえ。銃を使いたがってりゃいいのさ」

「あんたは牧場に興味はないんだな?」

「牧場はあんたにやるよ。おれがほしいのは娘さ」

「おれもほしくなるかもしんねえな。最後に白人女を抱いたのはずいぶん前だ」

「ほかにも白人女はいるぜ。姉といとこだ。若くていい女だぞ。だがおれはこの娘がほしい」

たいていの男なら、そう聞いただけでそわそわするだろうに、ブルフロッグのどんと構えた態度がガーネットの気に障った。だが、こいつは早撃ちで、殺しも厭わない。楽しんでいる、と言う者もいた。「ジェイク・ローパーだって? あの早撃ちか。一年前にエル・パソで見かけたぜ」

ガーネットはにやりと笑った。ゆっくり口元を動かしても、冷たい無情な目はやわらいだりしなかった。「どれだけ早撃ちでも、そいつの後ろにいりゃあ関係ねえだろ?」

ブルフロッグがもう一度グラスをあげた。「もっともだ」


日の光が玄関広間のタイルに縞(しま)模様をつくる。暗い悪夢が現実となった夜とはまるでちがう。しかし、重厚な玄関扉が開き、だれかの上半身の影がタイルに落ちると、なにかがジェイクの脳裏にひらめいた。それはまさしくあの晩、階段のうえから目にした、床に大の字になった父の姿だった。

こめかみでドクドクと血が脈打つ。書斎のドアの前にじっと立ち尽くし、憎悪の熱い波に呑まれて顔をしかめた。そこに、階段の左手に、マクレーンに殴られた母が、顔を歪めて横たわり、あの男に犯された。夫の亡骸からほんの数フィートしか離れていないところで。母の血と脳みそが、タイルに血だまりをつくった。

マクレーンの呪われた魂よ、地獄で焼かれろ！　あいつに魂があるのなら。

ジェイクとベンはマクレーンの死を見届けたが、勝ってはいなかった。マクレーンはいまも壁の内にいる。自らの存在によって汚した屋敷の中に。奴の血と肉は、ヴィクトリアの子のなかにいまも生きている。彼女が落とす影がジェイクの記憶を呼び覚ましたせいで、いまでは彼女の姿を見るたびに、怒りが強くなった。

このところヴィクトリアは具合がよく、屋敷を出られるようになったし、吐き気も少しずつおさまっていた。秋の訪れは早かった。いまは九月、ポプラも金色になった。

ヴィクトリアは玄関扉を閉めて、屋敷の中の暗さに目が慣れるまで、ほんの少しその場に立っていた。気を惹くような動きはなく、音もなかったが、いきなり危険なものを感じてうなじの毛が逆立ち、凍りついた。さっとあたりを見まわすと、ジェイクがいた。

彼の顔は憎しみに歪んだ仮面、目は緑の熾火。

見た瞬間、ぞっとした。その手でヴィクトリアを引き裂こうとしている。考えもせず、野生の本能に従って駆けだした。

ジェイクははっとした。ヴィクトリアが二階へ行こうとするのを見て、心を過去から引き離し、階段へ走りながら鋭く叫んだ。「ヴィクトリア！　足元に気をつけろ！」

奇跡的に、ヴィクトリアはつまずかなかった。めまいの波に襲われても、なんとか両手で手摺（てす）りをつかみ、もちこたえた。視界がゆらぎ、霞（かす）みはじめた。ジェイクがブーツの足音も荒く階段を駆け上がってくるのが聞こえたので、もう一段上がろうとしたが、脚が重くて言うことを聞かなかった。ぼんやり危険と驚きを感じながら、体が崩れ落ちるのに気づいたが、どうすることもできなかった。

そのとき、鋼のような腕に抱きとめられた。夢の中で思い出し、目覚めたときには頬に涙を残していった腕だ。視界が完全に消える瞬間、どうして彼が抱きとめたのか不思議に思った。

ジェイクはぐったりしたヴィクトリアの体を抱き上げた。階段から落ちる寸前だったと思うと、汗が噴きだした。ヴィクトリアは気を失って、ジェイクの腕からだらりと首を垂らしていた。エマかカルミータを呼ぼうと口を開きかけたところで、思い直した。ヴィクトリアはおれの妻だ。おれが介抱する。気絶した男ならたくさん見てきたから、ただの卒倒なら手当ての仕方はわかっていた。

ヴィクトリアは三か月前より少しも重くなっていなかった。腕に抱いただけで、鋭い、なつかしい喜びがこみあげ、ほろ苦い気分になった。こんなに長いあいだ抱いていなかったのか。二人のあいだの溝が、これほどまでに広く深く、橋も渡せないほどになるとは。

ジェイクは二人の――彼の――寝室へヴィクトリアを運びかけたが、思い直して彼女の部屋へ向かった。目が覚めたとき、彼のベッドにいないほうが、落ちつくだろう。ベッドに寝かせても、意識が戻る気配はまったくなかった。だんだん不安になって、ジェイクはスカートをゆるめ、淡青色のシャツブラウスの、あごの下まで並んだボタンを外した。

たおやかな肌のぬくもりを感じた。はだけたブラウスの隙間から、喉元が静かに脈打つのが見えた。ジェイクの脈も激しくなった。

「ヴィクトリア、起きろ」ささやいて、顔にかかった髪をはらってやった。まだ気がつかない。靴を脱がせようとスカートを少し上げ、頭の下から枕を抜いて、脚の下に入れた。白い木綿のストッキングをはいた、細い優雅な脚だった。脈はますます速くなった。

彼女はおれのものだ。この体はおれのものだ。彼女の腹に手をのせて、命のしるしを探した。二人の結婚生活を引き裂いたしるしを。腹は前と同じようにすべらかで、平らだった。

ジェイクは眉をひそめた。妊娠して腹が目立ってくるまで、どれくらいかかるのだろう？　ジェイクの計算では、ヴィクトリアは妊娠して四か月は経っている。目立ってきてもおかしくない頃だ。だが、ふつうより目立たない女もいる。巨大な腹の女も、それほど大きくならないまま産んだ女も見たことがある。服で体型をごまかしていたのだろう。

スカートをさっとめくって、ふわふわしたペチコートの下を探り、木綿に包まれた太腿を見つけ、腹まで撫で上げた。ヴィクトリアはあたたかく、平らだった。

ヴィクトリアの瞼がぴくんと動いて、重そうに開いた。「ジェイク？」とつぶやいた。

ジェイクはかがみこんだ。「気を失ったんだよ。でも、もう大丈夫だ」と低い声で言った。

「あなたに殺されるかと思ったの」頭のなかの靄をなんとか晴らそうとしながら、少し口ごもって言った。まばたきして、焦点をジェイクに合わせた。激しい憎しみはあとかたもなかった。命の危険を感じて逃げだしたあの憎しみは、想像の産物だったのだろうか。

「まさか。そんな馬鹿な」ジェイクの心臓は、彼女を見て、また激しく打ちはじめた。唇はやわらかく、かすかに震えていた。敵意の壁は崩れ、弱々しく、混乱していた。彼女がまた怒りを甦（よみがえ）らせる前に、ジェイクは屈んで唇を重ねた。くぐもった喜びの声が、ジェイクの喉の奥から洩れた。

唇で押して、ヴィクトリアの口を開き、舌を入れた。ヴィクトリアが腕を上げ、ジェイクの首にからめたのを感じて、くらくらするほどのうれしさがこみ上げた。彼女をかき抱き、もっと深くキスをした。

どんなに長いことジェイクを求め、どんなに長いこと彼を思い焦がれていたか。ヴィクトリアの逆巻く感覚は、彼のしていることに集中した。彼の唇の味は乾きを癒し、彼の手は別の飢えを満たした。ざらつく掌が感じやすい乳房に触れて、ヴィクトリアはうめいた。手がブラウスとシュミーズの中に滑り込み、ふくらみにじかに触れると、ぐっと開いて服の束縛を解いた。彼は唇を喉へ、胸へと滑らせ、乳首を含んだ。

その刹那、電流が走り、ヴィクトリアはベッドから落ちそうになった。乳房はひどく敏感になっていたので、服を着るのも痛いくらいだったから、ジェイクの熱い唇に乳首を包まれると、痛みと歓びが混ざり合って狂おしいほどだった。

耐えられなかった。涙がこみあげて、ジェイクの肩を押した。「痛いわ」むせびながら言った。

顔をあげたジェイクの目は、情熱で緑が深まっていた。「痛い?」かすれ声でおうむ返しに言った。

「ええ……乳房が痛むの。赤ちゃんのせいで――」

ジェイクはたじろいだ。ヴィクトリアの体内で育つ赤ん坊のしるしはここにあった。大きく張った乳房、黒ずんだ乳首、乳白色のサテンのような肌のすぐ下に走る細く青い血管。

ヴィクトリアがよろよろとベッドの向こう側へ下りて、背中をジェイクに向けて立ち、シュミーズとシャツブラウスとスカートを直した。「抱き止めてくれてありがとう」緊張した声で言った。

彼女が意識を取り戻して最初に口にした言葉を、ジェイクは思い出した。おれに殺されると思って、恐怖のあまり逃げだしたのだ。ああ、たがいになんてことをしているのだろう?

「脅かすつもりはなかった」ぶっきらぼうな声で言った。「これからは、階段の上り下りに気をつけろ」

「ええ、そうするわ」


ヴィクトリアは細すぎる。数日見守りながら、不安を落ちつけようとした。言われたとおり日を数え、妊娠がわかるまでにどれくらいの日数がかかるのか計算してみた。一か月? 二か月? 見当もつかなかったが、もう目立ってきていなければおかしい。しかし、もしジェイクがヴィクトリアをたちまち妊娠させたのだとしたら、たった三か月しか経っていない。まだ目立ってこないのも説明がつく。

そう考えると、ジェイクは彼女に言ったことやしたことを思い出して、冷や汗をかいた。一度認めると、疑念に苛まれた。

カルミータを探すと、一人でいるのを見つけた。彼女の反応に注意しながら問いかけた。「セニョーラが心配でね、カルミータ。痩せすぎじゃないかな? そろそろ腹が出てもいい頃だろう? どこかおかしいんじゃないか?」

カルミータはにっこりしてかぶりを振り、くっくっと笑った。「新米のパパさんときたら、なんでも心配なさる！　セニョーラはお痩せになりました。ひどく具合も悪くていらっしゃいました。でもつわりはおさまってきたんですよ」

「だが腹が――ぺちゃんこだ」

「まだ三か月ですよ、セニョール・ジェイク。たぶんもう一か月しないと、お腹が目立つほど赤ちゃんは大きくなりません」

三か月。みぞおちが冷たくなった。ジェイクはまた日を数えたが、結果は変わらなかった。もし三か月しか経っていないのなら、つまりそれは彼が――くそっ、そんなことあり得ない！　つまりヴィクトリアが知ったのは、すぐのことだったのだ。最初から彼女はなにか隠していた。妊娠以外になにがあるというのだろう？　それにあのくだらない話、マクレーンがセックスできなかったという話は、真っ赤な嘘にきまってる。

冷や汗をかきながらしばらく考えて、決心した。問題の一つはいますぐ決着がつく。それでとりあえず安心できる。真相は、赤ん坊が生まれるまでわからないだろうが。牧童小屋の裏のアンジェリーナ・ガルシアの部屋へ出かけた。

そういえば久しくアンジェリーナの姿を見かけていない。あるいは出ていったのかも。とっくに追い払えたはずだが、ヴィクトリアがなにも言わなかったし、ジェイクはこの女をどこか哀れに感じていたので、アンジェリーナの話は避けていた。どうやって出ていったのだろう？　歩いて？　ジェイクの知る限り、アンジェリーナの持ち物は服だけだった。

しかしノックすると、ドアの向こうでごそごそ音が聞こえ、しばらくして扉が開くと、アンジェリーナが櫛(くし)も入れていない髪を背中にたらし、眠そうな目をして現れた。ジェイクはでっぷりした体を見て、驚きのあまり後ずさりそうになった。アンジェリーナはまぎれもなく妊娠していた。

妊娠しても、アンジェリーナの本性は変わっていなかった。「おやおや、だれかと思えば牧場主(パトロン)さまじゃないの」喉を鳴らして言った。「そのうち来ると思ってたよ」

困惑したようにアンジェリーナを見て、穏やかな声で尋ねた。「なぜそう思った？」

アンジェリーナが頭をのけぞらせて笑った。「あたしなら、そっちの面倒を見てやれるからさ。ほかにある？」

「だれの子だ？」

彼女が肩をすくめた。「わかるわけないでしょ。じきにお腹が大きくなりすぎて、だれも興味を持たなくなるだろうけど、いまのところはこれがいいって言うのもいるんだよね。男って奴は」なに考えてるんだかまるでわからないと言いたげに、また肩をすくめた。

「マクレーンはよくここへ来ただろう？」

小さな、満足そうな笑みが、彼女の唇を曲げた。「あたしから離れられなかったんだね。結婚した次の晩に来たよ。本人は立派なものをぶらさげてるつもりだったけど、お粗末なもんさ、いつ入ってきたのかもわからなかったよ」

「じゃあおまえと寝るときはなにも問題はなかったんだな?」ジェイクは感情のない声で言った。

アンジェリーナが嘲るように笑った。「あたしでだめな男なんていないよ。少佐もそう。セニョーラ相手じゃ立たなかったみたいだけどね、冷たい女――」ふいに、そのセニョーラがいまはジェイクの妻だと思い出して口をつぐみ、ぶすっとした顔になった。

腹にパンチを食らったような気がした。話そうにも、息が吸えなかった。「どうしてあいつができなかったと知ってる?」

「あいつが言ったんだ」アンジェリーナがつぶやいた。「しゃべれば牧場から放りだされるから黙ってたけどさ。その前に殺されなきゃの話だけどね」アンジェリーナはそれ以上話そうとしなかったが、それだけ聞けばジェイクには十分だった。

青ざめた顔で、屋敷へ戻った。ヴィクトリアは嘘をついていなかった。腹の子はジェイクの子で、マクレーンのではなかった。ああ、おれはなんてひどいことを言ってしまったんだ! ヴィクトリアの目に浮かんだ冷たい炎を思い出し、その後ろにひそむ怒りの激しさにようやく気づいた。

ヴィクトリアは赤ん坊を連れて出ていくと言った。あのときは怒りのあまり、その脅しを本気で受け取らなかった。いま真相がわかってみると、怒るのももっともだ。そして彼女がほんとうにそうするかもしれないと思うと、冷たい恐怖が生まれた。ヴィクトリアもおれの子も失うかもしれない。

　おれの子！　ヴィクトリアは、セックスに関してほんとうに無垢だったのだ。彼女と愛しあった男はジェイクだけ。そして彼女はひどく腹を立て、何週間も経ったのに、怒りはやわらがず、彼をゆるそうともしていない。たしかに、ゆるせるはずがない。ジェイクはいままでずっと、自分の子ではないと言い張ってきたのだから！

　謝らなければ。どうにかして償わなければ――だが、彼女がこちらを見るときの冷たい表情を思い出すと、腹筋が締まるのを感じた。あのやさしいヴィクトリアが、これほど長いあいだ怒りを抱きつづけられるとは思いもしなかったが、事実そうだった。それもそのはず。ジェイクはヴィクトリアを侮辱し、殴り、脅した。彼女にはやさしさと同じだけの誇りがある。背筋をあれほどまっすぐに保っていられるのは、貴族の血筋のせいだけではない。彼女の背筋には鋼がとおっているのだ。

　先送りする理由はなかった。早く謝って二人の仲を修復すれば、みんな幸せになれる。ヴィクトリアを屋敷じゅう探して、ついに中庭にいるのを見つけた。壁が秋風をさえぎって、彼女を寒さから守っていた。明るい太陽の下で、小さなガウンを縫っていた。彼女の手の中の繊細な衣類を見て、ジェイクは喉が苦しくなった。

　顔をあげてこちらを見るその目からは、巧みに表情が消されていた。「なにか？」

　ジェイクはヴィクトリアの前にひざまずき、言うべき言葉を探した。これからの数分間が、人生でもっとも重要なときになると、痛切に感じていた。結局、素直に言うのが一番だと思えた。「ヴィクトリア――おれがまちがっていた。許してくれ。きみを信じるべきだった。その子はおれの子だ」

「そう？」一瞬の沈黙があって、ジェイクの心臓が止まりかけたとき、ヴィクトリアが冷たく答え、縫い糸を歯で切った。「どうしてそれがわかったの？　数か月前まであれほど自信たっぷりで否定していたのに」

ちくしょう、少しも譲らないつもりだ。責めることはできない。ヴィクトリアには報復する権利があるんだから。きめ細かな白い肌は、陽光と戻ってきた体調のおかげでピンク色に染まっていた。彼女の乳房がブラウスの胸の部分を押しているのを見て、ジェイクは急に、自分の子が彼女の体をどんなふうに変えたのか、この目でたしかめたいという強い思いに駆られた。

「あんな態度をとって、まったくろくでなし――」

「そうね」同意して、さっきの質問に戻った。「この子のことで、なにが考えを変えさせたの？」

「きみの腹がちっとも――」

「少佐が亡くなったのは、あなたがわたしを奪った二日前よ」

ジェイクは立ち上がった。激怒していた。この期におよんで、ヴィクトリアはマクレーンをぶつけてきた。あの野郎が彼女に手を触れなかったことを承知のうえで。そしていまはジェイクも知っていた。女というのは、地上でもっともひねくれた生き物らしい。あれほど泣いて信じてくれとすがったのに、いまでは赤ん坊がジェイクの子ではないと思い込ませようとしている！　ジェイクは拳を握った。「いいかげんにしろ、マクレーンがきみと寝なかったのは知ってるんだぞ！　アンジェリーナに聞いた。あいつはできなかった――」

ヴィクトリアがぐっと顔を上げた。怒りにまかせて言わずもがなのことを口走ったと気づいたが、遅すぎた。ヴィクトリアの声は冷ややかだった。「夫がわたしより娼婦の言葉を信じたのを喜べとでも？　あの女とわたしの話をしたのを？　自分の謝罪をみやげに地獄へ落ちるといいわ、ジェイク・サラット！」

憤然と立ち上がり、ヴィクトリアは縫いものを籠にしまった。頬が赤くまだらになっていた。

「落ちつけよ」ジェイクは言って、めまいを起こしたときにそなえてヴィクトリアの肘をつかんだ。「急ぐと気を失うぞ」

「気を失おうが失うまいが、わたしの問題よ、サラットさん。わたしもこの子もあなたには関係ないわ」

ジェイクは目を細めた。ヴィクトリアはいつでもだれよりも強気で彼に向かってきた。

虎と遊ぶ子が、手遅れになって初めて危険に気づくように。ヴィクトリアが高慢な鼻をつんとあげ、さっそうと屋敷に入っていくのを見送り、まぶしい太陽が翳ったとき、ジェイクは気づいた。真実に気づいて、身が竦んだ。

彼女を愛している。最初はそうではなかった。もちろん、その魅力的な肉体には、激しく惹きつけられてはいたが。もし彼女を愛していなかったら、マクレーンの子を身ごもったと思っても、これほど強く打ちのめされなかっただろう。これがほかの女だったら、ただ肩をすくめてサンタフェへ送りだし、自分の人生をつづけただろう。これがほかの女だったら、なによりまず、結婚していなかった。

だが、ヴィクトリア……彼女なしの生活など、想像するのも耐えられなかった。彼女はどれほど大切な存在だったか。失うかもしれないと思うとパニックに陥った。そうさせてはならない。たとえ屋敷に監禁することになっても、行かせてはならない。償いをして、ゆるしてもらえるまでは。自分の愚かさのせいで三か月も無駄にしてきた。三か月も！

だが、これ以上一日たりとも無駄にするものか！

急いでヴィクトリアの後から、つかつかと屋敷に入った。ブーツの踵がタイルを鳴らした。

ヴィクトリアは食堂で足を止めて、エマと話をしていた。カルミータがテーブルでなにかしていたが、なにをしていようとジェイクにはどうでもよかった。部屋を横切り、まっすぐヴィクトリアに向かった。彼女が顔を上げ、ジェイクを見た。はっと驚くと、すぐに警戒する表情になり、それが剥き出しの恐怖へと変わった。裁縫籠を落として、一歩さがった。エマがびっくりして口を開け、同じようにジェイクの顔を見て、本能的に道を開けた。

ヴィクトリアの前まで来て屈むと、膝の裏と背中に手をあてがってさっと抱き上げた。ヴィクトリアが怯えた小さな悲鳴をあげて彼を叩いたが、ジェイクはうまくかわした。もう一度叩かれる前に、ヴィクトリアを腕の中で抱き直すと、その唇を息もつけないほどのくちづけでおおった。深く、激しく、飢えたようなキスだった。その唇を、腕に抱いた感触を、いくら味わっても味わい尽くせない気がした。

ヴィクトリアは顔をそむけ、唇が届かないところへ逃げようとした。ジェイクの胸を押した。「おろして！」必死で叫んだ。

「おろすさ」いさめるように荒っぽく言った。「おれのベッドにな。そこがきみのいる場所だ。ずっとそこにいるんだ」ぽかんと口を開けたエマとカルミータを残して、ジェイクはヴィクトリアを抱いたまま、階段を一段おきに上がった。ヴィクトリアはなんとしても逃げようとした。ジェイクの腕から落ちてもかまわない。蹴り、叩き、背中をそらしたが、ジェイクの力は圧倒的だった。さらに強く抱き寄せると、寝室に入り、蹴ってドアを閉め、ばたんと音を轟（とどろ）かせた。

ヴィクトリアは噛みつこうとした。抵抗した。必死の誇りが屈することをゆるさなかった。この部屋で最初の晩、彼に力で押さえつけられたときのように。「だめだ」ジェイクがうなってヴィクトリアをベッドにどさっとおろし、隣に寝そべった。ヴィクトリアの両手を片手で捕まえると、頭の上で押さえつけた。「落ちつけ」厳しい声で言った。「赤ん坊にさわるぞ」

暴れたせいで結った髪はゆるみ、もつれて肩にかかっていた。頬は紅潮し、青い目は怒りのあまり、いまにも光の矢を放ちそうだった。「よけいなお世話よ、べらぼうめ」

「どこでそんな言葉を習ってきたんだ?」そう言って茶化すと、ベッドから抜けだそうとするヴィクトリアを力で押さえつけた。脚を脚で固定し、彼女の両腕を上にあげて片手で押さえつけ、自由なほうの手でスカートの留め具を探り、ゆるめた。ペチコートのひもにはてこずらなかった。スカートとペチコートを太腿まで押しさげた。

ヴィクトリアの怒りが爆発して叫び声となった。頭上で彼女の両腕を押さえつけている逞しい腕がすぐ目の前にあったから、そこにもう一度歯を沈めようとした。かじられてはは大変と、ジェイクは笑いながらよけたが、つかんでいる手はゆるめもしない。緑の目がまぶしいほど輝いている。

「どうしてかわいい娼婦のところへ行かないのよ?」ヴィクトリアが叫んだ。

「きみといるほうがいいからだ」そう答えて、挑発に乗らなかった。彼女の首から肩へのやわらかなカーブに顔をうずめ、すばらしく甘い香りを吸いこんだ。毎晩こうしたくてたまらなかった。エロティックな夢から目覚め、ベッドの隣を手探りしても、そこに彼女はいなかった。

「わたしはあなたといいたくないの」ヴィクトリアが食いしばった歯のすき間から言った。「いたくなるさ」そう請けあって、ヴィクトリアの腹と乳房を撫でおろした。「最初のときを覚えてるか？　あのときも一緒にいたがらなかったが、気を変えたよな。おれのこと、恋しくなかったか、ヴィクトリア？　ここは？　それにここは？」ジェイクの手がまず敏感な乳房に、そっと、ヴィクトリアが痛くないくらいに触れ、それから太腿を撫でた。太腿はぎゅっと閉じていたが、ジェイクはどうにか指を一本滑り込ませ、ズロースの入り口を探った。内側は熱く、しっとりしている。やさしくまさぐってジェイクは身震いした。

「やめて」絞りだすような声だった。ヴィクトリアが顔をそむけた。「おねがい」

「さあ、歓ばせてやるよ」ささやいて指を抜くと、スカートとペチコートをすっかり脱がせた。かさばる覆いを取り去れば、あとはぴったりしたシャツブラウスとシュミーズ、太腿にまつわりつく薄い木綿のズロースだけだ。細い体の輪郭がくっきりと表れている。ほっそりと形のよい見事な脚だ。白いストッキングは、シンプルな白いガーターで留めてある。黒いレースのガーターや透けるシルクのストッキングを拝んだこともあるが、これほど興奮させてはくれなかった。

ブーツのつま先を使って、踵の低いやわらかな上靴を脱がせ、蹴ってベッドから落とした。「ベッドカバーを汚されたくないんでね」

ほんの冗談も通じなかった。「あんたはまだブーツをはいているじゃないの、くそったれ！」ヴィクトリアはほんとうに頭から湯気を出して怒っていた。ジェイクは低い声で笑って、お行儀のいい妻の悪態を心から楽しんだ。

「脱いでほしけりゃ脱ぐさ」

「だめ！」

「まったく、お堅い女だ。おれが固い男でよかったな」

彼の言いたいことはわかった。もし片手が自由だったら、もう一度平手を食らわせていただろう。急に疲れてきた。何週間も吐き気に悩まされていたので、まだ体調は万全ではなかった。心の底から、いまここで吐き気が襲ってくれればいいのにと祈ったが、むだだった。

抜けていく力をかき集め、最後にもう一度、必死で逃れようと、筋肉をこわばらせてもがいた。ジェイクに難なく押さえられ、自分の無力を思い知らされた。口惜しくてたまらない。熱く苦い涙が頬をつたい、ヴィクトリアは顔をそむけ、体の力を抜いた。

「泣かないでくれ、ヴィクトリア」彼はヴィクトリアが降伏したことを瞬時に感じとり、あやすように低い声で言った。もう暴れる力がないとわかって、つかんでいた腕を放した。

「疑ったりして悪かった。だがもうすんだことだ。償いをさせてくれ。こんなに長いこと離れ離れで、さみしかったろう？　きみをどれだけいい気持ちにさせたか、忘れたのか？」

　ヴィクトリアは、震えながらも大きく息を吸いこみ、自制心を取り戻そうとした。「あなたがわたしにしたことは、みんな覚えている」涙でかすれた声だった。

　彼女の言いたいことがわかって、ジェイクは口をつぐんだ。彼女を苦しめたという自責の念に打ちのめされそうになり、顔をこわばらせた。それから、たこのできた親指で、頬につたう涙を拭いてやった。「ならばおれを憎め。だが、いいか、そうしたってなにも変わらない。きみはおれの妻だ。きみのいる場所は、おれがいるここなんだ」

　ヴィクトリアは疲れて、筋肉は震えていた。抵抗してもむだだ。そう思って目を閉じた。ジェイクは彼女を横向きにして、シャツブラウスのボタンを外し、脱がせてわきへ放った。次はシュミーズ。ヴィクトリアは腕をじっとさせたまま横たわり、乳房を隠そうともしなかった。

　変化を見て、ジェイクは興奮した。前より大きく、張っていて、すぐにでも赤ん坊に乳をやれそうだ。小さな乳首は黒ずみ、広がったように見えた。自分のブーツとシャツを脱ぐあいだも、乳房から目をそらさなかった。ほかのどこにも触れずに、身を屈め、ふくらんだ乳首をそっと舌でなぞった。

ヴィクトリアは息を止め、体を弓なりにした。熱い舌に触れられて燃え、熱は集まって下腹にたまった。耐えられないほど乳房が固くなった。ほんの軽く触れられただけで。あまりにも敏感な乳房に、ヴィクトリアはまた泣きだしそうだった。これが、恍惚なのか苦痛なのかわからなかった。

ジェイクの息が濡れた肌にかかり、いっそう疼いた。もう片方の乳首に唇を移すと、同じようにそっと、このうえなくやさしく、舌で攻めた。ヴィクトリアは震え、まばゆいばかりの熱を堪えた。体のしたでシーツをつかみ、よじった。だめ、だめ。声もなく叫んだ。やめて、我慢できない――

ヴィクトリアが敏感になっているのを鋭く感じとると、ジェイクは含んだ乳首をできるだけやさしく愛撫した。

ヴィクトリアの喉から、苦しそうなむせび声が洩れた。もう抵抗してはいなかった。腰を浮かせた。

脚のあいだに手を滑らせると、今度はわけなく開いた。剥き出しになったやわらかな部分をそっと撫で、奥へと指を差し入れた。その締まり具合を思い出すたび身悶えしたものだが、あらためてその入口の狭さに驚いた。ジェイクの裸の胴に汗が光った。

「書斎でしたときのこと、覚えてるか?」首筋にくちづけながら、ジェイクは問いかけた。

「ズロースを脱がせるのも待てなかったから、おれが裂いて、中に入っただろう?」

ヴィクトリアはあえぎ、指に刺し貫かれて身をよじった。目を開いたが、まぶたは重く、まつげは震えた。「ジェイク」

頼りなくかすれた声で求めるように名を呼ばれ、ジェイクの心臓は躍った。ヴィクトリアはおれのものだ。彼女はもうあらがおうとしていない。もう考えようともしていない。ヴィクトリアがまた腰を浮かせた。

ジェイクは唇を重ね、舌を深く入れた。今度もズロースをおろすには遅すぎた。彼は穴を裂いて開き、体を滑らせてあらわになった秘所を丹念に探った。彼女の性器は濃いピンク色で、光っていた。ジェイクはそこに唇をあてて深くむさぼるようにくちづけ、彼女の味を、彼女の秘密のすべてを求めた。ヴィクトリアが悲鳴をあげ、枕を顔に引き寄せて声をふさいだ。木綿におおわれた太腿が、痙攣しながらジェイクの頭を締めつけた。それをまたこじ開けて、ぐっと広げた。舌で突き、掬い、円を描き、そうしているうちに、深部が痙攣をはじめるのを感じた。ヴィクトリアは踵をベッドに沈め、両手でジェイクの頭をつかみ、もう一度悲鳴をあげた。

果てると、ヴィクトリアは弱々しく脚を開いた。目を閉じたまま横たわり、乳房に汗の細かい粒を光らせ、どうにか息をするたびに、胸は大きく上下した。ジェイクは彼女の腰にまとわりつく服の残骸を、腰ひもを千切って脱がせると、自分のベルトとズボンに取りかかった。裸になってのしかかり、ゆっくり容赦なく貫くと、ヴィクトリアの目がぱっと開いた。

この圧倒的な充足感を忘れかけていた。妊娠に占領されていた体に、ジェイクが欲望を甦らせてくれた。うなりながら押しこみ、うめき声に変わると、彼はそこで動きをとめた。

「痛くないか?」

ヴィクトリアの手は熱かった。汗ですべるジェイクの肩をつかみ、脚を彼の尻にからみつけた。「いいえ。やめないで。やめないで、ジェイク、おねがい――」

ジェイクが張りつめた声で笑った。歓喜というより、満足の笑いだった。「ああ、死んでもやめるもんか」

激しく突きあげはしなかった。ヴィクトリアが妊娠しているのを痛烈に意識していた。挿入の深さとリズムをある程度のところで抑えていたが、それで十分だった。ヴィクトリアがまたびくびくと震え、貪欲に腰を浮かせると、ジェイクが控えていた残り数インチを自分から取り込んだ。ジェイクの感覚は爆発し、降参の叫びを一声発すると、その瞬間ペニスは脈打ち、発射して、彼女が望むものを与えた。

ヴィクトリアは白いストッキングに包まれた脚を、まだジェイクの腰に巻きつけていた。とりあえずこの段階では、完敗だった。

ジェイクの呼吸は落ちつき、心臓はまたふつうの鼓動に戻り、胸から飛びだそうとするのをやめた。ヴィクトリアはぐったりして横たわり、まどろんでいるように見えた。汗が乾きはじめ、かすかな寒気が襲ってきてヴィクトリアの二の腕に鳥肌が立った。ジェイクはそれに気づくと、起き上がってシーツをつかんで引きあげ、ヴィクトリアの肩を包み込んだ。青い目が一瞬開いて、ため息をつくと、また閉じた。

かたわらに横たわるヴィクトリアは、満足そうに見えた。だが、痛いほどに孤独を感じているのがわかる。以前の彼女は、腕の中に横たわり、ジェイクの肩に頭をもたせ、優雅な手で眠たげに胸を撫でてくれた。いまはそんな無言の睦み合いもなく、やさしい触れ合いも、体をからませることも、たがいの香りを吸いこむこともない。なくなってみてはじめて、そういう諸々のことが、愛し合った後の気だるい時間を特別なものにしていたのだとわかった。この違いが彼に告げていた。この一戦には勝ったかもしれないが、戦争に勝ったわけではけっしてない、と。ほしいのは彼女のやさしい愛撫だ。無言の隔たりではない。彼女は負けたが、だからといって彼が勝ったわけではないことを痛感させる、こんな無言の隔たりなど望んでいなかった。

彼女の心を取り戻すには時間がかかるだろうが、我慢の仕方は知っている。二十年も我慢して、マクレーンへの復讐をもくろんできたのだ。ジェイクを愛し、信じていいのだと、ヴィクトリアに納得させられるなら、もう二十年かけてもいい。ただし彼女がそれだけの時間をくれるなら。

寝返りを打ち、ヴィクトリアを引き寄せ、彼女の意志もかまわず腕の中に抱いた。距離の近さが魔法をかけて、たったいま二人で分かちあった肉体的な高揚が絆を生み出した。ヴィクトリアも簡単には否定できまい。もてる武器はすべて使うつもりだ。彼女を失うわけにはいかない。

「話してくれ」やさしくうながし、彼女のこめかみにかかる美しい髪に鼻をこすりつけた。

「なにを?」ヴィクトリアが冷たく、小さな声で尋ねた。目は閉じたままだった。

「マクレーンのことを」

マクレーンの話だけはしたくなかった。彼女はくたくたで、ただ眠りたかった。でも、すっかり目覚めていても、その話をジェイクとはしたくなかった。無理やり降伏させられて、誇りをひどく傷つけられた。ほかにも不満の種はあったから、頼みを聞き入れる気分にはなれなかった。

唇を噛んで、ジェイクが行ってくれればいいのにと思った。でも、いっこうに動く気配がないので、答えた。「いやよ」

「おれには知る必要がある」ジェイクがささやき、こめかみのすぐ下の、はかなげなくぼみにキスをした。

ヴィクトリアは目を開けた。「知る必要があるですって?」押し殺した感情のせいで、声は震えていた。妊娠してからというもの、どんな感情も怖いほど表に出やすくなっていた。「あなたになにが必要か、わたしが気にかける理由を教えてちょうだい！　わたしは夫の支えが必要だった。信頼も、いたわりも。あなたはわたしになにが必要か、考えてくれた？」

「悪かった。償えるなら、なんでもする」ジェイクは真剣だった。きっと声にそれが表れていたのだろう、ヴィクトリアはちらりと彼を見た。

「あんなことをやっておいて、どうすれば償えると言うの？」そう尋ねて、目を閉じた。体も心も疲れていた。「できるとは思えないわ」

「やらせてくれ。おれたちは夫婦だ。赤ん坊も生まれる」ヴィクトリアのあたたかな腹を撫でおろし、三か月も無駄にしたことを悔やんだ。「どんな感じだ？」痛いほどの好奇心が、顔をのぞかせた。「まだ言えるようなことはない？」

　ヴィクトリアは苦笑した。「いいえ、言えることなら山のようにたまってるわ。死ぬほど具合が悪くて、吐き気がひどかったから、枕から頭を上げるのもやっとだった。食べものにおいには胸が悪くなった。ひっきりなしに……おしっこをしたくなったわ」口ごもったのはそんなことを言ってきまりが悪かったからだが、考える前に言葉が転がりでていた。「圧迫感があるわ、ここよ」ヴィクトリアは手を下腹に置いた。「服が乳房にこすれると痛くて我慢できないし、急に動くとめまいがするわ。一日に何度も泣くの。理由なんてないわ。くたびれはてて、ようやく一日を終えても、夜は眠れないの。ほんとうに、楽しいったらありゃしない」

ジェイクは笑いだしたいのをこらえて、もう一度キスをした。今度はこめかみではなく、唇に。「予定日は?」

「三月の終わり」ジェイクに知らせるのは、拒めなかった。彼の子のことを、こうして尋ねられては。

腹を撫でていたジェイクの手がおりて、脚のあいだに触れた。ヴィクトリアははっと息を呑んだ。指がゆっくりと花唇を分かち、まさぐると、身を固くした。さっきの爆発するようなセックスの後で、こんなに早く体が応えられるとは思いもしなかったが、ひだが締まった。

「気持ちいいよ。あたたかくて濡れてて締まってる。おれはこんなにきみがほしいのに、マクレーンがそう思わずにいられたなんて、信じられない」彼女の喉元でしゃべっているから、声がくぐもって聞こえた。

ヴィクトリアははっとした。彼のしゃがれ声が言ったことに嘘はないと、ぼんやりした頭で悟った。この人はほんとうにわからないのだ。ヴィクトリアもなぜマクレーンができなかったのかわからなかったが、ことのしだいはわかっていた。

「しようとしたの」ヴィクトリアはささやいた。「二回。でもあなたのように固くならなかったの。あの人は腹を立ててわたしを傷つけたけれど、それでもだめだった。その最初の二回の後は、二度としようとしなかったわ」

　ジェイクは目を閉じ、彼女の言葉がもたらす痛みと戦った。「あいつになにをされたのか言ってごらん、いい子（ラヴ）だから」

　ヴィクトリアは言葉で愛情を示されたことに気づかなかった。意識はジェイクの指に集中していたから。長い指を差し込まれ、彼女はうめき声をあげた。「あの人……いまあなたがしていることをしたの。でも痛かった。血が出たわ。怖かった。あんなの大嫌いだった。あの人のことも。でも、あなたにされると……ああ！　いい、いいわ。すごく気持ちいい」

　ジェイクはのしかかり、親指でもっと激しく小さな突起をこすった。彼女がどんな思いをしたか、考えると胸がよじれた。セックスについてなにも知らない処女が、マクレーンのような畜生の前に放りだされて。なぜヴィクトリアがはじめて愛し合ったとき出血しなかったのか、ようやくわかった。自分があの小さな膜を破れなかったのは惜しくないが、ヴィクトリアが傷つき、怯えたことを口惜んだ。

　ヴィクトリアと愛し合った男はジェイクだけ、彼女が腕に抱き、体に受け入れた男はジェイクだけだった。それがわかると、独占欲を満たされてうれしくなった。彼女が望もうと望むまいと、ヴィクトリアはおれだけのものだ。二度とこの腕から離すものか。

19

ジェイクはカルミータに言って、ヴィクトリアの荷物を二人の寝室へ戻させた。彼女のほうからそうしなかったことに、別段失望もしなかった。二人の関係がよくなったとはいえ、休戦状態でしかないのは十分わかっていた。ここでもヴィクトリアは体では抵抗しなかったが、態度はよそよそしかったし、目は冷たいままだった。まだゆるしてもらえなかった。だがいまのところはこれで十分。いるべきところに帰ってきてくれた。

翌日ベンが尋ねた。「どうなっちまったの?」

ジェイクは手短に話した。

ベンがかぶりを振った。「まったく、女ってのはわけがわからない。男がこうしようと思えばその反対をやる。こっちの気が変わって、最初に思いついたこととは別のことをやりたいと思っても、結果は同じなんだから」

ジェイクは同情してにやりとした。ベンがエマと進展していないのは明らかだった。

「降参か?」

「そうだな。ああ、降参だ。酒場の女はレディよりずっと手がかからない。冬になる前にサンタフェへ行って、ちょっと楽しんでくるよ」

ガーネットはサンタフェへ戻ってきた。背中に用心しながら時機を待った。いますぐなにか起こる気配はなかった。冬が急ぎ足で迫っていたし、計画を実行するには春のほうがよかった。ブルフロッグとは数週間前に別れた。あちらは昔馴染みの男たちを集めて、二月の再会にそなえることになっていた。ブルフロッグがいなくなってほっとした。あののろくでなしは信用できない。こっちの背中に銃弾をぶちこんで、計画を乗っ取らないとは言い切れなかった。

ガーネットがつねに酒場の裏口ちかくに坐るのは、いつなんどき逃げ出す必要が生じるかわからないからだ。ちょうどそんなテーブルについていたとき、背の高い、黒髪の男がふらりと酒場へ入ってきて、カウンターへ向かった。腿の低い位置に添わせた使いこんだピストルと、ゆったりと自信たっぷりな歩き方が、その重い武器に慣れていることを物語っていた。これみよがしな歩き方ではなかった。血の気の多い若造だけが、名声ほしさにそういうことをしたがり、銃に刻みをつけたがる。この男のは、邪魔ものをどう扱えばいいか知っている男の歩き方だった。奇妙になつかしい雰囲気があった。

見知らぬ男の顔をのぞきこんだとたん、背筋を冷たいものが駆け下りた。一瞬その男がジェイク・サラットに見えたが、すぐにちがうと気づいた。しかしそっくりだった。気味が悪いくらいに。

厚化粧に気だるい目をした黒髪の酒場女が、世馴れた目で背の高いよそ者を値踏みすると、少しばかりしゃんとした。腰をふりふり近寄り、まつげをはためかせて男の腿を撫でおろした。男は彼女を見おろして、にやりと笑うとうなずいた。

二人は向きを変えて、狭い階段に向かった。ガーネットはあわてて首を引っこめ、帽子で顔を隠した。男の声が聞こえた。「名前を教えろよ、いいだろ?」

声も聞き覚えがあった。だが、ほんとうに耳に馴染んでいるわけではない。一、二度見かけたことはあるが、知り合いではないという感じだ。だがこの男はジェイク・サラットに瓜二つだ。ガーネットは顔を伏せたままだった。こいつはもう一人のほう、弟にちがいない。激しい喜びが全身を駆け抜けた。やったぜ、なんてついてるんだ! 五分もすればおっぱじまる。精を出しはじめたら、ドアを蹴破ってあの馬鹿に弾をぶちこめばいい。なにに襲われたかもわかるまい。だが、ジェイク・サラットがちかくにいないともかぎらないから、席を立てなかった。

あの男を、どこで見かけたのだろう?

その瞬間に思い出して、ガーネットは青ざめた。会ったときはあごひげを生やしていたが、同じ男なのはまちがいない。タナーだ。あのガンマンだ。ある日の午後遅くに、ふらっと牧場に現れ、一日かそこらいただけで、またふらっと出ていった男だ。だが姓はタナーではなく、サラットだったのだ。向こうは、一目見ればガーネットに気づくだろう。ガーネットは酒場を見まわしたが、知った顔はひとつもなかった。だからといって安心はできない。サラットは新顔をたくさん雇い入れた。サラットの手下が何人も、ここでいまガーネットを取り囲んでいてもおかしくはない。

あの階段を上るなんてごめんだ。またの機会を待とう。もっといいときを。

人目につかないよう用心しながら、ガーネットはテーブルを離れ、裏口からこっそり出た。すえた臭いのする裏通りに出ると走りだし、滑って転びそうになったが、すんでのところで両手をついた。左手が、腐敗臭を放つぐちゃぐちゃのものに突っこんだ。ガーネットは口汚くののしりながら立ち上がり、建物のざらざらした壁に手をこすりつけ、ねばねばした汚物を落とした。こんな目に遭わせやがって、いまいましいサラットに返す借りがもうひとつ増えた。

もう少し通りを進んでから馬の飼葉桶で手を洗うと、寝起きしている小屋へ急いで戻った。厩に寄りかかるようにして立つその小屋は、塗装もしていない厚板の壁に、薪が横に打ちつけてあるだけだった。すき間は狙い撃つには十分な広さで、このごろでは、夜の寒さが身に凍みる。早くもっとましなねぐらを探さなくては。

小屋はクインジーと共同で使っていたが、彼はもう毛布にくるまって、いびきをかいていた。ガーネットはブーツで突ついた。「クインジー！　起きろ。サラットの一人を町で見かけた。たぶん二人ともいるぞ」

クインジーが目を覚ました。もごもご言ったり目をこすったり、たいていの男がするようなことはせず、体を起こした。「ジェイクか？」

「ジェイクじゃねえ。弟だ。名前は忘れちまった。タナーと名乗って牧場へ来たと思ったら、すぐに消えたあの野郎よ。ジェイクに話があって来たんだろう。二人そろってくそ忌々しい、おれたちの目の前で謀りやがって！」

クインジーはなにも言わなかった。今回のガーネットの計画は馬鹿げていたが、言ってもわかるわけがなかった。取り憑かれたように、あの娘も、牧場の所有権も、自分のものだと思いこんでいる。ガーネットも、マクレーンと同じで、焼きがまわったようだ。ガーネットとはくされ縁でつきあってきたが、そろそろ別れる潮時だ。

「おまえと王国へ戻るのはやめにするよ、ガーネット」クインジーが言った。「スネーク川の上流あたりはひと気のないきれいなところらしい。しばらく鳴りをひそめるにはちょうどいい。そうするよ。二十年前はサラットだろうがだれだろうが、戦う元気があったけどな、いまのおれは二十年分老けちまって、二十年分遅くなった。そろそろ引退を考えるときだ」

「おれと来ないなんて、おめえらしくもねえぜ、クインジー」ガーネットが言った。「長いつきあいじゃねえか。だが、男はやるべきことをやらなきゃならねえ」

「わかってくれてうれしいぜ。明日の朝早く、ここを出ていく。だれかに顔をおがまれる前にな。サラットの手下がおれを知ってるかどうかはわからねえが、知られてなくてもそうするにこしたことはねえ」

クインジーはまた毛布にくるまると背中を向け、ガーネットが同じことをするのを聞いた。しばらくすると、クインジーはまたいびきをかきはじめた。撃鉄を起こす、小さなかちりという音を聞くことはなかった。引き金が引かれた後、一秒の何分の一かあれば、クインジーにも銃声が聞こえたかもしれない。もっともそんな時間の切れ端では、なにもできなかっただろうが。ガーネットの放った銃弾は、クインジーの後頭部に穴を穿ち、顔の大部分を壁にまき散らした。

ガーネットは毛布をまくりあげて荷物をまとめた。町のこのあたりでは、一発の銃弾ぐらいで調べられることはないだろうが、とっとと出ていくにこしたことはない。ガーネットは死体を見おろした。「さっきも言ったが、男はやるべきことをやらなきゃならねえ」ガーネットは低い声で言った。「おれと一緒に来ないなら、おまえはおれの敵だ」

年があけて間もなく雪が降った。粉を振りかけたような雪で、積もることはなかったが、来るべき寒さを予言していた。その朝、ヴィクトリアがベッドを出て、窓から外の白い景色を眺めていたとき、はじめて赤ん坊が動いた。ヴィクトリアは身動きもできず、手を下腹にあてたまま、もう一度動くのを待った。

彼女が押し黙っているのに気づいて、ジェイクはブーツに足を突っこみながら、顔を上げた。「どうかしたか？」

「赤ちゃんが動いたの」低い声で答えた。

ジェイクはヴィクトリアのそばへ行った。シュミーズ姿の彼女に、欲望が高まるのを感じた。ヴィクトリアが手を離したので、ジェイクが代わりに手をあて、もう片方の手を回して抱き寄せた。二人がじっと立っていると、ついにまた動いた。ぴくんと、あまりにもかすかな動きだったので、ジェイクはかろうじてそれを感じた。命のあかしに息を呑み、心臓は高鳴った。いままで、赤ん坊がいることを示すものは、兆候しかなかった。それもほとんどがヴィクトリアを苦しめるような兆候だった。だがこれはちがう。これは命だ。

ヴィクトリアはジェイクによりかかった。距離を置きたいのなら、そうしてはいけないとわかってはいた。ジェイクは前と同じように、したいときはいつでも体を重ね、燃えたつ官能は、ときの経過とともに弱まるばかりか、ますます激しくなった。ヴィクトリアの体で、彼に触れられていないところはひとつもなく、妊娠したせいで、彼女はいっそう感じやすくなっていた。肌でさえ、敏感になった。肉欲に溺れそうになるときもあったが、仲たがいをする前のじゃれ合う楽しさは、戻ってこなかった。

そのかわり、ジェイクに力で圧倒されて、腹を立てていた。愛情なしに力をふるうからだ。あれだけのことがあった後でも、彼を愛していた。そうでなければ、こんなに深く傷つけられなかっただろう。気にかけてくれているとは思うが、ジェイクの子を身ごもっているのだから、彼が関心をもたないわけがない。一緒に寝るのを楽しんでいるのもたしか。でも、愛の言葉はただの一言も、あの固い、のみで彫ったような唇にのぼらなかった。

ジェイクに信じてもらえなかったので、ひどく腹を立てた。そんな嘘をつけると思われていたという事実が、ヴィクトリアの心から消える日はなかった。あの言いがかりは、彼がいまでもかかえている積年の憎しみから生じたのだ。たとえマクレーンが死んでも、ジェイクの内にある憎しみは死ななかった。ときおりヴィクトリアは、まだマクレーンが屋敷の中にいるような気がした。ジェイクの両親の亡霊とともに、憎しみを絶やさぬように。

赤ん坊を連れて出ていくのが一番いいのだろう。この子が憎しみに囲まれて育つのを見たくなかった。影のない家で、幸せに育ってほしかった。出ていこうとささやく声が、毎日のように聞こえたが、そのむずかしさに気持ちをくじかれた。どうやって出ていけばいいの？　どこへ行けばいいの？　それに、エマもシーリアもここを出ていきたがらないだろう。エマはベンを盗み見ては、とても悲しそうな目をしているが、いとこにとって牧場は〝わが家〟になった。きっと牧場からもベンからも離れたがらないだろう。ベンが見るからに興味をなくしていても。

シーリアは急激に大人になった。以前のおてんばぶりは、すっかり鳴りをひそめた。前より落ちつき、堂々として、思慮深くなった。いまではたいてい髪もきちんと整い、身なりはこぎれいになり、スキップをやめて歩くようになった。ルビオを手なずけてあの種馬と仲良くなろうと、いまでも長い時間をかけていたが、前ほど執着しているようには見えなかった。だめだ、シーリアが出ていきたがるはずはない。

ジェイクが腕のなかで彼女を自分に向かせ、手を上に滑らせ、乳房をおおった。ヴィクトリアは沈んだ目で彼を見あげた。見返すジェイクの目には、意図がはっきり浮かんでいた。

ジェイクが着たばかりの服は、つけたときと同じ速さで脱ぎ捨てられた。ヴィクトリアをベッドに連れ戻した。二人が寝室を出たのはそれから一時間後だった。

冬は荒々しくやって来た。厳しいのは雪より寒さだったが、どちらも余るほどあった。ヴィクトリアのお腹はどんどん丸くなり、妊婦であることは、だれの目にも明らかだった。雰囲気も変わった。体の変化にともなって、より穏やかに、そして少し夢心地になってきた。自分の思うようにいかないことばかりだった。少なくとも朝の吐き気は終わりをむかえ、体調は良かったが、すぐに疲れるのは相変わらずだった。

お腹が大きくなれば、ジェイクの性欲もおさまるだろうと、ヴィクトリアは思っていたがまちがいだった。彼女をいっそう大事に扱いながら、彼の体重がかからないさまざまな体位で愛を交わした。ヴィクトリアの姿は、前と変わらず魅力的に映っているようだった。ほかの男たちはどうなのだろう、身重な妻に以前と同じ関心を寄せるのだろうか。そんなふうに一度でも考えてみれば、自分に自信がもてただろうに、彼女の頭にはそういう疑問は一度も浮かばなかった。

十二月の半ば、アンジェリーナのお産が始まった。散らかった狭苦しい部屋から聞こえる悲鳴に使用人の一人が気を留めるまで、一時間以上も陣痛に苦しんでいた。カルミータもロラも、アンジェリーナのお産を手伝いたがらなかった。ヴィクトリアはアンジェリーナを嫌ってはいたが、なにかしてやらなければと感じた。おそらく、自分も妊娠しているから、アンジェリーナの苦しみをより切実に感じたのだろう。理由はどうあれ、いちばんあたたかなショールにすっぽりくるまって、庭を横切り、遠くの小屋へ歩きだした。カルミータが降参して、後からついて来た。

ヴィクトリアが部屋に入ると、アンジェリーナが汚れた枕の上で顔を向けた。歯を剝き出して、いつもの横柄な笑みを浮かべようとしたが、しかめ面になっただけだった。「なるほどね！　自分のときのために見学しに来たわけ？」

部屋はぞっとするほど汚かった。小さな暖炉があったが炎は燃えつきており、アンジェリーナは火を熾（おこ）せなかったので、部屋は凍てつくほど寒かった。それなのに、灰色がかった顔に玉の汗をにじませ、急にまた襲ってきた痛みに苦しみだした。

「早く、火を熾して」ヴィクトリアが指示した。こういうときどうすればいいのか、実を言えばわからなかったが、手はじめに火を熾して少し片づけたほうがよさそうだ。カルミータと二人でベッドにきれいなシーツをかけたが、下のマットレスは汚れていた。カルミータには経験があるので、てきぱきと動いてくれた。アンジェリーナが着ている汚れたネグリジェを脱がせ、カルミータのネグリジェに着替えさせた。アンジェリーナの張ったお乳も楽におさまるほど大きなネグリジェだった。

アンジェリーナの陣痛は午後じゅうつづき、とうとう夜になった。きれいな黒い目は落ちくぼみ、唇は皮が剝け、噛んだところからは血が出ていた。

ジェイクがドアを叩き、ヴィクトリアが開けると、ぐいと外へ引っ張りだされた。羊革の重たいコートのなかに抱き寄せられ、彼のぬくもりに包まれた。「カルミータにまかせておけ」ジェイクが怒った声で言った。「きみが出てくることはない」

風がスカートをとおして身にしみ、息は白かった。「もしわたしが彼女だったら、だれの力でも借りたいわ」ジェイクの逞しい体によりかかると、彼の子がお腹で激しく動いた。

「彼女、もたないかもしれない」ヴィクトリアはささやいた。妙にわびしかった。数か月したら、自分もお産に耐えねばならないからだけではなかった。アンジェリーナは一人ぼっちで、愛されぬまま死のうとしている。

　ほんとうにアンジェリーナは死ぬのだろうか、とジェイクは思った。もしそうなら、ヴィクトリアにその場を見せたくなかった。屋敷に戻れと言ったのに、ヴィクトリアは動こうとしない。抱きかかえようとしたとき、ヴィクトリアが青ざめた顔をあげて言った。

「ほかの人を助けようとしないわたしを、だれが助けてくれるかしら？」

「あいつときみとじゃ環境がちがう。きみには家族がいるし――」

「アンジェリーナにはいないわ。だれもいない」ヴィクトリアが指をジェイクの唇にあてた。ベッド以外で彼女のほうからジェイクに触れたのは、妊娠したと告げた日以来はじめてだった。その軽い接触が魂までも焦がした。彼は震えた。ヴィクトリアの手をとると、掌を自分のひげでざらつく冷たい頬に押し当てた。

「エマを呼ぼうか？」かすれた声で尋ねた。話すのも苦しかった。

「いいえ」ヴィクトリアが苦笑した。「エマは結婚していないから、手伝ってもらえることはないわ。でも、そうね――ロラが来てくれたら。頼んでもらえる？　でも命令してはだめ。来るか来ないかは、ロラの自由だわ」

　ジェイクが手を離すと、ヴィクトリアはうす汚い小さな部屋へ戻っていった。部屋からは銅のような臭いが漂ってきた。熱く生々しい血の臭いだ。特権階級のレディの、身に備わった責任感が、いまより多少でも薄かったらよかったのに。

　ロラが来た。軽食を台所に用意したから、二人が食べているあいだ、交代すると言ってくれた。カルミータは急いで食事をとりに戻ったが、ヴィクトリアはなにか食べる気分にはなれなかった。疲れて、胃がむかむかした。

アンジェリーナが目を閉じたまま横になって、一時間以上経った。目は開けなかったが、驚くほどしっかりした声で言った。「食べなよ。あたしだったらそうするね」

「お腹が空いていないの」ヴィクトリアは答えて、アンジェリーナの顔をスポンジで拭った。子宮収縮の間隔は短かった。しばらくのあいだ、休みなしだったが、なにも起こらず、それから時間が空くようになってきた。

それがアンジェリーナの最後の言葉となった。深夜十二時ちかく、太った小さな女の子が出てきた。母親と同じ黒い巻き毛で、へその緒が土色の首に巻きついていた。ヴィクトリアはタオルで小さな体を包んだ。胸が破れそうだった。

三人には出血を止められず、アンジェリーナも衰弱してもちこたえられなかった。意識はなく、生まれる途中で娘が死んだことを知らぬまま、数時間後、アンジェリーナも逝った。

カルミータとロラが、埋葬にそなえて遺体をきれいにした。手伝わなくていいと言われ、ヴィクトリアは屋敷に戻された。疲労のせいで体が重かった。ヴィクトリアの子は楽しそうにお腹を蹴って、元気だよと教えてくれた。

驚いたことに、ジェイクが台所で、コーヒーのカップに屈みこむようにして、坐って待っていた。カップからは、もう湯気が立っていなかった。ヴィクトリアが入ると、顔をあげた。

「二人とも死んだわ」ヴィクトリアの声には生気がなかった。

ジェイクは立ち上がり、彼女を腕に抱いた。寝室に運ばれるあいだ、ヴィクトリアはジェイクのシャツを握りしめ、泣いた。涙が肩に熱かった。


人生も自然も待ってくれない。牧場の仕事は続き、ヴィクトリアのお腹は大きくなりつづけた。お産までに、あともう少し大きくなると知っていたが、体の重心が定まらないので、よくバランスを崩した。いまでは赤ん坊がアクロバット並みの動きをするときにお腹を撫でていると、足と肘、手と膝の区別がつくようになった。

「すごい」ある晩、ジェイクが言った。小さな足が、手を蹴り返す力に驚いていた。「ヤマネコが二匹、袋の中から出ようとして暴れてるみたいだ」

「心強いお言葉だこと」

ジェイクはにやりと笑って、ゆっくりお腹をなでつづけた。「双子かな?」

「いいえ。数えたら、頭がひとつに足が二つ、膝が二つで肘も二つ、それに手も二つだったわ。どう考えても、赤ちゃんは一人よ」

ジェイクはほっとした。ヴィクトリアが一人産むと思うだけで、十分恐ろしかった。

一月の終わり、シーリアは倉庫からりんごを一個くすね、ルビオのところへ向かった。気持ちのいい朝だった。寒くて空気が澄んでいる。ほんの数インチ、雪が地面をおおっていたが、空は晴れわたっていた。血液が血管のなかで歌っている。たぶん、きっと、ルイスが後から来てくれて、納屋の二階の秘密の場所で会える。冬のあいだ、男たちが屋敷のちかくに留まるようになったので、二人きりになるのはむずかしくなった。春が来たら、とシーリアは思った。ルイスと二人で遠乗りにでかけ、だれも来ないところで一日じゅう愛しあってすごそう。

ルビオはいちばん広い囲いに放され、元気よく跳ねていた。鼻を鳴らし、首を振って、楽しそうに体を動かしている。湯気が二筋、広げた鼻の穴から吹き出される。子馬のようにはしゃぎ、明るい陽光を浴びて、鹿毛が磨かれたマホガニー材のように輝いていた。

シーリアは柵に上った。ルビオを見ているだけで満足だった。この馬がご機嫌なことはめったにないから、おびき寄せてりんごを食べさせようとはしなかった。よく運動して気分がほぐれれば、ご褒美をもらいに寄ってくるだろう。何週間か前に、ルビオに噛みつかれそうになったけれど、いまではなめらかで逞しい首をシーリアが叩いても、驚いて跳ねなくなった。

きれいな馬。シーリアは思った。ルイスの美しさによく似ている。どちらも堂々として、危険で、本能のままに生きている。

ルイス。シーリアは震えた。心の中で彼の名を呼ぶだけで、やさしく、あたたかい気持ちになれた。二人で愛しあっているときと同じ気持ちだった。乳房が疼いた。彼の唇に吸われているような気分になった。ルイス、ルイス。

手の力が抜けて、りんごが地面に落ちた。膝をついて、柵のあいだから手を伸ばしたが、指先から優に一フィートは離れていた。ルビオは囲いの奥にいて、誇らしげに顔をあげていた。きっと大丈夫だ。シーリアは思った。そして柵を乗り越えた。


屋敷の中にいても、怒った馬の、耳をつんざくいななきが聞こえた。叫び声と、男たちが走る足音がした。そして、一声、悲鳴が聞こえた。その声が、ヴィクトリアの心臓に突き刺さった。

走った。エマが止めようとした。「ヴィクトリア、だめよ！」エマにしっかり腕をつかまれたが、すさまじい力で突き飛ばした。体が身重なのも忘れ、足は雪の上を飛ぶように駆けた。

「シーリア！」ヴィクトリアは叫んだ。返事はなかった。

囲いの中では、馬にまたがった男が数人、ルビオの首に何本もロープをかけ、じっとさせようとしていた。ジェイクもその一人だった。彼は馬から下りると、土の上の丸まった塊に駆け寄った。片膝をついたとき、飛んでくるヴィクトリアが見えた。彼女の顔は白い仮面だった。

「ベン、ヴィクトリアをおさえろ！」ジェイクはどなった。

ベンは走って、ヴィクトリアが囲いに近づく前に、行く手をさえぎった。後ろから両腕を巻きつけ、彼女の胸の下で組んだ。ヴィクトリアはベンを蹴り、腕から抜けようとしたが、鉄のような力に押さえつけられた。

「行かせて！」ヴィクトリアは叫び、ベンの顔を引っかこうとした。涙が頬を流れ落ちた。「シーリア。シーリア！」

ジェイクが体を動かし、ヴィクトリアとシーリアのあいだに立ち塞がったが、ヴィクトリアには見えた。あの子のショールの青は、いまは泥でくすんでいる。あの子のスカートの黄褐色。ペチコートの白い山。小さな靴は、ころんと雪の中に転がっている。絹のような金髪の巻き毛は、風に舞っている。そしてたくさんの赤。シーリアは赤いものなど身に着けていなかった。

「毛布を持ってこい」ジェイクが肩越しに鋭く叫ぶと、だれかが走っていった。

ヴィクトリアはまだ身をよじり、ベンを振りほどこうとしていた。ベンは語りかけ、落ちつかせようとしたが、言っていることは支離滅裂だった。エマは二人の左手に根が生えたように立ちつくし、叫び声を喉の奥へ押し戻そうとするように、両手で口をふさいでいた。血の気のない顔で、目がぽっかりと黒く見えた。

毛布が運ばれてくると、ジェイクが小さな塊をそれでくるんだ。ルイスが馬でやって来て、骨張った顔をこわばらせた。ものも言わずに馬からおり、柵を乗り越えた。

ジェイクがシーリアを抱きあげようとしたとき、ルイスが言った。「おれが連れていく」張りつめた声だった。「ボスはボスの女の面倒を見てくれ。おれの女はおれが引き受ける」

ジェイクはルイスに鋭い視線を向け、その瞳に刻まれたものを見た。小さな、動かない少女に目を戻し、血に濡れた頬をそっと指で撫でた。それからジェイクはシーリアを、彼女を愛した男にまかせ、ヴィクトリアのもとへ行った。

ヴィクトリアはもう暴れていなかった。ベンの腕の中で身じろぎもせずに立っていた。蒼白な顔のなかで、唯一色があるのは目だった。ショールもはおっていなかった。

ベンが離れると、ヴィクトリアは一人で体をこわばらせて立っていた。ジェイクの目に、一筋でもいい、希望を見出そうとしたが見つからなかった。それでも尋ねずにいられなかった。言葉でたしかめずには。「命は？」

ジェイクは、そのままヴィクトリアを抱きあげて屋敷に連れ戻したかった。話さなくてはならないことを話す前に、彼女を暖め、ベッドで抱き締めたかった。だが彼女は待っている。心がまえをして、待っている。ジェイクには、彼女が話を聞くまで動かないとわかっていた。

「だめだった」彼は言った。

ヴィクトリアがよろめき、ジェイクは手を差し出したが、次の瞬間、彼女は姿勢を正し、あごを高くあげていた。「シーリアを中へ運んでちょうだい」乾いた、抑制された声だった。自制心をなくしたら、ばらばらになると思っているのだろう。「この子……この子を洗ってあげないと」

ルイスがこわばった顔でシーリアを屋敷に運んだ。風にあおられた彼女の髪がルイスの腕にかかり、頰をくすぐった。ヴィクトリアとエマが後につづいた。とつぜん襲った恐ろしいできごとの後でも、二人は胸を張っていた。ジェイクとベンはその後ろで、前を行く二人のまっすぐな背筋を見つめていた。ジェイクはヴィクトリアを抱いて、できるだけのことをして慰めたかったが、そうはしなかった。いま慰めれば、ヴィクトリアの心は弱くなる。彼女に必要なのは、ありったけの強さだ。

カルミータとロラはエプロンを顔にあてて、静かにすすり泣いていた。ファナは手で口をふさいでいた。「お水をおねがい」ヴィクトリアはやさしく言って、ルイスに二階を示した。

シーリアのベッドに亡骸を横たえると、ルイスはかたわらにひざまずいて、輝く巻き毛をゆっくり指に巻きつけた。顔は毛布におおわれていたが、髪はほどけて垂れていた。

「愛してる」動かぬ少女に言ったが、返事はなかった。ルイスの心は死んだ。

　ヴィクトリアはルイスの肩に手をかけた。気づいていなかったが、いまになって思い当たることはいろいろあった。シーリアがこの数か月で変わったのは、ルイスに会ったからだ。

「シーリアもあなたを愛していたわ。あなたに愛されて、この子は幸せだった」

　ルイスは唾を呑み込み、シーリアの髪を顔にあてた。まだシーリアの匂いがした。「おれたちは愛しあってました」くぐもった声で言った。「まちがってるなんて一度も思わなかった」

「まちがっていないわ」いままで教えられてきたすべてのことに反していたが、まちがってはいなかった。ヴィクトリアは心打たれた。この荒々しい土地へ来て、どれほど生活が変わり、自分自身もどれほど変わったか。この土地にはじめて足をおろしたとき、生活を支配していたのは、上流社会の価値基準だった。それにかなっているか、いないか。でも、そんなものは、愛の前になんの意味もなかった。

　愛を知って、シーリアは少女から女へ変わった。満ち足りていた。花から花へ駆けまわり、飽くことを知らずに美しさと幸せを求めるようなこともなくなった。それをルイスに見出したのだ。

　まだ鼻をすすりながらカルミータが水を運んできて、言った。「そのほうがよろしければ、わたしがセニョリータを洗ってさしあげます」

「ありがとう。でもエマとわたしでやるわ」ヴィクトリアはやさしく言った。シーリアにしてやれる、最後のことだった。

ジェイクがやってきて、ルイスを連れていった。ベンが指示して棺（ひつぎ）を作らせ、新しい墓穴を掘らせた。ヴィクトリアとエマは、シーリアの破れた服をそっと切って脱がせ、青白い肌についた泥と血を洗い流した。ルビオの鋭い蹄は、深い傷を無数に負わせていたが、ほとんどは背中だった。シーリアはしゃがんで頭を抱え込み、身を守ろうとささやかな努力をしたにちがいない。致命傷となった一蹴を受けた後頭部は、平らでやわらかくなっていたが、顔は額にひとつ、小さな擦り傷があるだけだった。二人はシーリアの髪を洗い、ブラシをかけて乾かした。眠っている子供さながらに目を閉じ、長いまつげは、大理石のような白い頬で憩っている。二人が着せたお気に入りの服に身を包んで横たわるシーリアは、揺さぶれば目を覚ましそうだった。でも、シーリアそのものは、もうここにいない。

その夜は眠れなかった。ジェイクにしつこく言われてベッドに入ったが、彼の腕の中でまんじりともしなかった。泣いたけれど、涙で心は癒されず、そのうち涙も涸（か）れた。心臓を握りつぶされたような苦しみは、鋭く、果てしもなかった。シーリアのいない人生など考えられなかった。妹は太陽のようにまぶしかった。彼女がいなくなって、いま、すべてが変わった。暗くなった。

お腹の子が動いて、ヴィクトリアは手を乗せた。「赤ちゃんが生まれるのを、楽しみにしていたのに。もう見てもらえないのね」

ジェイクも眠らなかった。ヴィクトリアの苦しみが痛いほどわかっていたし、彼も激しい喪失感に襲われていた。もう馬にまたがって乗ることや、猫の性別の見分け方で楽しいおしゃべりもできない。シーリアが口を開くたびに感じた小さな驚きもなければ、彼女がとんでもないところに置き忘れたなにかを探すこともない。

ジェイクはヴィクトリアを抱き寄せた。一晩じゅう、彼女を放さなかった。放すつもりもなかった。「女の子だったら、名前はシーリアにしようか？」

ヴィクトリアの声はかすれていた。「だめよ。まだ無理だわ」

一時間後、彼女が言った。「あの子、きれいだったわよね？」

「天使みたいだった」

「あの子の猫の世話をしてやらなくちゃね」

夜明けは色の魔法だった。だんだんに明るくなる空が、金と赤とピンクに染め分けられてゆく。シーリアが見たら、さぞうっとりしただろう。ヴィクトリアは空を見て、思った。どんな夜明けも、その美しさを以前ほど賞賛されなくなる。シーリアという観客がいないのだから。ヴィクトリアはベッドを出て服を着た。喪服にできる黒い服はなかったが、それもここでは、オーガスタにいたときのように重要とは思えなかった。嘆きは衣装ではなく、心にあった。

ヴィクトリアは髪をぞんざいに結い、ジェイクが服のボタンをかけてくれた。もう一度窓の外を見て、言った。「あの馬を殺して」

ジェイクには復讐を願う気持ちが理解できた。それがどんなふうに人を燃やし、心を膿ませるか知っていた。ヴィクトリアの肩にかけた手に力がこもった。「ヴィクトリア、あいつはただの動物だ。シーリアには、気をつけろと何度も注意したはずだ」

「人殺しよ。あなたが牧場を離れた後、メキシコ人の男を踏み殺したのよ。知らなかった？　あのとき撃ち殺していればよかった」

せっかくルビオの子のためにジェイクが練った計画も、あの種馬を殺してしまえば水泡に帰す。ソフィーは子を孕んでいたが、牝馬をさらに何頭か買ってルビオと掛け合わせようと思っていた。大きくて強くて速い馬の血統を作りたかった。胸は痛むが、あの馬を殺してもシーリアは戻ってこない。ルビオが死んで、この種馬の図抜けた速さと強さが失われるだけだ。ヴィクトリアははじめからルビオに理不尽な感情を抱いていたし、いまさら筋のとおった決断は期待しなかった。

それでも、あの馬を殺すことになるかもしれない。ルビオの世話をするのが命がけの仕事ともなれば、それもやむをえまい。ただ、しばらく様子を見たかった。取り返しのつかないことをする前に。

「あいつを撃てと命令はしない」ジェイクは言った。彼女の表情から、ますます殻に閉じこもってゆくのがわかった。そむけた彼女の顔をこちらに向けさせた。「さしあたっては、ということだ。ぜったいやらないとは言ってない。やりなおしのきかないことをする前に、考える時間がほしいと言ってるんだ」

「シーリアは戻ってこないわ。あの人殺しが、シーリアより大事だって言うの?」

「ちがう。ただ、あいつを殺しても、シーリアは戻ってこないじゃないか」

「ひとつだけいいことがあるわ。少なくともひとつだけ」

「何だって?」

「納屋を見ても、あいつがそこにいると思わなくてすむわ。ぬくぬくと守られて、おいしい飼葉を食べて。わたしの妹は土の中にいるのに」


みんなでシーリアを埋葬した。輝く太陽の光が、白木の棺を金色に染めた。彼女の髪と同じ金色に。

20

その夜はだれもが早く部屋に引きあげた。うちしおれ、話す気にもなれなかった。エマが見ていると、ジェイクがヴィクトリアをともなって二人の寝室へ向かった。腕をヴィクトリアの腰に回した様子は、わがもの顔であり、やさしくもあった。ドアを閉じて鍵をかけ、だれも入れない二人だけの世界に消えた。ベンが静かにおやすみを言って、寝室へ入った。

エマは部屋のドアをそっと閉じると、いつもの寝支度を始め、顔を洗ってナイトガウンを着た。でも、ベッドに入るなんて到底できなかった。椅子に腰かけて、膝の上で手を重ね、嘆きの発作に襲われて声もなく前後に揺れていた。

死は突然やってくる。無差別に最後通牒（つうちょう）を突きつける。名もない子と「愛を知らない娼婦と、胸を打つ笑顔の少女、あっという間に三人を奪った。三人のまえにはなにもない。あと一年、一週間、一日ですら。生まれ落ちたときから、命は日々危険にさらされる。命からは逃げられても、死からは逃げられない。

シーリアにとって、生きることそのものが最高の喜びだった。世のなかに美しさだけを見出し、無理強いされなければ醜さを見ようとしなかった。生がもつ負の面から隠れようとしたのに、とうとう見つけられてしまった。

結局のところ、いまこの瞬間しかないのだ。繰り返し訪れる〝いま〟しかない。将来の計画を立てたり、挑戦したりするのは自由だが、なにも保証はない。

ヴィクトリアは夫のそばにいて、お腹には赤ん坊が育っている。シーリアはやみくもに手をのばし、愛を手に入れた。でも彼女は、エマは、愛に背を向けた。愛が手招きしていたのに。たしかに立派な理由があったし、その愛は望んだものとはちがった。それでも差し出されたものを、拒んだ。

もし、今夜ベンが死んでしまったら、どんな気分だろう？

力強い手に胸をわしづかみにされ、目に涙がにじんだ。エマの愛情に、ベンは決して応えてくれないだろう。それでも、気持ちが弱まることはない。エマはベンに背を向け、もう数か月、誘われていない。それが自分の意志だとはいえ、エマはひとりぼっちだった。

立ち上がると、ランプを吹き消した。ここに坐ってくよくよしていても、どうなるわけでもない。少し眠ったほうがいい。

けれど自分のベッドには入れなかった。ためらって、暗闇に浮かぶ白い広がりを見つめた。冷たく、空っぽのベッド。エマが冷たく、空っぽなのと同じだ。

部屋を飛び出し、廊下を走り、夢中でベンの部屋のドアを開けた。目を見開いて、必死の形相だった。ベンが銃を手に振り返り、エマははっと立ち止まった。撃鉄は起こされ、指が引き金にかかっていた。エマは微動だにしない銃身を見おろした。銃口はまっすぐ彼女の頭を狙っていた。

ベンが銃口を天井に向け、ゆっくり撃鉄を戻した。「二度とこんなことをするな」

「ええ。ごめんなさい」

ベンが身につけていたのはズボンだけで、顔を洗ったらしく、額のまわりの黒髪が濡れていた。エマは広い胸板を見つめた。筋肉が盛り上がり、濃い胸毛におおわれている。膝ががくがくしてきた。

「なにか用か？」

「わたし――」エマは言いよどんだ。喉が苦しかった。指が食いこむくらい、ドア枠をつかんだ。「ベン――」

ベンはエマを見つめ、待っていた。

「抱いてちょうだい」エマはささやき、片手をやみくもに差し出した。「今夜はひとりにしないで。おねがい。あなたと眠るのがどんなだか知らないまま、死にたくない」

ベンはため息を洩らしてエマの手をとり、節くれだった指であたたかく包み、安心させた。もう彼女は来ないだろうと思っていたが、その夢が消えたわけではなかった。この数か月、エマに強いなかったのは、興味がなくなったからではなく、彼の誘いがエマにとって不公平だったからだ。いまでも結婚すると思うとぞっとしたが、結婚こそエマのような女が望むものだ。

　彼らしくもないそんなためらいも、エマを拒絶するほどに強くはなかった。なにしろ彼女は、薄いナイトガウン姿で彼の部屋を訪れ、抱いてくれと頼んでいるのだから。

　欲望はすでにどくどくと全身を流れ、ベンは細めた燃える目でエマを見た。「わかってるのか？　抱くだけじゃ終わらないぜ。エマ、一緒にベッドに入ったら、きみの中にも入らずにはいられない」

「ええ、わかってるわ」エマは胸を張ったが、そのやわらかく大きな唇は震えていた。

「わたしもそうしたいの」

　ベンは彼女を部屋に入れ、ドアを閉じた。エマは震えていた。眠るときにしている三つ編みをベンがほどき、両肩に茶色のマントのように広げた。エマの両手をとり、彼の肩にのせると、屈んで唇を重ねた。エマの瞼が震えながら閉じ、体は彼のほうに沈んで、すばらしい熱と逞しさにもたれかかった。ついに一歩踏みだした。深い静けさが、性的な興奮の下にあるのを感じた。ものごとが、ようやくあるべき場所におさまったような気がした。

　ベンは彼女のナイトガウンの裾をつかんでたくしあげ、脱がせた。エマがいっそう激しく震え、一瞬両手で体を隠そうとしたが、信じるように彼の肩に戻して、ほっそりした白い体を見せた。ベンの息が止まった。あまりにも繊細なつくりに、自分が荒っぽくがさつな気がして、全身に燃える欲望で彼女を傷つけるのではないかと思った。片方の乳房に触れた。絹のようなぬくもりに驚き、日焼けしてたこができた手と、白く滑らかなふくらみの対比に目を瞠（みは）った。それから手を離すと、屈んで乳首を口に含んだ。

　途方もない熱がエマを押し流した。ベンが教えてくれたなによりも激しかった。彼の味と匂いは、心が疼くほど馴染み深かった。太古の昔から、女が片割れを見分けるのに使った素朴なしるしを、エマもベンに見出していた。ベッドに寝かされるときには、すっかり準備ができていた。

「どうすればいいの？」エマがささやいた。

「教えてやるよ」ベンはつぶやいて、首筋に、耳に、そして唇にキスした。痛いくらい勃起し、中に入りたくてずきずきしていたが、はじめてのときにはけっして急いてはならない。「きみはすてきだ、エマ」

　激しく乳首を吸われると、血管を炎が流れ、喘ぎ声が洩れた。時間が渦を巻いて消え去った。彼の手と唇が体じゅうに触れ、彼女を味わい尽くし、感じ尽くす。太腿のあいだに触れられたときはびくんとしたが、そんな驚きも、すぐさま熱い歓喜の波にさらわれた。またびくんとした。彼が長い指を一本滑り込ませて、エマの反応と処女膜の強さを調べたのだ。かすかに焼けつくような痛みを覚えてたじろぐと、親指が、秘部のとば口の敏感な突起をこすって連れ戻された。エマは甘えるような泣き声をあげ、もっとしてほしくて腰をくねらせた。

「もっと」湿った手でベンをつかんだ。「ベン！」

ベンはその叫びを聞いてズボンを脱ぎ捨て、彼女の脚を押し広げた。そこで止めて呼吸を整えると、自制心を取り戻した。「最初だけ、ちょっと痛いぞ」荒っぽく言った。

エマは腰を浮かせて、ひだを探る棹を迎え入れた。「ええ」ささやくと、ベンがのしかかって、太腿のゆりかごに腰を据えた。

そっと、ゆっくり力を加えながら、中に入った。エマは喘ぎ、彼の肩に爪を食いこませた。体が開かれ、痛いほど広げられている。耐えられないと思ったのに、そうではなかった。ベンのものが奥深くまで入ってきた。涙がエマの目を焼いた。彼はじっとしていたが、エマは長い棹が脈打つのを感じ、この貫通に慣れようとした。

そのときベンが体を離した。エマは黒い目で不思議そうに見つめた。彼はこわばった笑いを浮かべた。「いや、終わってない。まだ始まったばかりさ。でもおれと同じくらい、きみにも楽しんでもらいたい」そう言って屈むと、唇と指を使って楽しい〝おつとめ〟にとりかかり、たちまち彼女に火をつけた。エマが弓なりになって最初の絶頂に震えるとすぐ、ベンは深く突いた。痛みはなかった。あるのは、二人の体がひとつになって酔いしれる情熱ばかりだった。

二日後の夜、ヴィクトリアはベッドから抜けだした。涙と睡眠不足で目がひりひりしたが、それでも細切れのまどろみしか訪れなかった。まどろむたびに、耳の奥であの悲鳴が聞こえて目が覚め、また聞こえるのではないかと怯えた。

真夜中を過ぎたばかり。ジェイクはぐっすり眠っている。やり残した仕事に追われ、やはりシーリアの死で眠れず、疲れきっているのだ。ヴィクトリアは蝋燭を灯さなかった。灯せば彼が目を覚ますとわかっていた。ジェイクの反射神経は、いまでもガンマンのそれだった。ぱっと目を覚まさせるには、かすかな音か、蝋燭一本の灯りで十分だ。ヴィクトリアが夜、彼を起こさずにベッドから出られたのは、これがはじめてだった。つまり、妊娠してからは何度となく起こしていた。

シーリアを失ったことは、納得できなかった。とにかく、できなかった。兄が戦争で殺されて嘆いたが、そのときとはなにかがちがった。兄はもうおとなで、選んで戦いにおもむいた。シーリアはちょうどおとなの女へと花開きかけたところだった。未来があった。いまでは決して叶えられない未来が。妹は、選んで人殺しの馬に殺されたのではない。ああ神さま、あの子に会いたい!

ルビオは、いまも広々とした馬房で足を踏み鳴らしている。元気に、狂暴に。またたれかを殺すのは、時間の問題だ。

わたしが止めなければ。

ストッキングは着けなかったが、上靴を履いた。椅子の背もたれにかかっていたショールで、頭と肩をおおった。ジェイクのホルスターは、さっと手が届くように、ベッドわきの椅子に掛けてあった。つま先立ってそこまで行き、細心の注意をはらって、重い武器を一挺抜いた。

ずしりと重いピストルを手に、部屋を抜けだし、階段をおりた。必要になったとき、はたしてちゃんと構えられるだろうか。そうせずにすむことを祈った。

扉を開けると冷たい空気が顔に吹きつけた。また雪が降っていた。丸く、ふわふわした雪片が静かに舞い下りて、すべてを白一色で包もうとしている。シーリアが見たら大喜びしただろう。

納屋までの道のりは、いままででいちばん長く感じた。降る雪と闇のせいで遠近感を失い、何度かつまずいた。すでにつま先と脚は凍えていた。納屋の中は、動物の体が発する熱でいくぶんあたたかいだろう。ソフィーはそこにいる。大きなお腹にルビオの子を身ごもって。そしてジプシー。シーリアの穏やかでやさしいジプシーも。ほかにも数頭、あの種馬と交配させられた牝馬がいたけれど、ジプシーはさせられなかった。ヴィクトリアは、心底ほっとした。

納屋の扉をどうにか開けると、馬が一頭、興味を示していないないた。真の闇だった。扉は開けたまま、少し押し広げ、もう片方も勢いよく開けた。カンテラが右の扉のすぐ内側にあると知っていたので、手探りで見つけ、なんとか火を灯した。あたたかな黄色い輝きが闇を追い払った。

ソフィーが馬房の戸の上に頭を載せていた。納屋のいちばん奥に、あの種馬のすらりとした首が見えた。ヴィクトリアが見知っている鹿毛ではなく、黒っぽく見えた。向こう側の両開き扉が、囲いではなく広い牧草地に面していたらどんなによかったか。だが、そうではない。だから、ヴィクトリアはこの種馬を、納屋の端から端まで追い立てねばならない。

ルビオを撃てないとわかっていた。これだけあの馬を憎んでいても、銃を頭にあてて、引き金を引くことはできない。ジェイクは正しい。ルビオはただの動物だ。自分の命が脅かされたり、だれかが急に襲われたりすれば撃つだろうが、そうでなければ無理だ。

「引き金は引かないわ」ささやきながら馬房に近づいた。「わたしに向かってこなければ。いいわね？　そのときは殺すわよ」

ルビオは耳をしぼり、ヴィクトリアを見る目にあからさまな敵意を浮かべた。足踏みを始めた。片方の蹄を何度も地面に叩きつけた。ソフィーが自分の馬房でいななき、跳ねた。種馬の興奮を感じとったのだ。

ヴィクトリアは右手にピストルを握り、両手の親指で撃鉄を起こした。ルビオが突進してきたときの用心に。それから馬房の戸の掛け金を外すと、引いて開けた。戸の後ろに立ち、頑丈な木を楯にした。

ルビオが鋭くいななき、奥へさがった。「出ておいで！」ヴィクトリアは叫んだ。二度とこの種馬を見たくなかった。じっくり考えて、ようやく事実にたどりついた。もしルビオがいるなら、この牧場では生きていけない。憎しみは深まるばかりで、この馬を見るたびに妹を殺されたことを思い出してしまう。

種馬が棹立ちして、また鋭くいなないた。「おいで、来るのよ！」ヴィクトリアはどなった。壁から手綱をつかみ取り、扉越しに馬めがけて振りおろした。「来なさい！」ルビオは馬房から飛び出し、納屋の真ん中まで行ったが、そこで止まると蹄を踏み鳴らした。耳をしぼったまま棹立ちすると、振り返ってヴィクトリアに向いた。ヴィクトリアはピストルを戸の上で固定した。「来るなら来てみなさいよ」

馬はいななき、自由へ向かって走りだした。蹄の音が暗闇に轟いた。いまや牧場じゅうの馬が目を覚まし、跳ね、いなないていた。明かりがぽつぽつと、蝋燭やランプに灯され、男たちがズボンを引っ張りあげ、ブーツに足を突っこみながら小屋から溢れでてきた。ヴィクトリアは半分凍りつき、疲れでよろめきながら、カンテラを消すと納屋を出た。最後の力を振りしぼって、両開き扉をもとどおり閉じた。

ジェイクがヴィクトリアに駆け寄り、すぐ後ろからベンもついて来た。二人ともピストルを握っていた。妻が自分のピストルを手にしているのを見て、ジェイクはヴィクトリアの肩をつかんで揺すり、どなった。「なにをしたんだ?」

「行かせたの」ヴィクトリアはそっけなく言って、ジェイクにピストルを渡した。

ジェイクはピストルを空のホルスターに押しこんだ。「なんだって?」怒りと疑いがない交ぜになった声だった。

「行かせたの。あの馬がのうのうと生きていて、シーリアが土の中にいるなら、わたしはここでは暮らせない。あなたには悪いけど、いまいる子馬だけでなんとかしてちょうだい」

ジェイクは激しくののしった。が、ヴィクトリアを見おろして口をつぐんだ。彼女は着ているナイトガウンと同じほど白く、寒さで震えていた。この天気から身を守るのに、シヨールしか巻きつけていない。ヴィクトリアがよろめき、ジェイクが抱きあげた。「わかったよ、ヴィクトリア」ぐんと声の調子をやわらげ、彼は言った。「わかった」ヴィクトリアを屋敷に連れ帰り、ベッドに寝かせた。シーリアが亡くなってからはじめて、ヴィクトリアはぐっすり眠った。


三月が来た。春の気配を運んできて、だれの胸にも期待がふくらみはじめた。ヴィクトリアの動きは危なっかしく、ゆっくりになり、椅子からも一人では立ちあがれなくなった。

元気を取り戻したわけではなかったが、ジェイクにからかわれると、少し笑顔が浮かぶようになった。お腹が大きいだけで、気分は滅入った。いまでは始終背中が痛くて、どんな体勢でも寝づらかった。赤ん坊がかなりおりてきているので、歩くのもやっとだった。早く終わってくれたら！　お産を待ち焦がれてさえいる自分に気がついた。そのときが来れば、この絶えまない体の痛みから解放されるのだ。

ジェイクは自分をとりたてて家庭的な男だとは思っていなかった。いまは結婚して、日増しに妻を愛するようになっているにもかかわらず。それがこの数日、いざというときのために屋敷のそばにいる自分に気づいて、少なからず驚いた。毎晩ヴィクトリアの背中をさすり、夜中にくり返されるベッドと便器の往復に手を貸した。お腹の大きさに、不安になった。彼女の腰の細さを知っているからだ。アンジェリーナはお産で死んだ。同じことがヴィクトリアにも起こるのではないかと、内心穏やかではなかった。

三月が終わった。みんなが鵜の目鷹の目でヴィクトリアを見ていた。四月三日、また雪が降った。ヴィクトリアはじれったくて叫び声をあげたかった。春も、この子も、ここを訪れる気はないの？

その夜は眠れなかった。いつにもまして落ちつかず、シーツは脚にからみつくばかりだった。ジェイクが背中をさすってくれたが、効果はなかった。起き上がって冷たい水で顔を洗おうとすると、彼が付き添ってくれた。あの晩、抜けだして納屋へ行き、ルビオを放して以来、ヴィクトリアが動くと必ずジェイクは目を覚ました。二人とも蝋燭は灯さなかった。降りつづく雪が部屋をぼんやりと、不可思議な光で満たしており、ヴィクトリアにはよく見えた。すべてが無色だったけれど。

いきなりジェイクが体をこわばらせた。ただならぬものを感じて、ヴィクトリアは彼を見あげた。ジェイクは窓の外を見ていた。ヴィクトリアも窓の外を見たが、なにも見えなかった。「服を着るんだ」鋭い声でジェイクが言い、手をズボンに伸ばした。「蝋燭もランプもつけるな」ズボンのボタンもかけ終わらないうちにドアを出て、ガンベルトをスリムな腰に巻き、バックルを留めた。

廊下に出ると、叫んだ。「ベン。襲撃だ」

ベンはジェイクの第一声に跳ね起き、かたわらで眠っていたエマも目を覚ました。「起きろ、エマ」ベンが小さく、冷静な声で言った。「なにかあったらしい」

ベンがベッドを出てズボンをはくころになっても、エマは目にかかる髪を払いのけていたが、彼の緊張がすぐに乗り移った。ナイトガウンをつかむと頭からかぶり、寒さが裸の肌を襲うとぶるるっと震えた。

「だれなの？」

「わからない」

ヴィクトリアに手を貸さなければ。エマは部屋から駆けだし、ブーツをはいていたベンを置き去りにすると、自分の部屋に向かった。この二、三か月ほとんど使っていない部屋だ。なぜだかわからないが、すっかりベンの部屋へ移ることはしなかった。だれも二人の仲をとやかく言ったりしていないのに。それどころか、シーリアが亡くなってからの悲しい日々、みんな前より一緒にいることが多くなったし、エマの幸せをヴィクトリアも喜んでくれていた。

ヴィクトリアはいまほど大きなお腹に手こずったことはなかった。急ぎたかった。ジェイクはベンに声をかけると寝室へ取って返し、ブーツをはいてシャツをはおったが、ボタンをかけている余裕はなかった。重いコートをつかんでふたたびドアへ向かった。肩越しにジェイクが言った。「おい、ヴィクトリア、服を着ろ!」

やっていた。ナイトガウンは脱がずに、その上からだぶっとした服を着た。エマが入ってきた。もう服を着ている。ヴィクトリアはストッキングと靴を相手に奮戦していた。「わたしがやるわ」エマがささやいて膝をつき、くるくるとストッキングをヴィクトリアの脚にはかせた。「なにがあったの?」

「わからない。ジェイクがなにか見つけて、ベンに、襲撃だって言ったの」

二人は耳を澄ましたが、なにも聞こえなかった。階下では、ジェイクとベンが屋敷内の全員を起こしており、使用人の女三人はナイトガウン姿で寄り添って震えていた。ジェイクがベンにライフルを放り、ヴィクトリアとエマを推しはかるように見た。「二人とも、ライフルを持って安全なところに隠れろ。視界がきいて、狙える場所だ。おれは牧童小屋へ行って、男たちを起こす」

「おれが行くよ」ベンが言うと、二人ともヴィクトリアのことを考えた。身重の妻。ジェイクが残ったほうがよさそうだ。

扉を抜ける前に、ベンはエマのうなじに手をあてて引き寄せ、短く激しいくちづけを交わした。彼が行ってしまった後で、エマは悟った。もしもの場合を考えての、さよならのキスだったのだと。

「なにがあったの?」ヴィクトリアが静かに尋ねた。

「見えないはずの場所に光が見えた。きっとだれかが煙草に火をつけたんだ」

「どうして一人じゃないと思うの?」

「経験さ」ジェイクはひとつかみの銃弾をポケットに押しこむと、箱を女たちに差し出した。「ポケットに入れろ。カルミータ、おまえたちのなかに銃を撃てる者は?」

「おります、セニョール・ジェイク」カルミータが言った。「わたしが。フアナもです」

「わたしも」ロラが言った。

「よし。三人とも、ライフルを持ってくるんだ。取り越し苦労かもしれないが、用心にこしたことはない」

「先住民ですか?」フアナがおずおずと尋ねた。

「いや。彼らはあんな光は出さない」

白人。略奪。

エマはベンが出ていった扉を見つめ、彼がそこから戻ってきてくれるよう祈った。

一発目の銃声に、みんな飛び上がった。ジェイクだけが冷静に、屋敷の前面へ駆け寄ると、ライフルの銃床で窓を割った。「隠れろ！」彼がどなった。

みんな這って散った。「入るぞ！」ベンが外から叫び、扉がばんと開いた。ベンが身を低くして駆け入り、後に五人の男がつづいた。ベンが言う。「中にもまだ人手がいるだろうと思って」ルイスもその一人だった。痩せた浅黒い顔は、二か月振りに生気を取り戻していた。


女たちは二階へ上がり、胸をどきどきさせながら窓を選んだ。ジェイクのやり方にならって、ヴィクトリアがライフルでガラスを叩き割ると、冷たい空気が流れこんだ。「とりあえず、居眠りする心配はなさそう」彼女はつぶやいた。

銃撃戦は一斉に始まった。弾は四方から飛んでくるように思えた。屋敷に銃声が響き、火薬の臭いがヴィクトリアの鼻孔を焼いた。窓から外を覗き、標的を探した。暗い人影がうごめくなか、馬上に的をしぼった。牧場の男たちは馬に乗っていないはずだと理由をつけた。

馬には乗っていないが、男がひとり、繁みの陰から頭を出し、屋敷に狙いを定めた。ヴィクトリアは慎重に狙って、引き金を引いた。男はのけぞり、大の字に倒れた。

人を殺した。驚くほどなにも感じなかった。後になればなにか感じる時間もきっとあるだろう。

二階でも銃声が響きだした。ほかの女たちも標的を選びはじめていた。ヴィクトリアは馬上の男に向けて撃ったが、外した。

寝室のどれかから、悲鳴があがった。ヴィクトリアははっとしたが、持ち場は離れなかった。「エマ？」彼女は叫んだ。

「わたしは無事よ！　カルミータ？　ロラ？　ファナ？」

ロラの返事だけがなかった。ヴィクトリアの耳に、低いうめき声が聞こえた。

そのとき、オレンジ色の光が白い地面を横切った。馬に乗った男が全速力で屋敷に向かってくる。右手にはめらめら燃える松明（たいまつ）。ヴィクトリアは恐怖に駆られた。屋敷に火をつけようとしている！　男の顔面を狙い撃った。男は馬から転がり落ちた。松明は男の手からふっ飛び、雪の上でぱちぱち音を立てて消えた。

銃弾が日干し煉瓦の壁を叩き、わずかに残っていた窓ガラスを割った。伏せた頭に破片が降ってきた。もう一度顔をあげると、燃えさかる松明を手にした別の男が、屋敷に放ろうとして撃たれるのが見えた。

日干し煉瓦の壁も、粘土タイルの床も燃えにくいけれど、ガラスが割れ落ちた窓のひとつに松明が投げ込まれでもしたら？

撃って、弾を込め、撃って、弾を込め。何時間も経ったように思えた。巨大な手に体を鷲づかみされているような感じがした。恐怖にいてもたってもいられない。ジェイクの生死もわからないのだから。まだ生きているか、それとも弾丸の餌食となったか。

エマが身を低くして部屋に駆けこんだ。「ロラが亡くなったの。ファナも怪我をしたけれど、ひどくはないわ。まだライフルを握ってる」

「ジェイクは？　ベンは？」

「一階からジェイクの声が聞こえたわ。ベンはわからない」エマの声は辛そうだった。ヴィクトリアはエマの手を握った。

「だれがこんなことを？」ヴィクトリアはうめくように言った。体じゅうが痛かった。あとどれだけ立っていられるかわからなかった。

「わからない。もうすぐ夜が明けるでしょうから、そのときには見えると思うわ」

夜明け。そんなに長い時間がすぎたのか？　永遠のように思えたが、同時に時間ではなく、分単位で考えていた。

ヴィクトリアの鼻が、苦い煙の臭いをとらえた。

「水を！」ヴィクトリアは叫んだ。「火事よ！　水を運んで！」テーブルから水の入った水差しをつかむと廊下へ飛びだした。白い煙が階段を漂いのぼっていた。ヴィクトリアはできるだけ身を屈めて階段を駆け下りた。だれかが目の前を上がってきた。地獄から帰ってきたような顔。ジェイクだった。顔が硝煙で真っ黒だ。

「伏せろ!」彼がどなった。

「屋敷が火事よ!」

ジェイクはののしり、あたりを見まわした。だれも煙に気づかなかったのだ。火元は台所だった。ヴィクトリアの腕をつかみ、床に伏せさせた。「ここにいるんだ、わかったか? ここにいろ! みんなを連れてくる。屋敷の外へ逃げるんだ!」

どうやって? 外に出れば、銃弾の雨だ。でもジェイクの言うとおり、逃げなければ。炎と襲撃者をいっぺんに相手にするのは無理だ。

煙が濃くなってきた。ヴィクトリアはスカートの端を四角く裂くと、持ってきた水差しの水に浸した。ベンが這い寄ってきて、鬼のようににやりと笑った。ヴィクトリアは彼の顔に濡らした布を叩きつけた。「鼻と口をおおって」喉が焼ける。ヴィクトリアも自分が言ったとおりにした。

「エマは無事?」ベンがうなるように言った。

「ええ。ジェイクが連れてくるわ。ロラは亡くなったの」

ベンが五人の男に声をかけ、五人が持ち場から撤退したとき、ジェイクが女たちを連れて階段をおりてきた。ヴィクトリアは全員に濡らした布を渡し、顔をおおわせた。ジェイクがヴィクトリアの横にしゃがみながら、布を結わえて口と鼻をおおった。

「中庭から外へ出る」くぐもった声でジェイクが言った。「逃げ道はそこしかない。塀で身を守れるからな。おれが最初に行く。男が一人つづけ。その後に女たち。残りは女の後ろで援護しろ」

ルイスが言った。「ロニーにつたえないと、味方に撃たれるよ」

「時間がない。行くぞ！」

ジェイクがヴィクトリアの手を引いて立たせ、廊下を抜けて中庭に通じる出口のひとつに向かった。「鍛冶屋の小屋へ行くぞ」彼が言った。「あそこがいちばん近い」

鍛冶屋の小屋は壁が三面しかなく、鍛冶屋の道具があるだけだが、ありがたいことに屋敷のすぐ裏手に位置していた。いくらかしのげるだろう。多少は。

ジェイクが最初に出ていった。銃口のひらめきが見え、だれかが撃ったとわかった。弾はうなりながら頭をかすめ、怒ったスズメ蜂のような音が聞こえた。ジェイクも撃ち返したが、外したにちがいない、影が脇へ隠れるのが見えた。その影めがけて撃つと、今度は苦痛のうめきが上がり、声はたちまち静寂に呑まれた。

後ろでヴィクトリアが息を喘がせるのが聞こえた。煙が一段と濃くなった。ルイスの声が聞こえた。ジェイクのすぐ後に出てきたのだ。屋根を突き抜けて燃えあがる炎を受けて、黒い目が光る。「奥さんを連れていって」ジェイクに言った。「おれが援護する」

ジェイクはヴィクトリアの背中に腕を回して、走った。ヴィクトリアは必死でついていこうとしたが、つまずいた。彼は腕の力だけで彼女を抱えあげ、弾道を自分の体で遮って妻を守った。「わたしは大丈夫よ。後ろに気をつけて!」ヴィクトリアが喘いだ。

「しゃべるな、走れ!」

背後の男たちは絶えまなく撃ち、動く者ならだれにでも発砲した。牧童小屋と厩から激しい一斉射撃が起こった。だれかが屋敷から逃れる女たちに気づいて、無事たどり着けるように援護を始めたのだ。弾が頭上でビュンビュン鳴ったが、たえず走り、かがみ、蛇行し、けっして静止した的にはならなかった。

ジェイクはヴィクトリアを鍛冶屋の小屋まで連れてくると、奥の床に彼女を坐らせた。すぐに踵(きびす)を返し、肩越しに言った。「ここにいろ。なにがあっても顔を出すな」それからルイスの横で銃を手にすると、発砲した。身を守るというよりは威嚇射撃だ。

エマがスカートをからませながら小屋に転がりこんだが、すぐに起きて、手と膝をついてヴィクトリアのところまで這ってきた。また布が脚にからまると、悪態をついた。こんなときだというのに、ヴィクトリアは笑った。エマの上品な口から、その手の言葉が出てくるとは。エマが顔をあげてにっと笑った。三つ編みだった黒髪はほとんどばらばらで、白い肌はすすと火薬で汚れていた。「だって」エマが言う。「いまはお行儀を気にしてる場合じゃないでしょう?」

「そのとおりね」ヴィクトリアはまた笑った。少し混乱していた。二人とも今夜、人を殺した。いまさら礼儀を気にしてどうするの？

カルミータとファアナが続いて転がり込んできた。ファアナは飛んできたガラスの破片で切った肩の傷から血を流していた。床に倒れたが、手にはライフルがしっかり握られていた。

ベンの左脚がいきなり跳ねあがり、なにかにつまずいたように不意に倒れた。エマが細い悲鳴をあげ、ジェイクの制止をふりきって小屋から飛びだした。

ベンが体の向きを変え、撃たれていないほうの脚を体の下にしたとき、エマがかたわらに滑り込んできた。ベンの襟をつかむと引きずりはじめ、いちどきに叫び、どなり、ののしった。ベンもののしっていた。手を離してさっさと小屋へ戻れ、と大声でエマに言ったが、エマは聞かなかった。その力にベンは驚いた。体重は彼のほうがはるかに重いのに、エマはてこでも譲らず引っ張るので、ベンはやめさせることもできず、手をほどくこともできなかった。ベンを鍛冶屋の小屋まで引きずりこむと、エマは急いでズボンの脚の部分を裂いて開き、傷を見た。

「傷は？」ジェイクが大声で尋ねた。

「死にやしない」ベンが自分で答えたが、確証はなかった。弾丸は彼の腿を貫通していた。それでも、もし出血量が少なく、壊疽（えそ）にならなければ、命は助かる。

「サラット！　えい、ちくしょう、サラット、出てこい！」

ジェイクが顔を上げた。その顔に恐ろしい表情が浮かび、冷たい光が目に宿った。「ガーネット」かすれた声で言った。期待に口元をほころばせ、縫うように走った。これでだれを仕留めればいいかわかった。このときを待っていたのだ。今度はガーネットも逃げたりしないだろう。

夜明けがゆっくりと空を薄墨色に染めてゆく。また雪が降りはじめ、風に舞う雪片が視界を遮る。屋敷を燃やす緋色と黄色の光が、そこらじゅうを奇妙なゆらめく色で染めた。ヴィクトリアは首をめぐらせて屋敷を見た。台所から上がった火の手は、二階まで燃え広がっていた。炎が屋根を突き抜け、割れた窓から舌を出すのが見えた。終わりだ。愛と残酷な裏切り、誕生と死、その両方を見守ってきた古く壮麗な屋敷が終焉を迎えた。シーリアの服をしまう気分になれずにいたが、もうその必要もない。炎はすべての形見を燃やし、思い出だけを残す。

体をわしづかみにする巨大な手の力が強まった。息を切らして横になり、炎を見ていたが、ふたたび話せるようになると、言った。「生まれそう」

カルミータが息を呑んだ。この夜のできごとにうろたえるばかりで、なにをどうすればいいのかわからなかった。ベンの傷口を押さえて出血を止めようとしていたエマが顔を上げた。緊張でこわばっていた。「陣痛が始まっていたの?」

ヴィクトリアは思いきり息を吸った。指が土に食い込む。「数時間前に」

　ガーネットはやけになっていた。自制心を失っていた。なんでこんなことになるんだ！　最初のときと同じように、馬で乗り入れ、全員が油断しているか眠っているところを襲うはずだった。ところがここの連中は、目を覚まして待ち構えていやがった。筋がとおらない。それで怖くなった。ついにシーリアを手に入れられると思えばこそ、逃げずにいられた。これが最後のチャンスだった。もししくじれば、サラットは狂犬のようにガーネットを追いつづけるだろう。

「サラット！」ガーネットはどなり声をあげた。「サラット！」、またどなってから場所を移し、じりじりと納屋へ近寄った。たとえジェイクをおびき出せたとしても、正々堂々と戦うなどまっぴらだった。ジェイクと真っ向勝負なんてごめんだ。弾は一発でいい。すばやく一発、頭か背中にぶちこめば、サラットはいなくなる。だれかがもう弟を仕留めた。王国もシーリアも、ガーネットのものになる。ブルフロッグのことは、サラットを片づけるのと同じやり方でやればいい。たいした手間ではない。

　ジェイクは応えなかった。その場にじっとして、見守っていた。だれかが急いで囲いに入るのが見えた。この明るさではだれかまではわからない。頼れるのは本能だけだった。ガーネットは納屋へ向かっている。ジェイクが姿を現しても、そこなら身を隠せると考えているのだ。

ジェイクは姿を現すつもりなどなかった。腹這いになって茂みから木へ、井戸へ、そして牧童小屋へ、腹這いになって進んだ。死体があちこちに転がっていた。黒っぽい、だらんとした塊。その夜は多くの死人が出た。その一人になる気はない。だが、ガーネットはかならずそうなる。ならせてやる。

「温度をあげなきゃ」エマが冷静に言った。「だれか、炉に火を熾せる？　それから明かりもいるわ」

ルイスが炉に石炭をくべはじめた。「温度はまかせて。でも、カンテラはないよ。もうじき日が昇る」

ヴィクトリアは温度も明かりもどうでもよかった。すべての本能とすべての感覚が、内側に向いていた。体を鷲づかみにする力を、どうにもできなかった。全身を強く締めつけて、引きずりおろそうとする。アンジェリーナのお産に立ち会ったとはいえ、これほど苦しいとは想像もしなかった。なにかに擦りつぶされるような激痛が、骨盤を砕き、肺から空気を追いだし、ほんのわずかな休憩をはさんで、何度も何度も押し寄せた。

ベンは鉄床（かなとこ）の隣に横たわり、ヴィクトリアの息詰まるうめき声を聞いていた。「おれのシャツを使え」どうにか声をしっかり保ちながら、そう言った。「ひねって、棒に強く巻きつけるんだ。それに火をつけろ。数分は燃えてくれる」

「わかったわ」エマが一瞬考えて、言った。「でもまだ早いわ。もうじき、いまより明かりが必要になるから」

ガーネットは納屋の裏手に回り込んで、わずかに扉を開いて体を滑り込ませた。夜が明けるにつれ、隙間から光が指先をのぞかせはじめた。残された時間は少ない。納屋を突っ切り、表側の両開き扉をほんのわずか開いた。外からは開いていることがわからないが、ガーネットが狙い撃つのに十分な隙間をあけた。さあ、あとは待つだけだ。サラットは、ガーネットがどなり声をあげていた場所へ向かっているにちがいない。

ガーネットはにやりと笑った。ほんの数分。あと数分で、ほしかったものがすべて手に入る。

「おれを探してるのか?」

言葉とともに、まぎれもない、かちりという撃鉄を起こす音が聞こえた。ガーネットは凍りついた。寒さにもかかわらず、汗が額に噴きだした。振り向きはしなかった。恐怖に身を引き裂かれながら、悟った。死ぬのだ。西瓜（すいか）を割るのと変わらぬ気楽さで人を撃ってきたのに、いざ自分が死ぬと思うと体が麻痺した。

「振り向いたほうがいいんじゃないか?」ジェイクが穏やかに言った。「どっちにしろおれはおまえを殺すが、振り向けばおまえにもチャンスができる」

ガーネットの手の中でピストルが震えた。振り向いたとたん、死ぬのだ。どっちにしろ殺すと言うサラットの言葉に、嘘があるわけがない。

「ずっと逃げてりゃよかったのに」ジェイクがつぶやいた。「王国からできるだけ遠く、できるだけ速くにな」

「おまえに追われたくなかった」ガーネットは喘いだ。「それに娘――あの娘が忘れられねえ」

シーリア。美しくはかないシーリア。ジェイクの口元が悲しみにひきつる。「もう手遅れだ」

ガーネットが横に身を投げ、振り返って引き金を引いた。ジェイクはそれを予想していたので、干し草の山に隠れ、顔と銃だけをのぞかせていた。冷静に狙い撃ち、一発目はガーネットの腹に、二発目は胸にぶち込んだ。ガーネットは壁に吹き飛ばされ、指が反射的に引き金を引いて、弾丸は天井を撃ち抜き、重たい銃は手から落ちた。

ジェイクは念のため、ガーネットの手が届かないところへと銃を蹴飛ばした。そうすれば、ガーネットが死んだと信じることができた。

ガーネットの目は開き、息をしようとするたびに喉がひくひく動いた。赤い泡がごぼごぼと口から溢れた。胸が数回上下して、それから完全に止まった。目は生気を失った。

この牧場でどれだけの人が死んだことか。ジェイクはため息をついた。急に疲れを感じたが、無意識でまたピストルに弾を込めた。外が静かなことに気づいた。終わったのかもしれない。ヴィクトリアのところへ戻らなければ。

「ボス？　無事か？」

ロニーだった。ジェイクは大声で言った。「ああ」

「鍛治屋の小屋へ戻ったほうがいい。ルイスが、赤ん坊が生まれるってよ」

怯えたことは前にもあった。心配したことも、不安になったことも、緊張したことも。だがいまは、ただもう恐怖しか感じなかった。こんな状況で、ヴィクトリアに産めるはずがない。凍える鍛治屋小屋に横たわり、毛布もなにもないのに。ジェイクは走った。まだ銃を握っているのも忘れていた。

ベンは鉄床によりかかっていた。シャツを着ていないが、だれかがコートをかけてくれていた。顔は青ざめているが、ちらりと見てジェイクはほっとした。血は止まっている。炉はごうごうと燃え、強い熱気を送りだし、扉のない小屋の寒気を追い払おうとしていた。ルイスがカンテラに火を灯し、小屋の奥へ手わたした。小屋の端から端へとロープを渡し、そこに何枚かスカートをかけて、仕切りができていた。ジェイクはスカートを払いのけて奥へ入り、妻のかたわらに膝をついた。

エマとカルミータとフアナが、ナイトガウン姿でそこにいた。寝巻きの上に急いで着た服を、間にあわせのカーテンにさし出したのだ。ヴィクトリアはナイトガウンを腰までたくしあげ、膝を曲げた格好で横たわっていた。ジェイクは隣に膝をつき、心臓が喉元までせり上がるのを感じながら、汚れた手を震わせ、ヴィクトリアの湿った髪を顔から払った。彼女は目をつむり、蒼白な顔で速く浅い呼吸をくり返していた。

カルミータがジェイクを見あげた。黒い目は心配そうだった。「すぐですよ、セニョール・ジェイク。頭が見えます」

ヴィクトリアの目が開いた。虚ろだった視線が、まるで護符のようにぴたりと彼に貼りついた。頭越しに彼女がさしのべた手を、ジェイクはしっかり握った。

「がんばれ、いい子だから」ジェイクはささやいた。恐怖で凍りついていた。ヴィクトリアをこんな目にあわせたのは、自分だ。命を危険にさらし、いやしくも動物のように土の上でお産をさせるなんて。愛しのヴィクトリア。結婚しなければよかった。故郷へ帰らせればよかった。そこでなら、その生まれにふさわしい暮らしを送れたのに、上流の快適な暮らしを。

ヴィクトリアがジェイクの手を握りしめ、歯を食いしばった。低く、荒い音が喉の奥から湧き上がると、突如、動物的な絶叫となってほとばしり出た。もう一回、そしてもう一回。全身が痙攣し、いきみ、両肩が浮いた。

どっと血と水が流れ出て、ぬるぬるした小さな体が、待っていたカルミータの腕に滑り落ちた。赤ん坊が紫がかっているのを見て、別の不安に胸を衝かれ、ジェイクは静かな子をただ見つめた。カルミータが赤ん坊の背中を、とん、と叩くと、小さな、詰まったような声が上がって、それから赤ん坊が泣きはじめた。ぎゅっと握った小さな両手を振りまわして、この見なれない、新しい世界に混乱していると訴えていた。

驚いたことに、ヴィクトリアが笑った。疲れた、弱々しい声だった。「ほら、まちがいなくあなたにそっくりだわ」

ジェイクは当惑してヴィクトリアを見た。どうしたら、だれかに似ているとわかるのだろう。この泣きわめく、赤い、しわしわのちび助は、まだ血にまみれているというのに。黒髪のせいなのか。だが、濡れているからそう見えるだけで、乾いたらそれほど黒くないかもしれない。

ヴィクトリアが彼を引き寄せた。目がちゃめっけたっぷりに輝いている。彼の耳元に口を寄せてささやいた。「まちがいなく男の子ね」

ヴィクトリアの言う意味がようやくわかった。裸の赤ん坊を見て、生まれてはじめてジェイクの頬が赤くなった。

ヴィクトリアが赤ん坊に腕を伸ばした。「抱かせてちょうだい。風邪を引くわ」

カルミータがへその緒を切って、結んだ。赤ん坊はすぐさまだれかのシャツにくるまれ（この事態に、みんなが服を提供したらしい）、ヴィクトリアの腕に渡された。赤ん坊は泣きやみ、まだ定まらない目でゆっくりまばたきをして、母親のぬくもりに応えた。

ジェイクは二人に腕を回し、汚れた頬をヴィクトリアの髪にそっと寄せた。「愛してる」かすれた声で言った。彼女は彼の人生において、善なるもの、強いもの、やさしいもの、そのすべてだった。彼女の虜になったおかげで、長いあいだ彼を突き動かしてきた憎しみの固い芯が砕け散った。

ヴィクトリアが顔をあおむけた。濃い青い目で、緑の目を見つめた。「愛してるわ」返す言葉はそれだけだった。

「こんなつもりじゃなかった。もう住む家もない」

「気にしないわ」疲れていたから、ジェイクに体をあずけた。「屋敷が燃えてよかったのよ。憎しみと死でいっぱいだったもの。この子には、そんなもの必要ないわ」ヴィクトリアは息子を見つめ、そのふわふわの頬にそっと指で触れた。赤ん坊は首をめぐらして指を追い、バラの蕾（つぼみ）のような口を動かした。

「一からやりなおしだ」ジェイクが言う。「きみのために新しい家を建てる。一緒にいてくれるなら。ああ、ヴィクトリア、行かないでくれ。行くなら、いっそおれを撃ち殺してくれ。きみなしじゃ、おれは腑抜（ふぬ）け同然だ。それぐらい愛しているんだ」

彼は一度も、愛している、と言わなかった。これほど感情を剥き出しにした目で、見つめてくれたことはなかった。死に物狂いで、不安に苛まれていて、そして……そして、恐れている。ジェイク・サラットがなにかを恐れるなんて、想像できなかったけれど、いまそこに、彼の目に、それが見える。その目は、もうヴィクトリアには、冷たく映らなかった。

すべてを変えた。彼の愛が、すべてを変えたのだ。憎しみは消え、それとともにヴィクトリアが出ていく理由も消えた。

「いいわ」彼女は言った。疲れた手をジェイクに差し伸べた。「あなたはあなたの王国を築くの。過去も、かつてのサラット王国のことも、忘れるのよ。もう消えてしまったんですもの。わたしたち、新しくやりなおせるわ」

エマはベンのそばに膝をついて、彼の脚を診ていた。ベンがにやりと笑いかけた。「おれにできたのは姪（めい）、それとも甥（おい）？」

「甥よ」エマは下を向いて、頬を火照らせながら、ぎこちなく包帯を巻いた。「それに、あなたの子も」彼女はささやいた。

「なんだって？」ベンが驚いてエマを見つめた。「いまなんて言った？」声を大きくして、身を起こした。

「シーッ！」エマがささやく。

ベンがエマの腕をつかんで、じっとさせた。「ほんとうか？」彼が尋ねた。

「かもしれないの。まだはっきりしたわけじゃないわ」ほんの数日遅れているだけだったし、エマの生理はヴィクトリアのほど正確ではなかった。けれど可能性はある。毎晩のようにベンのベッドですごしてきたのだから、ほかの理由は考えられない。

ベンが笑いだし、エマを引き寄せて激しくキスをした。「なあエマ、きみに会ってからおれは頭がおかしくなった。おまけに状況は少しもよくなっていない。おれたち、結婚したほうがいいと思わないか?」

「それは、わたしのお腹に――」

「そうじゃない。おれたちが愛しあっていて、きっと家じゅうに溢れるほど子供ができるからさ。結婚してたほうが、なにかとすんなり片付くだろう?」

エマの茶色い目が輝きはじめた。「ベン・サラット、愛してるわ」

「イエスってことか?」

エマはうなずいた。「イエスってこと」

ジェイクは土の上に坐り、ヴィクトリアを腕に抱いていた。信じられないことに、彼女も赤ん坊も眠っていた。息子に目をやる。赤くてしわだらけで、いたいけなこの子を、ジェイクが守り、食わせ、さらに生きていく上で必要なものすべてを与えてやるのだ。将来のことを考えねばならない。ジェイクの将来は、ヴィクトリアとこの子、それにこれから生まれるだろう子供たちとともにある。朝が煙と火薬の臭いを運んできたが、雪はやみ、太陽が顔を出して、新しく降り積もった雪を輝かせている。ほかにも新しいなにかがあった。ジェイクの中に、新しく幸せななにかが。未来が目の前にそびえている。そう思うと、すこぶるいい気分だった。

ジェイクにはヴィクトリアがいて、息子は丸まると元気でいる。一緒に人生を築いてゆくのだ。過去に汚されることのない、自分たちの人生を。準州に新しいサラット王国が誕生する。ジェイクとベンが一から興した王国が。だがそれは、高地に積もる雪を思わせるほど清冽なものになるだろう。

訳者あとがき

リンダ・ハワードは四十代にさしかかるころ、十九世紀のアメリカ西部を舞台にウェスタン三部作を物しました。その第一弾が本書、復讐と愛の再生の物語『レディ・ヴィクトリア』です。デビューは三十二歳と遅咲きではあれど、あれよあれよという間に〝ロマサスの女王〟の地位にのぼりつめたリンダの、体力・気力ともに充実した時期に書かれた作品だから、それはもう濃厚で濃密です。ヒロインとヒーローが紆余曲折の末ついに結ばれるものの、ハッピーエンドとはならず、その先にもいくつもの山場が設けられています。（訳すほうは長い長いジェットコースターに乗せられた感じで、訳し終わったときは足元フラフラ、息も絶え絶えだったことを懐かしく思い出しています。

場所はアメリカのニューメキシコ準州北部。「北には、冷たく澄みきった湖をそこここに抱いて、高山植物の森が原始のままの姿を残している。森はなだらかにうねって草原となり、さらには孤高の峰々を仰ぎ見る。澄んだ空気は目と頭を癒し、日没の空はつねに色彩に満ち満ちている」

こんな美しい土地にまずスペイン人開拓者がなだれ込んでくると、ここに昔から住んでいた人々を力づくで追い出し、スペイン王のお墨付きをもらっているのだからおれたちの土地だ、と宣言します。ここで金と銀を採掘し、牛と馬を飼い、白漆喰の壁に黒い陶製タイルの床のスペイン風の家を建てました。代々の主は所有地をさらに広げわが世の春を謳歌したものの、一八四六年にはじまったアメリカ・メキシコ戦争の結果、この土地はアメリカの領土となってしまいました。

本書のヒーロー、ジェイク・ローパーはこのスペイン人開拓者の血を引く孤高のガンマンです。大牧場主だった両親を使用人に無残にも殺され、土地も屋敷も何もかも奪われ、本人も弟とともに深手を負いながらなんとか生き延びました。復讐を誓ったことは言うまでもありません。以来二十年、銃の腕を磨いて虎視眈々、復讐の機会を狙ってきました。憎しみ以外の感情を封じ込め、心に氷の壁を張りめぐらせて。

ジェイクが早撃ちのボディーガードとして雇われている牧場に、ジョージア州のオーガスタからはるばるアメリカ大陸を三分の二も横切って嫁入りしたのが、イギリス貴族の血を引く南部の令嬢、ヴィクトリアです。南北戦争で長男と財産を失い、食べるものにも事欠くほど落ちぶれた家族を救うため、親子ほども歳の離れた金持ちの男との結婚を泣く泣く承諾したのですが、そこは貴族の末裔、気骨とプライドは失わず、つねに毅然として逆境を跳ねのけてきました。そんな彼女にジェイクが抱いた第一印象が「まるで血の通わぬ磁器の人形みたいだ」でした。

氷の心のガンマンと、血の通わぬ磁器の人形のレディ、そんな二人の恋模様がむろん本筋ですが、ヴィクトリアと一緒にオーガスタからやってきた妹のシーリアと、いとこのエマ・ガンにもちゃんと晴れ舞台が用意されています。私事ながら、普段は物静かで控えめなエマが、馬を駆って広々とした牧草地をギャロップする場面は、ワクワクしながら訳しました。そして、ブロンドに大きな紺青色の瞳の絶世の美少女、天衣無縫を絵に描いたようなシーリアの幼い恋はあまりにも儚く、胸をつかれます。

シーリアが夢中になる馬、クォーターホースのことを少し補足しておきます（なにしろ馬が大好きな訳者なので）。クォーターホースはいまもカウボーイが乗る馬で、十七世紀初頭にイギリス人が連れてきた馬に、十六世紀にスペイン人が持ち込んだ馬が野生化した北米固有種〝ムスタング〟を交配し、改良を重ねて作り上げられた品種です。俊敏でバランス感覚にすぐれ、短距離を猛スピードで走る能力を備えているので、クォーター（四分の一）マイル競馬にも使われています。カウボーイの馬の乗り方（ウェスタン馬術）は、ヨーロッパで主流の馬の乗り方（ブリティッシュ馬術）とはだいぶちがうし、鞍もちがいます。ウェスタン鞍はどっしりと大きく、鞍の前に投げ縄をするときに手綱を結び付けるためのホーンという突起があり、鞍の後部はせり上がっていてもたれかかれます。足を乗せるアブミも足をすっぽり覆う形で脱げにくくなっています。これらは長時間馬に乗って作業しても疲れないいための工夫です。日本でも野山を走る外乗でこの鞍を使うことがありますので、観光地で馬に乗ったことのある方にはお馴染みかもしれません。それから、乗り手は手綱をだらんと垂らし、けっしてぎゅっと引っ張ったりしません。そうやって馬の意思に任せないと馬が疲れるからだそうです。乗り手は馬を誘導するだけ、あとは馬に考えさせるのがウェスタン馬術。蛇足ながら、ブリティッシュ馬術は軍隊馬術（つまり戦場の馬たち）がもとになっているので、乗り手が馬を完璧に支配し、きっちりと動かします。手綱もピンと張り、馬とつねにコンタクトをとります。わたしは手綱で馬と会話する、という感覚で乗っていますが。

西部三部作のつづく二編も、ミラブックスから順次刊行予定ですのでどうぞお楽しみに。

加藤洋子

桜の便りがことのほか待ち遠しい、二〇二一年三月半ば

訳者紹介　加藤洋子

文芸翻訳家。主な訳書にリンダ・ハワード『ためらう唇』『吐息に灼かれて』、リンダ・ハワード／リンダ・ジョーンズ『静寂のララバイ』（以上mirabooks）、ケイト・クイン『戦場のアリス』（ハーパー BOOKS）、タヤリ・ジョーンズ『結婚という物語』（ハーパーコリンズ・ジャパン）などがある。

レディ・ヴィクトリア

2021年5月15日発行　第1刷

著　者　リンダ・ハワード

訳　者　加藤洋子（かとうようこ）

発行人　鈴木幸辰

発行所　株式会社ハーパーコリンズ・ジャパン
東京都千代田区大手町1-5-1
03-6269-2883（営業）
0570-008091（読者サービス係）

印刷・製本　中央精版印刷株式会社

ISBN978-4-596-91854-3